Andreas
mai 72

Alex Gfeller
DER FILZ
Roman

Alle Personen und Handlungen dieses Romans entspringen meiner Phantasie. Ähnlichkeiten mit lebenden Personen und bestehenden Institutionen sind nicht beabsichtigt und sollen auch nicht unterstellt werden. *A.G.*

ALEX GFELLER
DER FILZ
ROMAN ZYTGLOGGE

Alle Rechte vorbehalten
Copyright by Zytglogge Verlag Bern, 1992
Lektorat: Hugo Ramseyer
Umschlagbild: Ueli Kaufmann
Druck: Franz Spiegel Buch GmbH, Ulm
ISBN 3-7296-0421-X

Zytglogge Verlag Bern, Eigerweg 16, CH-3073 Gümligen
Zytglogge Verlag Bonn, Cäsariusstrasse 18, D-W-5300 Bonn 2
Zytglogge Verlag Wien, Strozzigasse 14-16, A-1080 Wien

EIN GUTER POLITIKER wird von der Öffentlichkeit vergessen, fällt ihm ein, wie er auf seine neuen, bereits schmutzigen Halbschuhe hinunterblickt, und er versucht sich zu erinnern, wo er diesen Satz wohl gehört oder gelesen haben mag, während Oberst Zumbühl in den Nebel ruft: «Wir haben den Auftrag, jeden Angriff jederzeit abwehren zu können!», merkt bekümmert, wie Nässe und Kälte durch das bordeauxrote Oberleder seiner teuren Bally dringen und sich seine Zehen wie kalte Kartoffeln anfühlen. Er hätte die schwarzen Lederstiefel anziehen sollen, diejenigen mit der warmen Fütterung, die sonst das ganze Jahr über nutzlos in der Garage herumstehen. Lucette, die ihn früher immer rechtzeitig auf solch wichtige Einzelheiten aufmerksam gemacht hat, ist seit einem halben Jahr in Lausanne bei ihrer übergeschnappten Schwester. Die Bally sind bereits hin, und drei Monate vor seiner Wiederwahl nimmt die Zahl der öffentlichen Auftritte sprunghaft zu. Heute morgen nun, um null-sieben-null-null, dieser Manöverabbruch des Stadtregiments, danach hundert Jahre Pontonierfahrverein, und was später folgt, weiss er nicht auswendig: Er verlässt sich blindlings auf seinen Terminkalender, den Alder mit gewohnter Routine zusammengestellt hat.
Er schaut entschlossen hoch und blickt an Zumbühls kantigen Hinterkopf mit den abstehenden Ohren und dem sauber ausrasierten Nacken, fragt sich, wie es diese Typen vom Militär schaffen, mit fünfundfünfzig körperlich fit wie Zwanzigjährige zu sein, lässt darauf die Augen über die fünfhundert schmutzigen, müden Wehrmänner gleiten, die auf dieser schiefen, sumpfigen Bergwiese in fünf präzise abgezirkelte Hunderterpäcklein aufgestellt worden sind, in der vordersten Reihe die Subalternoffiziere in Ruhestellung, mit steinernen Mienen, die übereinandergelegten Hände genau auf der Höhe der Geschlechtsteile, dahinter die Reihe der Unteroffiziere, mit leuchtenden Augen und roten Backen, dahinter, im Morgennebel nur noch schemenhaft erkennbar, die Masse der Soldaten, nach ihrer Grösse abgestuft, zuhinterst die Kleinsten, denen die feuchten Tarnjacken bis in die Kniekehlen hängen.
Er schielt unauffällig zu Buchser, der bewegungslos links neben ihm steht und mit gleichgültigem Gesicht den grossen, schwar-

zen Regenschirm hält. Heute morgen um fünf sind sie beide gestartet, mit einer Polizeieskorte im strömenden Regen ins Gantrischgebiet hochgefahren und haben kaum ein Wort gewechselt. Beide wünschen sich jetzt nur eines: dass dieser verdammte Anlass, vom Ersten Sekretär so früh angelegt, bald zu Ende sein möge. Feller wollte zunächst allen Wehrmännern persönlich die Hand drücken, denn die sind schliesslich wahlberechtigt, doch Zumbühl war dagegen, hat sachlich vorgerechnet, dass sowas mindestens eine halbe Stunde dauert, und der Zeitplan des Manöverabbruchs müsse unbedingt eingehalten werden. Der alte Fuchs hatte den Braten natürlich gerochen.

Beide waren sie seinerzeit in der gleichen Pfadfinderabteilung, in der gleichen Klasse des Städtischen Gymnasiums, im gleichen Jahrgang der juristischen Fakultät, in der gleichen Partei und anfänglich bei der gleichen Truppe und konnten sich trotzdem nie riechen. Zumbühl ist beim Militär geblieben, und Feller ist in die Politik eingestiegen.

Immerhin gehört er jetzt seit bald acht Jahren als Finanzdirektor der Kantonsregierung an und wird bereits als Graue Eminenz bezeichnet; nur Regierungspräsident Brunner sitzt länger drin als er. Er ist also ganz oben und hat sorgfältig gestreute Andeutungen, bald einmal in die Landesregierung hinüberwechseln zu wollen, vehement von sich gewiesen. Aber diese köstliche Vorstellung: Bundesrat Feller. Das würde er auch noch einpacken. Locker sogar.

Zumbühl spricht immer noch; von Dissuasion ist die Rede. Die hinterste Reihe der Soldaten wird unruhig. Einer hat sich umgedreht und schifft breitbeinig ins Riedgras, andere schwatzen unverhohlen miteinander, viele rauchen hinter vorgehaltener Hand. Auf dem Gesicht Buchsers zeigt sich ein millimeterfeines Grinsen. Höchste Zeit, dass Zumbühl abklemmt: Ausser den Offizieren in der ersten Reihe, weil sie müssen, und den Unteroffizieren in der zweiten Reihe, weil sie wollen, hört niemand mehr hin. Befehle werden in den Nebel gerufen, es wird strammgestanden, die Regimentsfahne zockelt vorbei, und die Blasmusik bläst blechern den Fahnenmarsch. Mit steifen Beinen organisieren die Hauptleute endlich den Abmarsch. Feller tritt ungeduldig von

einem Bein aufs andere und sieht all die Wahlberechtigten in trägem Gleichschritt in die dichte Nebelsuppe entschwinden. Seine Schuhe starren vor Dreck; er steckt bis zum Hosensaum im Matsch dieser verkrauteten Alpweide.
Oberst Zumbühl salutiert. Der allerletzte, winzige Füsilier mit dem viel zu grossen Gewehr schlurft vorbei. Dann dreht sich Zumbühl nach Feller um: «So, das wär's gewesen!» sagt er und lacht kurz, zeigt seinen üblichen, offenen, immer leicht erstaunten Gesichtsausdruck. Als Gymnasiast hatte er damit bei den Mädchen grossen Erfolg. «Ich brauche jetzt einen Kaffee mit Schnaps», antwortet Feller gedehnt und schaut zum schweren, schwarzen Mercedes hinüber, der einsam auf der Schotterstrasse steht. Seine Polizeieskorte – zwei jünglinghafte, pickelgesichtige Polizeibeamte, direkt aus der Rekrutenschule, in neuen, kantigen Uniformen – wartet weiter unten im Bergrestaurant auf ihn. Dahin drängt es Feller jetzt mit aller Kraft.
Er räuspert sich und erklärt, wenig überzeugend: «Die Truppe ist in Ordnung, Hans.» Er will Zumbühl die Hand reichen, doch dieser kommt ihm zuvor, salutiert kurz und geht rasch in die Richtung weg, in die auch seine Truppe entschwunden ist. Regierungsrat Feller und sein Chauffeur Buchser stehen alleine im Regen, beobachten unentschlossen, wie das Militärspiel mit klammen Fingern seine Instrumente einpackt und wenden sich dann schweigend dem Mercedes zu. Feller wird das leise Gefühl nicht los, dass dieser unangenehme Umstand, alleine im Regen zurückgelassen worden zu sein, kein gutes Omen ist. Er hätte den Wahlkampf nicht bei der Truppe beginnen sollen. Etwas Einfacheres wäre besser gewesen, etwas Unverfänglicheres, die berufstätigen Ehefrauen, die anonymen Alkoholiker, die pensionierten Lehrer oder etwas in dieser Währung. Zudem ist weit und breit keine Presse zu sehen, nicht der geringste Fotograf. Mehrmals hat Feller seinen Ersten Sekretär darauf hingewiesen, konsequent dafür zu sorgen, dass immer und überall die Presse dabei zu sein hat: Er will nicht umsonst arbeiten.
Während er Buchser, der ihm die hintere Wagentür offenhält, zunickt und einsteigt, erinnert er sich an ein Gespräch mit Brunner, der ihm ganz offen gesagt hat: «Ich fühle mich nicht ver-

pflichtet, um jeden Preis unter den Leuten sein zu müssen; ich lasse mich doch nicht verheizen.» Irgendwie macht ihm diese Haltung jetzt Eindruck, denn der Auftakt bei der Truppe hat nicht hingehauen. Nun, als Regierungsrat ist er so oder so isoliert; damit muss er sich abfinden.

LENE WILL AUSZIEHEN, und sie zieht tatsächlich aus! Sie schleppt mit verbissenem Gesicht drei prall gefüllte Papiertragetaschen von der Migros aus ihrem Zimmer und sagt kein Wort. Sie hat alles gesagt, was es zu sagen gibt. Der Krach ist total. Andi macht einen letzten Versuch mit Kaffee. Der Kaffeekönig, so hat ihn Lene in besseren Tagen mal genannt. Gagu der Depp zeigt sich natürlich nicht, liegt noch in Dodos breitem Bett und schnarcht. Da haben wir den wunden Punkt. «Die Kaffeemaschine nehme ich mit!» erklärt Lene wütend. «Ich habe sie schliesslich angeschafft!»
Das ist zwar richtig, aber so ganz richtig nun auch wieder nicht. Die Idee stammte von Andi, und bezahlt hat sie Lenes Alter. 3'969 Hämmer hat er dafür hingelegt, keinen mehr, keinen weniger, ohne mit der Wimper zu zucken; soviel war ihm damals die Aufrechterhaltung der spärlichen Kommunikation mit seiner Tochter wert. Auf diese Weise kam die Wohngemeinschaft zu ihrer Cimbali, das neben der Glotze am intensivsten genutzte Gerät im Hause. Der Stolz der ganzen Gruppe. Ihr Verlust wird sie alle sehr schmerzen, das ist bereits absehbar. So eine feine Maschine kommt nie wieder, sowas gibt's nur einmal im Leben. Andi sieht sich bereits zu den ekelhaften Melitta-Filtern zurückkehren, zu dieser deutschen Kaffeemethode, wo die Hälfte des Aromas in die Luft verpufft.
Lene will ihre Taschen bei der Wohnungstür hinstellen. Sie fallen immer wieder um. Sie gibt der einen Tasche einen wütenden Fusstritt. Die bunten, dicken Ordner purzeln heraus, die gesammelten Vorlesungsnotizen einer ewigen Studentin, mein Arsch. Andi darf nicht hinsehen; das Ganze ist einfach too much. «Was machen wir jetzt?» fragt Fipo im zerknautschten, rosa Pyjama,

unsicher zu Dodo gewandt, auch im Pyjama, in Gagus Pyjama. Niemand weiss eine Antwort, weil sich noch niemand über die Bedeutung dieser Frage im Klaren ist. Klar ist, dass sie mit Geld zu tun hat. 1'200. – kostet die 5-Zimmer-Abbruchwohnung im Monat. Geteilt durch fünf macht 240. – netto. Das ist der Anteil für jeden – ohne Nebenkosten. Für die Aufteilung der Nebenkosten muss man ein mathematisches Genie sein. Heizung, Elektrizität, Wasser, Telefon, Versicherungen, Kaminfeger, Reparaturen und Kabelanschluss läppern sich zu einem saftigen Betrag zusammen. De facto 390. – , brutto hingeblättert, à fond perdu. Doch am Schluss geht es nie auf. Es geht einfach nie auf. Das Menschliche nicht einberechnet.

Lene hat die Administration gemacht, weil sie einen schönen Taschenrechner besitzt, der auf schmale Papierstreifen die Zahlen schwarz auf weiss ausdruckt. Jeder konnte nachrechnen, wenn er wollte. Es ging trotzdem nie auf. Und ausgerechnet Lene zieht aus.

Andi stellt die kleinen, braunen Tassen mit dem Kaffee auf den Tisch, perfekten espresso, profimässig, fragt, versuchsweise, halb zu Dodo hin: «Und was sagt Gagu?» Dodo gibt keine Antwort. Sie fühlt sich schwer erniedrigt. «Lieben ist ein Menschenrecht», hat sie behauptet, und: «Sowas kann man niemandem verbieten.»

Eigentlich ist ja niemand ernsthaft dagegen. Aber in diesem Fall ist es sehr schwierig, die wirklichen Gründe des Kraches herauszufinden. Fipo hat es versucht; er hat sich mit seinem Gleichgewichts-Argument nur lächerlich gemacht. Dodo hat ein sehr bedenkliches, äusserst ungeschicktes Eifersuchts-Argument vorgebracht, und das hat den ganzen Krach gestern abend erst so richtig ausgelöst. Selbst Andis sonst hochgelobte, ausgleichende Wirkung versagte ihren Dienst. All die Ursachen haben sich ein flottes Stelldichein gegeben, und so hat das Pulver gezündet, ist die Bombe geplatzt und die ganze Chose hochgegangen.

Jetzt die Trümmer, das Trümmerfrühstück. Gagu der Depp zeigt sich natürlich nicht, wohlweislich. Man geht davon aus, dass er die ganze Schuld trägt, zu tragen hätte, denn der Mann ist im Allgemeinen nun mal der Verführer, im Zweifelsfall. Der Mann verführt die Frau, das ist so'n altes Muster, das immer wieder abläuft, auch wenn die Frau – Dodo mit ihrer akuten Torschlusspanik im besonderen – zuweilen tüchtig nachhelfen mag. Tatsache ist, dass es Lene nicht mehr erträgt, Gagu und Dodo im Nebenzimmer keuchen zu hören, die endlosen, spitzen Schreie und das unstrukturierte Gestöhne, jeweils mindestens eine geschlagene Stunde lang, dazu die spürbaren Erschütterungen in der ganzen Wohnung (selbst auf der Terrasse) und das Geknarre des Bettgestells. Einfach tierisch. Das hält auf die Dauer niemand aus, das nagt an der Substanz derjenigen, die, mit der Hand am eigenen Geschlecht, ganz alleine im Bett liegen müssen.

«Wo willst du hin?» fragt Fipo Lene mitleidvoll und stellt seine schiefe Birne noch schiefer als üblich. «Ich suche mir eine andere WG», antwortet Lene tonlos und starrt in ihr Kaffeetässchen, «eine reine Frauen-WG, wo nicht ständig penetriert wird wie in einem Bordell.» Andi kichert; Dodo lacht hämisch auf. Es ist nicht einfach. Nichts ist einfach, und manchmal wird es direkt komplex. «Kannst ja die Cimbali vorläufig noch hier lassen», schlägt Andi vorsichtig vor. Lene geht nicht darauf ein. Die Kaffeemaschine ist nicht ihr dringendstes Problem. «Wird schwierig sein», meint Fipo nachdenklich. «Der Markt ist ziemlich ausgetrocknet.»

Da hat er recht. So eine Wohnung gibt's kaum noch. Alles längst zu Tode saniert. Auch diese Wohnung sitzt auf dem angesägten Ast; alles nur noch eine Frage der Zeit, denn das alte Haus liegt mitten in der Stadt, Bus- und Tramstation gleich daneben. Das Mattenhofquartier hat Zukunft.

Sie sitzen im ersten Stock. Der zweite Stock steht schon lange leer, wird gar nicht mehr vermietet, wie die grosse Werkstatt unten im Erdgeschoss. Ein vermietetes Haus bringt weniger ein als ein leeres. Die Spekulanten sind ja keine Deppen. Die wissen, wie der Hase läuft, lassen sie hier drin vertragslos schmoren, nur damit niemand auf die Idee kommt, das Haus zu besetzen.

Gedrückte Stimmung, kann man sagen. Andi steht an der Cimbali und schaut sich die Leute in der engen Küche nachdenklich an. Fipo ist eine Null, aber in Ordnung. Schafft als Securitas-Wächter. War früher mal bei der Kreditbank, hat er erzählt, soll aber die Lehre abgebrochen haben und ist nach Indien getrampt. Sieht aus wie der schiefe Turm von Pisa.

Dodo ist eindeutig die tüchtigste von allen, hat etwas Mutterhaftes mit einem Stich ins Giftige. Krankenschwester, mit den unglaublichsten Arbeitszeiten. Sie schläft neuerdings mit Gagu, wie eine Ertrinkende. Wahrscheinlich hat sie einen gewaltigen Nachholbedarf. Sie ist ziemlich breit und schwer, und wenn ihre achtzig-neunzig Kilos mal in Fahrt kommen, dann wankt das alte Haus. Dabei sind die beiden erst vor einem Monat auf den Geschmack gekommen, komischerweise, nachdem sie miteinander völlig ahnungslos eine Woche Toscana durchgezogen haben. Da hat's offenbar gefunkt zwischen ihnen, wie man einem solchen Erdbeben verharmlosend zu sagen pflegt.

Lene wäre gar nicht übel, wenn sie nicht immer so kompliziert täte. Sie ist eben viel zu intellektuell, kommt aus viel zu gutem Hause, und das macht die Dinge oft schwieriger, als sie eigentlich sind. Geduldig hat man ihr zugehört, wenn sie ihre unverständlichen Theorien entwickelte, hat ungeschickte Einwände und Fragen vorzubringen gewagt, welche die Zeit, die sie benötigte, um alles klarzustellen, glatt verdoppelten. Immerhin kommt ihr das eindeutige Verdienst zu, das Niveau der WG enorm angehoben zu haben. Wo sonst käme Andrea dazu – Lene nennt ihn nie Andi, wie alle andern, sondern stets bei seinem richtigen Namen – , über Herrschaftsprinzipien, Machtmechanismen, Verhaltensmuster, Erziehungsmerkmale und Traumdeutung zu diskutieren? Lene studiert Psychologie, und das seit zehn Jahren. Ein Klassemädchen, ehrlich, wenn auch in gewissen, praktischen Bereichen ein bisschen beschränkt.

Der grösste Depp der Wohngemeinschaft ist zweifellos Gagu, der abgestürzte Journalist. Deshalb heisst er Gagu der Depp, aber nur, wenn er nicht dabei ist. Andi kennt ihn am besten, weil er am längsten mit ihm in der WG wohnt. Gagu war damals gleich eingezogen, kaum hatte er davon gehört, dass Andi eigenhändig beim alten Friedli angefragt hatte. Um der Sache einen seriösen Anstrich zu geben, hatte sich Andi gleich als Hilfsschlosser anstellen lassen, kurz bevor Friedli den Schirm zumachte und mit ihm sein ganzer, kleiner Handwerksbetrieb, die Schlosserei. Was macht man nicht alles für eine gute Wohnung? Damals kostete sie 600. –, also die Hälfte, und Andi konnte es sich leisten, die verschwenderischen fünf Zimmer bloss mit Gagu zu teilen. Aber kaum war Friedli unter dem Boden, kamen die Turbulenzen mit den beiden Erben, und jeder dieser Taugenichtse mit ihren neuen BMW's wollte gleich den grossen Reibach machen. Der Mietzins wurde verdoppelt, die andern Mieter flogen in hohem Bogen hinaus, und jetzt sitzen sie zu fünft in der einen Wohnung, und seit mehreren Jahren schon sollte das Haus eigentlich längst abgebrochen sein.

Gagu war mal ein richtiger Sportreporter, der fleissig berichtete und dem die Sportler nur so hinterherliefen. Bis er diesen Artikel schrieb, den er noch heute jedem zeigt, der ihn sehen will. Darin steht, wie das mit der Knete im Sport läuft, mit den Drogen, mit den Interessen der Politik, des Militärs und der Wirtschaft, wer mit wem und was und wie und wann und wo und vor allem wieviel, ein kompliziertes Mischmasch, aus dem Andi nie richtig klug wurde. Auf jeden Fall scheint das Ganze ziemlich beschissen zu sein, wie alles in diesem Land, und Gagu kann sich noch heute darüber aufregen, selbst wenn sie alle, vor den Fernseher hingelümmelt, nur ein dämliches Fussballspiel anschauen. Jedenfalls war Gagu seine goldene Stelle blitzartig los, überhaupt jede denkbare Stelle. Er ernährt sich heute ausschliesslich von Film-, Buch-, Theater- und Ausstellungsbesprechungen, die einzige Sparte, die ihm geblieben ist und die offenbar niemand liest oder die zumindest niemandem weh tut. Da geht es ja um wenig Geld. Kultur habe eine Hofnarrenfunktionsfreiheit, oder so ähnlich, erklärt Gagu im gegebenen Moment. Eigentlich ein wirrer Typ und immer mindestens zehn Schritte daneben. Aber jetzt hat er die Dodo in der Pfanne, und das scheint ja das ganz grosse Erlebnis zu sein.

«Will jemand noch einen Kaffee?» fragt Andi ganz unbestimmt, um niemanden zu beleidigen. Alle schütteln den Kopf. «Ich muss gehen», murmelt Fipo und steht niedergeschlagen auf. «Ich auch», schluckt Dodo und erhebt sich trotzig.

Halb sieben Uhr morgens. Tolle Stimmung. Andi setzt sich sachte neben Lene, die ihre ewig schwarze Jacke trägt und sich somit

reisefertig angezogen hat. Er legt ihr den rechten Arm über die Schultern. Sie schüttelt ihn gleich wieder ab. Mit Entrüstung. «Verdammte Fickereien. Und das im Zeitalter von Aids.» Sie wendet sich Andi zu und zeigt ihr energischstes Gesicht: «Und du, Andrea? Willst du nicht schlafen gehen?»
Das ist eine berechtigte Frage. Andi hat die ganze Nacht Taxi gefahren, von acht Uhr abends bis fünf Uhr morgens, bei einem Sauwetter, und die Leute hatten eine Saulaune. Das kommt immer wieder vor, schubweise, jeder Taxichauffeur kennt das. Deshalb fragt er Lene: «Ist Vollmond?» Lene weiss es nicht; sie zuckt die Achseln. Andi erklärt: «Wenn Vollmond ist, dann verstehe ich das Ganze. Den Krach hier, meine ich. Sowas gibt es nur bei Vollmond. Beim letzten Vollmond hatte ich einen Fahrgast, der wollte die ganze Nacht in der Stadt herumgefahren werden, nur damit er seinen Müll loswerden konnte, damit ihm jemand zuhören musste. Hat ihn fünfhundert gekostet.» «Ich gehe jetzt.» Sie will aufstehen, doch Andi hält sie am Arm zurück. Sie schaut ihn an wie die Lehrerin ein ungezogenes Kind. «Hör mal», setzt Andi träge an, «ist es dir wirklich ernst damit?» Sie nickt langsam und schaut weg. «Ich meine», fährt er fort, «das wird sich doch wieder legen. Noch heute abend kehrst du zurück, und alles ist okay.» Sie tätschelt stumm seine Wange. Das Heulen steht ihr zuvorderst. «Du kannst doch nicht einfach verreisen, Lene, finde ich. Das kannst du doch einfach nicht bringen. Wir alle brauchen dich. Du bist 'n Klassestück, ehrlich. Wir hängen an dir, und so weiter. Ohne dich ist diese WG nichts, 'n Haufen Scheisse bloss.» Lene zieht ein zerknülltes Papiertaschentuch aus dem Ärmel und schneuzt sich. «Ich gehe jetzt», wiederholt sie.

«PFERDE?» Halter stöhnt geschlagen auf. «Hippotherapie», erklärt seine Frau kühl und blickt an die alte Balkondecke über dem Frühstückstisch, als wäre sie verärgert darüber, dass ihr Gatte so schwer von Begriff ist. Er zieht umständlich seinen Morgenmantel zurecht, um Zeit zu gewinnen. «Hippowas?»

«Hippotherapie.» Halter schnappt nach Luft und verwirft die Arme. Er weiss genau, dass die Schlacht bereits verloren ist, bevor sie überhaupt begonnen hat. «Wo wollen wir diese verdammten Gäule überhaupt unterbringen? In der Garage vielleicht?» Er hat seine Stimme bis an die Grenze des Zulässigen erhoben. Diese Grenze sitzt tief, etwa da, wo andere Leute sagen: Garçon, einen Café crème, bitte! Seine Frau schüttelt säuerlich den Kopf mit der brandneuen Frisur. Schwarz und weiss gemischt, mit etwas grün, hinten kurz und vorne lang, was aussieht, als hätte ihr jemand eine hässliche Perücke verkehrt aufgesetzt und was ihn mindestens Fr. 250.– kosten wird.

«Wir lassen einen Pferdestall bauen.» «Einen Pferdestall?» Halter hat einen Ton angeschlagen, als habe er das Wort «Pferdestall» überhaupt noch nie gehört. «Was ist denn schon dabei?» fragt sie und schaut ihn überrascht an. «Ich höre wohl nicht richtig.» «Hier hat's überall Pferdeställe. Alle haben Pferdeställe, weil es hier nun mal überall Pferde gibt. Wir leben schliesslich auf dem Land.»

Das ist leider völlig richtig. Hier oben auf dem Frienisberg haben all die neureichen Neuzuzüger im Umkreis von zwanzig Kilometern diese verdammten Klepper, weil sie schon alle ihre asiatischen Hängebauchschweine, ihre englischen Luxus-Range-Rovers, ihre japanischen Bambushaine und ihre tropischen Wintergärten besitzen. Das Nonplusultra sind jetzt pflegeleichte Gäule aus dem Jura, Tiere, welche die Leute nicht einmal selber besorgen können. Dafür stellen sie die Lümmel der Umgebung ein, die gleich gemerkt haben, dass in diesem Bereich gewaltig abgesahnt werden kann, und auf ihren glänzenden, japanischen Motorrädern gleich noch die gelangweilten Töchter abschleppen.

Diesmal Pferde. Vorletztes Jahr war es ein gedecktes, geheiztes Schwimmbad, dessen Unterhalt und Energieaufwand ein Heidengeld kosten. Vor-vorletztes Jahr eine neue Küche, nur das Beste vom Besten, konzipiert für Küchenprofis. Trotzdem wird weiterhin meist Tiefgefrorenes in den Mikrowellenherd geschoben, wenn überhaupt. Letztes Jahr eine neue Gartenanlage mit integriertem, biologischen Gemüseanbau, eine richtige high-tech-Anlage. Damals war Gartenarbeit die beste Therapie, auch wenn er im Garten den ganzen Sommer lang nur einen spanischen Hilfsgärtner herumstehen gesehen hat. Seine Frau behauptete damals, ihr Analytiker habe erklärt, Gartenarbeit sei für die Mädchen das Beste, was ihnen geschehen könne, wegen dem wunderbaren Ausgleich, und er wusste von vornherein, dass dieser Gemüsegarten ein Flop sein wird. Dieses Jahr wuchert dort üppig und biologisch einwandfrei sämtliches Unkraut der Umgebung, nachdem er sich erstaunlich standhaft geweigert hat, sich ein weiteres Jahr von der alternativen Gartenbaufirma ausplündern zu lassen.

Der erste finanzielle Hammer war der Abriss des angeblich untypisch angebauten Oekonomieteils, damit der Wohntrakt – ehemalige, spätbarocke Campagne – vorteilhafter zur Geltung kommt. Dafür Anbau einer spätkapitalistischen Doppelgarage und ebendieses Schwimmbades, gegen alle hinterhältigen Einwände des Denkmalschutzes. Hat ihn ein Vermögen gekostet. Sein Vermögen, um genau zu sein. 2,4 Millionen hat er für die Hütte bisher hingeblättert, auf zehn Jahre verteilt.

Immer ist etwas Neues hinzugekommen. Zuerst dieser unwiderstehliche Drang aufs Land hinaus, das war schick, nachdem Bern von Autobahnen völlig eingeschlossen worden war. Also: Total überrissene 1,2 Millionen für ein heruntergekommenes, riesiges Bauernhaus, früher mal Landsitz einer der degenerierten, bernischen Patrizierfamilien, inklusive zehn Hektaren vergammelten Umschwungs. Danach drei lange, teure Jahre Umbau: neue Böden und Decken und Wände, Originalparkett und Originaltäfer, neue Heizung, Rekonstruktion der Gartenanlage, komplett neues, vollisoliertes Riesendach mit Spezialziegeln, aufwendige Kanalisation mit eigener Kläranlage und angemessene Zufahrt in Form einer Platanenallee, typischer Niederstamm-Obstgarten als Anbiederung an die Reste bäuerlicher Umgebung (Golden Delicious und Granny Smith), Terrasse, Wintergarten, komplette Fassadenrenovation, Mobiliar aus Auktionen bei Stuker, geheizte Doppelgarage, Range Rover, Hallenbad, und so weiter und so fort, macht total 2,4 Grosse. Zweikommavier! Er hat sich fast ruiniert, aus reiner Gutmütigkeit.

Und jetzt das. Ein Pferdestall mit Pferden drin, dazu natürlich eine überdimensionierte Weide, dort, wo die neuen Apfelbäume klein und hilflos stehen. Seine Apfelbäume! Das einzige, was er eigentlich mag am Ganzen. «Die Bäume sind futsch.» «Die Bäume sind dir wichtiger als deine Töchter?» Halter seufzt, so tief er kann. «Wo soll dieser Stall zu stehen kommen?» «Hinter der Garage. Das Einfachste von der Welt.» Halter sieht schon wieder die Herren vom Denkmalschutz auftauchen und furchtbare Drohungen ausstossen, milchgesichtige Patriziersöhne, Dres.phil., die sich auf diese perfide Weise am Lauf der Geschichte rächen. «Minder sagt, Hippotherapie ist das Beste gegen Anorexie.» Minder. Natürlich. Ihr Analytiker. Halter verflucht den Tag, da seine Frau mit dieser beschissenen Analyse begonnen hat. Er erinnert sich genau: In der Woche zuvor hatte er den Posten an der Kantonalen Kreditbank übernommen, steckte bis zum Hals in Verpflichtungen, die Mädchen waren zwölf und vierzehn, bekamen plötzlich Brüste, und seine Frau – wenn er überhaupt von «seiner» Frau sprechen durfte – erklärte, sie wolle jetzt endlich leben. Genau so: «Ich will jetzt endlich leben.» Es war natürlich Minder, der ihr eingeredet hatte, auf dem Land sei alles anders, und die beiden blassen Mädchen würden da richtig aufblühen und so weiter.

Jetzt hängen dieselben Mädchen mit leidenden Mienen monatelang leidenschaftslos im Hause herum, denn im nächstgelegenen Kaff ist es natürlich noch langweiliger als zu Hause. Dabei standen zu Beginn sogar mal Jazztanz, der Kulturverein und die örtliche Jugendgruppe zur Diskussion.

Das geht nun schon seit Jahren so; genaugenommen hat er diesen Familienzirkus seit sechsundzwanzig Jahren am Hals. Immer wieder muss er sich fragen, womit er das verdient hat. Das fragt er natürlich nicht laut; er sagt stattdessen: «Ich muss mich langsam fragen, Elisabeth, wie weit wir uns noch ins finanzielle Abenteuer stürzen wollen. Du weisst, ich arbeite vielleicht noch vier Jahre. Dann ist Ende Feuer.» «Wir verkaufen das Haus in der Stadt.» Das Haus in der Stadt! Sein Haus! Das Haus, das er gegen seinen Willen verlassen musste, das Haus seiner Familie, von seinem eigenen Grossvater gebaut, nach dem Verkauf der

Schokoladefabrik in der Matte unten («Lerne mit Halters Schokoladebildchen die Welt kennen!»), purer Jugendstil, das Haus seiner unbeschwerten Kindheit! «Einfach so?» «Einfach so.» Früher hat er tatsächlich vage an die Familie als Keimzelle des Staates geglaubt («Zu Hause muss? soll? darf? kann? beginnen, was leuchten soll im Vaterland!»), aber die Erfahrungen belehrten ihn unbarmherzig eines Besseren. Heute sieht er sich einer Front von drei erwachsenen Frauen ausgesetzt, die sich nur für eines interessieren: für seine Kohle. Eine Scheidung käme ihn – das hat ihm sein Anwalt Francis Clerc längst vorgerechnet – ebenso teuer zu stehen wie die gegenwärtigen Lebenshaltungskosten, und die liegen bei 25'000. – im Monat. Lange Zeit noch hat er gehofft, dass seine beiden Töchter bald einmal ausziehen werden, wie das andernorts üblich ist, sich einem flotten, jungen Mann anhängen werden, der in der glücklichen Lage ist, ihre enormen Unterhaltskosten zu übernehmen. Aber er hat sich getäuscht. Die beiden sitzen seit Jahren völlig tatenlos zu Hause herum, dreiundzwanzig- und fünfundzwanzigjährig, und es scheint ihnen an nichts zu mangeln. Sie interessieren sich nicht im geringsten für Männer, kümmern sich ausschliesslich um ihre gesunde Ernährung und um die Farbe ihres Teints. Allfällige, hoffnungslose Ausbildungsversuche haben die beiden bereits im Vorstadium abgebrochen; nicht einmal autofahren wollten sie lernen. Allenfalls ausgedehnte Ferienreisen können sie zeitweise aus ihrer Lethargie holen, aber sie dürfen nicht zu anstrengend sein.
Seine Frau sitzt ihm in resoluter Haltung gegenüber und schaut ihn missbilligend aus einem makellosen Make up an. Allein ihr Styling kostet ihn mindestens 2'000. – pro Monat. «Na gut», erklärt er, längst geschlagen, «aber ich will damit nichts zu tun haben. Du besprichst dich mit dem Architekten und hältst mich aus der ganzen Sache heraus.» Sie nickt gelassen, als ob er gesagt hätte: Heute muss der Gärtner den Rasen mähen.
Er ist einfach viel zu nachgiebig, findet er wieder einmal verärgert, und er könnte sich ohrfeigen.
Im Korridor tänzeln ihm die beiden Mädchen wie zufällig entgegen. «Papa!» Früher haben sie «Vati» gesagt; neuerdings finden

sie «Papa» mit Betonung auf dem zweiten a viel schicker, deutsch ausgesprochen, also «Phaphaa». «Phaphaa, wie findest du die Idee?» zwitschert die eine. «Welche Idee?» «Na, die Pferde!» flötet die andere. «Welche Pferde?» «Jetzt tu nicht so, Phaphaa, du weisst genau!» Halter tut, als ob er sich endlich erinnere: «Ach so! Die Pferde!»

Seine Töchter sind erwachsene Frauen, die sich immer noch wie Backfische aufführen. Es ist ein Jammer, und Halter spielt mit im furchtbaren Spiel gegen die Wirklichkeit. Es ist durchaus wahrscheinlich, dass die beiden viel raffinierter sind, als er je ahnen kann. Die Gören nehmen ihn schliesslich nach Noten aus.

«Was sagst du dazu?» «Zu Pferd fällt mir nichts ein.» «Sei kein Spielverderber!» (Da haben wir's. Ein Spiel, alles ein Spiel! Das Spiel heisst: Wir klopfen Phaphaa windelweich und machen ihn nudelfertig.) «Besprecht das bitte mit eurer Mutter.» Sie stellen sich ihm taktisch klug in den Weg, weil sie gleich gemerkt haben, dass er ihnen ausweichen und möglichst schnell verschwinden will. (In diesem Spiel ist er der ewige Verlierer, und es gehört zu den Regeln dieses grausamen Spiels, dass er bis zur bitteren Niederlage gequält werden muss.) «Bist du dafür?» «Ich hasse Pferde.» «Warum?» «Sind viel zu gross. Fressen zuviel. Arbeiten zuwenig.» «Spielverderber.» «Ihr kriegt die Pferde. Ich habe Mutter gesagt, sie soll sich darum kümmern.» Früher wären ihm die beiden jauchzend um den Hals gefallen, genau in dem Augenblick nämlich, da sie gecheckt haben, dass er das Spiel verloren hat. Heutzutage verschwinden sie ebenso schnell wie sie aufgetaucht sind, blitzartig und lautlos wie zwei Terroristen. Ihre Sache ist geritzt.

Im Bad schwimmt er zunächst zehn Minuten hin und her, wie ihm der Arzt empfohlen hat, und klammert sich danach schwer atmend an den Bassinrand. Was macht er falsch? Warum hängen die Mädchen immer noch hier herum? Er hat ihnen jede Möglichkeit geboten: Sprachaufenthalte, Sportkurse, Erlebnisreisen, und gerne hätte er sich mal mit einem jungen Mann angefreundet, den die eine oder die andere ins Haus geschleppt hätte. Jedesmal, wenn er das Thema behutsam anschneidet, schlägt ihm aus drei Gesichtern der blanke Hass entgegen. Diese gottverdammte Dreieinigkeit, oder Dreifaltigkeit, oder wie auch immer! Der Graben zwischen ihm und den Frauen ist abgrundtief, und die groteske Vorstellung, später einmal mit seiner Frau alleine hier leben zu müssen, ist unvorstellbar unerträglich. Bereits warnt ihn der Arzt nach umfangreichen Tests vor Stress und Anstrengungen; er ist körperlich nicht mehr voll da, und das mit neunundfünfzig Jahren. Das Herz macht neuerdings komische Sprünge und Töne. Auch mit seinem Blut ist etwas nicht in Ordnung. Er kann nur hoffen, es noch vier Jahre lang zu schaffen, und er könnte kotzen, wenn er an seinen kränklichen, aufgedunsenen Leib denkt.

EIGENTLICH SOLLTE ANDI jetzt schlafen gehen, denn am Mittag muss er bereits wieder fahren, aber er schafft es nicht, jetzt vom Tisch aufzustehen und in sein Zimmer hinüberzugehen. Ausser Gagu, den er von Dodos Zimmer her schnarchen hört, sind alle weg. Um Lene braucht sich Andi keine Sorgen zu machen; die kriegt ihr Geld von ihrem Vater und hat noch nie im Leben gearbeitet. Menschen, die arbeiten müssen, kommen für sie nur in Büchern vor. Als Andi ihr einmal vorgeschlagen hat, so wie er mit taxifahren Geld zu verdienen, weil sie mit ihrem Alten wieder einmal im Clinch lag, fand sie diese Aussicht langweilig. Sie hat es nicht nötig, und Andi hat volles Verständnis dafür. Er würde gerne mit ihr tauschen. Arbeiten geht auf die Dauer mächtig auf den Wecker, besonders taxifahren. Die 18 bis 19 Hunderter, die monatlich herausschauen für all das Gehetze, sind auch nicht gerade das Gelbe vom Ei. Zieht er alles ab, was ihm automatisch aus der Tasche gezogen wird, rein nur durch den Umstand, dass er existiert, bleiben ihm knappe Tausend zum Leben, das heisst für den Food und die Klamotten und all das, was der Mensch sowieso braucht. Nichts da von Sparen. Keinen müden Rappen bringt er auf die hohe Kante, bei diesem way of life. Die ferne Idee, das Wirtepatent zu machen, um endlich in seinen Lebenstraum einsteigen zu können, verblasst allmählich am endlosen Horizont. Er schafft es finanziell einfach nicht, ein

paar läppische Monate freizumachen, um diese bescheidene Ausbildung hinter sich zu bringen.
Er kocht gerne, und er kocht gut. Er versteht was vom Kochen. Er hat es täglich bei seiner Mutter abgeschaut, schon als kleines Kind, auf einem Stuhl stehend, in Bümpliz. Brodi, gelatina e sughi, minestre, principi, salse, uova, paste e pastelle, ripieni, fritti, lesso, tramessi, umidi, rifreddi, erbaggi e legumi, piatti di pesce, arrosti, torte e dolci al cucchiaio, gelati, einfach alles. Seine Mutter war ein Genie.
Er kocht gerne für Leute, für die Leute hier, und sie mögen, was er ihnen vorsetzt. Wenn er die Zeit dazu hat. Sein Traum ist eine kleine Beiz mit fünf oder sechs Tischen. So könnte er sein Leben verbringen. Gagu sagt zwar mit Recht, das reiche wirtschaftlich gesehen nirgendwo hin. Aber so könnte er es machen, so könnte er sich die Sache vorstellen. Eine kleine Beiz und ein paar Leute, Freunde, die regelmässig essen kommen. Genau so.
Er hört Gagu rumoren, sich im Bett wälzen, sich die Nase schneuzen und schliesslich im Zimmer herumtappen und seine Unterwäsche zusammensuchen. Dann taucht er verschlafen auf, in einer alten, ausgebleichten, schlaffen, langen Unterhose, die grauen Haare wirr nach allen Seiten. Er schaut Andi verdutzt an. «Bin ich zu früh aufgestanden?» fragt er verstört. «Es ist neun.» «Erst neun?» Gagu schüttelt den Kopf, als ob er die Welt nicht mehr verstünde, murmelt Unverständliches und irrt in der engen Küche herum, unschlüssig darüber, ob er nicht doch wieder ins warme Bett zurückkehren sollte. «Wie steht's?» fragt er und meint natürlich den Krach von gestern abend. «Lene ist gegangen.» «Ehrlich?» Er sieht erschrocken aus und schaut Andi ungläubig an: «Wie findest du das?» Er stellt eine Tasse unter die blitzblanke Cimbali, lässt die Maschine laufen und dreht sich nach Andi um: «Sag mal, ganz ehrlich:» – er blickt Andi aus seinen zerknautschten Augen so eindringlich wie möglich an – «Hab' ich was falsch gemacht?» Andi schüttelt langsam den Kopf. «Ich meine», fährt Gagu fort, «ich habe mit der ganzen Sache doch nichts zu tun, wirklich. Was kann ich dafür, dass Lene, sexuell gesehen, frustriert ist? Warum schnappt sie sich keinen Macker für die Pfanne? Warum tut sie so pingelig in die-

ser Abteilung? Wenn ich die Dodo rumple, kriegt sie gleich einen Schreikrampf. Ich meine, wo gibt es sowas?» «Sie hat gesagt, sie gehe da hin, wo nicht ständig penetriert wird wie in einem Bordell.» Gagu lacht spröde. «Hat sie das gesagt? Wie in einem Bordell?» «Sie will eine reine Frauen-WG suchen.»
Gagu denkt nach. Er denkt lange nach. Er denkt insgesamt gesehen überhaupt zuviel nach. Dann fragt er: «Glaubst du, sie kommt wieder zurück?» Andi schüttelt den Kopf, bestimmt: «Die ist weg. Du kennst sie. Wenn sie wütend ist, kann sie niemand bremsen.» Gagu nickt: «Schade. Ich hab' sie irgendwie gemocht, trotz ihres Alten.» «Ich auch.» «Was machen wir jetzt? Ich meine, das kostet uns alle glatt einen Lappen zusätzlich.» «Mindestens. Sie will die Cimbali.» «Was? Sie will uns die Cimbali wegnehmen?» Jetzt sieht Gagu wirklich erschrocken aus, und seine Augen sind erstmals richtig offen. «Sie hat gesagt, die Maschine gehöre ihr.»
Gagu seufzt. Er sieht schwere Zeiten herankommen. Er weiss, dass nichts so heikel ist, wie neue WG-Partner zu finden. Neue Partner sind immer ein Risiko, sind immer eine Belastung. Nichts ist schlechter für die WG als diese abrupten Wechsel. «Wir müssen», setzt Gagu deshalb vorsichtig an, «die Rechnung neu mischen und schauen, ob wir die Wohnung zu viert durchbringen können. Vielleicht geht's auf.» «Vielleicht nicht.» «Vielleicht doch.» «Glaube nicht.» «Möglich wär's.» «Ich kann keine zusätzlichen Stützers aufbringen.» «Bei mir ist es eigentlich dasselbe, denn auf mehr als 15 Hunderter komme ich einfach nicht.» Gagu macht es mit 1'500. – brutto, ein Meisterwerk. Allerdings ohne Krankenkasse und Ähnliches, und seine Zähne sind völlig im Eimer. Er schaut sich um: «Hast du aufgeschrieben, was ich einkaufen muss?» fragt er beiläufig. «Hier.» Andi schiebt ihm den Zettel hin. Gagu überfliegt ihn und nickt.
Er kauft immer für die ganze WG ein und macht das gerne. Das bringe Bewegung, sagt er. Er trottelt jeden Morgen zwei Stunden durch das Quartier und kennt immer alle günstigen Einkaufsmöglichkeiten und Sonderangebote. Er gehört bereits zum Quartierbild, nennt die Kinder beim Vornamen und schwatzt mit den Müttern über die Probleme des Alltags. Er spricht sogar einige

Brocken Türkisch, Portugiesisch und Serbisch. Die Leute mögen ihn. Manchmal verschenkt er Eintrittskarten fürs Kino. Als freischaffender Kulturberichterstatter hat er freien Zugang zu vielen kulturellen Veranstaltungen und kriegt zudem die neuesten Bücher, die er jeweils grosszügig und natürlich ungelesen nach links und rechts verschenkt, kistenweise gratis zugesandt. Er arbeitet nachmittags an seiner Schreibmaschine, und abends ist er unterwegs, an Vorstellungen, Vorführungen, Vorlesungen, Aufführungen und Ausstellungen, kommt aber regelmässig vor Mitternacht wieder nach Hause. Er schreibt immer lieb, ist nie jemandem böse, lobt auch in den zweifelhaftesten Fällen, und das ist der wahre Grund, warum er sich so lange halten kann. Man könnte meinen, er habe etwas gelernt nach dem Sportartikel; aber Andi weiss, dass Gagu der Depp insgeheim auf Rache sinnt: Irgendwann will er es der Bande heimzahlen. «Dann werden die Fetzen fliegen!» pflegt er zu drohen. Um welche, um wessen Fetzen es sich handeln wird, weiss er allerdings noch nicht; vielleicht will er es gar nicht wissen.

«Ich lege mich jetzt ein wenig hin», erklärt Andi gähnend. «Stell den Wecker!» warnt Gagu. Andi nickt, streckt sich und geht in sein Zimmer. Er belegt das grösste und schönste Zimmer, weil er sozusagen der Gründervater ist. Von diesem Zimmer aus kann er sogar auf eine Terrasse hinausgehen, auf das Flachdach der ehemaligen Werkstätte. Im Sommer stellen sie den Küchentisch fürs Abendessen dort hinaus, trotz dem gewaltigen Verkehr, dem entsprechenden Lärm und Gestank. Café Chaos wird das genannt, und als sie einmal da draussen die Musik laufen liessen (Lucio Dalla), kam absurderweise die Polizei und nahm ihnen dreissig Franken Busse wegen Lärmbelästigung ab. Lene hatte sich damals fast geprügelt mit den beiden Tschuggern, die, wie sie immer wieder beschwichtigend betonten, ja nur ihre Pflicht erfüllten. («Wir müssen nun mal jeder Anzeige nachgehen, so will es das Gesetz!»)

Andi legt sich angezogen auf sein Bett und blickt an die Decke. Wieder einmal muss er sich fragen, wie lange das noch weitergehen kann. Seit gut zwölf Jahren wohnt er hier im Mattenhof, und die Vorstellung, das Wohnproblem neu definieren zu müssen, macht ihn völlig matt. Wahrscheinlich wird er tatsächlich, wie Gagu prophezeit, in einem Neubau am Stadtrand landen. Am liebsten möchte er hier, in diesem Haus, unten in der Werkstatt, seine Beiz eröffnen. Doch das kleine Grundstück ist mittlerweile auf 12,5 Millionen oben. 12,5 Millionen! Wer kann sowas überhaupt bezahlen?

DAS SITZUNGSZIMMER der Kreditbank des Kanton Bern (KBKB) ist äusserst karg eingerichtet: ein langer Tisch mit Chromstahlfüssen, die Tischplatte aus grauem Kunststoff, sechs einfache Stühle auf jeder Seite, mit Sitzflächen aus hellem Pressfournier, am Kopfende ein beweglicher Sessel mit grauem Stoffüberzug, an der Wand dahinter ein einfacher Stuhl mit hölzerner, klappbarer Schreibfläche. Kahle, weisse Wände, in die weisse Decke eingelassene Neonleuchten hinter wabenförmigen, weissen Blenden, eine vorhanglose Fensterfront zur Bundesgasse hin, mit hochgezogenen Innenstoren, und eine rechteckige Uhr mit digitaler, roter Anzeige an der Wand gegenüber der Fensterfront, der Fussboden von einem dunkelgrauen Spannteppich bedeckt. Halter hatte veranlasst, dass nach dem Umbau alles Überflüssige entfernt wurde. Selbst die Bilder, die sein Vorgänger angeschafft hatte (Erni, Lindi, Hug und Falk), landeten in einem Lager.
Die jungenhaften Abteilungsleiter haben ihre umfangreichen Unterlagen vor sich ausgebreitet, Auszüge, Grafiken, Statistiken, Prognosen, geben sich uniform und diszipliniert, eine ruhige Atmosphäre, wie Halter sie trotz der gegenwärtig angespannten Lage durchgesetzt hat. Keine Zigaretten, keine Kaugummis, keine Getränke, sondern konzentrierte, effiziente, effektive Arbeit auf Grund gut vorbereiteter, transparenter Entscheidungshilfen. Halter sitzt in entspannter Haltung am Kopfende des Tisches, leitet die Sitzung, meist durch blosses Nicken, hört aufmerksam zu, sagt kein Wort zuviel, wie er es auch von seinen Mitarbeitern verlangt: Das ist sein Stil, sein Werk, sein Klima. Hinter ihm sitzt Frau Grobet und protokolliert geräuschlos. Das Ganze ist ein

Organismus in Funktion; Halter hat sich eine Bank immer als Tanker vorgestellt, der auf hoher See ruhig seinen Kurs hält. Die Kreditbank des Kanton Bern ist eine der staatlichen Banken, gegründet zu einer Zeit, als der Kanton den privaten Banken nicht traute, eine kleine Bank, die davon lebt, dass der Kanton seine Kreditgeschäfte nur über sie abwickelt. Eine ruhige Insel war die Bank früher, im Meer des hektischen Geldgeschäftes dieses Landes, fast eine Utopie. Doch der Verwaltungsrat, den Regierungsrat Feller präsidiert, fordert heute imperativ, dass sich die Kreditbank in dieser unsicheren Zeit intensiver dem Geldgeschäft zuwende, um zu besseren Bilanzen zu kommen. So hat Halter lauter neue Leute eingestellt, nervöse Fachleute des Geldverdienens, geschult in der harten Wirklichkeit des privaten Bankensektors und der Wirtschaft, junge Leute, die ein Heidengeld kosten und von denen erwartet wird, dass die geforderten Bewegungen endlich einsetzen. Die ruhige Zeit ist endgültig vorbei, und die teuer bezahlten Posten sind Schleudersitze geworden.

Er schaut sich die uniformen Männer an: allesamt Spezialisten, die sich an klares Denken gewöhnt sind, denen man nichts vormachen kann und die zu handeln wissen, wenn es der Zeitpunkt erfordert (kokaingestützt; aber das kann Halter nicht ahnen). Er hat, so findet er, eine gute Crew zusammengekriegt. Die Bilanz ist im letzten Jahr um 6% gewachsen, und die Bilanzsumme wurde auf 6,9 Milliarden ausgeweitet. Dass er keine Ahnung hat, was für Menschen sich hinter dem professionellen Gehabe verbergen, stört ihn nicht. Die Maschinen müssen laufen, das ist alles. Noch fehlen auf Grund früherer Fehldispositionen die eindeutigen Belege, dass der eingeschlagene Kurs stimmt, doch Halter ist zuversichtlich: Er ist dabei, die ehemals verschlafene, danach durch Krisen und Skandale geschüttelte Bank wieder auf Vordermann zu bringen. Der Verwaltungsrat wird ihm nichts vorwerfen können.

Pünktlich um zwölf ist die Sitzung beendet. Man nickt sich freundlich zu und verlässt rasch den Raum. Halter wendet sich nach Frau Grobet um und stellt den Augenkontakt her. Sie nickt und steht auf, klappt ihre lederne Schreibmappe zusammen und packt sie unter den Arm. «Wir sehen uns heute nachmittag wieder, Frau Grobet.» Sie nickt, wünscht guten Appetit und verlässt den Raum. Halter bleibt eine Weile sitzen, ohne an etwas Bestimmtes zu denken, schaut zum Fenster hinaus, durch den Schleier eines feinen Nieselregens hinüber an die Fassade des Ostflügels des Bundeshauses und fragt sich, ob er tatsächlich Appetit verspüre, oder ob er in der kurzen Mittagspause nicht besser die Routineangelegenheiten erledigen sollte. Dazu benötigt er, so fällt ihm ein, seine Sekretärin, und die ist soeben gegangen. Also entschliesst er sich, doch essen zu gehen, obwohl er kaum Hunger verspürt. Er braucht jetzt eine Zäsur. Sein nächster Termin ist bei Feller, dem Präsidenten des Verwaltungsrates. Privat. Er muss diese Sitzung, die für morgen angesagt ist und von der es kein Protokoll geben wird, gründlich vorbereiten, und dazu braucht er etwas Abstand von der bankinternen Arbeit.

Er steht auf, zieht sein Gilet straff, knöpft seine Jacke zu und prüft den Sitz der Krawatte, geht danach in sein Büro hinüber und bestellt ein Taxi. Er nimmt sich vor, einen ruhigen Gasthof ausserhalb der Stadt aufzusuchen, wo er sich zuweilen mit Geschäftspartnern einfindet, ein gepflegtes Haus mit renommierter Küche (nouvelle cuisine traditionelle contemporaine). Im Sommer sitzt man unter alten Kastanienbäumen, und im Winter in geschmackvoll hergerichteten, kleinen Stuben in ländlichem Stil. Eine Weile überlegt er, ob er Hut und Mantel mitnehmen soll, unterlässt es jedoch, denn das Taxi wird ihn direkt vor die Türe des Restaurants bringen.

Vor dem Hause wartet das Taxi bereits, und Halter steigt hinten ein, bevor ihn der Fahrer überhaupt bemerkt. Halter nennt das Fahrziel, und der Wagen fährt gleich los, verlässt die Stadt und gelangt auf die Autobahn. Eine Viertelstunde Fahrt bei zunehmendem Nebel, und der Chauffeur, ein Mann mit langen, klebrig-schwarzen Haaren, pickelnarbigem Gesicht und flinken Augen, dreht sich nach Halter um: «Sauwetter.» Halter nickt kurz und verspürt keine Lust, mit dem Fahrer zu sprechen.

Im Moos verlässt das Taxi die Autobahn, und am Rande des unübersichtlichen Parkplatzes vor dem einsam gelegenen Gasthaus lässt Halter anhalten, bezahlt, steigt aus und sieht gedankenverloren dem Wagen nach, dessen Rücklichter im Nebel verschwin-

den. Eine flache, neblige Gegend mit weichem Untergrund, ein ehemaliges Moor mit schweren, abgeernteten Böden breitet sich vor ihm aus; bereits spürt Halter Kälte und Nässe durch seinen Anzug kriechen, und er beschliesst, rasch zum Restaurant zu gelangen, um diesem unfreundlichen Wetter zu entkommen.
Das Restaurant ist geschlossen. Verblüfft liest Halter die Mitteilung an der Tür: HEUTE RUHETAG, begreift allmählich, dass er in der Patsche sitzt. Hätte er doch zuvor angerufen! Seine Gelassenheit ist hin. Er blickt zurück: Natürlich ist das Taxi längst verschwunden. Er schaut sich um: Kein Fahrzeug, kein Mensch weit und breit. Das hätte ihm doch gleich auffallen müssen! Er drückt die Türklinke: vergeblich. Die Tür ist verschlossen, kein Laut ist zu hören. Er hält nach einer Telefonkabine Ausschau, geht um das ganze Haus herum und zurück auf die kleine Landstrasse: nichts. Es ist nicht zu fassen. Sein Anzug ist feucht, die Schuhe sind schmutzig. Ungläubig blickt er an sich herunter: Wo ist er nur gelandet?
Vor dem Eingang des geschlossenen Restaurants versucht er sich zu orientieren, kann jedoch wegen des Nebels keine fünfzig Meter weit sehen. Immerhin weiss er, wo er sich befindet, und er beschliesst, zu Fuss zum nächsten Dorf zu gehen, das seiner Meinung nach über die schmale Strasse, die vom Parkplatz weg rechtwinklig zur Autobahn führt, in höchstens fünf Minuten zu erreichen sein müsste.
Kopfschüttelnd macht er sich auf den Weg. Er steckt, was er sonst nie tun würde, seine Hände in die Jackentaschen, nachdem er unbeholfen den Jackenkragen hochgeschlagen hat. Irgendwann muss er ja auf irgendwas stossen, sagt er sich, belustigt über die Vorstellung, stundenlang im Nebel herumirren zu müssen. Er hätte Hut und Mantel doch mitnehmen sollen, oder zumindest den Schirm.
Das Strässchen steigt langsam an und endet überraschend vor einem schmalen Autobahnübergang, wie er vielleicht für Wanderer konzipiert wurde. Halter steigt die Betonstufen hoch, hört auf die scharfen Geräusche der unter ihm vorbeifahrenden Fahrzeuge, die kurz aus dem Nebel auftauchen und gleich wieder verschwinden, als habe sie die Erde verschluckt. Auf der anderen

Seite der schmalen Brücke tritt er auf einen aufgeweichten Feldweg. Er überlegt, ob er umkehren sollte, verwirft den Gedanken und geht seufzend den Feldweg entlang, der durch scheinbar endlos weite Felder führt, versucht, dem ärgsten Matsch, den ärgsten Pfützen auszuweichen; je länger er geht, desto weicher wird der Boden, desto tiefer die Traktorenspuren, und Halter wird es allmählich klar, dass er den falschen Weg erwischt hat. Die Hosenbeine sind kotverschmiert, die feinen Halbschuhe mit den Ledersohlen zwei Dreckklumpen, und der Anzug ist jetzt völlig durchnässt.

Plötzlich ist da ein Waldrand. Der Feldweg wird zum Waldweg. Halter will sich nicht lange mit Überlegungen aufhalten, denn sobald er stehenbleibt, spürt er gleich die unangenehme Kälte, der er erbarmungslos ausgesetzt ist.

An einem kleinen Feuer, das erstaunlicherweise trotz des Regens munter brennt, sitzt ein Mann auf einem umgesägten Baum und pellt mit einem Militärtaschenmesser eine harte, schwarzbraune Wurst aus ihrer Haut. Seine Hände sind gross und kräftig; man sieht ihnen die schwere Waldarbeit an. Er hat einen braunen Hut mit breiter Krempe auf und über den Schultern eine steife Plane, die ihn vor dem Regen schützt. Zwischen seinen Beinen liegt ein alter Armeetornister aufgeklappt; Halter erkennt eine feldgraue, abgewetzte Gamelle und eine Thermosflasche aus Aluminium. Seine grossen, hohen Stiefel hat der Waldmensch auf Spälten gestellt und die Ellenbogen auf die Oberschenkel gestützt.

Der Mann hat ruckartig aufgeblickt und in seiner Schälarbeit innegehalten. Er glotzt Halter mit offenem Mund an. «Grüssgott!» sagt Halter freundlich. Er macht zwei unsichere Schritte zum Feuer hin und hält seine klammen Hände darüber, reibt die Handflächen gegeneinander, fragt überflüssigerweise: «Darf ich?» Der Waldarbeiter antwortet nicht, schaut ihn überrascht von oben bis unten an. Während Halter mit einer gewissen inneren Verzweiflung seine Hände wärmt und seufzend zu den Baumwipfeln hochschaut, öffnet der andere endlich seinen Mund: «Was macht Ihr da?» «Ich habe mich verlaufen.» «Hä?» «Ja. Haben Sie vielleicht ein Fahrzeug?» «Dort», grunzt der Kerl und deutet eine Kopfbewegung an. Halter blickt hin und entdeckt ein schiefes, rostiges Mofa, das an einem Baum lehnt. Das bringt ihn gewiss nicht weiter. So nimmt er all seinen Mut zusammen: «Wo komme ich hin, wenn ich da weitergehe?» fragt er und zeigt vage in die Richtung des sumpfigen Waldweges. «He?» «Wo führt dieser Weg hin?» Der Mann dreht sich schwerfällig um und blickt überrascht auf den Weg, als ob er ihn zum ersten Mal sähe. «Dieser Weg?» Die Frage ist ihm noch nie gestellt worden. Er muss lange überlegen. «Zum Spycher», sagt er endlich und zeigt eine unregelmässige Reihe brauner Zähne. «Spycher? Ist das ein Dorf?» Der Mann dreht sich wieder nach Halter um und schaut ihn an, als habe er nicht alle Tassen im Schrank. «Was ist es denn? Ein Weiler?» Der Mann schüttelt den Kopf ob so viel Unsinn. Sowas Blödes hat er noch nie gehört: der Spycher ein Dorf! Da werden die Leute was zum Lachen haben, heute abend, in der Wirtschaft. «Der Spycher ist denk der Spycher!» «Ein Bauer?» «Heja, denk!» Der Waldarbeiter seufzt. So ein Halbschuh. Aus der Stadt, natürlich. In der Stadt hat es nur Halbschuhe.

JEDER DER KRÄFTIGEN PONTONIERE hält einen schweren Stachel oder ein mächtiges Ruder in der Rechten, am Boden aufgestellt, und blickt während des Singens neugierig zwischen dem Dirigenten und Feller, der etwas zurückversetzt neben den gebeugten Ehrenveteranen steht, hin und her. Sie haben noch nie einen Regierungsrat von Nahem gesehen.
Das Pontonierfahrerlied ertönt, und zwar mit der nötigen Inbrunst. Muettibuben, fällt Feller ein, und er versucht herauszufinden, wie er auf dieses Stichwort gekommen ist. Etwa vierzig erwachsene Männer hat er vor sich, solide Berufsleute, schaffige, ältere Burschen mit breiten, offenen Gesichtern, meist in bäuerlicher Umgebung aufgewachsen, schlau bis schlaumeierisch, Handwerker und Gewerbetreibende, politisch kaum informiert, die Basis dieses Kantons, seine Grundlage, sein alemannischer Bodensatz. Ihre einzige, echte Bindung ist ihre Mutterbindung, Mutterbuben allesamt, im Schutze von breiten, geblümten oder gestreiften Schürzen aufgewachsen; ihre wahre Heimat ist ein

gewaltiger Frauenhintern in der Nähe des Kochherdes. Ausschliesslich für ihn leben und arbeiten sie.
Jetzt ist Feller dran. Er überprüft mechanisch die Knöpfe seines dunkelgrauen, fein gestreiften Anzuges, indem er kurz und ohne hinzuschauen mit der Innenseite der rechten Hand darüberfährt, stellt sich zwischen die Veteranen und die Aktiven, mit Blick auf den Vorstand, schaut kurz zu Boden, wie um sich zu sammeln, richtet sich dann straff auf und nickt dem einige Schritte zurückgetretenen Dirigenten zu, als seien sie alte Kollegen (eine wichtige Nummer): «Herr Präsident, hochgeschätzte Herren Vorstandsmitglieder, verehrte Veteranen und Vertreter der Sektionen, liebe Aktive: Seit hundert Jahren nunmehr gibt es den Pontonierfahrverein, seit hundert Jahren zeigen uns die wackeren Pontoniere, wie die grossen Flüsse unseres schönen Kantons zu meistern sind. Eine Leistung, die nicht genug gewürdigt werden kann, ist doch das Wasserfahren mit grosser körperlicher Anstrengung und viel Mut verbunden, wie wir alle wissen.» (Applaus) «Es ist deshalb mehr als logisch, dass die einst harte Transportarbeit im Dienste des Kantons und seiner Wirtschaft heute zu einem Sport geworden ist, zu einem Sport für harte Männer mit starken Armen. Wer allerdings meint, Wasserfahren sei ein Sport wie jeder andere, der täuscht sich: Dieser Sport ist ein hiesiger Sport, tief verwurzelt in unserem Volk, nicht mehr wegzudenken aus dem Bild unserer Landschaft: ein Stück Kultur dieses Landes, das so reich an lebendigen Traditionen ist. Ihr alle, liebe Pontoniere, trägt dazu bei, diese wertvolle Tradition weiterzutragen, und ich habe hier die angenehme Aufgabe, euch zum Hundertjährigen die herzlichsten Glückwünsche der Regierung zu übermitteln.» (Starker Applaus) «Diese Grüsse sind zugleich mit der Hoffnung verbunden, unsere Pontoniere mögen auch weiterhin der willigen Jugend das Flussfahren beibringen, im Rahmen der sportlichen und vormilitärischen Körperertüchtigung, sowie der Pflege der herzlichen Kameradschaft!» (sehr starker Applaus)
Feller blickt in lauter leuchtend frohe Gesichter und ist wieder einmal erstaunt darüber, wie wenig es braucht, um die Leute glücklich zu stimmen. Während der Präsident des Kantonalvorstandes mit einem riesigen, polierten und lackierten Holzruder

vortritt, an welches eine breite, rot-schwarze Stoffschlaufe gebunden ist, schielt Feller nach den zwei Fotografen, die er zuvor im Hintergrund des Saales hat herumlümmeln sehen. Tatsächlich haben sich die beiden jetzt hervorgedrängt und nehmen den Veteranen die Sicht. Der Verbandspräsident stellt sich mit dem Riesending breitbeinig hin, klemmt es zwischen Arm und Körper, klaubt einen Zettel aus der Jackentasche, faltet ihn umständlich auseinander, holt tief Luft und blickt gebannt in die Ecke hinten oben links. Er verdankt mit forscher Stimme die regierungsrätliche Gratulation, verliest die Grussadressen der einzelnen Sektionen und wird mehrmals durch kräftigen Applaus unterbrochen. Schliesslich wendet er sich erschöpft Feller zu, lässt den Zettel sinken und streckt dafür das glänzende Ruder vor: 100 JAHRE PONTONIERFAHRVEREIN DES KANTONS BERN steht gross mit eingebrannten Lettern darauf. Feller hält höflichkeitshalber den Kopf geneigt, um die Botschaft lesen zu können.

«Sehr geehrter Herr Regierungsrat Feller! Liebe Pontonierkameraden! Ich darf jetzt hier an dieser Stelle im Namen des Kantonalvorstandes des Pontonierfahrvereins des Kantons Bern dem sehr geehrten Herrn Regierungsrat Feller dieses Ehrenruder überreichen, zum Zeichen der Verbundenheit und...und...und der Ehrerweisung, verbunden mit dem Wunsch, dieses Ruder möge einen Ehrenplatz im Rathaus zu Bern einnehmen, zu Ehren unseres hundertjährigen Vereins!»

Der Applaus erreicht seine höchste Intensität, die Fotografen sind in die Knie gegangen, die Blitze zucken, während Feller das Ruder mit beiden Händen packt: Das schwere Ungetüm ist fast drei Meter lang, dick wie ein Baum und schwankt gefährlich, wie Feller versucht, eine Hand freizubekommen, um dem Kantonalpräsidenten die massige Rechte zu schütteln. Er kriegt trotz allem mühelos sein Markenzeichen hin, sein Kennedy-Lachen, um das ihn seine politischen Gegner beneiden und das im modernen Wahlkampf natürlich eine ungeheuer wichtige Rolle spielt. Wenn nicht die wichtigste überhaupt. Selbst die krummen und schiefen Veteranen applaudieren begeistert.

Noch ein flottes Lied über ewige Treue und unvermeidliche Kameradschaft, und Feller steht mit dem Ruder plötzlich alleine da.

Der eine Arm beginnt bereits einzuschlafen. Er blickt sich mehrmals unauffällig um, doch keinem dieser Trottel fällt es ein, ihm das unmögliche Ding abzunehmen. Das Lied hat mehrere Strophen, und die Treue wankt nicht in bitt'rer Zeit, noch bei grooosser Not, und die Kameraaaden links und rechts wanken auch nicht, und Feller muss jetzt höllisch aufpassen, dass das wankende Ruder nicht unvermittelt zu Boden knallt.

Der Anlass ist zu Ende. Die Leute stehen fröhlich herum und freuen sich aufs Gratismittagessen, und Feller muss zwei kräftige Burschen, die in der Nähe stehen, bitten, sein Ruder aus dem Saal zu tragen. Die beiden packen das schwere Ding, als wäre es aus Styropor.

Feller blickt auf die Uhr: halb zwölf. Er schüttelt im Eiltempo alle erreichbaren Hände, nickt freundlich nach allen Seiten hin und macht sich dann aus dem Staub. Vor der hässlichen, kommunalen Mehrzweckhalle (Feller kennt nur hässliche Mehrzweckhallen; eigenartigerweise sind diese in letzter Zeit überall entstandenen kommunalpolitischen Verlegenheitsbauten durchwegs architektonische Tiefschläge) steht das Auto, daneben Buchser mit dem Riesenpaddel. Ratlos blickt er daran hoch. «Was machen wir damit?» fragt Feller seinen Chauffeur, wie er zu ihm hintritt, in der Hoffnung, dieser wüsste eine schlanke Lösung. «Kriegen wir das Ding ins Auto?» «Unmöglich.» «Jemand muss das mit einem Lastwagen abholen.» Buchser nickt und fragt: «Soll ich den Werkhof anrufen?» «Ja, aber schnell. Wir müssen weiter.» Feller packt das Ruder mit der schwarz-roten Schlaufe widerwillig und schaut zu, wie sein Chauffeur in der Mehrzweckhalle verschwindet. Er steht mit diesem Ruder einsam auf dem grossen, leeren Platz und merkt wieder einmal mit diesem faden Gefühl im Bauch, dass die Dinge manchmal nicht nach Wunsch verlaufen. Zudem tritt jetzt tatsächlich einer der Fotografen aus dem Gebäude, erblickt Feller und zückt den Apparat. Bevor Feller verärgert abwinken kann, hat der Typ bereits mehrmals abgedrückt. Feller will sich nicht streiten und schaut einfach weg. Schulkinder schlendern unbeteiligt vorbei; ein alter Köter schnüffelt müde am Ruder. Feller hört hinter seinem Rükken das Klacken des Fotoapparates. Die Schulkinder kichern lei-

se. Am liebsten würde er das verdammte Ruder einfach fallenlassen und weglaufen.
Endlich taucht Buchser wieder auf: «Tschuldigung. Musste zuerst ein Telefon suchen. Wir stellen das Ruder in den Eingang. Sie holen es heute nachmittag.» Buchser nimmt ihm das sperrige Geschenk aus den Händen und trägt es zum Eingang, während sich Feller erleichtert in den Wagen setzt.

IN EINER LUMPIGEN VIERTELSTUNDE wäre üblicherweise die Strecke bis zur Krankenpflegerinnenschule zu schaffen, doch um zwölf sind die Ausfallstrassen hoffnungslos überlastet. Der schwarze Mercedes mit den getönten Scheiben ist mitten im Verkehr steckengeblieben und wird von allen Seiten neugierig gemustert, insbesondere aus einem vollbesetzten, städtischen Bus heraus. Buchser trommelt mit den Fingerspitzen ungeduldig aufs Lenkrad, und Feller blickt ungehalten auf seine glänzenden Schuhspitzen. Unablässig schlägt er das eine Bein über das andere und findet doch keine angenehme Sitzposition.
Er muss an sechzig frisch ausgebildete Krankenpflegerinnen Diplome verteilen, die er vor einigen Tagen eigenhändig unterzeichnet hat, sechzigmal «Feller» in seiner schwungvollen Aufwärtsunterschrift. Er hat Übung darin, kann ohne weiteres hundertmal seine Unterschrift ohne erkennbare Abweichungen hinsetzen, ohne grössere Pausen einlegen zu müssen. Sowas gehört nun mal zum Handwerk eines Regierungsrates, denn er unterschreibt im Namen der Regierung des Kanton Bern. Feller. Regierungsrat.
Die neuen Krankenpflegerinnen singen soeben fröhliche Lieder aus aller Welt, wie er sich, im Halbdunkel nach rechts und nach links nickend, von einer Schwester an seinen Platz führen lässt. Er wird zwischen zwei uralte Diakonissinnen mit steinernen Gesichtern gesetzt. Im Saal jubiliert und quinquilliert es vor lauter shalom!, als sei unerwartet der Grosse Frieden ausgebrochen. Feller mustert die unbeschriebenen Gesichter der sechzig jungen Krankenpflegerinnen, die von der hell erleuchteten Bühne in den

verdunkelten Saal hineinstrahlen, sechzig kussbereite Münder mit nahezu kariesfreien Zähnen. Von hinten beugt sich die Oberschwester an sein Ohr, und der oberschwesterliche Mund flüstert überdeutlich, während sich Feller leicht zurückneigt und den Kopf schräglegt, dass man nach den Liedern gleich zur Diplomverteilung schreiten könne; sie selbst werde zuvor einige einleitende Worte sprechen.

Feller nickt. Er kennt die androgyne Frau, Oberschwester Dora, Leiterin der Evangelischen Krankenpflegerinnenschule, die in Liebe Christi alljährlich eisern überrissene Erhöhungen der öffenlichen Beiträge an ihre Schule erkämpft, mit einer hartnäckigen Zielstrebigkeit, die im Grossen Rat bereits mehrfach zu Einfachen Anfragen geführt hat.

Die postmodernen Leuchten gehen an; Feller schaut sich im weiten, modernen Saal, der bis zum hintersten Platz besetzt ist, um. Auf der Bühne steht jetzt, eingerahmt von zwei riesigen Blumengebinden, ein einsames Mikrophon, und mit geradezu athletischer Elastizität schnellt Schwester Dora auf diese grosse Bühne und bringt den Saal mit einem einzigen, eisigen Blick zur Ruhe. Diese Frau ist ein Wucht, denkt Feller mit einer gewissen Faszination; so müssen antike Heldinnen, Opernsängerinnen, Diktatorinnen, Gattinnen von Nobelpreisträgern, eiserne Ladies und Schwestern in Jesu beschaffen sein. Ihre Stimme ist das pure Gegenteil ihrer äusseren Erscheinung: Da schwingen tausend Engelszungen, viel Bienenhonig und jede Menge christliche Nächstenliebe mit; sanft und leise ist sie nämlich, perfekt geschult, professionell getimt, geradezu zärtlich am Rande irgendeiner erogenen Zone sich bewegend und nur Dank des Mikrophons zu verstehen: «Unser lieber Herr Regierungsrat Dr. Feller ist jetzt auch zu uns gestossen, und es freut uns von ganzem Herzen, ihn in unserem Kreise begrüssen zu dürfen, hat er doch die schöne Aufgabe, unseren neuen Krankenpflegerinnen das ersehnte Diplom zu überreichen. Wir wissen alle, wie hart wir dafür gearbeitet haben, denn unsere gewissenhafte Ausbildung ist neben unserem tiefen Herzenswillen (Herzenswillen? Was ist das? fragt sich Feller. Nie gehört. Dann jedoch durchfährt es ihn wie ein Schwerthieb.) die wichtigste Grundlage für unseren

Dienst am kranken Mitmenschen. Dürfen wir Sie jetzt, verehrter, lieber Herr Regierungsrat, bitten, Ihres Amtes zu walten?»
Feller steht sehr langsam auf, nickt blass und zerstreut nach allen Seiten hin und weiss schlagartig, dass er diesen Tag vergessen kann: Die Schachtel mit den sechzig Diplomen liegt in seinem Büro auf der Eingangsablage.
Alle Augen sind auf ihn gerichtet. Er muss handeln, das Beste daraus machen, schnell und zweckmässig reagieren, ehrlich sein, die Lacher auf seine Seite bringen. Er versucht, so locker wie möglich zum Mikrophon zu gelangen, doch den Schwung von Schwester Dora bringt er beim besten Willen nicht hin. Die Scheinwerfer strahlen ihn an. Oberschwester Dora beobachtet ihn mit kalter Neugierde. Der ganze Saal wartet gespannt.
Erstens: Kennedy-Lachen. (nur kurz) Zweitens: «Heute morgen muss ich mit dem linken Bein zuerst aufgestanden sein.» Drittens: Kennedy-Lachen. (etwas länger, aber nicht zuviel) Im Saal vereinzeltes, zaghaftes Gekicher. Viertens: «Ihr wisst sicher, wie das ist, wenn man einen solchen Tag erwischt hat: Man kann machen, was man will, aber alles läuft verkehrt.» Das Gekicher im Saal bleibt zaghaft und unsicher. Oberschwester Dora mit Blicken wie Schneidbrenner. Fünftens: «Ich habe heute morgen nach dem Zähneputzen (Zähneputzen? Wieso kommen ihm wieder die verdammten Zähne in die Quere?) mein Tagesprogramm gewissenhaft durchgesehen und alles bereitgelegt: das Zuckerbrot für die einen, und die Peitsche für die andern.» Mörderische Stille im Saal. (Dabei war dieses Witzchen gar nicht so übel. Spontan eingefallen. Anderswo würde das mächtig einschlagen. Aber hier eindeutig danebengegangen. Wahrscheinlich hat hier drinnen das Witzchen gar niemand verstanden.) Knisterndes Schweigen. Schwester Dora durchbohrt ihn mit ihren Blicken. Er muss jetzt zum Punkt kommen. Es hat keinen Sinn. Er ist plötzlich müde. Sechstens: «So stehe ich jetzt mit leeren Händen vor euch, als reuiger Sünder (Sünder? Wieso Sünder, verdammich!), und ich gestehe: Ich habe die Diplome vergessen. Sie liegen im Büro und können nichts dafür. (Warum erzähle ich das? Warum erzähle ich das nur?) Ich bitte tausendmal um Verzeihung.» Siebentens: Kennedy-Lachen. (ganz kurz, ziemlich schief)

Keine Reaktion im Saal. Nicht einmal mehr das spärliche Gekicher von vorhin. Die beiden Diakonissinnen-Veteraninnen, zwischen denen er gesessen hat, könnten ebensogut bereits tot sein; ihre Mienen bleiben wie in Blei gegossen. Feller ist geschlagen. Die eiserne Lady erwacht aus einer Art Katatonie und tritt hölzern ans Mikrophon, das Feller hoffentlich endgültig freigegeben hat. Die richtigen Worte! Er hat die richtigen Worte nicht hingekriegt! Während Oberschwester Dora mit einer vergebungstraufenden Stimme wie durch rosa Watte spricht und Feller die Zähne zu einem weiteren missratenen Kennedy bleckt, versucht er den Schaden zu beurteilen, den er angerichtet hat. Natürlich wird das morgen in den Zeitungen stehen; die eiserne Oberschwester ist scharf auf Publizität und hat bestimmt die halbe Schweizerpresse eingeladen. Nun danket alle Gott.

BUCHSER IST MIT ABSTAND der angenehmste der Chauffeure. Er fällt nicht auf, hält den Mund und ist jederzeit bereit, Überstunden auf sich zu nehmen. Feller betrachtet seinen Nakken. Die Qualität Buchsers ist seine diskrete Aufmerksamkeit, und gerade jetzt ist Feller erleichtert, dass Buchser keiner ist, der Bemerkungen macht. So muss der Spion von Willy Brandt gewesen sein.
Natürlich hat Buchser gemerkt, dass etwas schiefgelaufen ist. Wortlos hält er vor der Zufahrt, steigt aus und öffnet Feller die Türe, nicht ohne die Mütze vom Kopf zu ziehen, wie es von ihm verlangt wird. Feller weist ihn kurz an, um halb drei wieder zur Verfügung zu stehen und geht zu Fuss den breiten Kiesweg zum Haus hoch, das ihm der Kanton zur Verfügung gestellt hat (Bernischer Spätbarock, bestens erhalten, zwölf Zimmer und unzählige Nebenräume, erheblicher Umschwung mit altem Baumbestand, Springbrunnen). Er bewohnt es seit Jahren praktisch alleine und empfindet diese Situation längst nicht mehr als Nachteil. Lucette wohnt lieber in Lausanne, in der alten Villa ihrer Eltern in Pully, zusammen mit ihrer behinderten Schwester, die zu betreuen ihr wichtiger geworden ist als das gelangweilte Zu-

sammenleben mit ihrem Mann, den sie ja doch kaum zu Gesicht bekommt.
Feller ist sauer; er hat nicht einmal Lust, irgendwo zu essen. Zwar müsste er dringend etwas zwischen die Zähne kriegen, bevor dieser verdammte Tag weitergeht. Eigentlich möchte er heute niemanden mehr sehen. Die Diktatur der Termine zwingt ihn indessen, weiterzufahren mit all den Anlässen, die ihm Alder, mit seiner Billigung, aufgehalst hat. In drei Monaten wird gewählt. Seine Wiederwahl ist zwar in keiner Weise in Frage gestellt, doch er muss sich berufeshalber und contre coeur unter die Leute mischen, positiv in den Medien auftauchen, energisch viele Hände schütteln, an kontradiktorischen Podiumsdiskussionen teilnehmen, über Themen referieren, die ihn überhaupt nicht interessieren, das Kennedy-Lachen vorzeigen und unumstösslich existieren für die Öffentlichkeit, um ja nicht Anlass zu unkontrollierbaren Gerüchten zu geben. Gerüchte sind in der Politik pures Gift.
Ein Bad will er nehmen, einmal mehr die Kleider wechseln und einen Whisky trinken. Er zieht in der geräumigen Küche die Jakke aus, setzt sich an den grossen, runden Marmortisch, den Lucette damals unbedingt haben wollte, und schaut unwillig auf den Stapel Postsendungen, den ihm Frau Jegerlehner wie immer hingelegt hat. Er greift einzig die «Berner Zeitung» heraus und geht ins Badezimmer, wo er gleich das Badewasser einlaufen lässt, schlendert danach zum Salon hinüber, streift unterwegs achtlos die Schuhe ab, holt aus der Truhe (Emmental, 17.Jh.) seinen bevorzugten Whisky (Island of Jura) und kehrt mit der Flasche ins helle Badezimmer zurück (italienischer Travertin, 20.Jh., mit Blick auf den Park, wenn die Vorhänge nicht gezogen sind), blättert die Zeitung durch und sucht vergeblich nach einem Hinweis auf die bevorstehenden Wahlen. Die Journalisten haben das Thema noch nicht entdeckt, bemerkt er erleichtert. Er nimmt einen kräftigen Schluck aus dem Glas und zieht sich aus, stellt das Wasser ab und betrachtet sich interessiert im Spiegel: Immer noch ist er der grossgewachsene, schlanke, sportliche Typ, von dem die Mütter schwärmen, hat nicht den geringsten Bauchansatz, Schläfen silbern. Das Gesicht sieht allerdings etwas müde

aus, etwa wie Kennedy während der Kuba-Krise. Die Wangen scheinen grauer und flacher als früher zu sein. Er bleckt probehalber sein Gebiss und grinst sich an: Naja, was soll's? Was kann dich schon erschüttern? Kleine Panne, das ist alles. Wenn sie nicht in den Medien auftaucht, wird sie schon morgen vergessen sein. Die notorische Vergesslichkeit der Öffentlichkeit ist das Antibiotikum der Politik.

Er legt sich langsam und genüsslich ins warme Wasser, nachdem er den Whisky ausgetrunken hat, und will sich den angefeuchteten Waschlappen aufs Gesicht legen. Da klingelt es. Verdutzt richtet er sich wieder auf und hört angestrengt hin. Es klingelt wieder. Er blickt auf die Armbanduhr: halb zwei. Selten kommt jemand zum Haus hoch; die Leute schrecken meistens bereits unten am Eingangstor vor der Tafel «ACHTUNG! BISSIGER HUND!» zurück, obwohl er gar keinen Hund besitzt, nie einen besessen hat. Als er eingezogen ist vor gut sieben Jahren, hat er die emaillierte Tafel seines Vorgängers belassen, zunächst aus einer Laune heraus, später (und als Resultat der persönlichen Sicherheitsberatung zur Zeit der Terroristenhysterie) mit einer gewissen Einsicht. Wer also bis zum Haus gelangt, weiss, dass gar kein bissiger Hund vorhanden ist. Wer also? Seine Haushälterin, Frau Jegerlehner, kann es nicht sein; sie kommt jeden Morgen pünktlich um acht und hinterlässt das Haus um halb zwölf in perfekter Ordnung. Der Ausläufer vom «Lorenzini», der zuweilen die Fertiggerichte bringt, kann es auch nicht sein, denn für heute hat Feller ausdrücklich nichts bestellen lassen, in der vagen Annahme, er werde auswärts essen. Die Post kann es nicht sein, die kommt um neun, und andere Besucher melden sich glücklicherweise erst umständlich an, bevor sie auftauchen.

Seufzend steigt er aus der Badewanne und zieht, ohne sich abzutrocknen, den blau-weiss gestreiften Bademantel an. Mit nassen Füssen geht er über die warmen Sandsteinfliesen und hinterlässt eine dunkelgraue Spur, die sich gegen die Eingangshalle hin allmählich auflöst. Er blickt durch den Spion: Vor der Tür steht eine Art Indianer mit einer schmalen, leuchtend orangen Bürste dort, wo eigentlich schön gelocktes, dunkles Haar sein sollte: Thomas, sein Sohn. Sein glattes, altkluges Gesicht ist aufmerksam auf den

Spion gerichtet, ohne die geringste Regung zu zeigen. Feller drückt auf den Summer, und die schwere Eichentüre öffnet sich lautlos, wie von Geisterhand bewegt. «Komm herein.»
Der Punk tritt grusslos ein, geht stumm an seinem Vater vorbei, der ihm mit leicht entsetztem Gesichtsausdruck nachschaut, wie er in der Küche verschwindet. Feller schliesst die Tür und folgt ihm. Das hat ihm gerade noch gefehlt.
«Was ist?» fragt er als erstes, wie er in die Küche einbiegt, im Ton vielleicht etwas zu schroff. Thomas untersucht gelassen den riesigen, leeren Kühlschrank. «Hast du nichts?» fragt er enttäuscht. «Wie bitte?» «Hast du nichts zu fressen?»
Feller setzt sich verdattert an den runden Tisch und schiebt den Poststapel zur Seite. Thomas trägt einen ausgebeulten, verfilzten, viel zu kleinen, grauen Mantel, darunter einen schmutzigen, alten, schwarz-gelben Trainingsanzug, und die Füsse stecken in ausgefransten US-Soldatenstiefeln. Thomas, sein eigen Fleisch und Blut.
«Warum bist du nicht in Witzwil?» «Bin ab.» «Bist du dir bewusst, dass...» «Vergiss es.» «...dass du dir da wieder einmal etwas Schönes einbrockst?» «Habe Hunger.» Thomas blickt sich gleichgültig um.
Feller liebt diesen verstörten Jungen von ganzem Herzen, hängt an diesem ratlosen Gesicht, würde alles tun, um ihm zu helfen, wirklich alles. Das Problem ist nur, dass sich der Junge partout nicht helfen lässt; er will sich überhaupt nicht helfen lassen, um keinen Preis der Welt. Feller möchte ihn in die Arme schliessen, endlich einmal an sich drücken; doch so, wie die Dinge jetzt liegen, kann er das vergessen. Vergiss es, sagt ihm Thomas ja andauernd.
Er hat einen Sohn vor sich, der aus völlig unverständlichen Gründen wild entschlossen ist, gegen alles zu verstossen, wogegen verstossen werden kann: Gegenwärtig sitzt er wieder einmal im Gefängnis wegen fortgesetzter Militärdienstverweigerung, wenn er nicht vorübergehend abgehauen ist, um sich jeglichen Hafterlass zu verscherzen. Alle väterlichen Vorschläge betreffend Lebensführung und Lebenshaltung sind im Nichts verpufft, und Feller hat es längst aufgegeben, die Rolle des Erziehers spie-

len zu wollen. Da hat er sich selber, so gesteht er sich heute ein, einen selbstverschuldeten, unaufholbaren Rückstand eingebrockt, denn da, wo andere Väter angeblich zur Verfügung stehen, hatte er immer seine politischen Verpflichtungen einzuhalten, und auch Lucette hat es längst satt, mit ihm über seine Vaterpflichten diskutieren zu wollen.
«Brauchst du Geld?» «Nö.» «Kann ich etwas für dich tun?» «Nö.» «Irgend etwas?» «Was zum Fressen.» «Leider habe ich heute nichts zu essen im Haus. Ich bin heute...» Thomas verlässt die Küche. Feller springt auf und folgt ihm, den Gürtel des Bademantels zurechtbindend. «Wenn du was brauchst, dann...» Thomas ist bereits draussen. Feller beisst sich auf die Lippen. Er hätte gerne mit Thomas gesprochen. Stattdessen rast er wie ein Irrer durch den Kanton und schüttelt die Hände von Leuten, die ihm eigentlich nichts bedeuten. Er blickt auf die Uhr: Viertel nach zwei. Er muss sich beeilen. Im Schlafzimmer zieht er sich um (wertvolle Stuckdecke, ausgehendes 18.Jh., Rimsky-Korsakoff soll hier geschlafen haben).

PÜNKTLICH BETRITT ER das Gelände des Altersheimes. Der Direktor kommt ihm strahlend entgegen: Er hat Feller seinen Posten zu verdanken. Militärische Karriere, aber beruflich, menschlich und politisch eine Null. Altes, heruntergekommenes Unternehmergeschlecht mit einem gewissen, unerklärlichen, konstanten Einfluss im Synodalrat. Der fade Urenkel des einst mächtigen Gründers der Bern-Neuenburg-Bahn landet als Direktor in einem Altersheim, eine rein beziehungstechnische Gefälligkeit, nicht einmal scharfes, politisches Kalkül.
Die Begrüssung gerät eine Spur zu überschwänglich. Überall Blumen, die ganze breite Treppe hoch, und in der weiten Eingangshalle an allen Wänden Naturprodukte-Kunst, handgesponnen und handgeschöpft, handgefärbt und handgewoben und unheimlich geschmackvoll. Sanfte Farben, sanfte Töne, viele weisse Schürzen und lächelnde Gesichter überall, lauter Harmonie. Abgesehen von der Betriebsrechnung. Mehrmals mussten

buchhalterische Unstimmigkeiten auf halsbrecherische Weise geradegebogen werden, im letzten Augenblick; da klappen chronisch gewisse rechnerische Überlegungen nicht, und niemand will wissen, warum.
Eingebettet in eine Woge von Grünzeug liegt oder sitzt – genau ist das nicht auszumachen –, gestützt von bauschigen Kissen mit gestärkten Überzügen in dieser Milchkaffeefarbe, die Jubilarin, die angeblich älteste Bewohnerin des Kantons (106 Jahre), mit viel Aufwand zurechtgemacht für diesen Anlass, eine Art vertrocknete, gefleckte, kahle Mumie, zufälligerweise noch am Leben.
Feller schüttelt sachte ihre trockene Schrumpfhand, so lange, bis die Fotografen gleichgültig abwinken. «So, Frau Decastel, wie geht's?» ruft er laut und deutlich. «He?» kräht sie. «Geht's gut, Frau Decastel?» «Was sagt er?» «Alles Gute zum Geburtstag, Frau Decastel!» «Wer ist das?» «Wünscht Ihnen die Bernische Regierung!» «Was will er?» «Hundertsechs Jahre! Gratuliere!» «Ich will ins Bett!»
Zufriedene Gesichter, weitere Blitzlichter, Kennedy-Lachen, nochmaliger Händedruck (wenn man dem zaghaften Schütteln dieser pappigen Knochen so sagen kann), letzte Blitzlichter. «Was will der?» fragt Frau Decastel die Umstehenden wiederholt und bemüht sich, den haarlosen Hühnerkopf nach links und nach rechts zu bewegen.
Die Bläsergruppe der Dorfmusik bringt auf der breiten Treppe vor dem Eingang das kurze Ständchen («I'm singin' in the rain»), danach erfolgt ein nochmaliges, möglichst umfassendes Händeschütteln, Kennedy, und die Sache ist geritzt. Leichtverdientes Geld, würden andere sagen.

AUF DER RÜCKFAHRT vom Moos schaltet Andi das Radio ein und findet seine Lage gar nicht mehr so übel. Es wird sich schon ergeben, denkt er, unsicher zwar. Es hat sich noch immer ergeben. Wo mag jetzt Lene sein? Andi hängt an ihr; immerhin lebt sie bereits seit fünf Jahren in der WG. Sie hat einen weiten

Freundeskreis, total psychologisch, total akademisch, total versponnene Leute mit bleichen, ernsten Gesichtern wie sie; sie kennt die halbe Stadt, und irgendwo wird sie sicher Unterschlupf gefunden haben. Es ist kaum anzunehmen, dass sie zu ihren Alten zurückgekehrt ist; sie hat ihren Kopf, und zudem ist sie bereits dreissig, in einem Alter also, wo auch Kinder reicher Eltern gewisse Entwicklungen durchgemacht haben. Gagu der Depp hat sie deswegen hochgenommen, aber sie hat sich immer überzeugend herausreden können, jeweils über mehrere Stunden hinweg. Das kann sie nämlich: reden. Sie kann jedem jederzeit ein Loch in den Bauch reden, wenn ihr danach ist. Worüber auch immer.

Andi meldet sich in der Zentrale zurück und wird mit Aufträgen überschüttet. Er fährt drei Stunden lang kreuz und quer durch die Stadt, bringt unzählige Rentner und Pudel zum Bahnhof, zum Krankenhaus, zum Arzt, zum Coiffeur, und langsam merkt er, dass er müde ist. Er muss aufpassen, unterbricht seine Arbeit gegen vier Uhr und stellt unten im Altenberg sein Taxi ab. Ein flüchtiger Besuch bei Yolanda ist angesagt. Ein paar Schritte, und er steht vor einer schäbigen Wohnungstür, die nie abgeschlossen ist, weil Yolanda den letzten Reserveschlüssel schon vor Jahren verloren hat. Er klopft kurz und tritt ein, schaut sich in der düsteren Wohnung flüchtig um. Überall die Töpfe mit den kümmerlichen Zimmerpflanzen.

Yolanda liegt um diese Zeit im Bett; sie liegt eigentlich fast nur noch im Bett, wenn sie nicht arbeiten muss. Seitdem ihre Tochter kaum noch zu Hause ist, hat sie keine Lust mehr, etwas zu unternehmen. Die Wohnung sieht dementsprechend aus. Als Andi die Frau kennenlernte, war sie noch ganz die energische, alleinerziehende Mutter, die sie sein wollte.

«Andi?» hört er sie aus dem Schlafzimmer schwach rufen. Er tritt ein. Sie sitzt im Bett, hat ein Taschenbuch aufgeschlagen, das sie jetzt vor sich auf die Decke legt. «Ciao», sagt Andi und setzt sich zu ihr auf den Bettrand. Er beugt sich kurz vor und küsst sie flüchtig auf den trockenen Mund. Es ekelt ihn. «Geht's?» Sie legt den Kopf zur Seite. Früher sah sie schön aus, hatte ein sanftes, kluges Gesicht; jetzt sind ihre Züge eingefallen,

und man erkennt in ihnen bereits die ältere, verbitterte Frau, die sie bald sein wird. Ihre einst blonden, kräftigen Haare sind unordentlich und blassgrau. Sie pflegt sich kaum noch; irgendwie ist bei ihr alle Energie weg. «Ich bin müde.»
Sie arbeitet am Morgen im Service einer traditionellen Altstadtbeiz und verdient, zusammen mit dem, was sie an Unterstützung kriegt, knapp das, was sie für ihr bescheidenes Leben braucht. Andis Hilflosigkeit ihr gegenüber macht es wahrscheinlich aus, dass er sie ein- oder zweimal in der Woche nachmittags kurz besucht. Manchmal bringt er ein bisschen Gebäck mit, zuweilen Pralinen oder eine Flasche Wein. Heute hat er allerdings nichts dabei. «Soll ich Tee machen?» fragt er. Sie nickt. Er steht auf und geht in die winzige, alte Küche hinüber. Überall steht schmutziges Geschirr herum. Er greift angewidert nach einer zerbeulten Pfanne, spült sie, füllt sie mit Wasser und stellt sie auf den Gasherd. Danach öffnet er das Küchenfenster.
Vor vier Jahren noch gab sich Yolanda aufgekratzt, kess geradezu, zog sich auffällig an und stand in deutlicher Konkurrenz zu ihrer halbwüchsigen Tochter. In diesem Zustand brachte sie eines Abends triumphierend Andi als Beute nach Hause, führte ihn stolz ihrer desinteressierten Tochter vor, absolvierte im Bett ein wahres Monsterprogramm und träumte von einem Häuschen auf dem Land. Ihre Tochter zog umgehend aus, und dann ging alles ziemlich schnell: Yolanda zerfiel gewissermassen, und heute muss sich Andi bereits fragen, ob es nicht das Beste wäre, einen Arzt zu Rate zu ziehen.
Er kehrt mit dem Tee zu ihr zurück, öffnet auch im Schlafzimmer das Fenster und setzt sich zu ihr hin. «Du solltest Ferien machen», schlägt er ihr zum wiederholten Male vergeblich vor. «Ich habe keine Lust.» Sie nippt an ihrem Tee, bläst zwischen zwei winzigen Schlückchen sanft auf die Oberfläche. «Geht es dir besser?» «Tut gut.» «Hör mal, Yolanda, wir könnten vielleicht zusammen was unternehmen.» «Was?» «Zwischen Weihnachten und Neujahr nehmen wir ein Flugzeug und fliegen nach Sizilien.» Sie denkt schweigend vor sich hin. «Oder nach Sardinien.» Sie seufzt. «Oder nach Griechenland, oder so.» Sie schüttelt den Kopf: «Zwischen Weihnachten und Neujahr muss ich servieren.»

«Ach was! Du nimmst einfach frei!» «Ich habe kein Geld.» «Das kriegen wir zusammen, das kostet nicht viel.» Sie sagt nichts. Andi steht auf. «Ich muss jetzt wieder gehen.» Er küsst sie flüchtig, und sie schaut ihm wortlos nach, wie er, nachdem er das Fenster geschlossen hat, hinausgeht. Bekümmert fragt sie sich, wie oft er wohl noch den Mut aufbringen wird, sie zu besuchen.

HALTER GELANGT TATSÄCHLICH ans andere Ende dieses verdammten Waldes und sieht vor sich, eingebettet zwischen altersgraue, kahle Apfelbäume, ein geducktes Bauernhaus inmitten von abgeernteten Maisfeldern. Ein schiefer Feldweg führt direkt hin. Halter beschleunigt seine Schritte und will sich dem Gebäude nähern. Da stellt sich ihm unvermittelt und lautlos ein riesiger, schwarzer Sennenhund in den Weg und schaut ihn heimtückisch an. Halter hat mitten im Schritt innegehalten. Der Köter wartet gespannt. Sobald Halter eine Bewegung macht, knurrt der Hund von tief innen. Selbst wenn sich Halter vorsichtig umblickt, um seine Fluchtmöglichkeiten abzuschätzen, ertönt dieser bedrohliche Ton. Der Hund hat ihn festgenagelt.
«Hallo?» flüstert Halter zum Hof hin. Das Biest knurrt gefährlich und stellt sich in zwei Metern Entfernung mit gesträubten Nackenhaaren in Position. Warten. Langes Warten. Auf dem Hof regt sich absolut nichts. Frische Nebelschwaden legen sich über die Felder. Halter ist am Ende der Welt gelandet. Der Hund legt sich gemächlich mitten auf dem Weg hin, ohne Halter eine Sekunde aus den Augen zu lassen. Der amtierende Direktor der KBKB fragt sich mutlos, was er heute wohl falsch gemacht hat.
Der Tag hat wie üblich begonnen: Zuerst der alltägliche Streit am Frühstückstisch, diesmal wegen dieser verdammten Pferde, darauf das allmorgendliche Schwimmen, dann die wöchentliche Teamsitzung bis am Mittag und schliesslich der unübliche Entscheid, auswärts mittagessen zu gehen, nichts Aussergewöhnliches, nur etwas unüberlegt, überstürzt, gewiss, diese Taxifahrt aufs Land hinaus. Er muss gestehen, dass er sich selber in diese beschissene Situation hineingeritten hat, und kein Mensch kann

wissen, dass er jetzt – er blickt vorsichtig auf die Uhr, scharf beobachtet von zwei blutunterlaufenen Augen, stellt erschrocken fest, dass es bereits drei Uhr ist – in dieser unmöglichen Situation steckt, verdreckt und völlig durchnässt, frierend und am Ende seiner Kräfte. Frau Grobet wartet im Büro seit anderthalb Stunden auf ihn, denn er muss ja unbedingt das morgige Treffen mit Feller vorbereiten.

«Bäri!» Eine grelle Frauenstimme vom Hof her. Der Hund richtet blitzschnell den grossen Kopf auf. «Bäreli!» Der Hund springt hoch und macht kehrt, rennt, galoppiert mit schlenkerndem Hintern zum Hof zurück. Halter weiss im ersten Augenblick nicht, ob er fliehen soll. Fliehen wohin? In den Wald zurück? Quer über die aufgeweichten Felder? In den Nebel hinein?

Schritt um Schritt nähert er sich dem Gebäude mit dem tief heruntergezogenen Dach. Eine dicke Bäuerin in einer grünen Schürze hat dem Hund einen vollen Napf hingestellt. Hingebungsvoll schlappt das Vieh den Frass in sich hinein und würdigt Halter keines Blickes mehr. Jetzt erblickt die Bäuerin den durchnässten, frierenden Bankdirektor. «Grüssgott», sagt Halter vorsichtig. Der Hund blickt kurz und zerstreut hoch und versucht sich zu erinnern. «Frau Spycher?» fragt Halter mit einer Stimme, die schlafende Hunde wenn immer möglich nicht wecken sollte. «Was?» «Können Sie mir bitte helfen?» «Was ist?» «Ich habe mich verlaufen. Kann ich bei Ihnen telefonieren?» Die Bäuerin mustert ihn misstrauisch; ein jahrhundertealter Bauernblick. «In der Küche.» Sie weist mit dem Kopf zur offenen Küchentür hin. «Macht er nichts?» fragt Halter vorsichtshalber mit Blick auf den Hund. «Der Bäri? Nein, Ihr müsst keine Angst haben. Der macht nichts.» Wenig überzeugt geht Halter vorsichtig an den beiden vorbei zum Haus.

Am langen Tisch in der Küche sitzt der Bauer in schmutzigen Stiefeln und grauem Überkleid und blickt zum Fernseher hoch, der auf dem Küchenschrank steht. Eine der beliebten, nachmittäglichen Gesundheitssendungen läuft, von Blutpfropfen in Gefässen ist die Rede, und von deren Entfernung durch irgendwelche Sonden, die in dieselben einzuführen sind.

(Krankheiten sind hierzulande der Leute liebstes Thema, ausser

Geldverdienen, natürlich. Aber darüber spricht man nicht.) «Guten Tag, Herr Spycher!» Der grosse, kräftige Bauer dreht sich beherrscht nach Halter um. Sein feistes, gerötetes Gesicht legt sich in Falten. «Darf ich bei Ihnen telefonieren?» «Hä?» «Ich habe mich verlaufen, da draussen. Ich möchte gerne ein Taxi bestellen.» «Ein Taxi?» «Ja, wenn es möglich ist.» «Hier gibt es kein Taxi.» «Ich möchte eines aus der Stadt bestellen. Ich muss in die Stadt zurück, wissen Sie.» «In die Stadt? In dieser Aufmachung?» Spycher schaut ihn von oben bis unten an und glaubt ihm offensichtlich kein Wort. «Ja, wenn Sie gestatten.» «Habt Ihr Geld?» «Gewiss.» «Das kostet, so ein Taxi!» «Ich weiss. Darf ich telefonieren?» «Meinetwegen.»

Der Bauer weist achselzuckend mit dem Kopf zum Schrank. Halter entdeckt auf einem offenen Tablar das Telefon, ein älteres, schwarzes Modell mit einer abgenutzten Wählscheibe, wie es kaum noch in Gebrauch ist. Der Bauer beobachtet ihn gespannt. Halter wählt die Nummer seines Büros. «Kantonale Kreditbank, Grobet.» «Halter. Frau Grobet, es tut mir leid, Sie warten zu lassen, aber es ist etwas dazwischengekommen. Darf ich Sie bitten, mir ein Taxi zu schicken? Ich bin hier in...» Er dreht sich nach dem Bauern um, der ihn atemlos anstarrt. «Wo bin ich hier?» «Im Weidli.» «Wo ist das, ich meine, wie heisst das nächste Dorf?» «Das nächste Dorf ist ziemlich weit weg.» «Wie gelangt man am besten hierher?» «Das ist ziemlich kompliziert.» Jetzt steht der Bauer kopfschüttelnd auf, kommt zu Halter hin und nimmt ihm den Hörer einfach aus der Hand. «Spycher.» Frau Grobet spricht. Halter wagt es nicht, dem kräftigen Mann den Hörer wieder aus der Hand zu nehmen, vom Ohr zu reissen gar, und lässt ergeben den Ereignissen ihren Lauf. Er kann nur hören, was Spycher sagt, ein Mann, der sich offenbar gewöhnt ist, die Dinge selber zu erledigen. «Was?» ruft Spycher soeben erstaunt. «Die Kantonale Kreditbank?» Jetzt ist es wieder still. Halter blickt zum Fernseher hoch. Der grüne Chirurg führt die Sonde in eine Vene ein; man verfolgt den Vorgang auf einem Bildschirm im Bildschirm: Die Sonde rutscht durch einen krummen Schlauch, zentimeterweise, und nähert sich dem Pfropfen, erkenntlich als dunkles Gewirr von Äderchen, einem Wollknäuel ähnlich. «So?» sagt Spycher erstaunt, und: «Was Ihr nicht sagt!» Halter blickt seufzend zur Decke. Da hängen zwei staubige, altersgraue Fliegenfänger. «Ja. Hier ist so einer!» meldet Spycher soeben. «Aber der ist ziemlich dreckig!» Er dreht sich nach Halter um und schaut ihn nachdenklich an. «Und ziemlich nass!» fügt er hinzu und lacht kurz, ein hämisches Lachen. Darauf nimmt er den Hörer vom Ohr: «Wie heisset Ihr?» fragt er barsch. «Halter.» «Er sagt, er heisse Halter!» Die Sonde ist endlich auf die Verengung gestossen. Der Chirurg blickt in die Kamera, schiebt den Mundschutz mit der freien Hand hinunter und erklärt dem gespannten Fernsehpublikum, was er jetzt tun wird. «So?» sagt Spycher, dreht sich überrascht nach Halter um und schaut ihn an, als entdecke er ihn erst jetzt. «Der Direktor?» Halter nickt entschieden. «Ist nicht wahr!» Spycher ist echt verblüfft. Frau Grobet scheint etwas zu erklären. Die Sonde quetscht sich mitten in die Verdickung hinein. Allein vom blossen Zuschauen wird es Halter schlecht.

Jetzt erklärt Spycher umständlich, wie man zu seinem Hof gelangen kann, eine umfangreiche Schilderung der gesamten landschaftlichen Verhältnisse mit all den Abzweigungen nach links und nach rechts. Spycher wiederholt sich mehrere Male, macht auf Einzelheiten aufmerksam, die man sich merken müsse, und Frau Grobet scheint eifrig zu notieren; jedenfalls fragt Spycher immer wieder: «Habt Ihr's?», und schliesslich sagt er: «Ja, er wartet hier auf Euch.»

Spycher hängt auf, ohne Halter noch einmal zu Wort kommen zu lassen, greift nach oben und schaltet den Fernseher aus. Soeben hat man eine strahlende, ältere Patientin gesehen, die voller Stolz ein dickes, rötlichweisses Bein vorgezeigt hat. «Sie kommt bald, Herr Direktor!» meldet Spycher. «Wie bitte?» «Die Dings da. Sie hat gesagt, sie komme selber.» «Danke.»

Die Bäuerin ist eingetreten: «Vatter, was ist?» «Mach dem Herrn Direktor einen Kaffee!» befiehlt der Bauer, ohne auf ihre Frage einzugehen. «Du siehst ja, dass er friert!» «Mein Name ist Halter», stellt sich Halter freundlich vor, zur Bäuerin gewandt. «Er ist der Direktor von der Kreditbank», ergänzt der Bauer wichtig und setzt sich ächzend an den Tisch. Die Bäuerin hat schnell geschaltet: «So setzt Euch doch hin!» bittet sie und zeigt auf einen Stuhl beim Küchentisch. «Ihr müsst entschuldigen, ich habe zwar noch nicht aufgeräumt.» Sogleich beginnt sie, irgendwelchen Kram umzutischen. Halter beschliesst amüsiert, den Lauf der Dinge tatenlos abzuwarten. Offenbar hat er im Augenblick nicht die geringste Möglichkeit, die Zügel wieder selber in die Hand zu nehmen. Er betrachtet seine unfreiwilligen Gastgeber, Leute, die ihm so fern sind wie Leute aus Tibet. Wie Tibeter kommen sie ihm tatsächlich vor. Tibeter, die unverständlicherweise berndeutsch reden.

«Jaja, das Wetter!» seufzt die Bäuerin und macht sich am Herd zu schaffen. «Viel zu nass zum z'Acherfahren!» ergänzt der Bauer. Und nach einer langen Denkpause: «Gottseidank haben wir die Kartoffeln schon drinnen!» Halter nickt zustimmend, als ob er diese Sorgen selbstverständlich teilen würde, immer geteilt hätte. Er friert. Irgendwie beginnt er, das Land zu hassen, seine Nässe, seine Schwere, seine Trägheit, seinen Wald- und Erdgeruch. Die Tatsache, dass auch er seit Jahren auf dem Land wohnt, kommt ihm plötzlich ziemlich unerträglich vor. Wäre er doch nur in der Stadt geblieben, im grossen Haus seiner Kindheit! Hätte er doch dem Drängen seiner Frau nie nachgegeben! Vieles sähe heute anders aus, und seine beiden Töchter mit ihrer idiotischen Körperkultur wäre er wahrscheinlich los. Sollte er sie nicht einfach aus dem Haus werfen?

Während der Kaffee kocht, holt der Bauer eine grosse, grüne Flasche hervor und giesst Halter ungeheissen ein kleines Glas voll. «Hinunter damit!» befiehlt er wohlwollend. Halter muss den scharfen Schnaps, der eigentlich zum Einreiben der kranken Euter des Fleckviehs gedacht ist, wohl oder übel hinunterschütten. Das Ehepaar Spycher schaut ihm gespannt zu. «Tut gut!» bestätigt er mit Tränen in den Augen und stellt das leere Glas vor sich hin. «Noch einer!» brummt der Bauer gemütlich und schenkt noch einmal ein. Die Bäuerin nickt bedeutungsvoll. Halter kippt mit Todesverachtung einen Zweiten hinter die Binde. «Ah!» haucht er und schnappt nach Luft. Tatsächlich verströmt der scharfe Alkohol in seinem Körper eine angenehme Wärme. Halter streckt sich, und die Bäuerin stellt jetzt eine grosse, henkellose Tasse mit aufgewärmtem Milchkaffee auf den Tisch. «Und jetzt das!» befiehlt sie.

KAUM IST DER LACHS SERVIERT, taucht der kleine, flinke Alder auf. Feller legt das Besteck wieder hin. «Herr Alder?» Alder zieht eilfertig und mit übertrieben bedenklicher Miene ein Blatt aus einem eleganten Aktenkoffer. «Mein Fehler, Herr Regierungsrat, alles mein Fehler! Ich hätte die Diplome im Plan vermerken sollen! Dann wäre dieser Lapsus nicht passiert! Unverzeihlich!» «Schon gut, Herr Alder. Setzen Sie sich hin! Ein Glas Wein?» Alder zieht zögernd den Stuhl zurück, schaut sich im leeren Gotthardsaal des Bahnhofrestaurants kurz um, stellt den Koffer auf den Stuhl daneben, zieht den dunklen Mantel aus, legt ihn sorgfältig über eine Stuhllehne und setzt sich endlich hin. Feller kann eine gewisse Zuneigung zu Alder nicht verleugnen; er führt sie darauf zurück, dass er selber einmal Erster Sekretär war, nach seinem Studium, vor Beginn seiner politischen Karriere, in der Generaldirektion der Bernischen Elektrizitätswerke AG.

«Ich habe erst jetzt Zeit gefunden, etwas zu essen», erklärt er Alder fast entschuldigend. «Lassen Sie sich bitte nicht unterbrechen, Herr Regierungsrat! Ich wünsche guten Appetit!» «Danke.» Marinierter Lachs, einwandfrei. Frische Toastscheiben, gesalzene Butter, feine Zwiebelringe, Kapern, Dill und Meerrettich. Alder schaut ihm eine Weile unbeteiligt zu, wie er die rosa Leckerbissen in den Mund schiebt. Der Kellner stellt geräuschlos ein weiteres, funkelndes Weinglas hin.

«Wie können wir das wieder gutmachen?» fragt Alder. «Kein Problem. Sie werden mit den Diplomen morgen hingehen», erklärt Feller ohne aufzuschauen. «Sie werden noch heute eine umfangreiche, ernsthafte Entschuldigung vorbereiten, mit allem Pomp und Trara, und ich werde sie morgen unterschreiben.» «Presse?» Feller schüttelt den Kopf, während er kaut. «Bedeutungslos, soweit ich sehe. Keine Reaktion, solange die Zeitungen den Zwischenfall nicht aufgreifen.»'

Er weiss zwar nicht genau, was Alder meint, will indessen nicht auf diesem Thema stehenbleiben. Möglich, dass Alder selbst diese kleine Vergesslichkeit im Wahlkampf einbauen möchte («Unser Finanzminister Feller ist ein Bürger wie Du und ich, ein Bürger, der seine Pflicht tut»). Aber er hat das Thema satt und genehmigt sich einen Schluck des vorzüglichen Agneau Rosé. «Sagen Sie mir lieber, Alder, wie ich zu diesem Rangierdepot gelangen kann!» «Steht alles hier!» Alder schiebt ihm das Blatt hin, das er aus seinem Koffer geholt hat, zeigt mit spitzem Finger auf die entsprechende Rubrik: «1800h, Einweihung des neuen Rangierdepots in Anwesenheit der Bahnhofleitung. Presse, Radio, Fernsehen (Regionaljournal). Keine Ansprache (nach Absprache mit GD SBB). Verkehrstechnisch interessante Lösung der durch Platzprobleme geprägten Situation auf dem Bahnhofareal. Ausbau des öffentlichen Verkehrs. Eigenfinanzierung.» «Sind das die Stichworte?» fragt Feller mit schräggelegtem Kopf und zeigt mit der Messerspitze auf die Stelle. Alder nickt: «Gewesen», ergänzt er und nippt am Glas. «Eine Rede wäre reine Zeitverschwendung dort. Die Bilder genügen. Kommen direkt in die Lokalnachrichten um sieben.» Feller nimmt das Blatt hoch und überfliegt es. Dabei fällt ihm etwas ein: «Was morgen betrifft: Den Nachmittag muss ich mir freihalten. Ich habe eine dringende Sitzung mit dem Direktor der Kantonalen Kreditbank.» «Ich werde das Programm entsprechend umstellen.» «Gut. Hoffentlich verpasse ich nichts!»
Feller lacht ironisch; Alder verzieht keine Miene. Der Kellner trägt das Filet Stroganoff auf; er lässt Feller das Gericht zunächst begutachten. Feller schaut kurz hin, nickt und meint, zu Alder gewandt: «Schwer verdient!» Jetzt lacht auch Alder kurz, wird aber gleich wieder sachlich: «Die Theaterkarte ist bestellt. Regierungsloge.» «Was gibt's denn zu sehen?» «Goldoni.» Feller nickt, obwohl er keine Ahnung hat, wer Goldoni ist. Alder steht auf und zieht den Mantel wieder an, greift nach dem Aktenkoffer und nickt Feller kurz zu. Feller nickt zurück. Der Kellner fragt leise: «Herr Regierungsrat bleiben beim Rosé?»
Feller schaut Alder nach, der beim Ausgang noch einmal zurücknickt.

Hätte er Lucette dabei, wäre er im Bild. Sie weiss im kulturellen Bereich Bescheid. Er selber hat das, was man Kultur nennt, immer schleierhaft gefunden, hat lediglich gemerkt, dass es auch in dieser Branche nur um Geld geht und dass jeder gegen jeden kämpft. Das kennt er. Doch das Renommee der Kultur bleibt ihm unverständlich. Er würde es begreifen, wenn die Kultur etwas einbrächte – doch sie kostet ja nur. Als gesellschaftliches Ereignis ist sie gewiss nicht mehr das, was sie verspricht, seitdem dort undurchsichtige Leute in Jeans das Sagen haben.

Eine düstere Wolkendecke hat sich über der Stadt aufgebaut; es ist mit kräftigem Regen zu rechnen. Feller stapft in Begleitung mehrerer Leute der Bahnhofleitung über einen Schotterweg zum weit entfernten Rangierbahnhof. Ein älterer Ingenieur redet auf ihn ein und macht ihn unablässig auf bauliche Veränderungen aufmerksam, die Dank eines Landabtausches mit dem Kanton verwirklicht werden konnten. Feller interessiert sich nicht im geringsten dafür und hütet sich davor, die Ausführungen zu unterbrechen, denn natürlich hat er wenig Ahnung von bahntechnischen Belangen. Schliesslich gelangt die Gruppe zum neugestalteten Gelände, das sich durch frischen Geleiseschotter ankündigt.

Eine kahle Neukonstruktion in Stahl und Beton taucht auf; man erreicht eine hohe Halle, deren riesiger Eingang mit einem rotschwarzen Band abgeschlossen ist, ein Stoffband von derselben Art, wie er es heute bereits bei den Pontonieren angetroffen hat. Etwa fünfzig Leute, die erstaunlich zahlreichen Medienleute eingerechnet, warten im Halbkreis davor.

Die Equipe des Fernsehens hat zwei hohe Scheinwerfer aufgebaut. Wiederum Händeschütteln, Kennedy-Lachen, und ein Trachtenmädchen steht plötzlich künstlich lächelnd vor ihm, mit einem roten Kissen, worauf die goldene Schere liegt. Feller richtet sich auf. Der Wind fährt ihm in die Haare. Er schaut sich triumphierend um, als ob er persönlich das neue, hässliche Gebäude gebaut hätte, Blitzlichter zucken, und gemessen nähert er sich dem Band, die Schere in der Hand. Alle schauen gespannt. Kennedy. Die Kamera läuft. Er greift locker nach dem Band und blickt sich erhobenen Hauptes noch einmal um.

Die Fotografen sind in die Knie gegangen. Alles bereit. Er schneidet das Band durch, mit Würde. Die Leute applaudieren, das Trachtenmädchen wird vorschriftsgemäss links und rechts geküsst. Feller ist erstaunt, wieviel Make-up das Modell aufgetragen hat. Aus der Nähe wirkt es ausgesprochen abstossend und wesentlich älter, als man aus Distanz annehmen könnte. Wieviel kriegt sie wohl für ihren Auftritt?, fährt es ihm durch den Kopf. Auf den Bildern wird sein Teint neben dem ihren ziemlich kränklich aussehen.

Jetzt treten alle zur Seite, und eine mächtige Oldtimer-Lokomotive taucht aus dem Dunkel auf, fährt langsam in das Gebäude ein, zieht hinter sich einen offenen Wagen nach, auf dem eine Blechmusik in historischen Eisenbahneruniformen spielt. Die Leute applaudieren höflich, die Bilder sind im Kasten, die Beleuchter schalten die Scheinwerfer aus, der Anlass ist zu Ende.

Mit all den Leuten eine lange Kolonne bildend, kehrt Feller den Geleisen entlang zum Bahnhofgebäude zurück, gerade rechtzeitig, denn jetzt beginnt es zu schütten. Die Leute im hinteren Teil der Kolonne werden, da sie sich noch im Freien befinden und dem Unwetter nicht ausweichen können, völlig durchnässt. Feller schaut sich vergeblich nach dem Trachtenmädchen um; zu gerne hätte er gewusst, ob es auch sie erwischt hat.

Er verabschiedet sich schnell von allen, die er erreichen kann, verlässt erleichtert das Bahnhofgebäude und sucht sich ein Taxi. In einer Seitengasse findet er eines und setzt sich wortlos hinten hinein, nachdem der Fahrer, ohne sich umzudrehen, eine Tür geöffnet hat, indem er mit einem langen Arm über die Rücklehne des Beifahrersitzes nach hinten gegriffen hat.

Früher sind die Taxichauffeure ausgestiegen, findet Feller. Auch bei Regen. Das war eine Frage des Stils, der Berufsehre. Er versucht, das Gesicht des Fahrers zu erkennen, kann indessen nur fettige, lange Haare sehen, die über einen schmutzigen Jackenkragen herunterhängen. Der Fahrer dreht sich nicht einmal nach ihm um, wie ihm Feller seine Adresse angibt. Er fährt sein Taxi mit einem Ruck aus der Parklücke und lässt die Scheibenwischer mit doppelter Geschwindigkeit laufen.

Feller merkt sich die Nummer des Taxis (57) und nimmt sich vor, sich beim Taxiunternehmen zu beschweren. Sowas wirkt, wenn sich ein Kunde aufrafft und endlich reklamiert. Auch diese Leute müssen sich ein bisschen anstrengen. Der hier wird sich noch wundern.

OHNE EIN WORT zu sagen, fährt Andi Lenes Vater in die Elfenau und schüttelt ihn dabei ein bisschen durch. Jedermann kennt ihn: Er ist DAS HOHE TIER im Kanton. Ein total abverreckter Sauhund, meint Gagu der Depp, der es wissen muss. Für Andi allerdings ist diese Beurteilung selbstverständlich: Leute wie Lenes Alter sind für ihn ausnahmslos alle Vaganten. Die Hohen Tiere wollen nur eines, hat seine Mutter immer gesagt, und das ist: die armen Leute hereinlegen, wo und wie sie nur können. Andi teilt diese Auffassung ohne Einschränkungen, nur tut das nichts zur Sache. Was Andrea Malacante, italienischer Einwanderer, zweite Generation, meint oder meinen zu müssen glaubt, hat überhaupt nichts zu bedeuten. Er hat nichts zu sagen, weder in diesem Land, noch anderswo, da blickt er voll durch. Er sieht es so: Die Zahl derjenigen, die tatsächlich etwas zu sagen haben, ist winzig; die Zahl derer, die meinen, sie hätten etwas zu bestellen, ist sehr gross und entspricht präzise der Zahl der Idioten in diesem Land, und die Zahl derjenigen, die wissen, dass sie nichts zu melden haben, ist wiederum winzig. Er lässt sich nicht für dumm verkaufen.
Er bringt das Taxi in die Zentrale und geht nach Hause. Zu Fuss schafft er den Weg in fünf Minuten, das ist bequem; die Zentrale liegt um drei Häuserblocks herum.
Am Küchentisch sitzt Lene ganz alleine da und heult. Andi ist überrascht. «Andrea», schluchzt sie, «ich hasse die Menschen!» «Ich auch», versucht er sie ungeschickt zu trösten und schaut sich um. «Wo ist Gagu?» «Weiss nicht», schnifft Lene und tastet nach einem Kleenex in ihrem Ärmel.
Andi schaut nach, ob Gagu eingekauft hat. Er findet die gewünschten Sachen, wie üblich, verteilt auf Kühl- und Küchenschrank. Als erstes schenkt er sich und Lene ein Glas Porto ein.

«Hier!» sagt er aufmunternd und schiebt ihr das Glas hin. «Ich muss mich betrinken,» schnupft Lene. «Aber klar doch!» strahlt Andi.
Er ist unglaublich erleichtert, dass Lene wieder da ist. «Ich mach uns jetzt 'n paar scaloppine all' Marsala, dazu risotto. Einverstanden? Willst du Tomatensalat? Oder lieber einen grünen Salat? Ich habe auch Brunnenkresse, wenn du willst. Kresse mit Himbeeressig, feinem Nussöl und gerösteten Mandelsplittern. Was sagst du dazu?» Er bückt sich zu Lene hinunter und streicht ihr liebevoll übers zerzauste, kurze, schwarze Haar. Lene putzt sich die Nase und greift wortlos zum Porto. Andi hütet sich zu fragen, was schiefgelaufen ist. Er macht sich pfeifend an die Arbeit, stellt alles bereit, was er benötigen wird, widmet sich konzentriert der Zubereitung der Sauce und schielt zwischendurch zu Lene hinüber, die ein Loch in die Wand starrt. Sie wird sich die Wirklichkeit des Lebens wieder einmal ganz anders vorgestellt haben, als die Wirklichkeit in Wirklichkeit ist. Sie hat einen unerklärlichen Hang zu komischen Vorstellungen.
«Noch ein Glas?» fragt Andi zärtlich. Lene nickt trotzig und schiebt ihr Glas über den Tisch. «Andrea, ich habe nichts gegen dich», sagt sie leise, wie entschuldigend. «Ich weiss», antwortet er beschwichtigend. «Andrea, kannst du mich verstehen?» «Aber ja doch.» «Kannst du verstehen, wie ich mich fühle?» «Logisch.» «Verstehst du, warum ich es nicht aushalte?» «Klaro.» Das stimmt natürlich alles nicht, was er sagt; er hat keine Ahnung, was Lene bewegt oder nicht, und jetzt heult sie wieder. Es ist zum Heulen. Andi schiebt das gefüllte Glas hinüber. «Kommst du jetzt wieder zurück?» fragt er vorsichtig. Die Frage löst einen weiteren Heulanfall aus. Lene ist völlig hinüber. In diesem Zustand hat er sie noch nie gesehen. «Was ist passiert?» fragt er kummervoll. «Mein Bruder ist abgehauen.» «Dein Bruder? Ich wusste gar nicht, dass du einen Bruder hast! Wo ist er abgehauen?» «Aus dem Gefängnis.» Andi dreht sich verdutzt um: «Du hast einen Bruder im Gefängnis?» «Ja, in der Strafanstalt. Militärdienstverweigerer.» Andi staunt. «Und der ist abgehauen?» «Ja.» «Na und? Das ist doch das Natürlichste der Welt! Wenn ich im Gefängnis wäre, würde ich auch abhauen! Was ist

denn schon dabei?» Lene schaut überrascht auf, als sei diese Idee etwas ganz Neues: «Ehrlich?» «Na klar. Das ist doch sozusagen ein Menschenrecht! Was sage ich? Eine Menschenpflicht!» «Findest du?» «Wo ist er jetzt, dein Bruder?» «Ich habe ihm Geld gegeben, damit er nach Lausanne zur Mutter fahren kann. Vielleicht hilft sie ihm weiter. Aber so, wie die Dinge liegen, kann er weder von seinem Vater noch von seiner Mutter Hilfe erwarten.» «Schöne Familie.» «Was sollten die denn machen?» «Weiss ich auch nicht. Vielleicht wird dein Bruder bald von selber in die Kiste zurückkehren. Dort hat er ja alles, was er braucht.» «Meinst du?» «Ich kenne einen, der ist lieber in der Kiste als in der Freiheit. Weisst du, Lene, für viele Leute ist diese sogenannte Freiheit sowieso ziemlich beschissen.» «Wirklich?» «Aber sicher.»

HALTER SITZT neben Frau Grobet auf dem Rücksitz des Taxis und versucht, ihr ein befreiendes Lachen zu entlocken. Er vermutet, dass es seine äusserst korrekte Sekretärin von sich aus nicht wagen würde, ihr Gesicht zu verziehen. «Alternativ», grinst er und zeigt auf die alte Hose mit den breiten Hosenträgern, die ihm Spycher ausgeliehen hat. Er knöpft die blaue, ausgebeulte, mehrfach geflickte Strickjacke zu, die er darüber trägt. Frau Grobet mustert ihn kurz und sachlich, ohne auf sein Witzchen einzugehen. Entweder ist sie tatsächlich von äusserster Diskretion, oder sie ist ganz einfach völlig humorlos. «Vom Bankdirektor zum Bauern!» setzt er deshalb nach und zeigt auf die groben Halbschuhe mit den dicken Profilsohlen, die ihm Frau Spycher vorübergehend zur Verfügung gestellt hat. Seine eigenen, schmutzigen Schuhe und sein durchnässter Anzug stecken in der grossen, signalgelben Plastiktragtasche mit der Aufschrift «MIT HAUERT IST GUT GEBAUERT!» Jetzt zeigt das gepflegte Gesicht seiner engsten Mitarbeiterin, wie er sie mit Vorzug bezeichnet, tatsächlich ein feines Lächeln. «Was meinen Sie, Frau Grobet: Wollen wir die Vorbereitung der morgigen Sitzung auf morgen verschieben?» «Wie Sie wollen, Herr Direktor.»

Das Taxi fährt in die Stadt hinein. So, wie er jetzt ausschaut, kann sich Halter unmöglich in der Bank zeigen. «Ich glaube, wir verschieben die Sache auf morgen, sonst wird es heute viel zu spät werden. Morgen können wir uns der Sache in aller Ruhe annehmen. Ich brauche die Unterlagen erst am Mittag.» «Wie Sie wünschen, Herr Direktor.»
Sie verliert kein Wort über seinen aussergewöhnlichen Zustand. Halter ist nicht sicher, ob das normal ist: Sie müsste ihn doch zumindest fragen (aus Höflichkeit?), was ihm zugestossen ist. Sie hat das Taxi zielsicher über all die kotigen Feldwege zum Weidli dirigiert und ihn in der Bauernküche abgeholt, als ob dies die natürlichste Sache der Welt wäre. Beinahe hätte sie ihn beim Jassen ertappt. Mit Spycher leerte er bei zunehmend besserer Stimmung die halbe Flasche, fühlte sich an längst verflossene Manövertage in der Armee erinnert, an Männerschweiss und Männerseligkeit, und spürte allmählich den Effekt des Schnapses: Eine ungewöhnlich angenehme, entspannte Gleichgültigkeit machte sich breit. Er befürchtet, dass Frau Grobet die Schnapsfahne riechen kann, die er im Taxi verbreitet; so könnte er sich zumindest ihre Zurückhaltung erklären. (In Wirklichkeit ist sogar dem Fahrer kotzübel.)
In der Bundesgasse hält das Taxi kurz, und Frau Grobet verabschiedet sich freundlich. Der Fahrer bringt Halter mit rauschender Ventilation aufs Land hinaus. Seinen eigenen Wagen (BMW 525, schwarz, älteres Modell) lässt er in der Tiefgarage der Bank stehen; angesichts des ungewohnten Alkoholkonsums scheint es ihm berechtigt, nicht selber zu fahren. Er trinkt selten (ärztliches Verbot), noch seltener mehr, als ihm lieb ist. Dieser unvorhergesehene Ausflug nach Tibet indessen war derart eigenartig, dass er sich für einmal den leichten (?) Rausch verzeiht.
Vor der Zufahrt zu seinem Haus lässt er das Taxi anhalten. Er bezahlt und legt ein überaus reichliches Trinkgeld bei, was beim Chauffeur eifrige Dankesbezeugungen auslöst. Halter packt seine Plastiktasche, steigt aus und geht langsam zum Haus.
Der weisse Land-Rover seiner Frau ist weg. Alle Lichter sind gelöscht. Er betritt das dunkle Haus und will nach oben gehen um zu duschen, da hört er ein Geräusch wie Stühlerücken aus der

grossen Stube nebenan. Unschlüssig bleibt er stehen. Das Geräusch wiederholt sich, zudem lacht jemand kurz: das Lachen eines jungen Mannes. Neugierig geht Halter im Finstern hin und bleibt im türlosen Durchgang stehen.
Seine jüngere Tochter liegt bäuchlings auf dem niedrigen, gläsernen Beistelltisch. Den weiten Rock hat sie bis zum Kopf hochgeschoben. Hinter ihr kniet ein sehr junger Mann. Die ältere Tochter sitzt daneben auf dem Sofa, den entblössten Rücken Halter zugewandt. Der junge Mann könnte Halter ohne weiteres bemerken, wäre er nicht dermassen intensiv bei der Sache, dass ihm die Adern hervorstehen und der Schweiss übers Gesicht läuft.
Halter ist völlig betäubt. Er hat instinktiv einen Schritt zurück getan, um sich hinter dem Mauervorsprung zu verbergen. Ungläubig starrt er auf das unerwartete Geschehen.
Der Fernseher läuft lautlos, und sein wechselndes, fahles Licht lässt die drei Körper gespenstisch weiss erscheinen. «Jetzt ich!» sagt die ältere Tochter. Sie rückt behende an die Kante des Sofas, lehnt sich zurück und zieht die Beine hoch. Der Jüngling rutscht auf den Knien, mit starrem Blick auf ihr Geschlecht, die heruntergelassene Hose hinter sich nachziehend, zu ihr hin, packt ihre langen Beine mit beiden Händen an den Waden und legt sie auf seine Schultern. Schon geht es mit Ächzen und Schnauben los.
«Ich komme!» kreischt jetzt die ältere Tochter und heult wie eine Sirene, dass Halter das Blut in den Adern gefriert. Er zieht sich geschockt hinter den Durchgang zurück und taumelt rückwärts zum Hauseingang.
In seinem Kopf herrscht ein völliges Durcheinander. Er öffnet geräuschlos die Haustür und schlüpft hinaus, entdeckt auf einmal ein rotes Motorrad, das an einem Baum am Rande des Vorplatzes lehnt. Er geht hin und schaut es sich an. Das ist es also, denkt er immer wieder. Er hat tatsächlich geglaubt, seine beiden Töchter seien irgendwie geschlechtslos.
Gedankenverloren steht er auf dem Kiesplatz herum und weiss nicht mehr, was er tun soll. Er blickt auf die Uhr, ohne die Uhrzeit wahrzunehmen. Gehört das zu ihren Gewohnheiten? Er legt die Plastiktasche mit seinen nassen Kleidern auf die kleine Mauer neben der Garage und wankt ins Gelände hinaus, den tränen-

den Blick zu Boden gerichtet. Er stellt fest, dass er ausser sich ist. Das Gehen beruhigt ihn. Am Rande seines Grundstückes angelangt, schaut er betroffen zum grossen Haus zurück. Was soll er davon halten? Was soll er tun? Wie soll er sich dazu stellen? Weiss seine Frau etwas? Geschieht dies vielleicht sogar mit ihrer Billigung? Wo ist sie überhaupt? Bei Minder? Im Augenblick traut er den Seinen, wie er verbittert formuliert, alles zu.
Allmählich kann er wieder einigermassen klar denken. Seine Töchter sind längst volljährig und können tun und lassen, was sie wollen. Was sie treiben, geht ihn nichts mehr an, obwohl ihn der unfreiwillige Einblick in ihr Intimleben gar nicht freut. Nur der Umstand, dass dies in seinem Haus geschieht, betrifft ihn. Da muss er ansetzen. Da muss jetzt der Punkt gemacht werden. Genau da wird er den Hebel ansetzen und diese unheilige, dreieinige Allianz knacken. Das Triumvirat wird gestürzt. Basta.
Er setzt sich ins nasse Gras und findet plötzlich alles sehr, sehr komisch. Insbesondere sein Leben. Äusserst merkwürdig. Lächerlich eigentlich. Ein Witz, das Ganze. Haarsträubend grotesk. Eine lachhafte Operette. Eine Schnulze. Ein Schwank.
Er weint lautlos, dreht sich auf den Bauch und drückt sein Gesicht in den Golfrasen. Seine Frau wollte Golfrasen. Nicht gewöhnliches Gras. Perfekt geschnittenen, englischen Golfrasen. Jeden Dienstagmorgen kommt die Gartenbaufirma und pflegt ihn fachmännisch. Im Abonnement.
Halter liegt da und weint, in Sichtweite des Hauses, das ihm gehört, das ihm nicht gefällt, nie gefallen hat. Der Luxus-Land-Rover schwenkt in die Zufahrt ein; die Scheinwerfer streichen über das weitläufige Grundstück und streifen Halter für den Bruchteil einer Sekunde. Er richtet den Kopf auf und wischt die Tränen ab. Der Wagen fährt in die Garage, und die Lichter gehen plötzlich an. Leben kommt in die Bude. Er hört Stimmen, kurzes Lachen; das Haus erstrahlt jetzt im Glanze all seiner Lichter und Leuchten, selbst die Bäume rundum haben ihre Scheinwerfer. Seine Frau fand es schick, auch die Bäume zu beleuchten.
Halter legt sein Kinn auf die Handrücken und schaut gespannt hin. Der Junge tritt aus dem Haus und geht zu seinem Motorrad hinüber, schwingt sich darauf und lässt den Motor aufheulen. Er

setzt einen roten Helm auf, winkt zu den Fenstern des Hauses und fährt weg. Lange noch hört Halter den Motor durch die Nacht sägen. Dann ist es ruhig. Er richtet sich auf die Knie, zieht mit beiden Händen Spychers blaue, nasse Strickjacke glatt und steht auf.

ZUM VIERTEN MALE zieht sich Feller um. Diesmal wählt er einen schwarzen Anzug und ein weisses Hemd mit silberner Fliege, was ihm, so findet er, wie er sich im Spiegel betrachtet, eine nicht abzustreitende Eleganz verleiht, gerade richtig fürs Theater. Goldoni? Wer zum Teufel ist Goldoni? Hoffentlich kein moderner Tessiner Schriftsteller, der das Land in den Dreck zieht!
Er geht in die Küche und schüttet einen weiteren Whisky hinunter, zieht den Stapel Postsendungen zu sich herüber und will ihn eben durchsehen. Da klingelt das Telefon in der Bibliothek. Widerwillig steht er auf und geht hinüber, den Whisky in der Hand. «Feller.» «C'est moi, Lucette.» «Wie geht's?» «Thomas ist hier.» Feller schluckt. «Jetzt ist er also bei dir.» «Was soll ich machen?» «Was will er?» «Er will nichts. Er sagt, er habe Hunger.» «Gib ihm etwas zu essen und schicke ihn wieder weg. Sag ihm, er soll nach Witzwil zurückkehren.» «Du weisst doch, dass das nichts nützt.» «Dann muss er eben selber schauen.» «Ich kann ihn doch nicht einfach wegschicken!» «Warum nicht?» «Er ist dein Sohn!» «Ich weiss.» «Was soll ich machen?» «Ist er bei dir? Ich meine, beim Telefon?» «Er ist in der Küche. Ich hole ihn.» Feller wartet. Er ist froh, dass er die Szene nicht auch noch ansehen muss.
«Ja.» «Thomas?» «Ja.» «Mach deiner Mutter keine Schwierigkeiten.» «Keine Sorge.» «Kehre zurück.»
Lange Pause.
«Gib mir deine Mutter wieder!» Es raschelt. «Lucette.» «Er wird gehen, keine Angst. Was soll er denn bei dir? Versuche, ihm etwas Geld mitzugeben. Übrigens: Ich werde im Laufe der nächsten Zeit auf dich angewiesen sein. Der Wahlkampf hat begon-

nen. Alder hat ein anscheinend wichtiges Interview, ein Portrait, ein Was-weiss-ich arrangiert. Den Termin habe ich vergessen. Alder wird dich informieren. Es ist wichtig, dass du dabei bist. Ein populäres Familienblatt, weisst du.» «On verra.» «Ich muss mich heute wieder einmal im Theater zeigen. Goldoni. Weisst du, wer Goldoni ist? Ein moderner Schmierfink?» «Ein italienischer Klassiker. Komödie.» «Na gut, wir werden sehen.» «Viel Vergnügen, Charles.»

Feller hängt auf. Er hätte eigentlich gerne noch ein Weilchen mit seiner Frau geplaudert, aber die Gespräche mit ihr bleiben in letzter Zeit immer seltsam kurz, als fürchteten sie sich beide, länger miteinander zu sprechen. Er überlegt sich manchmal, wie sie wohl ihre Zeit verbringen mag; die Wochen und Monate mit ihrer Schwester müssen langweilig sein. Zuweilen fragt er sich, ob sie so etwas wie ein geheimes Leben führt, zusammen mit einem jungen Liebhaber vielleicht, von dem er nichts wissen darf. Doch eigentlich ist diese Vorstellung absurd: Lucette führt ein sehr korrektes, trockenes, protestantisches Leben, voller Engagement für die christlichen Hilfswerke und den Kirchenchor. Mit einer bedeutungsvollen Ausnahme: Sie lebt – natürlich unbemerkt von der Öffentlichkeit – getrennt von ihrem magistralen Ehemann. Sie hat es so gewollt, nachdem auch Thomas von zu Hause weggelaufen war.

BEI DER ÜBERNAHME des Taxis erwartet Andi eine unangenehme Nachricht: Er soll sich unverzüglich bei Nussbaum melden, bedeutet ihm die Disponentin vieldeutig über Funk. Also steigt er wieder aus, geht verwundert die eiserne Treppe von der Garage zu den Büroräumlichkeiten hoch und trifft auf einen streng blickenden Chef mit gelöster Krawatte und rotem Gesicht. «Hör mal», eröffnet er polternd, kaum ist Andi eingetreten, «wir haben da eine Reklamation! Nicht irgendeine! Der Herr Regierungsrat Feller hat sich persönlich über dich beschwert! Persönlich! Hat gesagt, du hättest ihn unfreundlich bedient! Was sagst du dazu?» Nussbaum wartet kochend. Andi antwortet nichts und schaut sich unbeteiligt in Nussbaums Büro um, als sähe er es zum ersten Mal. «Stimmt's?» hakt Nussbaum schnaubend nach und stützt die dicken Arme auf das grosse Pult. Andi blickt auf die haarigen, unförmigen Wurstfinger mit den schweren Ringen aus Gold und Edelstein. «Weiss nicht.» «Um sechs. Bahnhof.» «Möglich.» «Stimmt's also?» «Kenne den nicht.» Nussbaum verzieht verärgert sein grobschlächtiges Gesicht: «Das ist mir völlig wurst, ob du den kennst oder nicht. Der ist ein Regierungsrat, und das ist der Punkt. Wir vom Quick-Taxi transportieren die Leute so, wie sie es wünschen, das heisst, mit Zuvorkommenheit und Freundlichkeit. Die bezahlen schliesslich. Ist das klar?» Nussbaum wartet und trommelt mit den Fingern aufs Pult. Andi weiss nicht, was er jetzt sagen soll. Er hat diesen Spruch schon hundertmal gehört: QUICK-TAXI, DAS FREUNDLICHE TAXI. Früher mal hiess es noch: QUICK-TAXI, DAS FRÖHLICHE TAXI. Die Reklamekleber kleben überall, an den Wagen, in den Wagen, bei den Standplätzen, in den Telefonkabinen, in den öffentlichen Toiletten, in den Stadien, überall im Bahnhof und in den Bordellen der Stadt.

«Okay», sagt er schliesslich. Er hat seinen Rüffel gekriegt. Aber Nussbaum hat noch nicht genug Satisfaktion: «Wir haben das wieder mal an alle Leute durchgegeben. Das können wir nicht auf die leichte Schulter nehmen, so eine Beschwerde. Wir haben uns selbstverständlich bei Herrn Regierungsrat Feller sogleich schriftlich entschuldigt, und wir haben ihm einen Transportgutschein zugestellt. Ich will sowas nicht mehr hören! Verstehst du? Du kannst froh sein, dass wir dir den Gutschein nicht verrechnen!» Nussbaum zeigt mit der Kinnspitze zur Tür. Andi verlässt wütend das Büro und erinnert sich an einen Standardwitz über Nussbaum: Wer liegt unter dem Nussbaum und stöhnt? Gewiss nicht Frau Nussbaum, da läuft schon lange nichts mehr, sondern die Chauffeure, die von ihm gevögelt werden.

So nimmt Andi um acht Uhr abends ziemlich erschöpft seine Arbeit wieder auf. Freundlichkeit und Fröhlichkeit sind so ziemlich das Letzte, was sich heute in dieser kalten, grauen Scheissstadt finden lassen. Auf dem Standplatz beim Casino stehen ein paar Chauffeure herum und frotzeln: «He! Andi! Die Königin Elisa-

beth hat sich beschwert! Du hast sie so durchgeschüttelt, dass es ihr gekommen ist!» Und sie schütteln sich vor Lachen.
Endlich kriegt Andi einen Auftrag und fährt erleichtert weg. Er klappert alle Quartiere ab, bringt Freier in die Bordelle, holt Freier aus den Bordellen, bringt Huren an ihre Standplätze oder in ihre Salons, schleppt Besoffene ab, zankt sich mit zahlungsunwilligen Dealern und Fixern, hört sich das Gezeter von zerstrittenen Ehepaaren an, lauscht missmutig dem Geleier von Übergeschnappten und gibt schliesslich um Mitternacht entnervt auf. Die Disponentin ist nicht sehr glücklich darüber. Doch was will sie machen? Jetzt muss sie eben disponieren. Müde und schlecht gelaunt schleppt sich Andi nach Hause. Er hütet sich, sich Gedanken zu machen; erfahrungsgemäss würde er bloss ins Grübeln verfallen. Das würde ihm den letzten Rest seiner Energie nehmen.
Zu Hause sind alle auf den Beinen, und es herrscht eine Stimmung, der Andi überhaupt nichts mehr abgewinnen kann. Am Küchentisch sitzt ein schlapper Punk mit gelbem Kamm und bleichem Gesicht. Dodo sagt soeben: «Der kann doch vorläufig in meinem Zimmer schlafen? Das ist doch kein Problem?» Lene ist nervös. Sie geht unruhig auf und ab. Andi mag nichts fragen, geht wortlos ins Badezimmer und lässt das Badewasser einlaufen. Er zieht sich in seinem Zimmer aus, legt sich den zerschlissenen, grauen Bademantel um und kehrt, während das Wasser langsam in die Wanne einläuft, in die Küche zurück. Gagu schenkt allen Wein ein. «Willst du auch ein Glas?» fragt er. Andi schüttelt den Kopf: «Bin müde. Muss schlafen.» Im Badezimmer lässt er sich in die wohltuende Wärme hineingleiten. Eine Weile liegt er still und hört die andern in der Küche durcheinanderdiskutieren, ohne dass er viel verstehen kann.
Der Punk ist also Lenes Bruder und soll hier übernachten, soviel hat er mitgekriegt. Bedächtig wäscht er sich, lässt danach das Wasser ablaufen, trocknet sich ab und spült flüchtig die Badewanne. Er fühlt sich besser. In seinem Zimmer setzt er sich unschlüssig aufs Bett und kratzt mit einem Streichholz gedankenverloren den Schmutz unter den Zehennägeln hervor.
Sein Zimmer ist karg eingerichtet. Ein Bett, zwei Stühle, ein

Kleiderschrank aus dem Brockenhaus, ein abgewetzter Koffer, ein Poster mit der Ansicht von Florenz zur Zeit der Renaissance, ein paar längst vergessene Blumentöpfe mit vertrocknetem Hanf, eine rote Spotlampe aus dem Warenhaus, das ist alles.
Andi steht auf und geht unentschlossen in die Küche hinüber. Fipo sagt soeben: «Mir ist es wurst.» «Was ist dir wurst?» fragt Andi gleichgültig, während er ein Glas nimmt und sich Wein eingiesst. «Na, ob der Typ hier schläft oder nicht.» «Mir ist es eigentlich auch wurst», meint Gagu gelassen und fügt nach einer Weile hinzu: «Gestern hat Lene durchgedreht, nur weil Dodo bei mir pennt, und heute ist das plötzlich hoch willkommen. Da kommt ja keine Sau mehr nach.» «Natürlich kommst du jetzt damit! Darauf habe ich gewartet! Und wie ich darauf gewartet habe!» kreischt Lene los. Andi stellt sich beschwichtigend zwischen die beiden und fragt: «Was ist überhaupt los?» Lene packt ihn am Ellenbogen: «Andrea, bist du auch dafür?» «Wofür?» «Dass wir Thomas eine Weile bei uns aufnehmen?» «Eine Weile?» «Bis sich eine Lösung zeigt.» «Was für eine Lösung?» «Das wissen wir noch nicht.» «Und er? Dein Bruder? Was will er?» «Er will schlafen. Richtig schlafen.» «Na, dann soll er doch!» Lene strahlt: «Ich hab's ja gewusst, Andrea, dass du uns helfen wirst!» Lene fällt ihm mit unerklärlicher Heftigkeit um den Hals und küsst ihn schnell auf beide Wangen. Die andern schauen sich zufrieden an. Nur der Punk starrt trostlos in die Leere.

DIE DREI FRAUEN stehen in der Küche und betrachten neugierig einen grossen, frischen Lachs auf dem Küchentisch, der noch halb eingewickelt in einer durchsichtigen Verpackung liegt. Wie sie Halter in der ungewohnten, durchnässten Aufmachung erblicken, fällt ihnen allen die Kinnlade herunter. «Hallo-Hallöchen!» grüsst Halter mit überraschend frohgemuter Stimme. Er weiss selber nicht, warum er plötzlich so fröhlich klingt. Er geht, da keine der Frauen ein Wort herausbringt, zum Tisch und schaut sich den prächtigen Lachs an: «Was haben wir denn da? Ein munteres Fischchen? Aus dem Hause Lorenzini? Darf ich vorstellen? Halter, Schweinehirt!» Er richtet sich auf und schaut die Frauen der Reihe nach spöttisch an. Sie starren ihn ihrerseits an, als käme er von einem fremden Stern. Endlich findet seine Frau die Sprache wieder: «Alfons! Wie siehst du aus!» Halter schaut belustigt an sich herunter: «Kleider machen Leute.» «Alfons! Was soll das?» fragt die Mutter seiner beiden Töchter forsch, mit einer gewissen Berechtigung. In einem solchen Aufzug hat sie ihren Gatten noch nie gesehen. «Ein Königreich für eine Dusche!» weicht er theatralisch aus, legt die rechte Hand ans Herz und blickt zur Decke hoch. Darauf macht er kehrt und geht stracks nach oben. Die drei Frauen und der Fisch schauen ihm mit grossen Augen ratlos nach.

Unter der Dusche pfeift er unentwegt. (Er weiss gar nicht mehr, wann er zuletzt in seinem Leben gepfiffen hat. Das muss in seiner Jugend gewesen sein.) Eine undefinierbare Last ist von seinen Schultern gewichen, ein Vorgang, der ihm zwar im Augenblick völlig unerklärlich ist, dessen psychohygienische Vorzüge er indessen mit vollem Herzen geniessen kann. Eine sonderbare Leichtigkeit hat sich seiner bemächtigt, wie er sie, so glaubt er, überhaupt noch nie gefühlt hat.

Er geht in sein Schlafzimmer (die Schlafzimmer blieben hier gleich von Anfang an getrennt), faltet Spychers Ware, so gut es geht, zusammen und legt den nassen Packen säuberlich auf einen Stuhl in der Ecke, auf die ebenfalls sorgfältig zusammengefaltete Plastiktasche (MIT HAUERT IST GUT GEBAUERT!). Er öffnet neugierig einen seiner grossen Kleiderschränke. Er hätte jetzt Lust auf sehr bequeme Kleidung, auf alte, abgetragene Stücke, ausgelatschte Hausschuhe und dergleichen, aber so etwas ist hier nicht zu finden. Hier gibt es nur neue, teure, perfekte, klassisch-dezente Ware, millimetergenau aufgereiht. So entscheidet er sich für ein blaugestreiftes Hemd, das er noch nie getragen hat, für einen ärmellosen, roten Pullover, der überhaupt nicht dazu passt, und für eine grüne Cordhose, die man notfalls als Freizeithose bezeichnen könnte, dazu Tennisschuhe, die er vor einigen Jahren gekauft hatte, als er der irrigen Meinung war, er müsse in seiner Freizeit Tennis spielen wie seine neuen, geckhaften Mitarbeiter.

In der Küche haben sich seine drei Familienmitglieder mit einem Glas weissem Bordeaux um den Lachs gesetzt. «So, da wären wir!» sagt Halter aufgeräumt zum Fisch und reibt die Hände. «Was ist los, Vati?» fragt die Jüngere seiner Töchter besorgt. Er merkt gleich, dass er das Gesprächsthema war. «Ich habe zufällig Lust auf Lachs», weicht er erneut aus. «Darf ich ihn zubereiten?» Seine Frau mustert ihn äusserst misstrauisch. «Wie du willst», sagt sie nach einer heftigen Überlegungsphase mit neutraler Stimme. Sie weiss offensichtlich noch nicht, was sie vom ganzen Auftritt halten soll. «Zuerst ein Glas!» meldet Halter fröhlich an, zeigt auf den Bordeaux und vermerkt drei äusserst skeptische Gesichter.

Jetzt macht er sich unter Aufsicht von drei nachdenklichen Augenpaaren an die Arbeit. Seit mindestens zwanzig Jahren hat er keine Speise mehr selber zubereitet; eine Schande, findet er im Nachhinein. Seine Frau reicht ihm eine grosse, kupferne Poissonnière; die ältere Tochter schenkt ihm ein Glas Weisswein ein. Während er den für vier Personen viel zu grossen Fisch angemessen würzt und mit kleinen Butterstücken drapiert, beginnt er mit seiner Geschichte: «Unglaubliches ist mir heute zugestossen, Leute!»

Er schildert offen seine missratene Mittagspause auf dem Land, mit vielen witzigen Ausschmückungen, unterbrochen nur durch sein eigenes Gelächter, flunkert hie und da im Stile von Rotkäppchen und dem Wolf und bringt die drei Frauen tatsächlich langsam zum Kichern, bis schliesslich alle laut lachen, wie er schildert, dass er beim Jassen gemogelt und den Spycher übers Ohr gehauen habe. Jetzt hat er sie endlich auf seiner Seite. Das Lachen seiner Frau klingt wie das Hecheln eines Saugmotors, der nicht richtig anspringen will: «Hi-h-hi-h-hi-h-hi-h-hi-h!»

Er schiebt den Fisch in die tiefe Backröhre und stellt die Backzeit ein, bereitet darauf zwei verschiedene Salate zu, verzichtet darauf, Salzkartoffeln zu kochen, da seine Familie Kartoffeln nicht mag, weil Kartoffeln angeblich dick machen, muss zwischendurch immer wieder von seinem abenteuerlichen Nachmittag erzählen, weil ihm immer wieder Neues einfällt, Einzelheiten, denen er bei der ersten Schilderung zuwenig Aufmerksamkeit geschenkt hat. Die Frauen sind bester Laune; bereits öffnen sie die zweite Flasche Bordeaux. Sein turbulenter Nachmittag zeitigt unerwartet Erfolg; so ausgelassen hat er sich und seine Familie kaum je erlebt.

Im Esszimmer deckt er den runden Barocktisch mit den kostbaren Intarsien mit grösster Aufmerksamkeit, holt im Keller Burgunder des Jahres 1978, faltet weisse Servietten zu kleinen Pyramiden und wählt silbernes Besteck. In der Küche ergötzen sich die Frauen immer noch schadenfreudig an seinen nachmittäglichen Eskapaden.

Der Fisch ist gar. Halter zerlegt ihn mit unerwartetem Geschick, legt die saftigen Stücke auf einer vorgewärmten, silbernen Platte zurecht, garniert mit Limonenscheiben und frischer Petersilie und bittet schliesslich seine drei Damen, von denen eine gewisse Verwunderung noch immer nicht gewichen ist, galant zu Tisch.

Der Lachs ist vorzüglich. Halter spürt jedoch bald, dass sich unter den Frauen allmählich, nachdem sich die grosse Heiterkeit gelegt hat, wieder das alte Misstrauen breit macht. Sie spüren, dass an der Sache etwas faul ist. Deshalb legt er unvermittelt Gabel und Fischmesser gemessen zur Seite, richtet sich auf und erklärt freundlich: «Ich werde mich von euch trennen.» Sechs Augen schauen gleichzeitig ungläubig hoch. Eine Gabel fällt zu Boden. Stille. Da niemand reagiert, fährt er sachte weiter: «Ich werde euch das Haus hier überlassen und in die Stadt ziehen.» Stille. Nach einer Weile fügt er hinzu: «Ich habe viel zu lange zugewartet damit.»

Jetzt bricht das Chaos aus. Alle drei schreien gemeinsam los. Seine Frau packt den Teller, den sie vor sich hat, und schmeisst ihn, ausser sich, an die Wand. Dort zerschellt er in tausend Stücke, und einzelne, grüne Salatteile bleiben an der Täferung kleben. Die beiden Töchter sind aufgesprungen und schreien ihren Vater über den Tisch hinweg gleichzeitig an. Halter bleibt ruhig sitzen ohne aufzublicken. Er fragt sich nur, leicht besorgt, was jetzt wohl mit dem umfangreichen Rest des Fisches geschehen wird. Seine Frau steht heulend auf und rennt in ihr Zimmer hoch, um Minder anzurufen, wie Halter vermutet. Die Töchter brüllen unablässig auf ihn ein; er versteht kein Wort. Er wartet. Dann sind auch sie endlich weg. Er giesst von diesem prächtigen Burgunder nach und legt sich noch etwas Fisch und Salat auf den Teller. Es schmeckt.

Gerne hätte er nach dem Essen eine Zigarre geraucht, aber es gibt leider keine Zigarren im Haus. Seine Frau hat ihm längst das Rauchen verboten. Er nimmt sich deshalb vor, sich jetzt einen Kaffee und einen Cognac zu genehmigen, geht in die Küche hinüber, nachdem er sich mit der Serviette den Mund abgewischt und einen fast wehmütigen Abschiedsblick auf den Lachs geworfen hat, und bereitet dort einen starken Kaffee zu. Kaffee ist ihm natürlich auch verboten worden.

Die drei Furien kehren wie ein Orkan in die Küche zurück; doch wie sie feststellen, dass ihr Ehemann und Vater überhaupt nicht mehr auf sie reagiert, verschwinden sie wieder und hängen sich hysterisch an ihre diversen Telefonleitungen. Sie entwickeln eine Geschäftigkeit, die Halter überraschen würde, wenn er dafür noch Interesse aufbringen könnte. Ein hektisches Hin und Her im oberen Stockwerk ist in der Küche zu vernehmen, das er zwar geahnt, in dieser Intensität jedoch niemals vermutet hat.

Er schenkt sich reichlich Cognac ein, stellt das grosse Schwenkglas zusammen mit dem Kaffee auf ein Tablett und geht gemächlich in den grossen Salon, legt das Tablett auf das gläserne Beistelltischchen, auf dem noch vor kurzem seine jüngere Tochter den Beischlaf a tergo vollzogen hat, schaltet alle Lichter und den Fernseher ein, setzt sich in den grossen, restaurierten Ledersessel seines Grossvaters und kichert.

Es gibt Erklärungen, die kann man wirklich nur einmal im Leben abgeben.

Mit der Fernbedienung geht er alle Programme durch. Karajan dirigiert Beethoven. Halter schaut sich eine Weile dieses gespreizte Getue an, sucht sich dann ein anderes Programm. John Wayne prügelt sich mit einem halben Dutzend Gangstern. Gerade richtig. Wieder bedauert er, dass keine Zigarren im Hause sind. Da taucht überraschend die ältere Tochter mit verschmiertem Augen-Make-up auf. «Hast du Zigaretten?» fragt er sie, obwohl er weiss, dass diese Frage sinnlos ist. Seine Familie meidet alles, was der Gesundheit auch nur im Entferntesten schaden könnte. So tupft sie die Augen mit einem Papiertaschentuch ab und schüttelt den Kopf. Sie setzt sich auf die Sofakante, genau dahin, wo sie sich vor zwei Stunden hat vögeln lassen. Eigenartigerweise berührt ihn diese Erinnerung überhaupt nicht; es ist, als sei das Ganze nur noch ein fades Gerücht, auf das man gar nicht achtet.

Er schaltet wieder zurück zu Lederstrumpf Karajan und stellt den Ton ab. Die Tochter steht auf und geht wortlos weg. Halter schaut den Musikern zu und ist der festen Überzeugung, heute den besten Entscheid seines Lebens getroffen zu haben. Er stellt sich genüsslich vor, wie er veranlassen wird, im Stadthaus eine grosse, gemütliche Wohnung nur für sich selber einzurichten, wie er gemütlich mit dem Tram in die Bank fahren und überhaupt endlich einmal tun und lassen wird, was ihm passt. Einzig das Schwimmbad wird er vermissen, stellt er überrascht fest.

FELLER GEHT die breite Treppe zum Eingang des Stadttheaters hoch, öffnet das hohe, schwere Eichenportal und gelangt zur Kasse. Er lässt sich von einer freundlich lächelnden Dame die Karte geben. Die Garderobière nimmt ihm den Mantel ab und weist ihn zur Loge. Er tritt ein und setzt sich im Dämmerlicht in einen breiten, tiefen Sessel mit hoher, gepolsterter Rückenlehne, Louis irgendwas. Die französische Revolution hat in Bern noch nicht stattgefunden.
Völlige Stille. Der Vorhang ist geschlossen. Feller richtet sich im Sessel behaglich ein, wartet, gähnt, beugt sich gelangweilt vor: Das Theater ist leer. Er lauscht.
Kein Geräusch, nichts.
Zerstreut setzt er sich aufrecht hin. Ist er zu früh? Beginnt die Vorstellung vielleicht erst um halb neun? Er will Alders Zettel aus der Brusttasche ziehen, da fällt ihm ein, dass er den Anzug gewechselt hat. Er will auf die Uhr blicken: Er hat sie zu Hause im Badezimmer abgelegt. Er steht unschlüssig auf und öffnet die Tür zum Korridor hin: Niemand da. Er eilt zurück ins Foyer: Die

Lichter sind gelöscht, die Garderobière und die Dame an der Kasse sind verschwunden. Durch die hohen Fenster fällt das gelbe Licht der Strassenbeleuchtung.
Gespenstische Stille.
«Hallo?» ruft Feller verhalten.
Er hört sein eigenes Echo von den leeren Treppenhäusern her.
«Hallo!» wiederholt er nach einer Weile ungläubig.
Jetzt wird er langsam wütend. Was wird da gespielt? Er geht zur Garderobe. Sein Mantel ist weg. Er eilt ins Foyer zurück und versucht, das grosse Portal, durch das er eingetreten ist, zu öffnen. Es ist verschlossen. Er hastet von Portal zu Portal: Alle sind verschlossen. Der Seiteneingang fällt ihm ein: Auch der lässt sich nicht öffnen.
Keuchend hält er inne. Was ist los? Er versucht angespannt, irgend etwas zu hören, doch alles, was er hören kann, ist sein eigenes Herzklopfen. Jetzt wird es ihm unheimlich.
Zurück im Foyer, findet er hinter einer der Kassen ein Telefon. Er greift zum Hörer und wählt nach einigem Zögern die Nummer 161: «Beim nächsten Ton ist es: vier Uhr, elf Minuten, dreissig Sekunden.» Pip.
Fassungslos legt Feller den Hörer auf. Er starrt betäubt auf ein Plakat, das einen Ballettabend ankündigt. Dünne Mädchen mit ernsten, bleichen Gesichtern fallen ihm ein. Erschüttert setzt er sich auf eine kalte Treppenstufe. Das ist zuviel. Er muss noch vor der Vorstellung eingeschlafen sein. Ist das überhaupt möglich? Eine Absenz? Eine gottverdammte, geistige Absenz, oder sowas Ähnliches, ein Knacks, ein Blackout? Ist mit ihm etwas nicht in Ordnung?
Ungläubig steht er auf und geht noch einmal zum Telefon hinüber, wählt noch einmal die Nummer 161: «Beim nächsten Ton ist es: vier Uhr, dreizehn Minuten, zehn Sekunden.» Pip.
Man hat ihn vergessen. Einfach vergessen. Ratlos starrt er auf all den kalten, abweisenden, spiegelblanken Marmor im überhohen Foyer, auf das aufwendige Bodenmosaik und die schweren Spiegel. Man hat ihn einfach vergessen. Er ist in seiner Loge eingeschlafen; in einen unvorhergesehenen, rauschhaften Tiefschlaf muss er gesunken sein.

Er versucht herauszufinden, wieviele Whiskies er gestern getrunken hat. Vier sind es sicher gewesen, doch wegen vier Whiskies kippt er doch nicht gleich ins Koma! Er versucht zu lachen. Es gelingt ihm nicht. Gequält fährt er sich durch die Haare. Etwas stimmt nicht mit ihm. Sein Körper hat ihn im Stich gelassen. Sowas ist nicht normal. Ist er überarbeitet? Übermässig gestresst? Zu warm gebadet? Lächerlich. Das ist nicht möglich. Er muss mit seinem Arzt sprechen. Noch heute! Sowas muss sich erklären lassen! Sowas hat seine medizinische Begründung! Vielleicht ist mit seinem Organismus etwas nicht mehr in Ordnung, vielleicht wird sein Arzt einen grauenhaften Defekt entdecken, der sicher unbarmherzig an die Öffentlichkeit gezerrt werden wird. Vielleicht ist er, ohne es zu wissen, todkrank?
Er verbirgt sein Gesicht in den Händen. Was jetzt? Dies alles darf keinesfalls in die Presse gelangen, das ist mal klar, so kurz vor den Wahlen. Er wäre schlagartig die Witzfigur im Politzirkus. Er sieht bereits die Schlagzeile: REGIERUNGSRAT FELLER IM THEATER EINGESCHLAFEN! Oder: SCHLAFENDER REGIERUNGSRAT IM THEATER VERGESSEN!
Noch schlimmer. Das kann er sich unter keinen Umständen erlauben. Das Ganze muss ohne das geringste Aufsehen zu Ende gebracht werden.
Er ruft Rindlisbacher an. Bei Rindlisbacher ist die Diskretion wahrscheinlich gewährleistet. Feller hat ihn mehrere Male gedeckt, mit Angaben, die nicht hundertprozentig den Tatsachen entsprachen. Also. Keine Miene verziehen, sachlich bleiben.
«Rindlisbacher.» (deutlich aus dem Schlaf geholt) «Hier Feller.» «Was ist?» «Halte dich fest, Edi. Ich erkläre dir meine Situation. Ich sitze hier im Stadttheater fest. Ich bin eingeschlossen. Ich bin gestern abend während der Vorstellung eingeschlafen. Man hat mich vergessen, verstehst du? Du musst mich hier rausholen, und zwar gleich. Ich nehme an, du weisst, wie man das macht. Ich bitte dich eindringlich, mit der allergrössten Diskretion vorzugehen.» «Wie bitte?» «Im Stadttheater Bern. Bin ich. Eingeschlossen.» «Machst du Witze?» «Das ist leider kein Witz.»
Eine lange Pause, lautes Schnaufen, Schnauben, Prusten, Husten. Husten, das nicht enden will. Deutlich kann Feller hören,

wie sich Rindlisbacher im Bett wälzt. Angewidert hält er den Hörer auf Distanz. Wahrscheinlich ist der dämliche Rindlisbacher doch nicht der beste Einfall gewesen; Feller könnte ihm mit dem Hörer eins überziehen.

RINDLISBACHER TAUCHT hinter einem gleichgültigen Securitas-Wächter mit riesigem Schlüsselbund auf, geht auf Feller zu, der auf den Steinstufen im Foyer sitzt und fröstelt. Der Securitas-Mann leuchtet ihm mit einer grossen, hellen Lampe unverschämt ins Gesicht. Feller steht ächzend auf. «Ich sage gar nichts!» grinst Rindlisbacher mit gespieltem Ernst. «Es ist mir lieber so», antwortet Feller sauer. Der Securitas-Wächter steht gelassen neben dem geöffneten Portal und verzieht keine Miene. Feller mustert ihn kurz: Ein junger, langer Kerl mit unfertigem Gesicht. Sieht ziemlich unbeteiligt aus. Kein Grund anzunehmen, dass der etwas ausplaudern wird, also kein Grund, ihn in die Geschichte einzuweihen, beschliesst Feller.
Die drei verlassen das Gebäude. Der uniformierte Lulatsch schliesst das Portal ab. Vor den Eingangsstufen steht ein grosser, weisser Volvo mit eingeschalteten Lichtern. «Dein Wagen?» fragt Feller beiläufig, der zunächst ein Polizeiauto vermutet, dann aber die signalroten Streifen und die Aufschrift vermisst. Rindlisbacher nickt. Er verabschiedet den Securitas-Wächter, der sich, nachdem er den Schlüsselbund umständlich in die Jakkentasche gestapelt hat, auf ein schwarzes Fahrrad schwingt und in die Nacht hinausradelt. Der Himmel ist klar, die letzten Sterne sind zu sehen. Es ist kalt. «Trinken wir einen Kaffee, Charly!» schlägt Rindlisbacher vor. «Wo?» fragt Feller. «Bei mir. Es hat jetzt keinen Sinn mehr, nochmals zu Bett zu gehen. Beginnen wir den Tag etwas früher als vorgesehen.» «Wieviel Uhr ist es?» «Bald fünf.»
Sie steigen in den Volvo und fahren schweigend die hundert Meter in die Gerechtigkeitsgasse hinein, wo Rindlisbacher seine Stadtwohnung hat. Ein Prachthaus, vollständig auf Kosten der Öffentlichkeit renoviert, beste Lage, unbezahlbar. Rindlisbacher

bewohnt acht grosse, kostbar möblierte Zimmer. Allein in der Wohnungseinrichtung steckt ein Vermögen. Die Bilder an den Wänden gestatten eine lückenlose Übersicht über das massgebliche bernische Kunstgeschehen der letzten dreissig Jahre. Rindlisbacher ist ein Sammlertyp und steht persönlich an den Vernissagen herum, mit einer Konstanz, die selbst die Künstler nicht aufbringen, kennt die meisten und ist mit ihnen per Du.

Er ist einer dieser wenigen wahren, glücklichen, professionellen Junggesellen, wissen Feller und die halbe Schweiz, einer, wie sie in der Politik selten anzutreffen sind. Der Unterhaltungs-Rindlisbacher, direkt von den populären Samstagabend-Fernseh-Unterhaltungs-Sendungen in die Politik gekommen, nahtlos hinübergerutscht und dank seiner politischen Ahnungslosigkeit völlig unangefochten Polizeidirektor der Stadt Bern, ohne Einschaltquoten-Diktatur.

Feller tut, als ob er mit grösstem Interesse die Bilder betrachten würde, während sich Rindlisbacher in der Küche mit dem Kaffee beschäftigt, geht dann möglichst gelassen zu ihm hin und wartet, bis die beiden Tassen gefüllt sind. «Was meinst du, Edi, ganz unter uns», fragt er gespannt, «sollte ich mal mit dem Arzt reden?» «Warum?» fragt Rindlisbacher gelassen zurück und stellt die Tassen auf die bereitstehenden Untertassen. «Wegen diesem Vorfall. Findest du das in Ordnung? Einfach eingeschlafen im Theater, nichts gemerkt von der ganzen Vorstellung und erst mitten in der Nacht wieder aufgewacht.» Rindlisbacher stellt grinsend den Kaffee auf ein kleines Frühstückstischchen in einer tiefen Fensternische mit Blick auf das Münster und die Dächer der Altstadt. «Ach was!» winkt er ab. «Das kann jedem mal passieren!» «Meinst du?» «Wahrscheinlich hast du zuviel gearbeitet.» «Ich war gestern von fünf an auf den Beinen, ununterbrochen. Ich habe fast keine Zeit zum Essen gefunden.» «Siehst du? Das habe ich mir gleich gedacht. Du bist einfach übermüdet, das ist alles. Das ist verständlich. Das wäre mir auch so ergangen, im Theater, bei diesem Programm. Was wurde gespielt?» «Goldoni.» «Schrecklich! Goldoni! Langweiliger geht's nicht mehr! Ich schlafe übrigens regelmässig vor dem Fernseher ein.» «Das ist was anderes.»

Beide lachen, und Feller ist erleichtert. Im Nachhinein sieht die Sache tatsächlich bedeutungsloser aus, als er sie sich in der ersten Aufregung vorgestellt hat. Übrig bleibt eine Bagatelle, eine Episode, merkwürdig, doch unwichtig.
Die beiden nippen am Kaffee und blicken über die alten Dächer in die Morgendämmerung. Eine Krähe hackt der andern kein Auge aus, denkt Rindlisbacher. Mit diesem politischen Minimalprogramm ist er bisher gut gefahren.

DIE BEIDEN BLASSBRAUN GEFLECKTEN OBERSCHENKELKNOCHEN von Jean d'Arche (1762-1792) liegen gekreuzt im Lichte zweier hoher, weisser Kerzen auf einem weinroten Sammetkissen mit goldbestickten Bordüren. Das Kissen wiederum liegt auf einem dunklen Marmoraltar, mitten im Salon des Ostflügels. Die Herkunft der Knochen ist äusserst zweifelhaft. Ihr Erwerb hat die Familie d'Arche seinerzeit viel Schmiergeld und Aufwand gekostet. Henriette d'Arche ist zwar im Besitze eines offiziellen französischen Dokuments aus dem Jahre 1826, das die Authentizität der Gebeine garantiert, doch die Familie hatte schon damals feierlich beschlossen, nicht den beiden Knochen an sich, sondern einzig ihrem Symbolgehalt die nötige Ehre zu erweisen. Der beim Sturm auf die Tuilerien umgekommene Vorfahre Hans von Arch – oder besser Jean d'Arche, wie der Name ab 1814 richtig lautet – war ein Held; nicht nur für die französische Königsfamilie ist er gestorben, er hat sich ausserdem für eine Ordnung geopfert, die seither leider nie mehr zurückgekehrt ist und deren Früchte die Familie d'Arche nur in der kurzen Zeitspanne von 1814 bis 1831 in vollen Zügen geniessen konnte. In diesen 17 Jahren hat sie – neben umfangreichen Ländereien im Wangental – immerhin das Schloss Oberwangen erworben, das bis heute im Besitze der Familie, deren letztes Glied Henriette verkörpert, verblieben ist.
Als Henriette geboren wurde, war die Familie d'Arche wirtschaftlich am Ende, ausgeplündert von der liberalkommunistischen Brut dieses Kantons. Der Nord- und der Westflügel des

Schlosses waren am Zerfallen. Die Familie scharte sich im eisigen Winter 1920/21 um den einzigen noch funktionierenden Kamin und fütterte das spärliche Feuer mit hastig zusammengesuchten Tannenzapfen.

Das war der absolute Tiefpunkt in der Geschichte der Familie, die von Rodolphe d'Arche, ehemals Ruedi von Arch, dem Bruder des Märtyrers, begründet wurde. Mit umfangreichen Lieferungen von Salpeter und halbverhungerten Bauernbuben an die meistbietenden Armeen Europas war Rodolphe zu ansehnlichem Reichtum gekommen und zweimal zum Vize-Schultheissen der Stadt Bern ernannt worden.

Nachdem 1946 der einzige männliche Nachkomme, Richard Horst von Arch (Name regermanisiert), als Mitglied der Waffen-SS in russischer Gefangenschaft umgekommen war, blieb nur noch Henriette übrig, die mit dem Verkauf des gesamten Landbesitzes die überlebensnotwendigen Geldmittel beschaffen und zunächst wenigstens das Dach des baufälligen Schlosses notdürftig sanieren lassen konnte. Noch gab es damals weder Elektrizität noch warmes Wasser im Hause, und auch die verlockendsten Angebote neureicher Taugenichtse aus den Vororten Berns vermochten Henriette nicht davon abzuhalten, eisern ihr Ziel zu verwirklichen: ihrer Familie wieder zu Reichtum, also zu Ansehen zu verhelfen. So gründete sie 1956 das «Institut pour jeunes filles» und hat heute ihr Ziel erreicht.

Das Schloss Oberwangen ist vollständig restauriert, und die Schulden sind getilgt – Henriette kann sich nichts mehr vorwerfen. Sie hat getan, was getan werden musste.

«Madame», flüstert Margarethe neben ihr, «es ist Zeit.» (Margarethe war die ostpreussische Verlobte ihres Bruders Richard Horst, von den Bolschewisten aus ihrer Heimat Königsberg vertrieben, treue Seele des Schlosses Oberwangen.) Henriette d'Arche muss sich beim Aufstehen helfen lassen. «Sind die Schülerinnen schon auf?» fragt Henriette beim Hinausgehen. «Sie schlafen noch, Madame. Gestern ist es etwas spät geworden.» «Ich will mit ihnen um zehn frühstücken. Wecken Sie die Mädchen um neun!»

«Wie Madame wünschen.»

WIE ÜBLICH ERSCHEINT HALTER um zehn im Foyer der Kreditbank, grüsst gemessen nach allen Seiten und zieht sich gleich in sein Büro zurück. Im Vorzimmer trifft er auf seine Sekretärin. Frau Grobet hat an ihrem weissen Pult zwei Stunden klaglos gewartet, und es ist ihr natürlich nichts anzumerken. Sie hat etwas von dieser reiferen, französischen Filmschauspielerin, findet Halter unvermittelt, wie er sie für den Bruchteil einer Sekunde mustert, etwas von Annie Girardot. Er ist überrascht, dass ihm dies erst heute auffällt.

Er zieht seinen Mantel aus, hängt ihn in der Garderobe an einen Bügel und denkt über seine Sekretärin nach. Sie ist nicht eigentlich modisch gekleidet, wie die jungen Frauen unten in der Schalterhalle, eher zeitlos-elegant würde man das wahrscheinlich nennen. Elegant auf jeden Fall. Zeit für einen Seitensprung? Nach so vielen Jahren der Abstinenz? Mit seiner eigenen Sekretärin? Der Gedanke schockiert ihn.

Sie scheint kein Privatleben zu haben; Halter weiss nichts über sie persönlich. Auch sind ihm heute keine der früher üblichen, flüchtigen Liebesaffären innerhalb der Bank bekannt, stellt er überrascht fest. Vielleicht ist es das angespanntere Arbeitsklima, das den Trieben den Garaus macht? Oder ist es die Furcht vor Aids?

Er setzt sich an sein riesiges Pult aus dunklem, tropischem Holz mit der leeren, spiegelblanken Oberfläche, wippt in seinem schwarzen Ledersessel nach hinten, die Unterarme auf die Armlehnen gestützt, und schaut zu, wie sich Frau Grobet, die wie immer kurz geklopft hat, bevor sie eingetreten ist, am Terminal einrichtet, sehr aufrecht sitzend. Eine Frau mit Stil und Klasse, das ist klar.

Sie schaut fragend zu ihm hin, und er richtet sich verlegen auf, räuspert sich und tut, als müsse er sich wichtige Dinge überlegen. Dann sagt er: «Also, Frau Grobet, wir brauchen detaillierte Auszüge aus folgenden Konten:» Er steht auf und geht zu einem unscheinbaren Wandschrank, in welchem ein kleiner Tresor verborgen ist. Mit dem kleinen Schlüssel, den er aus seiner rechten Gilettasche zieht, öffnet er die dicke, kleine Tür, die direkt in die Wand eingelassen ist, und entnimmt dem obersten Fach einen neutralen Briefumschlag, setzt sich wieder an sein Pult, stützt die Ellenbogen auf die makellos polierte Fläche und öffnet den Umschlag.

Eine Weile studiert er schweigend das Blatt, das er aus dem Umschlag gezogen und vor sich hingelegt hat. Dann diktiert er neun lange Zahlenkombinationen, die Frau Grobet mit einem silbernen Kugelschreiber auf einen Notizblock schreibt, und lässt sie die Zahlen wiederholen, während er aufmerksam kontrolliert. «Richtig», sagt er am Schluss, faltet das Blatt zusammen, schiebt es in den Umschlag zurück, steht auf, geht zum Tresor hinüber, versorgt den Umschlag wieder im obersten Fach und schliesst zuerst die Tresortür, danach die Schranktür sorgfältig ab. Er geht zu Frau Grobet hinüber, zieht einen weiteren Stuhl hinzu und setzt sich schräg hinter sie hin, so dass er den Bildschirm überblicken kann.

«Jetzt geht es los», sagt er eher zu sich selbst und legt den linken Unterarm auf die Rückenstütze ihres Sessels. Er kann ihr Parfum riechen: «Rive gauche». Frau Grobet decodiert und tippt die erste Kombination ein. Auf dem Bildschirm erscheinen mehrere Zahlenkolonnen nebeneinander. Halter zeigt auf den Bildschirm: «Da sind die Daten der Auszahlungen, da die Beträge, da die Codes der Empfänger. Die Zahlungen der letzten drei Jahre, bitte!» Frau Grobet tippt; die grünen Kolonnen verrutschen blitzschnell. Halter starrt auf den Bildschirm und überlegt. «Nun die Zahlungen nach Empfängern ordnen.» Frau Grobet tippt. Die grünen Kolonnen rutschen über den Schirm, stellen sich augenblicklich um, schieben sich nach unten, nach oben, verschwinden und tauchen wieder auf. Schliesslich sind drei Gruppen zu erkennen. Halter richtet sich kurz auf um durchzuatmen. Frau Grobet wartet auf weitere Anweisungen. «Jetzt bitte für jede Gruppe das Zwischentotal. Am Schluss das Gesamttotal aller Gruppen.» Frau Grobet tippt, und der Computer rechnet heisse Beträge zusammen, ohne zu wissen, wie heiss die sind.

Halter steht auf und blickt sich im Büro um. Bis da ist alles Routine. Der nächste Schritt ist der entscheidende. Er schaut sich nachdenklich seine karge Büroeinrichtung an. All die dämlichen Gummibäume seines Vorgängers hat er seinerzeit entfernen lassen, auch die unsäglichen Soldatenbilder von Traffelet, die er überhaupt nicht ausstehen konnte. Von Vorhängen hielt er auch nichts; er liess sie durch feine Lamellenstoren ersetzen, die tagsüber immer hochgezogen sein müssen. Er blickt durch das Sicherheitsglas seiner Fenster hinüber ins Bundeshaus, in fade Büroräumlichkeiten, wo die immergleichen, älteren Bürolisten sitzen und sich kaum rühren. Die einzigen feststellbaren Bewegungen – während Stunden – sind diese seltsamen, weissen Hemdärmel, die nach Telefonhörern greifen. Dort wird sich nie etwas ändern.

Die KBKB hat sich verändert. Trotz Sicherheitsglas hatte sich die Bank durch riskante Kreditgewährungen vor einigen Jahren fast ruiniert. Die Aussicht auf schnellen, grossen Gewinn im Immobiliensektor machte damals viele Banken blind. Einige schwache Regionalbanken landeten prompt auf dem Bauch, und auch die Kreditbank kam arg ins Schlingern. Das Vertrauen war schwer geschädigt; das Publikum stand kurz vor der Panik. Nur ein amokartiger Kahlschlag in fast allen Bereichen und Fellers politische Versiertheit retteten die KBKB vor dem Bankrott. Dafür war Halter der richtige Mann. Die Lage hat sich heute gewaltig beruhigt; die Nervosität in der Branche ist der hektischen Aktivität der neuen Leute gewichen. Halter selber ist der letzte der alten Garde.

«Also», seufzt er, «jetzt decodieren wir die Empfänger.» Er geht wieder zum Terminal hin und beobachtet gespannt, was auf dem Bildschirm geschieht. Er hofft insgeheim, dass Frau Grobet die Konsequenzen dieser Operation nicht allzusehr zur Kenntnis nimmt. Sie zeigt nicht die geringste Reaktion; sie führt pflichtbewusst ihre Arbeit aus, weil ihr Chef sie dazu aufgefordert hat.

Neben den Zahlen erscheinen vollständige Namen, Titel, Funktionen und genaue Anschriften. Halter denkt unwillkürlich an das Brecht-Zitat über die dunklen Mächte, das sorgfältig gerahmt im Büro eines jungen Abteilungsleiters hängt, und verzieht gequält sein Gesicht. Er überfliegt, was auf dem Bildschirm steht, nickt zufrieden und sagt: «Ausdrucken.» Frau Grobet gibt dem Computer den entsprechenden Befehl. Der Printer summt leise und spuckt ein kostbares A4-Blatt aus. Halter kann es sich nicht verkneifen und nimmt das ausgedruckte Blatt mit dem altertümlichen Wasserzeichen und dem Signet der Bank (das mehrfach verschlungene KBKB) in die Hand. Er ist zufrieden: Da stehen die Namen und die Adressen der Kassiere der drei wichtigsten politischen Parteien des Kantons und die Zahlungen der KBKB der letzten drei Jahre, insgesamt über zwei Millionen. Das ist der Preis der politischen Stabilität. Preiswert, findet Halter, der weiss, dass sie anderswo viel teurer zu stehen kommt; doch er wird sich heute nachmittag hüten, dies Feller zuzugeben.

Er setzt sich wieder dicht hinter Frau Grobet hin: «Jetzt können Sie löschen.» Mit einer winzigen Bewegung ihrer Fingerkuppen bringt sie die ganzen Parteispenden zum Verschwinden. «Jetzt haben wir da noch...» – Halter beugt sich zu ihrem Notizblock vor, der rechts neben dem Terminal liegt (er könnte jetzt seine Zunge in ihr Ohr stecken), und zählt mit dem Finger nach – «...noch acht Konten. Sie gehen bei jedem einzelnen Konto genau gleich vor, Frau Grobet. Die Codes sind geheim! Nicht wahr? Achten Sie darauf, dass Sie am Schluss Ihre Notizen vernichten! Und geben Sie mir die Ausdrucke bitte persönlich.» Frau Grobet nickt. Halter steht auf, schaut eine Weile aus Distanz zu, wie neue Kolonnen auf dem Bildschirm auftauchen, hin- und herrutschen, verschwinden und neu geordnet plötzlich wieder dastehen, zur Seite rücken, als ob sie durchgeschüttelt würden, geht dann unschlüssig zu seinem Pult, verlässt plötzlich den Raum, um im Vorzimmer ungestört telefonieren zu können. Die Nummer des «Institut pour jeunes filles» kennt er auswendig.

FELLER MUSTERT den kostbaren Inhalt der beiden grossen Styropor-Schachteln, die der Ausläufer vom Lorenzini auf den grossen Tisch in der Wohnküche gestellt hat: Zierliche Canapés in der Grösse von Zwanzigrappenstücken, ebenso winzige Käse-, Spinat- und Lauchkuchen, Pizzen, so gross wie sein Handteller, ein blassrosa-hellgelbes Glacétörtchen mit einer winzigen, kandierten Heidelbeere in der Mitte und allerlei Süssgebäck in diesem Miniaturformat. Miniaturen, die sich später auf der Rechnung

geradezu grössenwahnsinnig niederschlagen werden. Er nickt zufrieden, gibt dem Ausläufer (gedrungen, 59 Jahre alt, mehrfacher Grossvater) zwei Franken Trinkgeld und bringt ihn ungeduldig zur Tür. Dummerweise ist Frau Jegerlehner bereits gegangen; nun muss er den kostbaren Mittagslunch selber auspacken und zurechtlegen. Halter wird frühestens in einer Stunde hier sein. Feller hat Frau Jegerlehner heute etwas früher weggeschickt, um sicher zu sein, nicht gestört zu werden.
Da fällt ihm Thomas ein. Was, wenn sein Sohn plötzlich wieder auftaucht? Er ruft unverzüglich seine Frau an. «Lucette? Ich wollte dich fragen, wie das gestern abend mit Thomas war. Du weisst, mich beschäftigt das. Er ist schliesslich mein Sohn. Er ist doch noch bei dir?» «Nein, Charles. Er ist gleich wieder weggegangen.» «Weg? Wohin?» «Ich weiss nicht, wo er sich jetzt aufhält. Er wollte kein Geld von mir annehmen; er behauptet, Geld interessiere ihn nicht.» «Hättest du ihm nicht irgendwie...» «Hör mal, Charles! Ich weiss nicht, was ich mit ihm hätte machen sollen. Du bist der Vater! Dir muss etwas einfallen!» «Hat er dir nicht gesagt, wo er hingeht?» «Nein. Ich denke, man muss Francis benachrichtigen, damit er auf dem Laufenden ist.» (Francis Clerc, Familienanwalt der Sonderklasse, Rechts-, Steuer- und Anlageberater seit Jahrzehnten.) «Das finde ich nicht. Was sollte Francis tun können?» «Die Polizei informieren.» «Die Polizei? Wieso die Polizei?» «Ich denke, die sucht ihn?» «Na gut, ich werde schauen.»
Feller hängt auf und überlegt. Er beschäftigt sich äusserst ungern mit familiären Problemen, doch in diesem Fall hat seine Frau wahrscheinlich recht. Es muss etwas getan werden. Diskret, versteht sich. Francis wird das schon richten.
Er legt die Baby-Canapés, die Puppenstuben-Küchlein und die Pizza-Zitate mit spitzen Fingern auf eine grosse, silberne Platte, stellt das Eistörtchen in den Kühlschrank und holt im Keller, nachdem er die hässlichen Styropor-Schachteln in die Besenkammer gestellt hat, mehrere Flaschen Weiss- und Rotwein aus dem Wallis, trägt sie in einem alten Henkelkorb nach oben und stellt sie auf eine Küchenablage. Er deckt den Tisch mit blütenweissen Servietten, makellosen Kristallgläsern und blitzendem

Silberbesteck, kontrolliert sein Aussehen im Spiegel der Garderobe, prüft sein Kennedy-Lachen, kämmt die Haare und zieht sein Jackett an. Er ist bereit. Es kann losgehen.
Es klingelt. Punkt zwölf, auf die Sekunde genau. Aufgeräumt geht Feller zur Tür und betätigt den elektrischen Türöffner, legt gleichzeitig den Kennedy zurecht.
Vor der Tür steht zu seiner Überraschung nicht der dicke Halter. Die zwei jungen, milchgesichtigen Kantonspolizisten, die ihn gestern ins Gantrischgebiet begleitet haben, treten beklommen auf dem untersten Treppenabsatz an Ort, als ob sie es nicht wagen würden, sich richtig vor die Türe zu stellen. («Du läutest.» «Nein, du.» «Nein, du.») Sie haben ihre neuen, steifen Mützen in die Hand genommen und geben sich, da Feller kein Wort sagt, einen inneren Ruck. Der eine schiebt sich zwei Millimeter vor und meldet stotternd: «Guten Tag, Herr Regierungsrat! Wir kommen da wegen einer Sache.» Feller hat keine Ahnung, warum die beiden derart offensichtlich verlegen sind. Er nickt ihnen aufmunternd zu. Der zweite Polizist fasst sich ein Herz und schiebt sich seinerseits zwei Millimeter vor: «Wie Sie sicher wissen, Herr Regierungsrat, befindet sich Ihr Sohn Feller Thomas zur Zeit in der, ähm, Kis...ähm, Strafanstalt Witzwil.» Es ist den beiden sichtbar peinlich, diese im Augenblick allerdings unzutreffende Tatsache dem allmächtigen Finanzdirektor des Kantons mitteilen zu müssen. Vielleicht schämen sie sich für den Kanton, denkt Feller. «Und?» «Nun, wir sind beauftragt worden, Ihnen mitzuteilen, dass besagter Häftling abge...ähm, geflohen ist.» «Ja?» «Sein gegenwärtiger Aufenthaltsort ist uns, ähm, unbekannt.» «Und?» «Wir haben den Auftrag, Ihnen mitzuteilen, dass, falls Sie den Aufenthaltsort Ihres, ähm, Sohnes kennen würden, dann müssten Sie, das heisst, Sie hätten dann in diesem Fall die, ähm, Verpflichtung, uns denselbigen mitzuteilen, verstehen Sie. Das ist es, was wir Ihnen mitteilen müssen.» Der andere greift ein: «Falls Sie also wissen sollten, oder falls Sie eine Ahnung haben sollten, wo sich Ihr Sohn aufhält, oder aufhalten könnte, so müssen wir Sie bitten, uns dies, ähm, mitzuteilen.» «Ich weiss nicht, wo sich mein Sohn aufhält.» Die beiden Polizisten nicken erleichtert. «Das ist es, was wir hören wollten, Herr

Regierungsrat.» «Das wäre alles», fügt der andere bei. «Falls Sie also im Laufe der nächsten Zeit besagten Aufenthaltsort zu Ohren bekommen sollten, dann rufen Sie uns doch einfach an!» Der andere wiederholt: «Das ist alles!»
Dann setzen die beiden wie auf Kommando ihre Mützen auf, salutieren zackig und gehen erleichtert den Kiesweg hinunter. Feller schaut ihnen belustigt nach, erkennt beim Portal unten die breite Gestalt Halters, der den beiden Ordnungshütern in diesem Augenblick entgegenkommt, eine kleine, schwarze Aktenmappe schwenkend, schaut zu, wie die beiden seitwärts zu Halter hin im Gehen salutieren, wartet, bis Halter die unterste Treppenstufe erreicht hat, und geht ihm dann zwei Schritte entgegen, breitet seine Arme weit aus, schaltet seinen Gesichtsausdruck auf warme Zuneigung, schnallt den Kennedy um und sagt, ohne seinen Kopf schrägzulegen: «Alfons!» «Charles!»
Halter bleibt in letzter Sekunde stehen: Feller würde ihn womöglich noch umarmen. Feller seinerseits senkt die Arme übergangslos, damit nicht der Eindruck entsteht, er habe Halter umarmen wollen, streckt die Hände aus und ergreift die Rechte Halters beidhändig, nachdem dieser sein Mäppchen von der Rechten zur Linken gewechselt hat. «Alfons!» strahlt er ihn an. «Lange nicht gesehen!» «Eine Ewigkeit, Charles! Eine Ewigkeit!» (knapp zwei Wochen)
Jetzt ist es Zeit für das ganz breite Kennedy-Lachen, das Glamour-Lachen, und für einen tiefen, warmen Freundschaftsblick. Halter nickt freundlich zurück, wirkt jedoch leicht zerstreut, als müsse er sich eben etwas Wichtiges überlegen. Er lässt seinen Blick flüchtig im Park umherschweifen und sagt: «Schöne Bäume. Gratuliere.»
Halter weiss genau, dass Feller weiss, dass dies die bedeutungsloseste Floskel ist, die in diesem Augenblick hingeworfen werden kann, eine verdächtige Spur zu bedeutungslos, aber Feller ist gezwungen mitzuspielen. «Zum Teil dreihundert Jahre alt, die Riesen. Sind alle inventarisiert. Müssen damals ein Vermögen gekostet haben.» Halter nickt scheinbar interessiert, als höre er sowas zum ersten Mal. Er muss unbedingt den Eindruck verhindern, als Bittsteller hingestellt zu werden, denn nicht er ist Bitt-

steller, sondern Feller, der als Präsident des Verwaltungsrates der Bank seinerseits gezwungen ist, auf Grund der angestrengten Finanzlage, diesen Eindruck sorgfältig zu vermeiden.
«Ganz eindrücklich», sagt Halter deshalb leichthin, als komme er als Pauschaltourist und habe fünf Minuten Zeit fürs Fotografieren. «Schönes Ensemble.» Dann dreht er sich überraschend schnell nach Feller um, packt nun seinerseits Fellers Rechte mit beiden Händen, lehnt sich leicht zurück und fragt, möglichst fröhlich: «Charles, sag', wie geht's dir so?» «Lass uns hineingehen, Alfons! Lass uns hineingehen! Wo's schön warm ist!» kontert Feller holprig, da ihm zumindest am Gleichgewicht der Kräfte viel gelegen sein muss.

Er stellt fest, dass Halter schwer in Form ist. Die Verhandlungen werden nicht leicht sein, das ist absehbar. Halter hingegen fragt sich, wie er hinter dem elastischen Schritt Fellers einhergeht, was diese winzige Spur von Verfolgtsein, die er eine Hundertstelsekunde lang in Fellers Blick erkannt haben will, bedeuten mag. Er hat sich bereits über die beiden Polizisten gewundert, die das prächtige Anwesen verlassen haben. Sie schienen ganz erleichtert zu sein, wie Schüler, die eine Prüfung bestanden haben.

An der Eingangstür lässt Feller Halter vorangehen, und Halter betritt das herrschaftliche Gebäude mit einem Blick, als sei er der Vermieter. Er weiss natürlich, dass das Haus im Besitze des Kantons ist. Sein schwarzes Mäppchen stellt er auf die Ablage neben der Garderobe. Dann lässt er sich beim Ausziehen des Mantels helfen, reibt die Handflächen gegeneinander, während Feller seinen Mantel an einen Bügel hängt, und sagt: «Dieses Wetter!» «Du sagst es, Alfons!» meint Feller im Umdrehen. «Ich bin für freie Sicht aufs Mittelmeer.» Beide lachen; das politische Witzchen aus dem Munde eines Regierungsrates ist gar nicht übel, wahrscheinlich sogar spontan entstanden.

Sie gelangen in die geräumige Küche, und Halter hebt mit gespielter Entrüstung die Hände: «Charles! Mein Arzt hat mir alles verboten, was Spass macht! Ich hoffe in seinem Namen, dass du heute Schleimsuppe und Hafergrütze auf dem Programm hast!» «Und Lindenblütentee!» fügt Feller kichernd bei. Das Kichern ist ihm unfreiwillig herausgerutscht. Er kichert sonst nie.

Mit einer etwas zu grosszügig bemessenen Handbewegung, wie Halter aus den Augenwinkeln beobachtet, von Feller beim Beobachten beobachtet, weist er zu Tisch und packt darauf eine der Weissweinflaschen. Wortlos giesst er zwei bereitstehende Gläser voll, stellt die Flasche ab und wendet sich Halter zu, der sich umständlich und ohne zu überlegen hingesetzt hat. Der erste faux pas.
Beide greifen nach den Gläsern, Halter sitzend, Feller stehend, und Halter wird es klar, dass ihn Feller bereits gelegt hat. «Willkommen, Alfons!» «Prost, Charly!» Mit diesem «Charly» geht Halter bewusst in die Offensive. «Charly» nennt ihn wahrscheinlich nicht einmal seine Frau, und Feller wird sich hüten, ihn «Alfie», oder so ähnlich, zu nennen.
«A propos: Wie geht es Lucette?» «Gut, danke. Sie ist im Augenblick in Lausanne bei ihrer Schwester. Die Schwester ist behindert und braucht Pflege. Nicht anonyme Pflege, verstehst du. Wir legen sehr viel Wert darauf. Eine Familienaufgabe, die Lucette zuweilen übernimmt.» Halter tut äusserst beeindruckt, obwohl er Feller natürlich kein Wort glaubt. Politiker lügen, weiss er aus langer Erfahrung; sie müssen lügen. Sie können gar nicht anders, weil sie zutiefst unwahrhaftig sein müssen. Aber er nippt mit gespielter Hochachtung am Glas und meint: «Guter Tropfen.» Feller strahlt, als sei dies das grösste Kompliment, das man ihm machen kann, fragt sich indessen, warum Halter so aggressiv vorgeht. Diese um eine Spur zu hastigen Themensprünge sind ein ungutes Vorzeichen.
«Und Elisabeth? Wie geht es ihr? Geht es ihr gut? Dort oben auf dem Frienisberg? Prächtige Lage, soweit ich mich erinnere, hervorragende Rundsicht, Jura, Seeland, Freiburger Alpen, Berner Alpen, die Seen! Da kommt man geradezu ins Träumen, hier unten im Nebel!» Am besten ist jetzt eine breite Front, denkt Feller. Auch diesen Halter wird er in seine Ecke kriegen; er hat schon ganz andere in ihre Ecke gekriegt. Das ist schliesslich sein Beruf.
«Ach», winkt Halter gleichgültig ab, «ich weiss nicht, Charly.» Halter zieht sich geschickt zurück. Ein Taktiker eben. Er zwingt Feller, die Fragen zu stellen, denn der Fragesteller hat immer die

Nummer 2 am Rücken. Feller zieht seine Augenbrauen kraus, als seien sie soeben an einem äusserst interessanten Punkt angelangt: «Wie meinst du?» «Die Wohnlage ist in Ordnung.» Halter seufzt ganz wenig. «Aber es geht eben nichts über eine gute, solide, ruhige Wohnlage in der Stadt. Ich persönlich bin ein Stadtmensch, Charly, nicht gemacht fürs Landleben, mag sich dies für die Familie noch so positiv auswirken.» «Verstehe.» «Ich überlege mir gerade, ob ich mir nicht doch wieder etwas Kleines in der Stadt zurechtlegen sollte, für die alten Tage vielleicht. In der Stadt ist man bei den Leuten.»

Halter hat die Nase wieder vorn. Feller setzt sich und tut, als müsse er lange über Halters Worte nachdenken, blickt zum Fenster in die verhangene Baumlandschaft hinaus und nickt langsam, als begreife er deren tieferen Sinn erst im Nachhinein. Er muss das Heft wieder in die Hand bekommen. Halter schlürft.

«Grosse Aufgaben stehen uns bevor, Alfons, Aufgaben, die sich über eine längere Zeit erstrecken werden, Aufgaben vor allem im Bereich der Energieversorgung. Die Bedarfsabklärung spricht da eine eindeutige Sprache: Mittelfristig werden wir in einen Engpass geraten, wenn wir nicht rechtzeitig die Weichen stellen können. Eine politische Aufgabe ist das. Die Bernischen Elektrizitätswerke planen fürs nächste Jahrtausend. Da ist politische Weitsicht gefragt, eine Aufgabe, der ich mich gerne stelle.»

Halter isst genüsslich eines der winzigen Lauch-Gratins und lässt Feller reden. Reden kann er ja, und reden lassen ist das beste Verhandlungsprinzip. Die meisten Leute laufen durch ihr eigenes Reden in die Leere.

«Leider ist im Augenblick die politische Situation so, dass ein Teil der Bevölkerung jeder Energiepolitik misstrauisch gegenübersteht, das weisst du, Alfons, aus Gründen, die politisch nicht gänzlich durchschaubar sind. Eine schwierige Ausgangslage. Es muss daher äusserst geschickt vorgegangen werden.»

Äusserst geschickt, das ist gut, denkt Halter. Warum sagt er nicht gleich: äusserst raffiniert? Denn das bedeutet: Die politischen Gegner müssen übers Ohr gehauen, gekauft oder fertig gemacht werden. Er nickt interessiert, um Feller zu signalisieren, dass er bei der Sache ist, und macht sich an eine Mini-Pizza heran.

«Um in den voraussehbaren politischen Auseinandersetzungen die Oberhand zu behalten, sind Massnahmen auf verschiedensten Ebenen geplant.»
Massnahmen, denkt Halter. Warum sagt er nicht: Tricks? Er will ja nur eines: einen ganzen Kanton hereinlegen. Eine grosse Aufgabe, zugegeben.
«In dieser vorbereitenden Situation sind gesicherte Geldmittel eine unumgängliche Voraussetzung.» Na, endlich, denkt Halter. «Kräftiger Tropfen», sagt er, hält sein Glas gegen das diffuse Licht, das durch das grosse Fenster in die Küche fällt, und fragt: «Warum finanzieren die Bernischen Elektrizitätswerke ihre Vorbereitungsphase nicht selber? Soviel ich weiss, schwimmen die BEW im Geld?» Feller hat auf diesen Einwand gewartet. «Wir betrachten eine so wichtige Aufgabe wie die Energieversorgung dieses Kantons als derart schwergewichtig, dass wir mit Recht davon ausgehen, es müsse zu einer breitmöglichsten Sammlung all derer kommen, die hinter der Politik dieses Kantons stehen.» Hinter deiner Politik, heisst das, Charlylein, hinter deiner Politik! denkt Halter. Du darfst dich nicht gleich mit dem ganzen Kanton verwechseln! Das wäre dann doch etwas übertrieben!
«Uns schwebt eine Art Pool vor, unter dem Slogan: Ja zum Fortschritt! Oder so ähnlich. Positiv, weisst du. Die technische Seite der ganzen PR-Kampagne wird natürlich einem professionellen Büro übertragen. Der Bevölkerung muss klargemacht werden, dass ein Stillstand in der Energieversorgung in unserer angespannten Zeit sofort wirtschaftlichen Rückschritt bedeutet, was unmittelbar jeden einzelnen betreffen würde.»
Halter nickt gelassen; das hat jedermann schon hundertmal gehört. Feller versteift sich auf antiquierte Argumentationen, soweit er sie überblicken kann. Ein Stillstand in der Energieversorgung hat doch höchstens einen Stillstand des Gewinnanstieges zur Folge; der wirtschaftliche Rückschritt kommt ganz woanders her – zum Beispiel von Fellers verkalktem politischen Denken. Das ist jedoch nicht das Problem von heute nachmittag. Er möchte endlich auf sein eigenes Problem zu sprechen kommen: Die KBKB kann unmöglich noch mehr Geld freimachen. Doch zuvor muss er Feller auslaufen lassen.

«Die finanzielle Grundlage muss breitmöglichst abgesichert werden, wie ich bereits gesagt habe. In einer ersten Phase rechnen wir mit einem Volumen von 20-25 Millionen.» «Ein Kinderspiel für die BEW.» «Das denken zunächst alle. Doch wir dürfen diese wichtige Aufgabe nicht allein der BEW überlassen; schliesslich müssen die BEW mit der Unterstützung durch die Regierungsmehrheit rechnen können. Wo kämen wir sonst hin?» Feller wartet gespannt. Genau im richtigen Augenblick. Halter rückt auf dem Stuhl zurecht, sucht einen Faden, den er aufnehmen könnte, ohne in ein Lamento zu verfallen. Er fragt sich, ob jetzt der Zeitpunkt günstig wäre, seine riskanten Blätter mit den gefährlichen Schmiergeldzahlungen der letzten drei Jahre hervorzuzaubern.

Da klingelt es. Feller erschrickt sichtlich; Halter atmet erleichtert aus und beobachtet sein Gegenüber. Der Regierungsrat steht ungewöhnlich schnell auf und geht ungehalten aus der Küche. Er öffnet die Tür, bereit, sehr abweisend zu reagieren.

Es ist Helene. In einer grossen, abgewetzten, schwarzen Lederjacke und kurzen, schwarzen Haaren, steil nach oben gebürstet. «Darf ich hereinkommen?» fragt sie freundlich. Feller tritt wortlos zur Seite, unfähig, ein Wort zu sagen. Er kriegt nicht einmal über die Lippen, dass er mitten in einer wichtigen Sitzung steckt. Helene geht an ihm vorbei. Sie ist mager geworden, stellt er fest, wie sie ihre unmögliche Jacke auszieht und in die Garderobe neben Halters Mantel hängt, und wesentlich älter, als er sie in Erinnerung hat. Wie alt ist sie eigentlich jetzt? Sie ist auf jeden Fall nicht mehr das wirre Mädchen, das er trotz allem immer geliebt hat.

Im Foyer entsteht eine unangenehme Pause. Helene schaut sich neugierig um und erwartet, dass ihr Vater etwas sagt. Feller weiss nicht, wohin er sie bitten soll. Was will sie überhaupt? «Was kann ich für dich tun?» fragt er sie mit einer unüblichen Unbeholfenheit in der Stimme. «Du kannst mir einen Kaffee anbieten», antwortet sie kühl. Bereits geht sie zur Küche. «Warte!» sagt Feller hastig, endlich aus seiner Überraschung herausfindend. «Gehen wir doch in den Salon!»

Lene zögert. Sie lässt sich widerwillig in den Salon führen, setzt sich ins Biedermeier-Sofa und legt die Füsse provokativ auf das Beistelltischchen. Sie lehnt sich, soweit dies in dem unbequemen Möbel möglich ist, zurück und beobachtet ihren Vater, der händeringend unter dem Türrahmen stehengeblieben ist. Er erkennt seine Tochter an ihrem besitzergreifenden Verhalten wieder. «Da ist ein Problem», erklärt er beklommen. «In der Küche wartet ein Gast. Wir haben ein wichtige Besprechung. Könntest du nicht in, sagen wir, zwei, drei Stunden wiederkommen?» Lene schaut ihn neugierig an, ohne zu antworten. «Dein unerwartetes Auftauchen freut mich, wirklich, aber dort (er weist vage zur Küche hin) sitzt mein Gast, den ich unmöglich warten lassen kann.» «Wer?» «Ein alter Freund. Kennst du nicht.» «Ist er dir wichtiger als ich?» Feller stöhnt. Seine Sicherheit ist hin. «Versteh mich, Helene! Eine wichtige Besprechung! Ich kann meinen Gast unmöglich warten lassen! Ich kann diese Sitzung unmöglich unterbrechen!»

Lene steht auf, geht gemächlich am ratlosen Feller vorbei in die Küche, wo sie auf den feisten Halter trifft, der sich soeben ein Spinatküchlein in den Mund drückt. «Guten Tag!» sagt sie freundlich und mustert Halter spöttisch. Halter springt auf. Es bleibt ihm nur ein eifriges Nicken; mit der Serviette bedeckt er unbeholfen seinen vollen Mund.

Hinter Lene taucht mit leicht verrutschten Gesichtszügen Feller auf. «Darf ich vorstellen? Helene, meine Tochter.» Auch der geringste Kennedy misslingt ihm jetzt total. Halter würgt das Spinatküchlein ungekaut hinunter. «Halter, Kreditbank, angenehm.» Der Bankdirektor reicht Lene über den Tisch hinweg seine Patschhand. Mit der anderen drückt er die Serviette immer noch vor den Mund. «Helene, darf ich dir ein Glas Wein offerieren?» fragt Feller notgedrungen und weist ihr einen freien Stuhl zu.

Lene nickt kurz und setzt sich. Sie wirft einen Blick auf die silberne Platte mit all dem gebackenen Krimskrams. Es sieht hier geradezu nach einem tête à tête aus, findet sie und schaut Halter zu, wie er sich mit der Serviette den Mund und gleichzeitig mit dem Handrücken Krümel vom Gilet wischt: Genau die Art Männer, die sie nicht ausstehen kann.

Halter beugt sich vor und lächelt gequält: «Ich habe mich in die Köstlichkeiten, die mir Ihr Vater aufgetischt hat, geradezu ver-

narrt!» Darauf lehnt er sich zurück und lacht gehemmt. Feller reicht seiner Tochter ein volles Glas und setzt sich hin, als habe er einen Besen verschluckt. «Wie geht es dir?» fragt er plump. «Mir? Gut, danke. Aber Thomas geht es nicht gut.» «Ich weiss! Ich weiss alles!» Und dazu ein kräftiger, schneller Seufzer. Lene schaut ihn überrascht an, und Feller ist gezwungen, weiterzufahren: «Er war gestern hier, gestern mittag. Er hat mir alles erzählt.» «Ach ja?» erwidert Lene misstrauisch. «Ich kenne die Lage. Schwierig, schwierig. Ich habe deswegen heute morgen mit seiner Mutter telefoniert.» «So? Was hat sie gesagt?»
Feller wirft einen raschen Seitenblick zu Halter, der tut, als ob er nichts höre. Er hat natürlich keine Ahnung, worum es geht. «Wir sollten Francis benachrichtigen, hat sie gemeint. (Halter spitzt die Ohren.) Francis wird sich der Sache annehmen.» «Warum nicht du?» «Ich? Was soll ich machen? Ich kann in der Sache doch nichts unternehmen! Mir sind die Hände gebunden!» Feller lehnt sich zurück und hebt achselzuckend die gekreuzten Hände, die Handflächen abweisend nach vorne gerichtet. Lene schaut ihn gespannt an. «Man muss», fährt er schluckend fort und senkt seine Hände langsam auf den Tisch, «Thomas davon überzeugen, dass es das Beste für ihn ist, wieder zurückzukehren. Findest du nicht?» «Thomas muss geholfen werden, nicht der Polizei!» erklärt Lene nach einer Weile verstockt. Aber Feller hat jetzt seinen gewohnten Ton wieder gefunden: «Schau mal, Helene, du siehst das nicht ganz richtig, meiner Meinung nach. Wir leben in einem Rechtsstaat, und es gilt in jedem Falle, diese Rechtsstaatlichkeit zu respektieren. Nicht wahr?» «Das hast DU gesagt.» «Das würde uns doch jedermann raten, der noch bei Sinnen ist. Wo kämen wir hin, wenn alle...»
Lene steht empört auf. «Ich kann diesen Schwachsinn nicht mehr hören!» «Wie du willst.» Feller lehnt sich – äusserlich gelassen – zurück. Innerlich kocht er bereits. Er sucht nach einem Anschluss. «Du weisst, wo er ist?» fragt er seine Tochter gespannt. Lene geht nicht auf die Frage ein; sie trinkt im Stehen ihr Glas aus, stellt es mit einem Knall hin und sagt: «Du kannst dir deine Rechtsstaatlichkeit irgendwohin stecken!» Sie dreht sich auf dem Absatz um und geht hinaus. Halter schaut ihr mit offenem

Mund nach; auf seinen dünnen Lippen kleben mehrere Spinatkrümel. Feller ist rot angelaufen. Die beiden Männer hören atemlos, wie sie die Lederjacke anzieht, die Türöffnung betätigt und hinausgeht.

Darauf ist es eine Weile still. Halter wagt nicht, sich zu rühren. Feller starrt ein Loch in die Küchenwand. Eine Gedenkminute für missratene Kinder.

Halter seufzt vernehmlich und sagt leise: «Ich habe auch zwei davon.»

DASS LEUTE, die die Karriereleiter hochsteigen, dabei immer unwichtiger, unnötiger werden, war Rindlisbacher schon immer klar. Wenn er als Polizeidirektor der Stadt Bern, in einem Anflug von Gleichgültigkeit und Langeweile, mitten am Nachmittag die Jacke nimmt und sein widerliches Büro verlässt, nickt ihm der Direktionssekretär kurz zu und notiert eine weitere «Besprechung» oder «Sitzung» in die Agenda. In letzter Zeit häufen sich die «Besprechungen» und «Sitzungen» zu bester Apéritif-Stunde. Niemand wird ihn vermissen, denn niemand braucht ihn, so einfach ist das. Wenn ein gewöhnlicher Verkehrspolizist dasselbe tun würde, bräche zunächst der Verkehr zusammen, was danach eine Menge Untersuchungsmassnahmen und darauf Einfache und Komplizierte Anfragen im Parlament zur Folge hätte, Pressekonferenzen und Communiqués, besondere Verkehrsdurchsagen an Radio und Fernsehen, nicht zu reden von den persönlichen Folgen für den armen Verkehrspolizisten, der zumindest seine pensionsberechtigte Beamtenstelle wegen fahrlässiger Missachtung seiner Pflichten verlieren würde.

Die Abnahme der Bedeutung einer Person geht ziemlich linear mit der Zunahme ihres Einkommens einher, findet Rindlisbacher auf dem Weg zum Schweizerhof. Dieses Einkommen wird unverständlicherweise mit der Zunahme der Verantwortung gerechtfertigt. Die Leute wollen es einfach so sehen, sie wollen es so hören. Dabei ist die Verantwortung eines Verkehrspolizisten mit seinen 45'000.- im Jahr ungemein höher als diejenige eines

Polizeidirektors mit seinen 285'000.–. Das höhere Einkommen ist also nur durch die höhere Position gerechtfertigt. Allein der soziale Aufstieg als solcher wird honoriert; an der Arbeitsbelastung und an der Verantwortung kann es nicht liegen, denn die gehen bis auf Null zurück.

Niemand arbeitet so hart wie die bedauernswerten Mitglieder der untersten Lohnklassen; Rindlisbacher kennt keinen seiner Einkommensstufe, der auch nur annähernd soviel arbeitet wie eine portugiesische Putzfrau in der Kantine der Polizeikaserne. Was er, Rindlisbacher, als seine Arbeit im weitesten Sinne bezeichnen könnte, füllt nicht einmal einen Halbtagsjob.

Bereits um vier Uhr pflegt er in seiner bevorzugten Bar im Hotel Schweizerhof zu stehen, einen Martini in der Hand. Hier trifft er üblicherweise die Abmachungen für den Abend, hier trifft er die Leute, die er zu kennen glaubt, lauter Hochstapler wie er selber, deren Verschwinden nicht die geringste Lücke in der Gesellschaft hinterlassen würde. Wäre der Barkeeper krank, stünde die Sache schon bedenklicher.

Franco, der Barkeeper, lächelt ihm diskret zu, wie sich der Polizeidirektor an den Tresen stellt – ohne sich mit einem Ellenbogen aufzustützen – und sich im Raum umblickt. Er mag die Gediegenheit dieser Atmosphäre; nie hat er hier den Eindruck, einfach einen saufen zu gehen. Nichts ist ihm peinlicher als fröhliche, ausgelassene Gesichter bedeutungsloser Menschen, womöglich im Zustande leichter Trunkenheit. Er kontrolliert seine Haltung und seinen Gesichtsausdruck, ein Reflex aus der Zeit seiner Fernseharbeit, denn er ist sich bewusst, dass er repräsentiert, dass er zu repräsentieren hat, und zwar das, was die Leute von ihm wie auch vom Geringsten seiner Untergebenen erwarten: tadellos der Anzug, einwandfrei das Hemd und die Krawatte, makellos die Schuhe und der Haarschnitt. (Seine Haare muss er allerdings seit langem vom Hinterkopf nach vorne kämmen und sorgfältig mit Lack fixieren, um die Glatze zu bedecken.) Niemand ahnt, wieviel es ihn kostet, finanziell und vom zeitlichen Aufwand her gesehen, seine umfangreiche Garderobe instand zu halten, eine Tätigkeit, die höchste Anforderungen an Konzentration und Organisation stellt.

Er lebt ja glücklicherweise alleine, und die notwendigen Massnahmen im Bereiche seines outfits nehmen mindestens zwei Arbeitsstunden täglich in Anspruch. Er betrachtet diesen Aufwand als Teil seines Berufes, seines Anforderungsprofils, seiner Funktion, seiner öffentlichen Aufgabe, seiner Berufung meinetwegen. Menschen, die ernst genommen zu werden wünschen, kleiden sich mit entsprechender Sorgfalt. Es kommt nicht von ungefähr, dass ihn 1990 die «Schweizer Illustrierte» zum bestgekleideten Politiker gekürt hat, eine Auszeichnung, die ihn in gewisser Weise rührte. PR dieser Art hat er indessen gar nicht nötig: Er ist auch so populär. Niemand kann das abstreiten.

Als er noch seine Samstagabend-shows am TV durchzog, lagen ihm die massgeblichen Medien zu Füssen. Rindlisbacher mit Berner Sennenhund, Rindlisbacher im Tessiner Grotto, Rindlisbacher schüttelt Bernhard Russi die Hand usw. Die Medienarbeit hat ihm den Umstieg in die Stadtberner Exekutive leicht gemacht; seine Shows mit der versteckten Kamera, seine Interviews und Scherze mit dem Jetset des Landes, seine Gespräche am Runden Tisch mit erfolgreichen Spitzensportlern, bekannten Schauspielern und ehrgeizigen Unternehmern waren Gassenfeger.

Er kann immerhin auf etwa 800 schriftlich formulierte Heiratsanträge zurückblicken, auf die er natürlich nie eingegangen ist, denn nach den schmuddelig Gekleideten sind es gleich die Frauen im allgemeinen, die er nicht ausstehen kann; Frauen sind ihm – rein privat gesehen – zu monsterhaft in ihrem Auftreten und in ihren Ansprüchen, zu geschwätzig und viel zu teuer. Da macht er sich nichts vor. Selbst diesen gewöhnlichen Apéritif müsste er bereits rechtfertigen, sei es nur durch einen kurzen Anruf: «Liebling, ich muss heute etwas länger arbeiten und komme erst spät nach Hause. Bring du doch schon mal die Kleinen zu Bett, honey!»

Kinder? Du meine Güte! Das ist der Anfang vom Ende. Wer sich der Kinderaufzucht (nach den schmuddelig Gekleideten und den Frauen kommen gleich die Kinder) verschreiben zu müssen glaubt, ist weg vom Fenster. Wahrt der Mann seinen lebensnotwendigen Abstand, geht die Ehe über kurz oder lang in die Brü-

che, was nebst exorbitanten Folgekosten unweigerlich enorme, psychische Fehldispositionen nach sich zieht.
So lehnt sich Polizeidirektor Rindlisbacher gelassen lächelnd an die Theke und lässt sich den Martini reichen, nickt Franco zu und fragt: «Angenehmer Nachmittag?» «Alles klar, Herr Direktor, alles klar!»
So früh wie heute morgen ist er seit Jahren nicht mehr aufgestanden. Das hat er Feller zu verdanken, dem Idioten, der wohl nicht mehr ganz klarkommt mit sich selber. Schläft im Theater ein, das Arschloch! Lässt sich doch tatsächlich einschliessen, der Provinz-Kennedy! Wenn das seine Gegner wüssten! Eine Menge Leute würden sich krumm und krank lachen! Der mit seinen missratenen Gören! Er hätte halt nie diese Welsche nehmen sollen, dieses religiöse Waadtländer-Fossil! Der Sohn in der Kiste, die Tochter in der linken Szene! Selber schuld, der Aufsteiger aus der Energiebranche! Dieser Bananenrepublikaner! Logisch, dass seine Graue verduftet ist; vielleicht das einzig Richtige, was sie in ihrem beschissenen Leben je gemacht hat.
«Franco! Noch einen, bitte!»
Er, Rindlisbacher, hat sich selber hochgearbeitet! Da waren keine gestopfte Familie im Hintergrund, keine Elektrizitätswerke! Sein Vater war Bäcker, einfacher Bäcker, Bäckerei Rindlisbacher. Ihn hat keine Energielobby hochgepusht; er hat alles selber gemacht. Als er das Angebot der leicht angeschlagenen Regierungspartei angenommen hatte, sammelte er auf Anhieb am meisten Stimmen von allen, ohne einen einzigen, lausigen Finger krumm zu machen. Da hat man schwer gestaunt. Jetzt ist er bereits seit acht Jahren in der städtischen Exekutive und kennt alles, was Rang und Namen hat in dieser Stadt. Ihm kann keiner was vormachen. Er ist schliesslich der Polizeidirektor.
Die Polizeidirektion ist mit Abstand die angenehmste Direktion, da gibt es praktisch nichts zu tun. «Alles läuft wie geschmiert», pflegt er augenzwinkernd zu sagen, und selbst die abgebrühtesten Journalisten grinsen. Er hat sie alle in der Tasche; seine Spässchen an Pressekonferenzen haben Tradition. Seine bewährten Leute, die Chefbeamten, die Abteilungs- und Einsatzleiter, alles alte Hasen, wissen genau, wie der Karren läuft. Fixer? Dea-

ler? Drogenhandel? Beschaffungsdelinquenz? Obdachlose? Asylanten? Rechtsextreme Schläger? Darüber braucht er sich gewiss nicht den Kopf zu zerbrechen; die Themen haben ihn überhaupt nie interessiert. Dafür gibt es Kommissionen voller Experten.

Er selber braucht keinen Finger zu rühren. Wozu sollte er auch? Meistens geht ja alles reibungslos. Geht mal etwas schief, schiebt er den Kommissionen die Schuld zu. Oder seinen spärlichen Gegnern. Die Fachleute legen ihm die Entscheide pfannenfertig auf den Tisch. Dazu sind sie da. Und zudem hasst er politische Auseinandersetzungen. Kurz, er hat eine Direktion, die von selber funktioniert.

«Bitte, Herr Direktor!» Franco stellt den Martini hin, als habe er ihn selber erfunden. «Danke, Franco. War ein harter Tag, heute!» «Der Martini wird Sie aufstellen, Herr Direktor!» «Da bin ich völlig überzeugt, Franco!»

Rindlisbacher schaut sich um. Japanische Geschäftsleute, amerikanische Touristen der Oberklasse, ein paar erstklassige, teure Chicks undefinierbarer Herkunft, drei krisengeschüttelte und trotzdem dicke Bauunternehmer, die sorgenvoll die Preise absprechen, und Unterer, der Dirigent des Symphonieorchesters. Der schleicht langsam auf ihn zu.

«Wen haben wir denn da!» ruft Rindlisbacher aufgeräumt. «Hallo, Edi.» Edi sagen die ganz Nahen. Die Halbnahen sagen Eduard. Die ferneren sagen Herr Rindlisbacher, und alle übrigen haben Herr Direktor zu sagen.

«Na, Unterer, was macht die holde Musica?» Rindlisbacher nennt kaum jemanden beim Vornamen. Vornamen nimmt er gar nicht erst zur Kenntnis. Die Unterer, das waren mal Korber und Kesselflicker aus Gampelen, das reicht ihm.

Unterer hat sich seitlich an ihn herangemacht und bestellt ebenfalls einen Martini. Er lehnt beide Ellenbogen breit auf den Tresen. «Heute um sechs ist die Ravioli-Vernissage im Kunstmuseum. Gehst du hin?» fragt er. «Ravelli! Nicht Ravioli!» berichtigt Rindlisbacher. «Richtig. Ich kriege immer nur Ravioli hin.» Rindlisbacher lacht kurz und gutmütig. «Natürlich gehe ich hin, Unterer, was denkst du? Ravelli ist mein Favorit! Hast du seinen

Grossvater gekannt? Den berühmten Marmor-Ravelli? Das war'n Künstler! Aber'n richtiger! Einer von der Alten Schule! Winkelried in Carrara-Marmor, General Wille in Carrara-Marmor, Mussolini in Carrara-Marmor...aber den hat er nach dem Krieg fortgeschmissen.»

BEIM KUNSTMUSEUM stehen die Leute Schlange. Kultur hat Aufwind. Manchmal muss sich Rindlisbacher ernsthaft fragen, was die Leute eigentlich daran finden. «Sieht ganz danach aus, als gäbe es hier etwas gratis!» witzelt Unterer, wie sie sich dem Bau nähern, der wie ein Provinzhauptpostgebäude ausschaut. Unterer geht genau einen halben Schritt schräg hinter dem Polizeidirektor. «Ich habe dir ja gesagt, Unterer, dass diese Vernissage ein Hammer ist!»
Die Wartenden treten höflich zur Seite. Rindlisbacher und Unterer gelangen durch die hohe, schwere Eingangstür ins enge Foyer, das vom dämlichen Architekten völlig vermurkst worden ist. Die Anwesenden rücken ehrfurchtsvoll zusammen, nicken und lächeln vergnügt, als komme der städtische Polizeidirektor direkt aus einer tollen Samstagabend-show.
«Hallo! Hallo! Wen haben wir denn da!» ruft Rindlisbacher aufgeräumt. De Müntschemier, Direktor des Kunstmuseums, eilt ihm aufgeregt entgegen, die Hände weit ausgestreckt. «Herr Direktor Rindlisbacher! Was für eine Überraschung!» Er strahlt, als sei er soeben zum fünften Mal verheiratet worden. Viermal hat er es bis jetzt geschafft, und sein Hauptaugenmerk gilt demzufolge seiner letzten oder nächsten Ehe. Die Kunst ist nur sein Hobby, obwohl er sechzehn geschlagene Jahre lang Kunstgeschichte studiert hat. (Dann hatte sein Alter, Ex-Korpskommandant de Müntschemier, die Nase voll und verschaffte ihm diesen anspruchslosen Posten.)
«Wo ist dieser Ravioli?» De Müntschemier ist verwirrt. «Ich meine natürlich Ravelli!» «Ravelli?» De Müntschemiers Augen leuchten auf wie an Weihnachten. «Ganz stark! Ganz eindrücklich, Herr Direktor! Internationale Klasse! Schauen Sie sich das mal an!»

Mitten im Treppenhaus sind, etwa zehn Meter hoch, alte, abgewetzte Kühlschränke aufgeschichtet, mit offenen Türen, so dass der Inhalt, Gemüse, Fleisch, Früchte usw., allesamt aus Plastik, zu sehen ist, von innen beleuchtet.

«Funktionieren sie?» «Wie meinen Sie, Herr Direktor?» «Na, die Kühlschränke!» «Das kann ich nicht mit letzter Bestimmtheit sagen. Aber ich werde den Künstler selber fragen.» De Müntschemier ist sichtlich verlegen. «In jedem Saal ein Objekt oder eine Installation, alles ganz starke Arbeiten, ganz eindrückliches Niveau, sind dem Vernehmen nach für die nächste Documenta vorgesehen», erklärt er ausweichend. «Na, dann», sagt Rindlisbacher.

Er schaut sich nach Unterer um, der von einer älteren Dame aus dem Industriellen-Milieu (Sprengstoffe) in ein Gespräch über den neuesten Mozart-Film verwickelt worden ist. Rindlisbacher entfernt sich, während de Müntschemier weitere wichtige Gäste begrüsst. Die Ravelli-Vernissage scheint tatsächlich ein Ereignis zu sein. Hunderte von Leuten stehen herum, tout Berne ist versammelt, und ein richtiggehend familiäres Gefühl kommt auf. Schade nur, dass Bern mittlerweile so gross und unübersichtlich geworden ist.

Im ersten Saal findet Rindlisbacher plattgedrückte Fahrräder, die den ganzen Boden bedecken, so dass die Leute gezwungen sind, über den Schrott hinwegzusteigen. Wie aufgeschreckte Störche schreiten sie den Wänden entlang, begleitet von leiser, chinesischer Musik. Im zweiten Saal hängen in gedämpftem Licht Tonnen von braunen Tabakblättern von der Decke, knapp über den Köpfen der Besucher, leicht vibrierend und penetrant riechend. Im dritten Saal steht auf einem schneeweissen, zwei Meter hohen Podest ein ausgebrannter VW-Käfer, und im vierten Saal sind glänzende Telefondrähte kreuz und quer in allen Höhen gespannt, so dass man achtgeben muss, nicht hineinzulaufen.

Rindlisbacher kehrt gerade rechtzeitig ins Foyer zurück, um den Auftritt Ravellis mitzuverfolgen. Er ist wie Papageno von Kopf bis Fuss in ein buntes Federkostüm gekleidet. Die Leute applaudieren. De Müntschemier stellt sich aufgeregt neben die Kühlschränke und wartet auf Aufmerksamkeit.

Nach einigen Sch!-Sch! werden die Leute still. «Werte Gäste! Lieber Ravelli!» De Müntschemier spricht leise, vielleicht mit Absicht, und Rindlisbacher, in einer hinteren Reihe, hat Mühe, ihn zu verstehen. Neben ihm lauscht eine zierliche Frau mit gespannter Aufmerksamkeit den Ausführungen. Rindlisbacher schaut sie verwundert an. Er kann sich nicht vorstellen, was es da zu lauschen gibt. Je länger er sie verstohlen beobachtet, desto rätselhafter erscheint ihm ihre Aufmerksamkeit, denn de Müntschemier palavert von Konsum und Verzicht, von Natur und Kultur, von Haben und Sein, von Energie und von Rohstoffen, von Unterdrückung und Befreiung, von Kommunikation und Zensur, lauter Dinge, von denen er, de Müntschemier, ganz gewiss keine Ahnung hat. Und zudem: Was hat dies alles mit dem Schrott hier zu tun? Was hat diese herrliche, schüchtern lauschende Frau mit all dem Krempel zu tun?

Rindlisbacher ist ganz durcheinander. Er selber ist hier, weil man das von ihm erwartet, weil die Leute ihn kennen, weil sie ihn sehen wollen, weil die ganze Presse hier ist, weil das ein städtisches Ereignis ist, ähnlich einem, sagen wir mal, Waffenlauf oder Festumzug. Er hat also gewissermassen hier zu sein, und er ist sogar gerne hier, weil er hier nichts anderes tun muss als herumstehen, Hände schütteln und magistral lächeln, und weil er hier schliesslich das Publikum, die Leute, das Volk trifft. Wo sollte er sie sonst treffen? Üblicherweise verstecken sie sich zu Hause oder zeigen sich nur an privaten oder geschlossenen Anlässen, zu denen er selten Zugang hat. Dass man das hier Kultur nennt, ist nicht seine, Rindlisbachers Erfindung.

Er ertappt sich dabei, wie er das atemberaubende Gesicht der Frau neben ihm ratlos und unkontrolliert anstarrt. Ihm muss das geschehen, gerade ihm, ihm mit seiner professionellen Gesichtskontrolle! Er fasst sich und richtet sich verlegen auf. Die Frau dreht sich kurz nach ihm um: Für eine Zehntelsekunde blickt er in zwei kilometertiefe Augen.

Himmel! Ihm schwindelt!

De Müntschemier ist endlich am Ende, die Leute klatschen moderat, Ravelli-Papageno verbeugt sich peinlich lange. Er lebt seit dreissig Jahren ausschliesslich von öffentlichen Geldern in Form von skurrilen Aufträgen, pompösen Preisen und endlosen Stipendien und hat selber noch kaum je ein Kunstwerk verkauft. Kunststück: Was macht einer mit einem zehn Meter hohen Kühlschrank-Turm? Der Ankaufspreis muss enorm sein, geschweige denn die Energiekosten. Sowas kann sich höchstens ein übergeschnappter Kühlschrankfabrikant für Reklamezwecke leisten.

Rindlisbacher neigt sich – er weiss nicht, wie ihm wird – zur schönen Frau: «Interessant, die Introduktion, nicht wahr?» Die Frau dreht sich zum zweiten Mal um und blickt in sein Gesicht. Die Augen! Hilfe! Wieder diese Augen, so klar und so rein, dass sich Rindlisbacher plötzlich ganz dreckig, schäbig und verdorben vorkommt. Er hätte heute nicht hierher kommen sollen, denkt er als erstes, vollständig verwirrt.

Da die Frau nicht antwortet, da sie ihn nur anblickt, da sie, seitlich versetzt, sich bloss nach ihm umgewandt hat und mit unbewegtem Gesicht auf weitere Worte zu warten scheint, bleibt ihm nichts anderes übrig, als sie zu fragen: «Haben Sie die Ausstellung schon gesehen?» Die Frau schüttelt langsam den Kopf, ohne den Blick von ihm zu wenden. Vielleicht ist sie sprachlos, weil sie den Polizeidirektor der Stadt Bern vor sich hat, durchzuckt es ihn. Er verwirft den Gedanken, denn es sieht nicht danach aus, als ob sie ihn kennen würde. Eine zufällige Besucherin? Eine Touristin? Vielleicht aus Finnland? Haben nicht Finninnen einen solchen Blick? Vielleicht versteht sie nur Finnisch und weiss gar nicht, was er sie gefragt hat! Dann aber hätte sie nicht so aufmerksam hingehört, als de Müntschemier seinen Quatsch erzählte! Zudem hat sie ganz leicht, fast unmerklich, den Kopf geschüttelt, als er sie gefragt hat, ob sie die Ausstellung schon gesehen habe!

Dies alles saust mit Lichtgeschwindigkeit durch seine zerstreuten Sinne, und er ist sich nicht schlüssig, ob er sich nicht einfach wortlos umdrehen und weggehen sollte, um diesem Blick endlich die Kraft zu nehmen. Unterer fällt ihm ein, sozusagen als letzte Rettung, und er nimmt sich sogleich vor, sich nach ihm umzusehen. Aber er bringt es nicht fertig. Er bleibt wie angewurzelt stehen.

«Vielleicht darf ich Sie einladen, gemeinsam mit mir die Ausstel-

lung zu besichtigen», hört er sich hölzern sagen, über jedes einzelne Wort stolpernd.
Er erkennt sich nicht mehr. Zum letzten Mal hat er anlässlich seiner Konfirmation gestottert.
«Gerne», sagt sie unvermittelt und lächelt. Lächelt! Gerne! Oh, Gott! Worauf lasse ich mich da ein! durchzuckt es Rindlisbacher, der fühlt, wie er in einen unkontrollierbaren Strudel gerät. Wie geschieht mir! Er bietet ihr steif den Arm, und sie hängt sich bei ihm ein. Er merkt nicht mehr, wie ihm viele verwunderte Augenpaare folgen: Das Rindvieh mit einer Frau! Wie bei der Apfelschusssszene bilden sie eine Gasse, und ihr Polizeidirektor stolpert in Trance neben dieser unbekannten Schönheit in den Saal mit den zerdepperten Fahrrädern.

NATÜRLICH WEISS HENRIETTE D'ARCHE, dass der dickliche, schüchtern wirkende, ältere Herr, der von Margarethe hereingeführt wird, der Direktor der Kreditbank ist. Sie selbst hat mehrere Konten auf dieser Bank, und viele der aufwendigen Renovations- und Umbauarbeiten am Schloss wurden mit den damals billigen Krediten dieser Bank finanziert. Natürlich weiss auch Halter, wen er vor sich hat, auch wenn er jetzt tut, als würde er die elegante, alte Dame, die ihm zuvorkommend lächelnd die kleine, schwarze Mappe abnimmt, nicht kennen, als hätte er sie noch nie in seinem Leben gesehen. Das gehört dazu. Namen und Titel sind in «Institut pour jeunes filles» tabu. So lächeln beide sanft am stets steinernen Gesicht Margarethens vorbei.
«Wie geht es Ihnen, mein Lieber?» flötet Henriette mit spitzem Mündchen. «Ach, nichts als Ärger!» heuchelt Halter. «Diese Zeiten!» wispert Madame d'Arche angewidert, mit Blick zur Decke. «Und dieses Wetter erst!» ergänzt der Direktor der KBKB ernsthaft. «Darf ich Ihnen einen Whisky bringen lassen, mein Lieber?» Halter winkt mit zwei Patschhändchen ab, blickt unvermittelt auf sie hinunter und versteckt sie gleich hinter seinem Rücken, als habe er sie bei etwas Verbotenem ertappt.
Henriette kennt diese Geste der Unbeholfenheit; sie ist bei dieser

Art von Kunden verbreitet, deutet aber bloss auf eine gewisse Unsicherheit hin, die in gewohnter Umgebung nie festzustellen wäre. Im Hause d'Arche gelangt eben viel Verborgenes, Verstecktes ans Tageslicht, auch wenn, oder vielleicht besonders wenn, wie in vorliegendem Falle, mindestens zweitausend dafür bezahlt werden müssen.

«Soll ich die Mädchen rufen?» fragt Henriette aufgeräumt, herzlich und zuvorkommend. «Das Bad», bringt Halter hervor. «Ach so, natürlich! Wie immer, nicht wahr? Das Bad! Wie konnte ich nur das Bad vergessen, mein Lieber! Sie kriegen natürlich Ihr Bad! Wie immer! Selbstverständlich!» Henriette d'Arche lächelt voller Seligkeit, als handle es sich hier um ein herrliches Geschenk Gottes. «Und? Eine? Zwei? Drei?» fragt sie zur Seite hin, während sie Halter in den mit rosarotem Marmor ausgekleideten Baderaum mit dem im Boden eingelassenen, herzförmigen Bekken vorgehen lässt. «Vier.» «Ich hole sie!» zwitschert sie vergnügt.

Sie verlässt den Raum, nachdem sie im Vorbeigehen die kristallenen Lüsterchen eingeschaltet hat, die das grosse Badezimmer in ein gedämpftes, warmes Licht tauchen, klopft kurz an Türen, und vier strahlende, asiatische Mädchen in buntseidenen, kimonoähnlichen Gewändern treten heraus. «Au travail, les filles!»

Wie die zierlichen, jungen Frauen die Schwelle zum Baderaum überschreiten, steht Halter mit dem Rücken zu ihnen und zählt aus seiner Brieftasche drei Tausender ab. Er legt die Scheine gleichgültig auf einen Sims unter einem hohen Spiegel, versorgt die Brieftasche wieder in der Brusttasche seiner Jacke und dreht sich nach den Mädchen um, die sich bereits glücklich strahlend an ihn drängen und sich an seinem Anzug zu schaffen machen. Behende ziehen sie ihn aus, sanft lächelnd, Zähne wie Perlen zeigend.

Halter setzt sich auf den leicht erhöhten Bassinrand, damit sie Schuhe, Socken und Hose abstreifen können. Die Mädchen arbeiten mit einer geschäftigen Leichtigkeit, die Halter immer wieder überrascht: Sie ziehen ihn viel schneller aus, als dass er es selber tun könnte, legen seine Kleider sorgfältig auf eine Ablage hinter der Tür und lassen das warme Wasser aus dem breiten

Hahnen ins grosse Becken einlaufen, ohne dass dabei ein lautes Geräusch entsteht.
«Strangers in the night», singt Frank Sinatra artig und leise aus vier versteckten Lautsprechern, und: «Schubidubidu.»
Halter spricht kein Wort, lässt die vier Frauen ihr hinreissendes Lächeln lächeln und weiss nicht, dass hinter dem Spiegel Henriette d'Arche steht und die Szene kritisch begutachtet. Die Mädchen lächeln nicht für Halter; sie lächeln ausschliesslich für ihre strenge Herrin, die ungenügende Leistungen umgehend mit Landesverweis, mit Rückschaffung nach Thailand, in die trüben Puffs von Bangkok, zu bestrafen pflegt.
Er setzt sich in die grosse Rosamarmorherzwanne, die auf der einen Innenseite eine abgerundete Sitzstufe aufweist. Das Wasser sprudelt ihm bereits um den Bauchnabel. Wie auf ein geheimes Kommando lassen die vier Mädchen ihre luftigen Gewänder fallen, zeigen ihre prächtigen, honigfarbenen, jungen Körper und steigen kichernd zu ihm ins Bad. Schon fühlt er ihre kleinen Hände an seinem Geschlecht, ihre vollen, weichen Lippen an seiner käsigen Brust mit dem blonden Flaum; sie drängen sich von allen Seiten an seinen Körper, und acht Hände fahren zärtlich und gezielt über seinen aufgedunsenen Leib.
Das ist der schönste Augenblick. Halter lehnt sich zurück und legt seinen Kopf auf die Kante des rosa Beckens, dessen Installation ein Vermögen gekostet haben muss. Der Wasserhahn ist jetzt abgestellt, und nur die kleinen Wellen, die bei den sanften Bewegungen der Frauen entstehen, sind zu hören, sowie schmeichlerisch-leise Frankys «Schubidubidu».
Eine der Frauen taucht unter. Ein unerhörtes Gefühl. Wie sie wieder auftaucht, strahlt sie, die langen, glänzend-schwarzen Haare zurückwerfend, als wäre die Tauchexpedition ihr grösstes Vergnügen gewesen. Ein anderes Mädchen setzt sich Halter gegenüber auf die Bassinkante und spreizt ihre herrlichen Schenkel. So muss das Paradies aussehen. Halter beugt sich vor, um sein Gesicht, seinen Mund in ihre auberginefarbene Spalte zu versenken, schiebt seinen ganzen, massigen Oberkörper nach vorn, um von ihrem verlockenden Geschlecht zu kosten und fühlt sich beglückt wie nie zuvor. Seine spitze Nase senkt sich sachte in die

einladend warme, feuchte Furche, seine Augen treten hervor, seine dicken Beine machen schlapp, sein Kinn liegt hart auf der Bassinkante auf.
«Schubidubidu.»
Die vier Mädchen schauen sich ratlos an, versuchen halbherzig, den schweren Körper aufzurichten, erstarren plötzlich vor Schreck, springen unvermittelt mit spitzen Schreien hoch. Hinter dem Spiegel zuckt Henriette d'Arche zusammen. Eines der Mädchen klettert in Panik aus dem Becken und rennt nackt, nass und kreischend in den Korridor hinaus. «Madame! Madame! Il est foutu!»
Henriette und Margarethe gelangen gleichzeitig und voll böser Vorahnungen zum Baderaum. Halters Leib schwimmt bäuchlings im Wasser, der Kopf liegt, in ungewöhnlich zurückgeknickter Haltung, mit dem Kinn am Beckenrand auf, die Augen sind geschlossen. Die drei anderen Mädchen sind auf den Sims gestiegen und drängen sich verstört zusammen, die zitternden Körper mit einer Hühnerhaut überzogen. Sie lassen ein leises, hohes, thailändisches Wimmern hören, und schwarze Knopfaugen starren ungläubig auf den träge im Wasser schaukelnden, weissen Leichnam.
«Hebt ihn auf!» brüllt Henriette, die als erste wieder Worte findet. Die Mädchen rühren sich nicht. Halters Kinn rutscht langsam von der Bassinkante; der ganze Körper fliesst rückwärts, das Gesicht taucht ins Wasser, der Kopf sinkt unter. Die Mädchen schreien panisch auf. «Nehmt ihn raus!» kreischt Henriette. Niemand bewegt sich. Im Türrahmen sind die andern Mädchen aufgetaucht; viele Augenpaare schauen verständnislos ins Innere des Baderaumes, ohne den Körper im Wasser gleich zu bemerken.
Jetzt stürzt sich Margarethe nach vorn und greift ins Wasser. Sie kriegt einen nassen, schlappen, schlüpfrigen Arm zu fassen und zieht daran, indem sie sich mit beiden Knien gegen den Beckenrand abstützt. Es gelingt ihr, den schweren Leib an die Oberfläche zu ziehen, doch keinen winzigen Zentimeter kann sie ihn aus dem Wasser heben. «So helft ihr doch!» schreit Henriette. «Zieht ihn aus dem gottverdammten Bad!»

Jetzt lösen sich die drei verängstigten Mädchen von der Wand, steigen zaghaft vom Sims und greifen wahllos ins Wasser. Die eine erwischt einen Fuss, die andere einen Ellenbogen, und die dritte versucht, den breiten Oberkörper zu umfassen. Halters Leib versinkt in Zeitlupe kopfüber; nur noch die grossen, alten, unförmigen, blaugeäderten Füsse sind zu sehen, mit ihrer gespenstisch abstehenden, durchsichtig gewordenen Hornhaut an den Fersen. Margarethe packt die rechte grosse Zehe und zieht daran. Vergeblich. Auch die Füsse versinken langsam im Wasser. Jetzt rafft sich das vierte Mädchen auf und steigt entschlossen ins Becken. Sie greift nach unten und kriegt Halter unter den Achseln zu fassen, zieht ihn ohne grosse Mühe hoch, und das blutleere Gesicht des Toten lässt die Mädchen wieder panisch aufschreien. «Ruhe!» brüllt Henriette, vor Wut zitternd.

«Schubidubidu», singt Franky-boy zärtlich.

Es gelingt dem Mädchen im Becken, den schlaffen Körper auf die Sitzstufe zu hieven, indem sie sich mit beiden Beinen gegen die gegenüberliegenden Wände des Bassinherzens stemmt. Sie keucht. Die andern drei steigen zögernd ins Wasser und helfen ihr, den schweren Oberkörper aufrecht zu halten, indem sie ihn an die Rückwand drücken, die kleinen Hände in den weichen, gefühllosen Bauch und in den eingefallenen Brustkorb stossend. Halters Kopf ist vornüber gesunken; er schläft, würde man meinen, wenn seine Gesichtsfarbe nicht so erschreckend weiss wäre. Eines der Mädchen hat die erlösende Idee, das Wasser abzulassen. Es zieht den Pfropfen heraus, und alle schauen gebannt zu, wie sich der Wasserspiegel langsam senkt. Die vier stemmen sich angestrengt gegen den sitzenden Leib, und langsam taucht die ganze Körperassemblage in Honigbraun und Kalkweiss aus dem Wasser auf. Da Halters Körper immer schwerer wird, bringen die Mädchen mit schwindendem Wasser nicht mehr genügend Kraft auf, ihn gegen die Wand des Beckens zu stemmen. Er flutscht sanft unter ihnen weg und landet auf der Seite, zusammengekrümmt wie ein Embryo, unten auf dem Beckenboden. Entsetzen steht in allen Gesichtern geschrieben, ausser in demjenigen Halters, das einen geradezu entspannten, friedlichen Ausdruck zeigt. Er sieht jetzt aus, als hätte er schon lange gerne mal

auf dem Boden eines rosaroten, herzförmigen Marmorbassins geschlafen.
«Schubidubidu.»
Die vier Mädchen klettern furchtsam heraus und suchen ihre bunten Seidentücher zusammen, die auf den Fliesen zerknüllt herumliegen. Zitternd wickeln sie sich darin ein, ohne ihre schwarzen Knopfaugen vom blanken, massigen, weissen Männerleib im Bassin zu wenden. «Soll ich die Ambulanz rufen?» fragt Margarethe flüsternd und stockend.
Henriette d'Arche antwortet nicht gleich. Sie starrt angewidert auf die tote Masse Mensch und ahnt Schlimmes für ihr Etablissement. So ein Unfall hat Konsequenzen. In ihrem Kopf geht sie in Sekundenschnelle alle denkbaren Varianten durch.
«Schubidubidu», singt Frank S. leise.

UNTER DEN TABAKBLÄTTERN hat sie gesagt: «Interessant, das Gefühl.» Vor dem ausgebrannten Volkswagen hat er gesagt: «Eduard.» (Das «Rindlisbacher, Polizeidirektor» hat er glatt vergessen.) Zwischen den Telefondrähten hat sie gesagt: «Evelyne.» Und vor dem Kunstmuseum hat er gefragt, mit etwa 42 Grad Fieber und Puls 200: «Darf ich mir erlauben, Sie zum Essen einzuladen?»
All die andern, die de Müntschemier, die Unterer, die Ravioli und so weiter, all die unwichtigen Personen des städtischen Kulturlebens hat er verdrängt. Sie existieren nicht mehr. Wie weggewischt die Ausstellung, die Polizeidirektion, die Öffentlichkeit, die Gesichts- und Haltungskontrolle usw. usf.
Sie sitzen im Restaurant Landhaus unten an der Aare, und wenn sie jemand gefragt hätte, wie sie hierher gelangt seien, zu Fuss, mit dem Bus oder mit dem Taxi, sie hätten es nicht mehr gewusst. An einem kleinen, weiss bezogenen Tischchen im hinteren Teil des Yuppie-Schuppens mit den grauenhaft marmorierten Gips-Säulen sitzen sie sich gegenüber und haben zwei winzige Portionen Zander im Blätterteig vor sich stehen, und die anderthalb Stunden, die sie darauf haben warten müssen, sind wie im

Fluge vergangen. Es liegt nicht am leichten Kopfschmerzen-Weisswein, den sie schlückchenweise nippen, noch am Wetter, das sich jetzt von der hässlichsten Seite zeigt, dass die beiden weltentrückt und weltabgewandt durch das Fenster sinnieren. Ihre Blicke verfolgen einzelne Regentropfen, die schräg über die Fensterscheibe laufen, und sie plaudern ununterbrochen miteinander, ohne richtig zu merken, worüber sie eigentlich reden.
Sie sagt, mit ihrer leisesten, weichsten, betörendsten Stimme: «Regen ist schön, nicht wahr, Eduard?» Und Rindlisbacher, mit total belegten Stimmbändern: «Ich mag Regen. Regen lässt mich auf mich zurückwerfen. Ich mag auch die Stille des Regens, seine Konstanz und seinen Klang.» «Regen erinnert mich immer an Chopin.» «Chopin hat das wirklich grossartig gemacht.»
Und so weiter. Es hat keinen Sinn, das Gespräch mitzuverfolgen. Schauen wir uns lieber die Leute an, die Rindlisbacher («das Rindvieh») seit jeher zu kennen glauben, sich gegenseitig verwundert auf ihn aufmerksam machen und sich neugierig fragen, wer wohl die Biene sein mag, mit der er so offensichtlich verliebt und völlig unbeholfen flirtet. («Sie reden von Chopin!»)
Von Rindlisbachers Flamme ist in allen Beizen der Altstadt die Rede, und einige selbsternannte Kenner der Politszene zweifeln bereits, ob sich das Rindvieh noch einmal zur Wiederwahl stellen wird. «Ganz unter uns: Der ist weg vom Fenster!» sagen sie hinter vorgehaltener Hand, und andere Insider der Politszene nikken abwägend-bedeutungsvoll: «Der ist hinüber. Der kommt nicht wieder. Den können wir streichen. Mit diesen Weibergeschichten.» So wird Rindlisbacher innerhalb zweier winziger Stündlein zum öffentlichen Thema. Der ärmste! Wenn er das wüsste!
Er sagt soeben (wir müssen leider noch einmal darauf zurückkommen): «Der Zander ist eine wahre Delikatesse. Und einheimisch dazu. Geradezu unglaublich!» Und sie antwortet: «Dieses luftige Gebäck! Es lässt dem Fisch den Eigengeschmack.» «Genial.» «Köstlich.» «Einfach herrlich.»
Und so weiter. Die beiden sind nicht zu beneiden. Oder: Die beiden sind zu beneiden. Je nachdem.
Jetzt gelangt der schiefe Reto Obermüller über viele uner-

forschliche Umwege an ihren Tisch, ein nicht mehr ganz junger Künstler, dem Ahnungslose immer noch das Prädikat «hoffnungsvoll» anhängen, und der sich Rindlisbacher verpflichtet fühlt, da dieser vor einigen Jahren die Unvorsichtigkeit begangen hat, ein Bild von ihm zu kaufen, das den alten Raddampfer «Blümlisalp» im Weltraum zeigt, einträchtig neben verschiedenen Spionage-Satelliten. «Die letzte Fahrt» heisst das Bild, das Rindlisbacher nicht einmal aufhängen mochte, obwohl es ihn satte 4'900.- gekostet hat. Es steht in einer Abstellkammer hinter seinem Büro, zusammen mit einer alten Schreibmaschine, Marke «Hermes Baby», aus den Anfangszeiten seiner Karriere, aus Nostalgiegründen immer noch aufbewahrt, neben seiner Golfausrüstung, die er in Reichweite haben muss, um jederzeit flexibel bleiben zu können.

Reto Obermüller steht also in seiner ganzen Schräge dicht vor den beiden Verliebten, mit einer gewaltigen Fahne, denn er hat heute seit seinem Erwachen in der ganzen Stadt herumgesoffen (kreative Krise). «Herr Direktor!» strahlt er und streckt seine Pfote vor. «Oh!» gelingt es Rindlisbacher knapp zu sagen. «Frau Rindlisbacher, I presume?» dröhnt Obermüller Reto und glotzt die erschrockene Frau an.

Rindlisbacher will ihn eigentlich kurz abwimmeln, aber da er dazu erst einige Kontinente, Ozeane, Zeitzonen und Vegetationsgürtel durchqueren muss, schafft er es nicht in angemessen kurzer Zeit. «Wie geht's meinem Bild?» fragt Obermüller plötzlich. «Geht's ihm gut?» Er muss sich an die Tischkante lehnen, und beinahe wäre Rindlisbachers hochfüssiges Glas umgestürzt. «Hängt es angemessen?» Das Publikum lauscht entzückt. «Ich meine», dröhnt Obermüller fort, «verdient es den Platz, den es hat? Nein, umgekehrt: Hat es den Platz, den es verdient? Ich habe immer gesagt: Die Blümlisalp muss beim Rindvieh hängen! (ins Lokal hinein:) Stimmt's? So 'n flotter Dampfer, direkt beim Oberpolizeier, das ist 'n Hammer! Hab' ich das gesagt, oder nicht? (zum Polizeidirektor:) Hab' ich allen gesagt! Ihr könnt sie selber fragen! Den Müntschemier und all die! Wissen Sie, was mir der Müntschemier gesagt hat? Persönlich gesagt hat? Reto, hat der gesagt, Reto, sowas wie die Blümlisalp kriegt der Rind-

lisbacher nie wieder! Hat er gesagt. Nie wieder! Hören Sie? Nie wieder!»
So sehr sich Rindlisbacher anstrengt, den richtigen Anschluss zu finden, um den Widerling endlich loszuwerden, er kommt einfach auf keine angemessene Reaktion. Er sitzt wie gelähmt da, starrt auf seine angeknabberte Zander-Delikatesse und fragt sich komischerweise, wie wohl die Zusammensetzung der grünlichweissen Sauce sein mag. «Darf ich mich setzen?» fragt Obermüller gewichtig. Üblicherweise kriegt Rindlisbacher sowas mit einer kurzen Handbewegung aus seinem Gesichtskreis, null Problem, aber jetzt ist er umständehalber zu keiner Bewegung fähig.
Der Wirt taucht auf, ein kleiner Dünner, mit einem Gesicht wie aus einem französischen Randgruppen-Comic. «Kann ich etwas für Sie tun, Herr Direktor?» fragt er seidig und schafft es gleichzeitig, Obermüller böse zu mustern. Obermüller Reto klatscht ihm die Pranke auf die schmale Schulter: «Hallo, alter Weinpanscher!» Und lacht breit. Die Situation wird immer peinlicher. Evelyne, die göttliche, steht langsam und eingeschüchtert auf, packt ihre Handtasche fester. Jetzt schnellt Rindlisbacher hoch, endlich rot angelaufen, kochend. KOCHEND. «Was ist?» fragt Obermüller ahnungslos. Einige Gäste kichern, haben ihre Gabeln hingelegt, die alte nouvelle cuisine mit dem neo-japanischen mikro-touch völlig vergessend, und warten gespannt und atemlos auf die Fortsetzung.
Rindlisbacher überragt Obermüller und den Wirt um Hauptteslänge. «Un – ver – schämt!» bringt er abgehackt hervor. Der Wirt will Obermüller energisch wegdrängen, doch Obermüller lässt sich sowas natürlich nicht gefallen. «Was ist?» fragt er drohend. «Bitte!» japst der Wirt. «Was?» «Verlassen Sie das Lokal!» «Ich?» «Ja, Sie!» «Was soll das heissen?» «HAUEN SIE ENDLICH AB!» brüllt Rindlisbacher panisch los. «Ich? Abhauen?» «JA! SIE! HAUEN SIE ENDLICH AB, SIE BESOFFENES ARSCHLOCH!»
Obermüller verschränkt die Arme. Eine solche Gelegenheit lässt er sich nicht entgehen. Nichts ist besser für den eigenen Marktwert als ein paar saftige Skandale. Eine alte Künstlerweisheit.

«Nehmen Sie das zurück, Sie beschissener Glotzenheini!» Und jetzt geschieht das, was noch jahrelang in unzähligen Versionen zirkulieren wird (hier selbstredend in Originalversion):
Der schmächtige Wirt drängt sich zwischen Rindlisbacher und Obermüller und versucht, Obermüller wegzuschieben. Ein kräftiger Kellner ist hinzugekommen und packt Obermüller von hinten an der fusseligen Jacke. RATSCH! Die Jacke ist vom Saum bis zum Kragen entzwei. Obermüller dreht sich blitzschnell um und schmiert dem Kellner eine runter. Der Wirt hackt mit seiner schmächtigen Faust auf Obermüller ein. Dieser will dem Wirt einen mächtigen Schwinger verpassen und erwischt Rindlisbacher voll im Gebiss. Der Polizeidirektor fällt rückwärts auf seinen Stuhl zurück. Der Kellner hat sich wieder hochgerappelt und hängt sich an Obermüllers rot-weiss gewürfeltes Bergsteigerhemd. Obermüller ringt mit dem Wirt, griechisch-türkisch-orthodox. Vereinzelte Gäste greifen herzhaft ein, dazu eine massige Kellnerin, die Obermüller ein metallenes Tablett mit einem lauten BONG! auf die Rübe knallt. Obermüller fällt zu Boden und reisst den Wirt mit. Dieser will sich irgendwo festhalten und nimmt den kleinen Tisch mit, an dem Rindlisbacher mit Evelyne, der göttlichen, vor kurzem noch so einvernehmlich gesessen und gegessen hat. Rindlisbacher will reflexartig das Tischchen festhalten, hat am Schluss jedoch nur noch das weisse Tischtuch in Händen. Kurz gesagt: Ein Chaos. Rindlisbacher sitzt mit blutender Oberlippe auf seinem Stuhl und drückt verstört das weisse Tischtuch an sich. Einige Leute schleifen den tobenden Obermüller an den Beinen hinaus. Der Wirt richtet sich auf und ist dem Weinen nahe. Niemand weiss, wie es weitergehen soll.
Evelyne, die göttliche, ist verschwunden. Rindlisbacher schaut sich ungläubig um. Einfach verschwunden. Er springt hoch und knallt, soweit man dies überhaupt tun kann, das Tischtuch auf den Fussboden. Die Gäste sind entzückt; einige applaudieren sogar. Sowas hat es schon lange nicht mehr gegeben. Gesprächsstoff für mindestens drei Jahre. Ein Bild des Jammers, unser Polizeidirektor. Diejenigen, die gesagt haben: «Das Rindvieh kann man abschreiben!», lehnen sich genüsslich zurück und ergänzen: «Was hab' ich gesagt?»

DURCH DIE SCHEIBEN der grossen Verandatür kann Henriette d'Arche den Chauffeur beobachten, der sich unten beim Eingangsportal ratlos umsieht. Er studiert im Lichte eines Feuerzeugs das Messing-Täfelchen («Institut pour jeunes filles»), blickt zum Schloss hoch, dann zurück zum Taxi, das vor der Einfahrt mit hart strahlenden Scheinwerfern und laufenden Scheibenwischern steht. Kalter Regen hat wieder eingesetzt, und der Taxifahrer kann sich offenbar nicht entscheiden, ob er bis zum Schloss hochfahren oder den Kiesweg zwischen den alten Kastanien zu Fuss hochgehen soll. Henriette winkt verzweifelt, wohlwissend, dass diese Geste völlig wirkungslos ist.

Jetzt hat der Trottel endlich kapiert, und sei es nur, weil er nicht durch diesen unangenehmen Regen gehen mag. Er ist wieder eingestiegen und steuert sein Taxi langsam die Allee hoch. Auf dem Vorplatz wendet er viel zu umständlich. Henriette blickt ergeben an die Decke. Ausgerechnet von diesem Fahrer erhofft sie Hilfe, Hilfe welcher Art auch immer. Sie wendet sich um und geht zur Eingangstür. Margarethe wartet mit weit aufgerissenen, ratlosen Augen im Foyer. Es klingelt. Unter der Eingangslampe steht ein schlampig wirkender Mann unbestimmten Alters mit langen, schwarzen, klebenden Haaren. «Taxi», murmelt er. «Kommen Sie herein!» sagt Henriette mit möglichst neutraler Stimme und tritt, innerlich bebend, zur Seite. Der Fahrer blickt sich neugierig um. «Hab's nicht gleich gefunden», entschuldigt er sich beiläufig, «war alles so finster.» «Verstehe», antwortet Henriette und räuspert sich. «Ich bin froh, dass Sie gekommen sind. Wir haben nämlich ein Problem.» Der Fahrer nickt gleichgültig und blickt zum mächtigen Kristalleuchter hoch. «Ein Bekannter von uns fühlt sich nicht ganz wohl. Er hat bei uns ein Bad genommen und ist dabei von einem Unwohlsein befallen worden. Ich möchte Sie bitten, ihn ins Spital zu fahren, wenn möglich gleich in die Notfallstation.» Der Taxifahrer mit den klebrigen Haaren schaut Henriette verwundert an: «In die Notfallstation?» «Ja, das ist am besten so.» «Wäre da die Ambulanz nicht besser?» «Das wäre fast übertrieben, wissen Sie. Es wird schon irgendwie gehen.» Der Fahrer zuckt die Achseln: «Wie Sie meinen. Wo ist er?» «Darf ich Sie zunächst um etwas bitten?»

fragt Henriette vorsichtig und greift ihm an den Unterarm. Der Fahrer schaut sie verwundert an. Henriette fährt fort: «Ich möchte, dass Sie äusserst diskret vorgehen. Sie werden es nicht bereuen. Ich werde mich erkenntlich zeigen.» Der Fahrer weiss offensichtlich nicht, was er von diesem Vorschlag halten soll. «Wo ist er?» fragt er zum zweiten Mal und schaut sich um. «Es ist so: Der Bekannte von mir ist im Badezimmer. Er ist leider nicht in der Lage, selber zu gehen. Sie müssen ihm dabei helfen.» «Okay, okay», meint der Fahrer leichthin, ohne zu ahnen, was auf ihn zukommen wird.
Henriette geht vor und öffnet die Tür zum rosaroten Luxusmarmorbadezimmer. Der Fahrer, der dicht hinter ihr über die Schwelle tritt, schaut sich zunächst verblüfft um, erstarrt dann aber augenblicklich, wie er die Leiche im leeren, herzförmigen Becken erblickt, und die Augen fallen ihm fast aus dem Kopf. «Ist er mause?» flüstert er entgeistert.
Henriette und Margarethe haben, nachdem sie die jeunes filles im Ostflügel versteckt haben, in ihrer Hilflosigkeit gemeinsam versucht, den toten Körper anzukleiden. Der ehemals perfekte, massgeschneiderte Anzug klebt schief und zerknittert am Leib Halters, der jetzt unnatürlich ausgestreckt daliegt, den Kopf zur Sitzstufe hin halb angelehnt, als mache er ein Nickerchen in einer etwas unangenehmen Position.
«Hier», sagt Margarethe tonlos und reicht dem Chauffeur Halters kleine, schwarze Mappe. «Das gehört ihm.» Der Taxichauffeur greift mechanisch danach, ohne den Blick von Halter losreissen zu können. «Lebt er noch?» «Selbstverständlich», beeilt sich Henriette zu sagen, «il est simplement tombé dans les pommes, comme on dit.» «Was?» «Er ist ein bisschen ohnmächtig geworden.» «Ohnmächtig, sagen Sie dem?» «Kleine Ohnmacht. Ein harmloser Ohnmachtsanfall, nicht wahr? Das kommt bei ihm häufig vor. Der Blutdruck, wissen Sie.» «Aber das ist ein Fall für die Ambulanz. Ich darf keine Ohnmächtigen transportieren. Sie müssen die Ambulanz rufen. Die ist zuständig für sowas.»
Henriette d'Arche greift rasch nach den drei Tausendern, die Halter auf den Marmorsims gelegt hat, und reicht sie dem sprachlosen Taxifahrer. «Hier. Nehmen Sie. Für Sie. Behalten

Sie's. Damit wir uns verstehen.» Verständnislos greift der Fahrer nach den drei grossen Scheinen und schaut sie an, als habe er in seinem ganzen Leben noch nie so viel Geld gesehen. «Das ist für Sie», wiederholt Henriette mit einem ungewöhnlichen Anflug von Verzweiflung in ihrer Stimme, «damit Sie in der Notfallstation sagen, Sie hätten ihn auf der Strasse aufgelesen. Verstehen Sie? Einfach irgendwo auf der Strasse aufgelesen, ein Betrunkener vielleicht, que sais-je? Sie kennen doch sicher solche Fälle! Und wenn Sie das erledigt haben, kommen Sie zurück, und Sie kriegen noch einmal soviel. Was sagen Sie dazu?»
Die beiden Frauen blicken den Taxifahrer atemlos an. Dieser schaut vom Leichnam zu den Scheinen in seiner Hand, dann zu den beiden alten Frauen, dann wieder zurück zum Leichnam und scheint endlich zu kapieren. Langsam, sehr langsam. «Wie bringen wir ihn ins Taxi?» fragt er zögernd. «Wir müssen ihn tragen», beeilt sich Henriette zu sagen, sachlich im Ton, bevor es sich der Kerl anders überlegt. «Wird das gehen?» fragt er skeptisch. «Natürlich wird das gehen, nom de bleu! Wir beide werden Ihnen dabei helfen!» Der Fahrer schaut die alten, zitterbleichen Damen verwundert an und seufzt. «Wir können's ja mal versuchen.» Henriette und Margarethe nicken erleichtert. «Stellen Sie den Wagen direkt vor den Eingang!» weist ihn die Dame des Hauses an. Er verschwindet.
«So ein Hornochse!» meint Margarethe. Henriette zuckt ergeben die Achseln: «Das Geld hat ihm jedenfalls Eindruck gemacht.» Man hört, wie das Taxi im knirschenden Kies dicht an die Eingangstür manövriert wird, dann taucht der Fahrer wieder auf. Er scheint seine Absicht ausführen zu wollen, nicht ohne eine deutlich sichtbare Aufregung, die sich in einer nervösen Hastigkeit seiner Bewegungen ausdrückt. Er steigt entschlossen ins Bad und greift Halter unter die Achseln, hebt den Körper leicht an, setzt ihn wieder ab, richtet sich auf und kratzt sich im nassen Haar. «Wird nicht leicht sein.» Die beiden Damen warten gespannt. «Wenn Sie beide die Beine nehmen, sollte es gehen. Wir müssen ihn erst mal hier rauskriegen.» Die beiden Damen nicken gespannt. «Wir müssen ihn hier auf den Rand kriegen. Dazu müsst ihr beide reinkommen. Jede nimmt ein Bein.»

Die beiden Damen klettern umständlich ins Bad. Es wird eng im rosaroten Marmorplanschbecken. Man steht sich im Wege und kann sich wegen der Enge nicht richtig bücken. Wie auch immer die drei sich drehen, winden und wenden, sich unbeholfen umgruppieren und über Halters tote Gliedmassen stolpern, sie kriegen den schweren Körper keinen Zentimeter aus dem Sündenpool. «Es geht nicht!» keucht der Taxifahrer verzweifelt.
Man steht unangenehm eng beieinander, stützt sich rückwärts am Beckenrand auf, atmet schwer. Hilflosigkeit macht sich breit. Ein erneuter Versuch bringt überhaupt nichts. Halter liegt friedlich und unbeteiligt zwischen drei Paar Beinen; das Ganze geht ihn ja überhaupt nichts mehr an.
Der Taxifahrer richtet sich auf und schüttelt den Kopf: «Tut mir leid. Nichts zu machen.» Er wischt sich den Schweiss von der Stirn, und die beiden alten Damen steigen wortlos aus dem Bad, sich aneinander festhaltend. «Dann halt in Gottes Namen die Ambulanz», sagt Henriette trocken.
«Ich habe hier wohl nichts mehr zu tun?» fragt der Taxifahrer unsicher.
Henriette nickt abwesend; sie fühlt sich alt und hilflos. Das beschissenste Gefühl, das sie je ergriffen hat. Eine gewisse, neuartige Gleichgültigkeit macht sich in ihr breit; am liebsten würde sie jetzt zu Bett gehen und den ganzen Widerlichkeiten den Rücken kehren. Auf diesen perfiden Zwischenfall war sie nicht vorbereitet.
Zögernd verlässt der Fahrer das Luxusbadezimmer, gelangt ins geräumige Foyer, schaut sich verlegen nach den beiden alten Weibern um, die erstarrt dastehen und sich ängstlich aneinander festklammern, öffnet die grosse, schwere Eingangstür und steigt schliesslich verwirrt in sein Taxi.
Er erlebt nicht mehr, wie Henriette und Margarethe gleichzeitig aus ihrer Trance erwachen, wie Margarethe auf Preussisch schneidig-eisig in die langen Korridore brüllt: «Koffer packen! Aber dalli! Und nehmt gefälligst den Finger aus'm Arsch!»

EDUARD RINDLISBACHER LISPELT mit dicker Lippe, indem er die handgeschnitzte Eichentür oben an der Gerechtigkeitsgasse umständlich aufschliesst: «Laff unf bitte diefen Tfiffenfall, dem ich nicht alf Perfon, fondern in meiner öffentlichen Funktion alf Polipfeidirektor aufgefepft war, vergeffen, Evelyne!» (Diesen Satz hat er sich lange zurechtgelegt.)
Er hat die Göttliche wiedergefunden, als sie einsam im Regen bei der Busstation am Bärengraben auf den Schosshaldenbus wartete, nachdem er eine Weile planlos am Klösterlistutz umhergeirrt war. Evelyne, die göttliche, strahlt ihn an, mit diesem ihrem geheimnisvollen Augenstrahl, der ihn seit einigen Stunden völlig verzaubert.
Er ist nicht mehr derselbe wie am Spätnachmittag, als er in der Bar des Schweizerhofs gestanden und sich gefragt hat, wie er wohl diesen beschissenen Abend hinter sich bringen mag. Nur noch eines beherrscht sein Denken (?) und Fühlen (?): Die Macht des Augenblicks. Dieses Augenblicks, denn augenblicklich bittet er die Göttliche in sein verschwenderisch weitläufiges Appartement von acht hohen Zimmern und zwei kostbaren Rokoko-Kachelöfen. Da er also etwas äusserst Unübliches tut (das letzte Mal geschah es vor zwölf Jahren), ist er ungewohnt aufgeregt, was man ihm äusserlich natürlich nicht ansieht. Ein Gentleman der Alten Schule, würde man leichthin urteilen, freundlichst, höflichst, zuvorkommendst usw., in diesem Falle indessen besonders wärmehaltig und plüschbetont.
«Ach!» haucht Evelyne, wie er sie ins Entré führt, vorbei an all der lokalen Gegenwartskunst im Treppenhaus, die mit der ihr eigenen Penetranz aufwartet. Die Göttliche wendet sich nach Rindlisbacher um, greift nach seinen beiden Händen, hält sie fest und schaut ihm in die Augen: «Eduard, es tut mir so leid für dich! Du hast so gelitten!» «Nicht der Rede wert, Evelyne! Mein Beruf alf oberfter Polipfift bringt folche Unannehmlichkeiten halt mit fich!» «Durch mich bist du in diese Lage geraten!» «Nein, wir können beide nichtf dafür, meine Liebe!»
Meine Liebe! Das war deutlich! Evelyne strahlt ihn mit ihren zwei Zauber-Strahlern an, und wieder jagen ihm diese unerhörten Schauer den Rücken rauf und runter. Er bringt kein Wort

mehr hervor; so stehen sich die beiden einfach eine Weile still gegenüber (ziemlich genau 1Std.20Min.) und verschlingen sich mit den Augen, gepackt vom wahnsinnigen Begehren, sich in die Arme zu fallen. «Ich hatte Angft, dich nicht mehr pfu finden, Evelyne», bringt Rindlisbacher Eduard endlich hervor. Jetzt ist es gesagt.

Evelyne wendet sich ab. Rindlisbacher bleibt gebannt stehen und schaut zu, wie sie ihren hellen Mantel auszieht und zusammen mit ihrer Handtasche auf einen Stuhl legt. Er vergisst den Gentleman völlig, gefangen von ihrem Anblick. «Eduard», fragt sie leichthin und lächelt bezaubernd, «wolltest du mir nicht etwas anbieten?» Rindlisbacher erwacht schlagartig. «Waf darf ich dir anbieten, Evelyne?» «Einen Whisky, Eduard.»

Sie geht, nein, sie schwebt nun durch den quadratischen Salon, über das alte Parkett, das nicht einmal sonderlich knarrt, und betrachtet gelassen die unmöglichen Accessoires: eine antike, chinesische Vase (schlechte, billige Kopie) auf einem schwarz lakkierten Ecktischchen (Geschenk der VR China), ein verchromter Kavalleriesäbel an der Wand (PzKp III/15), ein Hans Erni (Geschenk von Otto Tschumi), ein rostiger Miniatur-Luginbühl am Boden in der Ecke, einen Wecker, einen Käfer oder eine Metastase darstellend (selber gekauft & bezahlt) und ein mittlerer Surbek (leihweise, aus den unerschöpflichen Beständen der Stadt).

Rindlisbacher selbst gleitet traumwandlerisch, allerlei Design-Leuchten und Techno-Strahler anknipsend, in einen anderen Salon (bei ihm gibt es praktisch nur Salons, von der Küche und dem Badezimmer mal abgesehen), in denjenigen mit dem Kamin (Louis XVI.), in das sogenannte Kaminzimmer, holt aus einem hinter der Tapete versteckten Schrank den Four Roses und fragt, nach rückwärts gewandt, möglichst locker: «Willft du Eif?», und Evelyne, die göttliche, die ihm in kurzem Abstand gefolgt ist, haucht: «Bitte?» «Willft du Eif?» Die Göttliche erblickt den Kamin: «Eduard! Das schöne Cheminée!» Rindlisbacher ist vorübergehend auf Draht: «Ich mache Feuer, Evelyne!» Evelyne klatscht freudig in die Hände: «Schick, Eduard!»

Der amtierende Polizeidirektor der Stadt Bern steht abwesend mit der Flasche da und weiss plötzlich nicht mehr, was er als nächstes zu tun hat: Soll er Feuer machen? Oder soll er zuerst die Gläser holen? Oder soll er zunächst Eis besorgen? Oder was? Und in welcher Reihenfolge? Denn Evelyne, die göttliche, stellt sich vor ihm auf die Zehenspitzen und haucht einen Kuss an sein Kinn, dicht unterhalb seiner geschwollenen Lippe. Einen Kuss! Gehaucht! Dicht unterhalb! «Du solltest dich abtrocknen, Eduard. Du bist ja ganz durchnässt! Und drücke dir etwas Kaltes an die Lippe!» Sie nimmt ihm sanft die Flasche aus der Hand. «Eduard, Liebster, das besorge ich! Geh du nur mal ins Badezimmer!»

Mit steifen Beinen stakt Polizeidirektor Rindlisbacher hypnotisiert weg. In seinem Ohr klingt «Eduard, Liebster, das besorge ich!» nach. Wie das klingt! «Eduard, Liebster, das besorge ich!» Wie das tönt! Welch eine Musik in diesen Worten! «Eduard, Liebster, das besorge ich!» Welch ein Inhalt! Welch eine Bedeutung!

Rindlisbacher pflegt seine Lippe, kämmt alle seine restlichen Haare vom Hinterkopf verbissen nach vorn, parfümiert sich üppig und schlüpft in ein helles, weites Baumwollhemd ohne Kragen und in eine breite, modische Hose, um jünger und attraktiver auszusehen; er tut sein Möglichstes, tut alles, was er kann, um Evelyne, der göttlichen, zu gefallen.

Wie er zurückkehrt, brennt bereits ein munteres Feuer im Kamin. Wie denn? Er ist überrascht. Wie hat sie das gemacht? Wie konnte sie wissen, wie die Klappe funktioniert, wo das Brennholz zu finden ist, das Anfeuerholz, die Zündwürfel? Sie hat zwei schwere Sessel vor den Kamin geschoben; auf dem Kaminsims stehen die Flasche, die richtigen Gläser und der Eistopf. Der Eistopf? Wo hat sie den Eistopf her? Rindlisbacher hat ihn seit Jahren nicht mehr gebraucht; er selber hätte ihn wahrscheinlich erst lange suchen müssen.

Sie dreht sich, in einem der beiden Sessel sitzend, nach ihm um und lächelt ihn an: «Du siehst blendend aus, Eduard!» Rindlisbacher ist im höchsten Grade entzückt; er könnte sich vor Freude selber küssen. Er will, er muss Evelyne seine Liebe gestehen. Sofort. Jetzt. Hier. Auf der Stelle. Er kann nicht mehr länger zuwarten. Das Ereignis ist einfach zu überwältigend.

So fasst er sich. Richtet sich auf. Kontrolliert unauffällig seine Haltung und seinen Gesichtsausdruck. Öffnet den Mund: «Evelyne, ich...» Da klingelt es.

Es klingelt nicht eigentlich; es tönt wie «Bibibip!», aber es ist das Telefon, sein privates, illegales (?), italienisches art deco-Telefon, das Telefon mit der privaten Nummer, die in keinem Telefonbuch aufgeführt ist, eine Nummer, die nur Leute kennen, welche ihn jederzeit erreichen können müssen, die Nummer, die ihn an seine öffentliche Funktion bindet, Tag und Nacht. «Bibibip!» Rindlisbacher klappt den Mund wieder zu. Etwas Unbekanntes in ihm bricht ein, stürzt um. «Entschuldige mich bitte einen Augenblick!» Er geht, nein, er kriecht zähneknirschend zum Apparat im Schlafzimmer, setzt sich aufs Bett (Chromstahl, 1,45m breit) und nimmt den Hörer in die Hand.

«Rindlisbacher.» «Kommissär Hostettler. Herr Direktor, wir haben hier einen Fall, von dem wir glauben, dass Sie informiert sein müssen. Es handelt sich um den Halter von der Kreditbank, den Direktor. Der ist gestorben.» «Und? Was geht mich das an?» «Wir dachten, dass Sie das wissen müssen, Herr Direktor. Als erster. Die Sache ist nämlich ein bisschen, naja, ungewöhnlich. Er ist jetzt im Inselspital, wir haben ihn da hingebracht. Wahrscheinlich Herzinfarkt.» «Was ist daran so ungewöhnlich?» «Naja, man muss die Familie informieren.» «Na, dann informieren Sie mal, Hofstetter!» «Hostett-ler, Herr Direktor.» «Mich geht der Fall nichts an. Wenn schon, dann ist das eine kantonale Angelegenheit.» «Vielleicht sollten wir den Regierungsrat...» «Das ist eine gute Idee, Hofstettler!» «Ho-stettler.» «Rufen Sie den Feller an, oder den Brunner. Irgend einen werden Sie gewiss erwischen. Die sollen dann selber weitersehen. Ich überlasse das Ihnen.»

Rindlisbacher hängt sehr ungehalten auf, denn es ist ihm im Augenblick völlig gleichgültig, wer gestorben ist. Sterben ist jetzt überhaupt kein Thema. Das entfernteste Thema, das man sich nur denken kann.

Die Gläser auf dem Kaminsims sind unberührt. Evelyne, die göttliche, dreht sich nach ihm um (eine unwiderstehliche Bewegung, findet er) und fragt mit grossen Augen: «Unannehmlichkeiten?» «Nicht der Rede wert.» Er versucht, den Anschluss an vorhin zu finden. Er wollte etwas Wichtiges sagen, etwas sehr Bedeutungsvolles. Aber es fällt ihm nicht mehr ein. Der gottverdammte Anruf hat ihn aus dem Takt gebracht.

«VIELLEICHT HABE ICH Scheisse gebaut», denkt Andi laut vor sich hin, und auf Italienisch fügt er ein wütendes «Merda!» hinzu. Ganz durcheinander sucht er in diesem heftigen Scheissregen dieser Scheissnacht nach Scheiss-Wegweisern, das Gesicht an die kalte Windschutzscheibe gepresst. Oberwangen und Niederwangen, und diese penetrante Autobahn, die ihm bei seiner Suche ständig in die Quere kommt. Beinahe hätte er vorhin falsch eingefädelt und wäre Richtung Freiburg abgesaust. Er fährt zur Seite und lässt eine Ambulanz mit drehenden, blauen Blinklichtern vorbeifahren. Unmöglich, diese Ecke hier. Niederwangen liegt oben, Oberwangen liegt unten. In Niederwangen hat er das verdammte Schloss gesucht, und ein einsamer Spaziergänger, ein Rentner mit komischer Brille, unter einem grossen, schwarzen Regenschirm, hat ihm des langen und breiten erklärt, er müsse nach Oberwangen hinunterfahren, denn dort unten sei Oberwangen; hier oben sei Niederwangen. Hat gelacht dazu, der Komiker, fand das wohl witzig.
Wie er dieses beschissene Schloss endlich gefunden hatte, musste er erst lange im Regen herumstehen, unsicher, ob das «Institut pour jeunes filles» die richtige Adresse ist. Wer kennt sich schon mit Schlössern aus? Die Disponentin in der Zentrale hat das absichtlich gemacht, das ist klar, die dumme Kuh, hat ihm diesen Scheissauftrag absichtlich reingebremst, wohlwissend, dass er über eine halbe Stunde suchen wird. Vielleicht steht das Arschloch Nussbaum dahinter, das würde ihn nicht wundern. Schloss Oberwangen, mein Arsch.
Andi fährt weiter im schwarzen Regen und überlegt. Er muss überlegen. Er darf jetzt nicht die Übersicht verlieren.
Die Lage in diesem Scheissschloss war oberfaul. Das stank zum Himmel. Da war dieses zittrige, alte Huhn, Madame Dingsbums,

und noch so eine, auch so eine alte Schachtel, vielleicht die Haushälterin oder sowas, die redete hochdeutscher als die Schwoben. Zwei ziemlich kaputte, verstörte, hässliche Weiber in so einem Schloss, man glaubt es kaum. (Vielleicht könnte man dort was mieten, wer weiss? Eine ganze Etage für die WG, dafür etwas Hecken schneiden und Laub rechen? Warum nicht? Man müsste mal nachfragen, diplomatisch, oder einfach so, total cool. Liegt höchstens zwanzig Minuten von der Stadt weg, ideal im Grünen, direkt an der Autobahn. Vielleicht ganz günstig? Sieht aber nicht so aus, um ehrlich zu sein. Diese Klimbim-Lampen, diese alten Schwarten an den Wänden, diese Teppiche, das Mobiliar! Wie im Film! Und erst das Badezimmer! Mannomann! Da sind sicher schon ganz andere dahinter!)
Also. Da bringen die mich in dieses komische Badezimmer (?) mit diesen komischen Lämpchen, so schummrige Flackerbirnen. Die Badewanne (?) fast ein kleines Schwimmbad (?) (da würde Fipo mit seinem Badetick total ausflippen) und zudem in Form eines Herzens. Rosarot! Wo gibt's denn sowas! Die alten Lusthexen! Treiben's wohl darin!
Diese zwei Hühnerhälse schleppen ihn also in dieses merkwürdige Badezimmer, und da liegt ausgerechnet dieser Typ drin, den er gestern aufs Land gefahren hat! Dieser Dicke, der ins Moos wollte, warum auch immer. Das Restaurant war ja geschlossen. Und jetzt trifft er diesen alten Sack mausetot in diesem Scheissbad! Er hat ihn gleich wiedererkannt. Die Weiber haben zwar gesagt, er sei nur ohnmächtig, doch er, Andi, hat gleich gesehen, dass der abgetreten ist. Er kann doch einen Toten von einem Lebenden unterscheiden! Also, die Lage war völlig klar. (Oder nicht?) Er kann doch nicht Tote transportieren! Hat er als erstes gesagt. Hat er nicht? Hat gesagt, also, das geht nicht, sowas darf ich nicht machen, das geht gegen die Vorschriften und so.
Da hat die ihm, die Alte, die drei Riesen eingesteckt, und das ist der heikle Punkt. Gab ihm die drei Riesen und versprach ihm drei weitere, damit er die Leiche in die Insel bringt. Also musste er beweisen, dass das gar nicht geht mit diesem Koloss, denn das waren mindestens hundert Kilo, sowas kann man nicht einfach aufheben, geschweige denn ins Auto packen. Naja, er hat sich

nicht allzusehr angestrengt dabei, hat nur so getan als ob. Das könnte ja in den Rücken fahren. Hat geraten, die Ambulanz zu rufen, als sie eingesehen hatten, dass da nichts zu machen war. Hat er nicht? Doch, hat er. Bis da: Alles hochkorrekt. Na, also. Und dann? Dann ist er gegangen. Sie haben ihn gar nicht mehr beachtet, wie er gegangen ist, haben sich kaum mehr umgeschaut nach ihm, waren ziemlich durcheinander, die alten Hyänen. Hat er was falsch gemacht? Unterlassene Hilfeleistung oder so? Was hätte er da noch helfen sollen? Dem Dicksack war eh nicht mehr zu helfen. Hat also nichts unterlassen, nicht das geringste, bloss, naja. Von den drei Riesen wollte niemand mehr etwas wissen.

Er hält am Strassenrand, schaltet die Innenbeleuchtung ein, nimmt die Scheinchen hervor und schaut sie an. Drei einwandfreie Riesen, Schweizerische Nationalbank, krankrosa, morbidrot und bestattungsviolett, mit dem Ameisenprofessor drauf, alles klar, vergessen in der ganzen Hektik, aufgegeben, würde man sagen. Vielleicht ist es für alle Beteiligten am besten, wenn die drei Ameisenprofessoren vergessen bleiben, Schwamm darüber, weg damit und hopp!

Er steckt sie wieder ein, in die rechte Brusttasche, die er sonst nie benutzt. Da wird er die drei eine Weile ruhen lassen, da ruhen sie nämlich gut. Sollte nächstens jemand auftauchen, kann er sich immer noch an die Stirn schlagen, in die Brusttasche greifen und ausrufen: Da sind sie ja! Hab' ich völlig vergessen!

Er schaltet das Funkgerät ein und ruft die Zentrale. «Andi! Wo steckst du? Seit einer Stunde bist du nicht mehr zu erreichen! Geht's eigentlich noch? Wir haben hier Hochbetrieb, und du hockst gemütlich in der Beiz!» Kein Wort vom Schloss. «Wo soll ich hin?» «Ab in den Spiegel. Ein Haus ganz oben. Wander, Sander oder Kander, oder sowas. Hab's nicht ganz verstanden. Es eilt.» «Mach ich! Sofort!»

Das Leben geht weiter. Der Rubel rollt. Wer zu spät kommt, den bestraft das Leben. Oder so ähnlich.

Andi lässt sich von einem Wander, Sander oder Kander, einem dürren Spiesser in Uniform mit viel Goldkringeln dran, zusammenscheissen: «Unerhört! Und das nennen Sie Service? Ich warte seit einer geschlagenen Stunde! Man wartet auf mich! Ich bin zu spät! Wegen Ihnen! Wissen Sie, was das bedeutet? Das bedeutet, dass ich mich beschweren werde! Das können Sie mit mir nicht machen! Nicht mit mir! Ich bin noch nie in meinem Leben zu spät gekommen! Hören Sie? Noch nie in meinem Leben! Wie ist Ihr Name? Sie hören noch von mir!» Undsoweiter. Andi fährt das Arschloch wortlos ins Bellevue, wo irgendein Empfang stattfindet.

Vor dem Bellevue sind viele Nobel- und Salonuniformen zu sehen, ein militärisches Jubiläum oder so, mit lauter gestopften Weibern in langen Abendroben, in dem Stil eben, die totale Spiessergesellschaft. Das sind Krieger! Da gehört Wander, Sander oder Kander genau hin. Andi stellt den Kriegshelden ab, und dann geht es ununterbrochen in der ganzen Stadt hin und her.

Die Leute scheinen heute wirklich in Panik geraten zu sein. Lauter Idioten bevölkern sein Taxi, die ihre Krankheiten über den unschuldigen Fahrer ausschütten, die Frau Doktors, die bei jedem beschissenen Rotlicht kategorisch verlangen, dass Andi den Motor abstelle und lange Vorträge über Luftverschmutzung halten, Stadtneurotiker, die sich mal richtig aussprechen wollen und ihre äffischen Sorgen wegen einer dämlichen Beziehung auswalzen, sozusagen öffentlich – all diese Leute scheinen heute abend taxifahren zu wollen; kein einziger, normaler Fahrgast, der ganz einfach die Klappe hält.

Kurz nach Mitternacht hat selbst das Taxi genug. Es hustet und spuckt; die Zündung liegt in den letzten Zügen. Mit knapper Not erreicht Andi die Garage, stellt das Auto ab und geht in die Disposition hinauf. Er setzt sich müde an ein leeres Pult und rechnet ab. Sechzig Prozent für Nussbaum, vierzig Prozent für ihn. Er zählt die vielen Münzen ab, baut kleine Türmchen.

Da bedeutet ihm die Disponentin durch die Glasscheibe, den Telefonhörer auf dem Pult abzunehmen. Nervös blinkt eine weisse Leuchte. Nussbaum ist dran. Heftig schnaufend. «Andi, das ist die zweite Verwarnung! Herr Professor Wander hat sich beschwert! Telefonisch! Bei mir zu Hause! Privat! Ich war schon im Bett! Hat direkt vom Offiziersball im Bellevue angerufen und gesagt, du seiest ihm frech vorbeigekommen! Was sagst du dazu?» «Er ist MIR frech vorbeigekommen.» «Das tut nichts zur

Sache! Der Herr Professor Wander ist im Verwaltungsrat der
«Berner Zeitung». Wenn dort morgen oder übermorgen was
steht, ein Leserbrief oder so, bist du gefeuert! Verstanden? (Pause) Hör mal, Andi, ich muss mir einfach so meine Gedanken
machen. Deine Leistungen sind in letzter Zeit einfach nicht mehr
einwandfrei. Ich weiss nicht, warum. Ist mir zwar egal. Noch
einmal sowas, und du fliegst! Verstanden?»

«JETZT ERZÄHLEN SIE uns mal ganz ruhig und ganz von Anfang an, Madame d'Arche, was sich zugetragen hat.» Kommissär Hostettler, ein Schrank von einem Mann, versucht geduldig,
Henriette d'Arche zu beruhigen. «Wir verstehen, dass Sie innerlich sehr aufgewühlt sind. Aber wir müssen wissen, was sich zugetragen hat.»
Henriette liegt halb aufgerichtet auf ihrer Louis XV.-Chaiselongue, daneben steht stumm Margarethe, ein kleines Silbertablett
haltend, darauf ein Glas Wasser und eine weisse Pille.
Hostettler schaut kurz und prüfend zur alten Haushälterin hoch,
aus deren Gesicht nicht das geringste zu lesen ist. «Ihre Haushälterin», fängt der Ermittler behutsam wieder an, «hat doch alles
gesehen?» «Sie hat absolut nichts gesehen», haucht Madame
d'Arche mit letzter Kraft, «sie war in der Küche.»
Sie fällt in ihr Kissen zurück. Hostettler notiert, langsam und
umständlich. «Aber es war doch Ihre Haushälterin, welche die
Ambulanz gerufen hat?» «Ich habe sie angewiesen, Monsieur le
commissaire, die Ambulanz zu rufen. Nachdem ich Alfons gefunden habe», wispert sie. «Sie haben also den Toten gefunden?»
Henriette kann darauf nichts antworten, überwältigt vom Leid,
nickt aber nach einer Weile schwach. «Ich kann gut verstehen,
was in Ihnen vorgeht, Madame. Wenn Sie wollen, können wir
morgen weiterfahren.» Henriette d'Arche richtet sich mühsam
auf. «Nein», sagt sie leise und entschlossen, «wir müssen es jetzt
hinter uns bringen. Das bin ich Alfons schuldig. Margarethe! Die
Tablette!» Margarethe reicht ihr das Silbertablett, und Kommissär Hostettler wartet verständnisvoll und diskret.

«Sie können weiterfahren, Monsieur l'agent!» «Danke. Darf ich Sie zunächst fragen, welche Beziehung Sie zum Verstorbenen hatten?» «Alfons war mein bester Freund», flüstert sie wieder. «Verstehe.» «Er hat mir unendlich viel geholfen. Finanzielle Beratung, verstehen Sie. Aber ich war mit ihm nicht nur geschäftlich, sondern auch privat in enger Verbindung.» «Verstehe.» «Ich als alte, alleinstehende Frau hätte die Aufgaben, die ich mir mit der Renovation des Schlosses auferlegt habe, niemals alleine bewältigen können.» «Verstehe.» «Ach», seufzt Henriette, «er war so gut zu mir!»
Sie legt sich wieder zurück, nachdem Margarethe unauffällig das Kissen zurechtgerückt hat. «Alfons!» wimmert sie. «Warum musstest du mir das antun!» (durchaus ehrlich gemeint) «Was hat er getan, wenn ich fragen darf?» «Er wollte ein Bad nehmen.» «Ein Bad.» Hostettler notiert. «Er nahm immer ein Bad, wenn er mich besuchte.» «Immer.» «Er sagte immer: Meine liebe Henriette! So ein Bad!» «So ein Bad.» «So ein Bad gibt es sonst nirgends.» «Verstehe. Nirgends.» «So entspannend.» «Entspannend.»
Mit einem schwachen Handzeichen bedeutet Henriette Margarethe zu verschwinden. Hostettler blickt ihr nachdenklich nach. Er ist sich seiner beruflichen, wie auch seiner menschlichen Aufgabe voll bewusst. «Margarethe ist eine absolut zuverlässige Haushälterin, Monsieur le commissaire. Treue, deutsche Seele. Seit 45 in meinen Diensten. Flüchtling. Die Russen.» «Verstehe.» Leise Schluchzer, unterbrochen von kurzen Ausrufen, wie: «Alfons!», «Ach, Alfons!», «Mein Alfons!»
Kommissär Hostettler wartet rücksichtsvoll. Henriette richtet sich wieder auf und setzt sich entschlossen hin, stellt ihre gebrechlichen Beine langsam auf den Boden. «In meinem Alter muss man sich daran gewöhnen, dass die Freunde allmählich gehen. Und man muss darauf gefasst sein, selber zu gehen, nicht wahr? Alle müssen gehen.» «Verstehe.» «Alfons fühlte sich, nachdem wir einige geschäftliche Fragen besprochen hatten, nicht sehr wohl. Er wollte sein Bad nehmen und sagte noch: Danach, meine Liebe, bin ich wieder fit! – der alte Spassmacher! Darauf nahm er sein Bad, wie so oft.» «Verstehe. Er hat also wie

üblich ein Bad genommen?» «Das ist richtig.» «Und dann?» «Nach einer Weile habe ich gerufen.» «Gerufen.» «Alfons! Alfons! habe ich gerufen. Er hat nicht mehr geantwortet.» Tränen. «Sie haben nachgeschaut?» «Ich habe geklopft.» «Geklopft.» «Ich habe geöffnet und ihn zunächst gar nicht gesehen. Er lag ja im Bad.» «Im Bad.»
Die alte Dame weint still vor sich hin. Kommissär Hostettler wartet geduldig. Henriette holt tief Atem. «Da bin ich eingetreten.» Sie schluckt. «Und da lag Alfons!»
Ein stiller Weinkrampf schüttelt den zerbrechlichen Körper Henriettens. (Sie ist selber überrascht.) Hostettler, amtierender Schweizermeister im Fallschirmzielspringen, schaut gerührt und betreten weg.
«Darauf habe ich Margarethe Anweisung gegeben, die Ambulanz zu rufen.» Henriette tupft sich mit einem blütenweissen Spitzentüchlein die Augen. «Sie haben das einzig Richtige getan, Madame.» «Was hätte ich sonst tun sollen?» «Sie haben völlig korrekt gehandelt.» «Armer Alfons!» Hostettler räuspert sich verlegen: «Wie kommt es, dass der Verstorbene völlig angekleidet im Bade lag?» Henriette blickt überrascht hoch: «Das habe ich mich noch gar nicht gefragt.»
Gedankenverloren schaut sie vor sich hin. Hostettler insistiert: «Hatte er Ihrer Ansicht nach das Bad bereits genommen, als Sie ihn gefunden haben?» «Das weiss ich nicht.» «Waren irgendwelche Spuren eines Bades zu erkennen, vielleicht Wasserlachen, oder Spritzer, oder so?» «Darauf habe ich nicht geachtet. Alfons lag ausgestreckt auf dem Boden des leeren Beckens, vollständig bekleidet, obwohl...» «Obwohl?» «Obwohl sein Anzug irgendwie...» «Irgendwie?» «Irgendwie verrutscht war. Irgendwie schief.» «Das stimmt. So haben ihn die Sanitäter vorgefunden.» «Vielleicht hat er gelitten? Gekämpft?» «Möglich.» «T...T... Todeskampf?»
Henriette schluckt und schaut den Detektiv atemlos aus weit aufgerissenen Augen an. «Möglich.» Sie schlägt die Hände über dem Kopf zusammen. «Und ich habe gar nichts davon gemerkt! Was für ein Elend! Alfons! Was hast du gemacht! Wissen Sie, ich habe mich zu ihm hinuntergebeugt und gerufen: Alfons! Alfons!

Hörst du mich?» «Und?» «Nichts.» «Keine Reaktion mehr?» «Nicht die geringste.» «Nun, die Autopsie wird zeigen, was die Todesursache war. Wahrscheinlich ein Herzversagen.» «Armer Alfons! Er hatte ein so gutes Herz!»

DAS HAUS IM MATTENHOF ist von vielen sehr bedrohlich wirkenden Polizeigrenadieren mit grossen, kugelsicheren Westen, weissen Helmen mit heruntergeklappten Visieren und riesigen Tränengas- und Gummischrotflinten umstellt; die breite, vielspurige Durchgangs- und Schnellstrasse ist mit eilig aufgestellten, signalrot leuchtenden Abschrankungen abgeriegelt, starke Scheinwerfer sind auf die ehemalige Schlosserei Friedli gerichtet, blaue Lichter drehen sich unablässig, und ein Megaphon knarrt in die Nacht: «Alles rauskommen! Hände über dem Kopf!»
In der Nachbarschaft gehen die Lichter an; verwunderte Leute in Pyjamas öffnen trotz Kälte und Regen die Fenster, um alles genau mitzubekommen und nichts zu verpassen.
Andi glaubt seinen Augen nicht. Er ist auf der gegenüberliegenden Strassenseite stehengeblieben und schaut sich, völlig entsetzt, das unerwartete Schauspiel an. Er sieht mindestens fünfzig schwerbewaffnete Polizisten, und einige sind soeben dabei, behende auf die Terrasse, auf seine, Andis Terrasse über der ehemaligen Werkstatt zu klettern.
Café Chaos.
«Da haben sie aber diesmal die Richtigen erwischt!» Andi zuckt zusammen. Neben ihm steht eine alte Frau in Morgenrock und Pantoffeln und hält befriedigt einen Schirm hoch. «Wollen Sie?» fragt die Alte und bittet ihn mit einer knappen Geste unter ihren grossen Regenschirm. Andi, in seiner totalen Überraschung, folgt willenlos ihrem Angebot und stellt sich dicht neben sie. Bereits sammeln sich interessierte Passanten. «Alles Drögeler, Kommunisten und Schwule!» fährt die Alte fröhlich fort. Sie sieht wie ein gemütliches Reklamegrosi aus, das im Werbespot prächtig strahlt und sagt: «Sie müssen DAS nehmen, DAS IST

WAS!» Andi zittert. «Haben Sie kalt?» fragt das Grosi teilnahmsvoll.
Die Grenadiere nehmen plötzlich ihre Waffen hoch, und ein gleissender Scheinwerferstrahl richtet sich auf die Eingangstüre des Hauses, die sich zögernd öffnet. Lenes altes Fahrrad ist zu sehen; es steht gleich neben der Tür. Selbst die Kleber am Fahrradrahmen gegen Autos, Abgase und für Tempo 30 innerorts sind lesbar. Jetzt taucht Gagu im Türrahmen auf, geduckt, die Hände über dem Kopf, dahinter Lene, sehr aufrecht, mit einem Gesicht aus Stahl, die Arme trotzig vor der Brust gekreuzt, dann die füllige Dodo mit wirren Haaren, laut heulend vor Schreck, und schliesslich der Punk, mit aschgrauem, ausdruckslosem Gesicht, schlapp wie eine gekochte Nudel, zum Schluss Fipo, mit hoch erhobenen Händen und einer Miene, als würde er gleich hingerichtet. Nur Andi fehlt, denkt Andi beklommen auf der anderen Strassenseite.
Die Herausgetretenen werden rasch von den Kriegern umringt; Andi hört Handschellen zuklicken. Ein grösserer Kastenwagen mit vergitterten Fenstern fährt rückwärts heran, und die Festgenommenen steigen widerstandslos ein. Die Strassensperren werden bereits wieder weggeräumt, die Scheinwerfer ausgeschaltet und abgebaut, die Grenadiere steigen plaudernd in einen grossen, grauen Bus, und alles ist weg, wie weggeblasen. Stille.
«Recht so!» sagt das Grosi befriedigt und fügt verächtlich hinzu: «Dieses Saupack!» Sie macht resolut kehrt und lässt Andi im Regen stehen.
Wie er endlich zu sich findet, ist die nächtliche Strasse so leer, wie er sie eigentlich hätte vorfinden sollen. Die Fenster der Umgebung sind wieder geschlossen, die Rolläden heruntergelassen, die Lichter gelöscht und die Leute im warmen Bett. Nur Andi, der kleine, italienische Taxifahrer, steht noch da und begreift wohl als einziger nicht, was geschehen ist. Wegen der dreitausend Eier kann das nicht gewesen sein. Das ist unmöglich. Oder doch?
Was macht er jetzt? Er schaut sich das Haus lange an. Es liegt im Dunkeln; nichts ist zu hören, und nichts ist zu sehen. Vielleicht sitzt da jemand drin und wartet auf ihn? Je länger Andi das Haus

anstarrt, desto stärker hat er das Gefühl, dass das eine Falle ist. Eine Falle für ihn, Andi. Da warten welche im Finstern. Er kann sie riechen, er kann sie fühlen, sie lauern im Treppenhaus oder in der Küche, vielleicht gar in seinem Zimmer, unter seinem Bett, wahrscheinlich die, welche über die Terrasse eingedrungen sind, diese polizeilichen Fassadenkletterer, diese festbesoldeten Häscher, sie wollen sich auf ihn werfen, ihn vielleicht gar abknallen, aus einem sog. Versehen, um später sagen zu können, sie hätten damit rechnen müssen, er, Andi, richte eine Waffe oder einen waffenähnlichen Gegenstand auf sie, sie hätten sich also selbstverteidigen müssen, alles völlig legal, oder welche Ausrede auch immer, die kommen ja immer fein weg, sind immer fein raus, decken sich gegenseitig und lügen, was das Zeug hält, die mit ihrem öffentlich-rechtlichen Killerhandwerk, und alles Recht der Welt nützt Andi eh nichts mehr, wenn er tot ist.

Ich muss verschwinden, sagt er sich und zieht sich schleunigst vom Strassenrand zurück, dem hell beleuchteten, das Haus im Auge behaltend. Dann um die nächste Ecke und weg und laufen und laufen, schnell laufen, durch die ausgestorbenen Strassen der Innenstadt laufen, mit tränenden Augen voller Angst laufen.

Erst bei der Kleinen Schanze bleibt er schwer atmend stehen und stützt die Hände in gebückter Haltung auf die Oberschenkel. So weit und so schnell ist er schon lange nicht mehr gerannt. Er geht vorsichtig weiter, Richtung Altstadt, vorbei an frierenden, älteren Strassenhuren mit abweisenden Gesichtern. Es ist ihm eingefallen, dass er besser unauffällig langsam geht, wie die Schwulen auf der Bundesterrasse, die argwöhnischen Dealer oder die mittellosen Spanner, die mit zwanzig Metern Abstand den unbegleiteten Frauen nachsteigen. Einer, der durch die Stadt rennt wie ein Irrer, fällt sogar einem Blinden auf.

Ein fades Gefühl sitzt tief unten im Magen und drückt ziemlich schwer: das Gefühl der Hilflosigkeit, des Ausgeliefertseins, des Verfolgtwerdens, ein Gefühl, das alle Emigranten und Flüchtlinge kennen. Er erinnert sich plötzlich an langfädige Schilderungen seines Vaters und seines Grossvaters, die ihm, als er noch klein war, immer wieder erzählt haben, wie es während der Faschistenzeit und des Krieges war, wie sie sich haben verstecken

müssen, wie sie am Tag in Höhlen gelebt haben, um in der Nacht die gefährliche Arbeit von Partisanen zu verrichten. Bandiera rossa trionfarà! Aber da waren sie wenigstens nicht alleine.
Er setzt sich in Yolandas Küche an den Tisch, ohne Licht zu machen. «Wer ist da?» hört er sie rufen. «Ich.» «Andi?» «Ja.» «Was machst du da?» «Nichts.»
Eine Weile bleibt es still, dann taucht Yolanda verwundert auf und schaltet das Küchenlicht ein. Sie trägt zwei graue Nachthemden übereinander, und darunter schaut der abgewetzte, hellblaue Pyjama, der vor Jahren Andi gehört hat, hervor.
«Was machst du da?» «Nichts.» «Warum bist du da?» «Einfach so.» «Ist etwas geschehen?» «Nein.» «Hast du einen Unfall gebaut?» «Nein.» «Natürlich hast du einen Unfall gebaut!» «Nein.» «Eine Frau?» «Nein.»
Yolanda lässt Andi nicht aus den Augen. Sie ist wirklich überrascht.
«Irgend etwas ist los.» «Nein.» «Irgend etwas ist faul.» «Nein.» «Bestimmt eine Frau.» «Nein.» «Sag's nur!» «Es ist nichts. Ich will bloss da sein.» «Warum? Warum ausgerechnet jetzt? Mitten in der Nacht?» «Ich brauche dich.» «MICH?» «Ja.» «Warum?» «Einfach so.» «Spinnst du?» «Alle brauchen manchmal jemand, oder?» «Schrei nicht so!» «Ist doch wahr! Es muss doch nicht immer alles gleich erklärt werden! Ich habe diese ewige Erklärerei satt!» «Psst!»
Yolanda mustert ihn. Schweigend. Skeptisch.
«Bist du besoffen?» «Nein.» «Was willst du denn?» «Nichts.» «Willst du bei mir schlafen?» «Nein.» «Du willst nicht bei mir schlafen?» «Nein.» «Was willst du also?» «Nichts.» «Du kommst herein, sagst kein Wort, mitten in der Nacht, und dann ein bisschen ICH BRAUCHE DICH und so, und dann, und was glaubst du eigentlich?, was denkst du dir eigentlich dabei?, glaubst du, ich bin ein Möbelstück, und überhaupt, was ist zwischen uns?, oder ist es endlich aus zwischen uns?, AUS, HÖRST DU?, ich möchte endlich gerne mal wissen, warum du überhaupt noch auftauchst bei mir, von dir hört man ja kein Wort, du sagst nämlich nie etwas, UND ICH HABE ES ALLMÄHLICH SATT, HÖRST DU, SATT BIS HIER!»

Von unten und von oben, von links und von rechts wird energisch an die Wände geklopft, mit Fäusten und Schuhen, und einer brüllt: «RUHE! GOPFERTAMI!»
Yolanda verstummt, beginnt zu heulen und verschwindet in ihr Schlafzimmer.

WAS EVELYNE, DIE GÖTTLICHE, auch alles unternimmt - Rindlisbachers Zipfelchen bleibt ein Zipfelchen, winzig klein und weich und verschrumpelt, im Gestrüpp der wirren Schamhaare, als wolle es sich verängstigt in Rindlisbachers Unterleib zurückziehen. Eine klare Leistungsverweigerung.
Rindlisbacher und Evelyne liegen Seite an Seite auf Rindlisbachers 1,45m-Chromstahlbett und blicken stumm an die kahle Decke. Dabei hat alles so schön angefangen. Kaminfeuer, romantische Klaviermusik, Kerzenlicht usw. Eine wirklich angemessene Ambiance.
«Bin wohl etwas aus der Übung gekommen», murmelt Rindlisbacher konsterniert.
Evelyne hat das flaschenkorkengrosse Dingelchen gestreichelt und geknetet, befummelt und an sich gepresst, gerieben und gelutscht, rittlings auf dem Polizeidirektor sitzend einzuführen versucht: Es war nichts zu machen. «Es hat wohl Angst», flüstert sie unglücklich.
Sie sagt bereits «es», vermerkt Rindlisbacher bitter; sie sagt nicht mal «er». Er versteht «es» ja auch nicht. Dabei hat sie ihm vorhin richtiggehend die Kleider vom Leibe gerissen, hat ihn aufs Bett geworfen, als spiele sie in der Rolle des Arnold von Winkelried die Schlacht von Sempach nach, ist mit ihrer flinken Zunge überall hingefahren, eine wirklich heisse Nummer, mit aller Hingebung. Das war einwandfrei, er gibt es zu, geradezu gekonnt; von da her können keinerlei Einwände gemacht werden, und Rindlisbacher hat sogar erfolgreich verdrängt, was er über die Gefahren von spontanen Sexualkontakten gelesen hat, war sozusagen bereit zu sterben, wollte ja, wollte wirklich. Doch es ging nicht. Es ging einfach nicht.

Er richtet sich auf und stützt sich auf seine Ellenbogen, schaut Evelyne an. Sie liegt auf dem Rücken und hält die Augen geschlossen, diese Augen, die ihn einen ganzen Abend lang betört haben. Er stellt fest, dass sie mit geschlossenen Augen ganz anders auf ihn wirkt: eine etwa 35-jährige Frau mit den kleinen, runden Brüsten eines Teenagers, einem zierlichen, schlanken Körper und einem hellen, kleinen Schamdreieck. Ihre Knie stehen etwas knochig vor, doch verglichen mit den seinen kann man sie blindlings als schön bezeichnen. An ihr kann es nicht liegen, dass er es nicht geschafft hat. Er muss diese Niederlage einstekken, findet er verbittert, denn schliesslich dient die Liebe ja diesem fatalen Trieb, der heute nacht einfach nicht zum Ausdruck kommen wollte: Mit Lust hat er zu tun, und diese Lust hat ihn, so sieht es aus, verlassen. Er ahnte es ja.

«Evelyne, ich möchte ja so gerne.» Sie antwortet nicht, liegt regungslos neben ihm, als würde sie schlafen. Sie schläft natürlich nicht, und Rindlisbachers grösstes Problem ist die Frage, was sie jetzt von ihm halten mag.

«Evelyne, darf ich dir etwas gestehen?» Sie öffnet langsam die Augen und dreht den Kopf zu ihm hin. ZOING! Diese Augen wieder! Rindlisbacher schluckt leer. Er beschliesst, zur Sache zu kommen.

«Evelyne, ich bin gewissermassen ein Spezialfall.» «Gefalle ich dir nicht?» «Oh! Doch! Nur...» «Was ist es denn?» «Er (er zeigt verlegen nach unten) steht mir nur, wenn...» «Was denn?» «Er steht mir nur – wenn du mich schlägst.»

Jetzt ist es gesagt. Evelyne legt sich sichtlich erschrocken zurück. «Das verstehe ich nicht», erklärt sie nach einer Weile. «Ich weiss. Aber ich komme nur, wenn ich geschlagen werde.» «Fest?» «So fest es nur irgendwie geht.» «Du lässt dich schlagen?» «Ja.» «Wie denn?» «Gleich wie. Einfach Schmerzen zufügen, verstehst du? Ich weiss, es ist ungewöhnlich.» «Das habe ich noch nie gehört.» «Wenn du mich schlägst oder würgst, dann kommt er mir.» «Merkwürdig.»

Rindlisbacher atmet tief durch. Das letzte und einzige Mal hat er darüber vor neun Jahren anonym und stockend mit einem kalifornischen Sexualtherapeuten gesprochen. («This is völlig nor-

maal, Eddie, jede Män hat diese Wünsch deep inside.») Und jetzt spricht er darüber mit einer ihm völlig unbekannten Frau, von der er nur den Vornamen kennt. Geradezu unglaublich unvorsichtig. Das kann ihn alles kosten. Er weiss wirklich nicht, wie es dazu kommen konnte. Hat sie hypnotische Kräfte? Wenn sie es auf ihn abgesehen hat, nicht persönlich, sondern politisch (eine linke Agentin? Terroristin? Attentäterin?), dann ist er bereits erledigt, dann kann er sein Testament machen. (Er kann ihr nicht erklären, dass er alle Monate einmal seine Domina am Zürichberg besucht, mit falschem Schnurrbart, tiefgezogenem Hut, dunkler Sonnenbrille und seidenem Tarzanhöschen.)
Sie hat sich wieder aufgerichtet und scheint zu überlegen. Es gibt jetzt, so weiss Rindlisbacher, zwei Möglichkeiten: Entweder steht sie jetzt empört auf und bestellt resolut ein Taxi (das war seine letzte Erfahrung vor zwölf Jahren), oder sie versucht's.
Sie räuspert sich: «Was muss ich tun?» Bei Rindlisbacher läuten innerlich alle Glocken auf einmal. «Du musst mich fesseln.» «Womit?» «Nimm die Krawatte.»
Sie steht auf und geht zum Stuhl, wo seine Kleider liegen, nimmt die Krawatte (rot-grau gestreift) und schaut ihn fragend an. «Die Füsse.» Sie bindet mit der Krawatte bei den Fussgelenken seine Füsse zusammen. «Fest.» Sie zieht den Knoten stramm. «Die Hände auch.» Rindlisbacher hält seine Hände hoch und kreuzt die Handgelenke. «Im Schrank drüben findest du weitere Krawatten.» Evelyne schaut sich das reiche Angebot unsicher an. «Nimm irgendeine.»
Sie erwischt eine der dezenten Krawatten, die er üblicherweise bei diplomatischen Empfängen trägt (silbergrau) und bindet ihm auch die Hände fest, verknotet geradezu fachmännisch – oder fachfraulich (Samariterkurs). «Und jetzt?» «Suche etwas Hartes, womit du mich schlagen kannst.» Sie schaut sich im Schlafzimmer um. «Ich finde nichts.» «Geh ins Kaminzimmer und hole den Scheuerhaken.» «Bist du verrückt? Das tut weh!» «Das soll es ja!»
Sie geht – recht entschlossen, wie Rindlisbacher mit heller Freude feststellt. Er ist aufgeregt und zittert leicht. Sie kehrt zurück, den eisernen Scheuerhaken fest in der schmalen Faust.

«Und jetzt?» «Schlage mich, göttliche Evelyne!» «Wohin?» «Egal wo. Nur nicht ins Gesicht, auf den Kopf oder auf die Hände.»
PATSCH!
Quer über die Oberschenkel. Beide starren auf Rindlisbachers Zipfelchen, das langsam aus seiner Versenkung kriecht. «Siehst du?» stottert Rindlisbacher entzückt. Evelyne, mit verbissenem Gesicht und vielen winzigen Schweisströpfchen auf der Stirn, hebt den Scheuerhaken zum zweiten Schlag.
«Bibibip!» sagt das Telefon.
«Nein!» stöhnt Rindlisbacher auf. Evelyne lässt den Scheuerhaken ratlos sinken. «Bibibip!» Rindlisbacher wälzt sich ächzend hinüber, greift mit seinen gefesselten Händen zum Hörer, lässt ihn ungeschickt fallen und kann ihn nicht mehr erreichen. «Hallo?» hört man eine Männerstimme rufen. «Hallo, ist da jemand?» «Gib mir den Hörer, bitte!» flüstert Rindlisbacher. Evelyne geht verstört ums Bett herum, hebt den Hörer auf und reicht ihn Rindlisbacher, so dass er ihn mit verrenkten Armen festhalten kann. «Rindlisbacher.» «Hier Feller.» «Bist du wieder im Theater eingeschlossen?» «Es ist sehr wichtig, Edi.» «Ja?» «Diesmal ist es wirklich wichtig.» «Wieviel Uhr ist es?» «Fünf. Ich habe Probleme und brauche deinen Rat und deine Hilfe, Edi. Dringend.» «Um fünf Uhr morgens?» «Tut mir leid, wirklich. Aber ich kann es nicht ändern. Halter von der Kreditbank ist tot.» «Halter von der Kreditbank? Ich weiss.»
Evelyne zuckt zusammen. Sie fixiert den Hörer, den Rindlisbacher mit unmöglich verdrehten Handgelenken an sein Ohr zu halten versucht, mit weit aufgerissenen Augen, als wolle sie mithören.
«Ich komme soeben von seiner Frau, Edi. Ich musste persönlich hingehen. Die Frau, Elisabeth heisst sie, glaube ich, und die beiden Töchter blieben sehr gefasst, wenn ich das mal so sagen darf.» «DAS willst du mir mitteilen? Dass Halters Alte gefasst blieb?»
Evelyne setzt sich mit offenem Mund auf die äusserste Ecke des Bettes. Der Scheuerhaken fällt lautlos auf den dicken, olivfarbenen Spannteppich.

«Das ist nicht das Problem, Edi. Es ist was anderes. Halter ist im Puff gestorben.» Rindlisbacher bricht in ein trockenes Gelächter aus. «Im Bordell? Ehrlich?» «Ja.» «Das ist ja ein geradezu paradiesischer Hinschied!» «Mir ist nicht ums Lachen, Edi.» «Da werden die Blätter endlich was zu schreiben haben!» «Genau das müssen wir unbedingt vermeiden.» «Warum?» «Schau, Edi, da ist eben noch was anderes, was Ernstes. Ich habe mit Halter, bevor er in den Puff gegangen ist, den ganzen Nachmittag lang konferiert. Halter hatte eine Mappe mit äusserst wichtigen Papieren dabei. Der Idiot hatte sämtliche Extra-Zahlungen seiner Bank, du weisst schon, auf einigen Blättern zusammengestellt. Mit allen Einzelheiten. Die Mappe ist weg.» «Hat er sie nicht in sein Büro zurückgebracht?» «Das ist eine von drei Möglichkeiten. Man müsste seine Sekretärin fragen. Kennst du sie? Sie heisst Grobet. Ich habe vergeblich versucht, sie zu erreichen. Sie nimmt das Telefon nicht ab.» «Wie hast du gesagt? Grobet?» Evelyne zuckt zusammen.
«Hast du Grobet gesagt? Kenne ich nicht.» «Wie gesagt, Edi, das ist die eine Möglichkeit, die man so schnell wie möglich abklären muss. Die zweite Möglichkeit fällt bereits weg: Bei ihm zu Hause ist die Mappe nicht; er ist gestern abend gar nicht mehr nach Hause gegangen. Weiss ich von seiner Frau.» «Und die dritte Möglichkeit?» «DAS ist der Punkt: Es ist durchaus möglich, dass die Mappe im Puff liegengeblieben ist. Dann Gnade uns Gott.» «Ist es so schlimm?» «Schlimmer, Edi. Ich kann es dir am Telefon nicht erklären. Ich sag dir nur eines, und ich mache absolut keinen Spass: Wenn diese verdammte Mappe in falsche Hände gerät, sind wir alle weg vom Fenster. Du – ich – alle. Nullkommaplötzlich. Das ganze System KNOCKED OUT!» «OH!» «Wir müssen uns sofort treffen, Edi! Sofort!» «Warte auf mich, Charly! Bin schon auf dem Weg!»
Rindlisbacher, nackt, mit gefesselten Händen und Füssen, versucht verzweifelt, den Hörer aufzulegen.

GROBET EVELYNE hat gar kein gutes Gefühl, wie sie sich in den Bus setzt, um sich an ihren Arbeitsort zu begeben. Sie hat diese Nacht überhaupt nicht geschlafen (noch nie vorgekommen), hat sich vor einer Stunde in aller Eile zurechtgemacht, hat hastig ihr Frühstücksmüesli zubereitet (Creme Boudwig) und ist immer noch ausserordentlich verwirrt über den unerwarteten Verlauf der Dinge.

Sie weiss, dass in der Bank Aufregung angesagt ist, und es versteht sich von selbst, dass sie mit dem Polizeidirektor kein Wort darüber gewechselt hat. Nach diesem Telefonanruf um fünf Uhr morgens hat sie Eduard wortlos losgebunden. Er ist aufgeregt ins Badezimmer geeilt, und sie hat sich niedergeschlagen angezogen. Sie haben um sechs Uhr in der Frühe gemeinsam das Haus an der Gerechtigkeitsgasse verlassen; Eduard hat zerstreut und verlegen irgendwelche Ausflüchte gesucht und ist gleich verschwunden. Sie ist zu Fuss durch die leeren Lauben der noch schlafenden Gasse nach Hause gegangen, über die Brücke und die Schosshalde hoch bis zur Villa «Mon repos».

«Warum kommst du so spät?» hat die Mutter in scharfem Tone gefragt. Sie war natürlich schon aufgestanden; seit September 39 steht sie um fünf Uhr auf, seit der Zeit, da ihr Mann, Oberstleutnant Grobet, persönlicher Mitarbeiter des Generals geworden war.

Evelyne hat ihr, wie sie dies trotzig und erst seit kurzem zu tun pflegt, nicht geantwortet und ist gleich ins obere Stockwerk des Hauses gestiegen, das sie seit ihrem zwanzigsten Altersjahr alleine bewohnt. Mutter unten, Tochter oben. Mutter Türsteher und Rausschmeisser, Tochter volle acht Jahre lang in der Analyse bei Minder. Minder hat sie immerhin und endlich in die Geheimnisse des Geschlechtsverkehrs eingeführt, als sie dreissig wurde, aber das war alles. Alle anderen möglichen intimen Kontakte mit männlichen Personen geeigneten Alters hat die Mutter immer rechtzeitig zu vereiteln gewusst, mal mit de Müntschemier, dem Kunsthistoriker, der ihr wochenlang täglich rote Rosen zustellen liess, mal mit Gfeller, dem sog. Schriftsteller, der sie im Berner Münster mitten in der Matthäuspassion zu küssen versucht hatte, mal mit einem jungen Offiziersaspiranten, der zwar der Mutter gefallen hätte, der aber nur diese lächerlichen Kriegsspiele im Kopf hatte, und mal mit einem jungen, sanften, alternativen Aushilfspfarrer in der Nydeggkirche, der überhaupt nichts wagte. Die Mutter hat immer wieder betont: «Solange ICH in diesem Haus lebe, kommt mir kein Mann herein; das bin ich dem lieutenant-colonel schuldig!» Wenn die Frau Oberstleutnant von ihrem 1958 kurz nach Evelynes Zangengeburt friedlich in seinem Bett verstorbenen Mann spricht, sagt sie immer «le lieutenantcolonel», nie «Arnold», «mein Mann», «dein Vater» oder zumindest «Grobet». Sie ist jetzt achtzig und hilfebedürftig, aber ihre im nationalen Interesse geschulte Wachsamkeit hat nicht nachgelassen. Noch immer warnt sie Evelyne periodisch vor Männern, generell und absolut, vor den «fripouilles», den «maladies», den «mauvaises influences» usw., und keine Macht der Welt kann sie davon abhalten, ihre Tochter, ihr einziges Kind, die ausschliesslich im gemächlichen Bern aufgewachsen ist, vor diesen grauenhaften Gefahren schützen zu wollen.

Eine Tochter aus gutem Hause ist Evelyne also, und das kriegt sie nicht mehr weg. Minder hat zwar – gegen viel Honorar – das «gute Haus» in seine schäbigen Einzelteile zerlegt, wie ein Mechaniker, der einen Automotor auseinandernimmt, das ist sein Beruf, hat all die schadhaften Stücke weggeschraubt, die Defekte blossgelegt und einwandfrei analysiert (Evelyne weiss fast alles über sich, hat viel Jung & Fromm & Freud gelesen), nur: Die Analyse hat Evelyne – abgesehen von der ersten, durchaus positiven sexuellen Erfahrung – kaum einen Schritt weitergebracht, will heissen, von ihrer Mutter weggebracht. Sie fühlt sich zuweilen, wie man in Bern sagt, als «alte Jungfer».

Was soll sie z.B. von dieser Nacht mit dem Polizeidirektor halten, der ihr sozusagen mittendrin davongelaufen ist? Noch immer kennt er nur ihren Vornamen; nicht einmal ihre Telefonnummer hat er verlangt. Früher hätte sie sich deswegen wochenlang ausgeheult.

Der Trolley fährt die Gerechtigkeitsgasse hoch, vorbei am Haus, wo sie diese verwirrliche Nacht verbracht hat. Dabei hat alles so gut angefangen. Die Einladung zum Abendessen hat ihr zwar nicht sonderlich Eindruck gemacht, doch der Abend in dieser komischen Wirtschaft, wo sich die Leute zum Schluss geprügelt haben, hat ihr in einer gewissen Weise gefallen. Auch die späten Stunden vor dem Kaminfeuer, bei Gesprächen über Tinguely (extravagant) und Luginbühl (sinnlich), Nizon (intelligent) und Muschg (kompetent), die Absenz jeglicher Zudringlichkeit, bis hin zu dieser Fesselszene im Schlafzimmer, die sie noch immer ratlos macht, berührten sie durchaus.

Eduards seltsame Wünsche! Abscheu wäre das Naheliegende, doch Abscheu kann sie erstaunlicherweise nicht empfinden. Die Erinnerung daran erfüllt sie mit einer unerklärlichen Zuneigung zum Polizeidirektor und mit einem angenehmen Schauer, den sie auch jetzt noch verspürt, wie der Trolley in die Marktgasse einrollt.

Insgesamt gesehen fühlt sie sich jedoch verlassen und von dem Masse an Trauer erfüllt, das ausreicht, um sie mehrere Wochen lang in leichte Depressionen fallen zu lassen. Sie sieht sich schon wieder bei Minder liegen; unangenehmer Gedanke, nachdem sie vor einem halben Jahr mit ihm Schluss gemacht hat.

In den Büroräumlichkeiten der Kantonalen Kreditbank stehen mehrere Personen herum, die Evelyne hier nur selten sieht, zusammen mit Aebersold, dem aufgeregten Vize und dem übernächtigt wirkenden Feller, dem Regierungsrat. Der elegante Feller in seinem dunklen Anzug fällt ihr immer besonders auf, weil er sie tatsächlich an Kennedy erinnert.

Aebersold kommt gleich auf sie zugelaufen, wie er sie eintreten sieht: «Frau Grobet, wir müssen etwas äusserst Wichtiges ausdividieren. Darf ich Sie bitten, ins Besprechungszimmer zu kommen?» Evelyne nickt. «Soll ich das Protokoll aufnehmen?» fragt sie. Aebersold winkt verhalten ab: «Später, Frau Grobet, später! Gehen Sie schon mal vor und warten Sie auf uns!»

Evelyne geht zum Lift und fährt zum Besprechungszimmer hoch. Es liegt auf der gleichen Ebene wie ihr Arbeitsraum, das Vorzimmer zu Halters Büro. Das Büro ist leer, wie sie sich schnell vergewissert, doch das ist nichts Aussergewöhnliches: Halter ist nie vor zehn Uhr anwesend. Jetzt ist es bald acht. Sie hängt ihren Mantel und ihren Schal in die Garderobe, macht sich vor dem Spiegel kurz zurecht, prüft ihre Frisur und den Sitz der

Bluse, begibt sich darauf ins Besprechungszimmer und wartet stehend, zum Fenster hinausblickend. Sie beobachtet, wie gegenüber gearbeitet wird; ältere Männer in weissen Hemden mit Ärmelschonern sitzen an altertümlichen Schreibpulten und blättern gemächlich in grossen Aktenordnern, machen ab und zu Notizen, kratzen sich mit dem Bleistiftende am Hinterkopf oder greifen zum Telefon, das auf einem langen Chromstahlbügel über der Pultfläche schwebt.

Aebersold tritt resolut ins Besprechungszimmer, gefolgt von Regierungsrat Kennedy: «Frau Grobet, darf ich Ihnen Herrn Regierungsrat Feller vorstellen, den Präsidenten des Verwaltungsrates unserer Bank? Herr Regierungsrat: Frau Grobet, die Sekretärin.» Feller reicht ihr die Hand und schaut ihr unter buschigen Augenbrauen hervor fest in die Augen. Sein blasses Gesicht bleibt ernst. Aus den Augenwinkeln sieht Evelyne, wie der Vizedirektor den Raum diskret verlässt.

«Setzen wir uns, Frau Grobet!» Feller reicht einen Stuhl und wartet, bis sich Evelyne gesetzt hat, dann zieht er einen weiteren Stuhl heran, ziemlich nahe heran, wie Evelyne findet. Sie schaut Feller mit völlig ausdruckslosem Gesicht an; sie weiss ja bereits, was er ihr mitzuteilen hat. «Frau Grobet, ich habe Ihnen leider etwas Trauriges mitzuteilen.» Er schaut ihr tief, sehr tief in die Augen. In jeder anderen Situation wäre dies äusserst peinlich. Sie konzentriert sich auf die rechte, dunkle Augenbraue mit den vereinzelten weissen, abstehenden Haaren. «Herr Direktor Halter ist gestern von uns gegangen.» Im Bordell, ergänzt Evelyne still für sich. Ihr Gesicht bleibt unbeweglich, so dass sich Feller genötigt sieht, weiterzufahren: «Mitten in einer Arbeitssitzung mit einem Bankkunden ist er zusammengebrochen. Herzinfarkt. Er hat nicht gelitten.» Evelyne hält sich die Fingerspitzen der einen Hand vor den Mund und hebt die Augenbrauen, um ihrem Gesicht einen erschrockenen Ausdruck zu verleihen. «Es ist für seine Familie, für die Bank, für den Kanton und für uns alle ein unerwarteter, schmerzlicher, plötzlicher Abschied. Wir sind alle zutiefst betroffen und müssen jetzt sehen, wie es weitergeht, denn dieser Verlust macht uns allen schwer zu schaffen. Direktor Halter war einer unserer fähigsten Leute.»

Feller wartet eine Weile, lauscht seinen kurzfristig eingeübten Worten (um fünf Uhr früh hat er sie zum ersten Mal Halters Frau und Töchtern vorgetragen), dreht den Kopf zum Fenster hin, als ob er tief in schmerzliche Gedanken versunken wäre. Evelyne schluckt leer.

«Selbstverständlich wird sich für Sie, Frau Grobet, nicht viel ändern, was Ihre geschätzte Mitarbeit betrifft. Der gesamte Verwaltungsrat wird noch heute morgen zusammentreten und die Leitung interimistisch Herrn Vizedirektor Aebersold übertragen, wie es die Statuten in einem solchen Fall, in einem solch schmerzlichen Falle vorsehen.» Feller atmet langsam durch die Nase ein, dann beugt er sich eine Spur näher zu Evelyne vor, als ob er sie küssen wolle; dazu dämpft er seine Stimme: «Der Grund, warum ich Sie hier unter vier Augen sprechen möchte, Frau Grobet, ist folgender: Sie standen natürlich, in Ihrer Funktion als persönliche Sekretärin des Verstorbenen, in einem besonderen Vertrauensverhältnis zu ihm. Es gibt da eine gewisse, offene Frage, die, wie ich hoffe, in Zusammenarbeit mit Ihnen gelöst werden kann.»

Er schaut sie an, als habe er soeben gefragt: Traust du mir? Evelyne räuspert sich kurz und nickt. Sie möchte durchaus Vertrauen zu diesem Mann haben.

«Ich hoffe, Ihnen behilflich sein zu können, Herr Regierungsrat.» «Gestern nachmittag noch hatte ich eine persönliche Sitzung mit Direktor Halter, wie Sie sicher wissen. An diese Sitzung ist er mit einer Reihe von Dokumenten erschienen, die er in einer kleinen, unauffälligen, schwarzen Mappe transportiert hat.» Evelyne nickt und ergänzt: «Ich habe diese Papiere gestern morgen auf Anweisung von Herrn Direktor Halter vorbereitet.» «Sie wissen also, wovon ich spreche. Es waren Computerausdrucke, wenn ich mich recht erinnere.» «Ja. Wir haben Informationen aus dem Zentralcomputer abgerufen.» «Sehen Sie!» Feller zeigt eine winzige Spur von Lächeln, dann wird er wieder ernst: «Diese Papiere sind von äusserster Wichtigkeit. Ich nehme an, dass er sie nach der Sitzung – es war etwa halb fünf – in die Bank zurückgebracht hat?» Er wartet gespannt. Evelyne überlegt kurz. «Das kann ich nicht bestätigen, Herr Regierungsrat. Ich

habe um fünf das Haus verlassen, wie üblich. Bis zu diesem Zeitpunkt ist Herr Direktor Halter nicht zurückgekehrt. Ich habe ihn jedenfalls nicht mehr angetroffen.»
Das Gesicht Fellers klappt zusammen. Es hat jetzt mehr von Popeye the Sailor als von John Fitzgerald K.
Evelyne fährt ungeheissen fort, während Feller aufmerksam seine Schuhspitzen betrachtet: «Falls er die Dokumente nach der Sitzung mit Ihnen erst nach meinem Weggang zurückgebracht hat, hat er sie sicher in seinem persönlichen Tresor hinterlegt, falls er sie nicht vernichtet hat.»
Feller schaut kurz hoch, doch diese Mitteilung bewirkt absolut nichts. Evelyne nimmt an, dass er schon nachgeschaut haben muss, da er sicher via Aebersold an den Schlüssel gekommen ist. Er ist ja seit mindestens fünf Uhr auf den Beinen. «Sie haben also diese Dokumente nicht mehr gesehen?» versichert er sich. Evelyne schüttelt kurz den Kopf. Eine quälend lange Minute vergeht, dann richtet sich Feller langsam auf, wie einer, der viele harte Hiebe in den Unterleib gekriegt hat; er sieht jetzt ziemlich fix und fertig aus, aus der Nähe betrachtet, und der schmerzliche Ernst in seinem Gesicht ist nicht mehr künstlich.
«Nun denn», sagt er zögernd und steht auf. «Das wäre im Augenblick alles, Frau...» «Grobet.» «...Frau Grobet. Ich danke Ihnen.»
Er reicht ihr eine schlaffe Hand und verlässt gebeugt das Besprechungszimmer, ohne sich noch einmal umzublicken. Evelyne atmet erleichtert auf.

«HE! ANDI!» Der Mechaniker greift in den Kofferraum des Taxis und streckt Andi eine kleine, schmale, schwarze Mappe entgegen. «Hast was vergessen!» Andi schlurft zu ihm hin und erinnert sich, gestern abend diese Mappe in den Händen gehalten zu haben, aber wie das genau war, fällt ihm im Augenblick nicht ein. Er muss heute einen anderen Wagen nehmen; der von gestern geht in die Werkstatt. «Danke. Glatt vergessen.»
Er tut, als gehöre die Mappe ihm, und er steigt gleichgültig ein. Erst während des Einsteigens erinnert er sich wieder: Das ist die

Mappe von dieser toten Kalbsbratwurst; eines der alten Weiber dort hat sie ihm in die Hand gedrückt. Er hat die Mappe in den Kofferraum gelegt, bevor er das Auto umparkierte. Oder so ähnlich.

Er ist an Yolandas Küchentisch eingeschlafen, aber nur für kurze Zeit. Bereits um sechs ist er aus dem alten Haus geschlichen, hat sich in der Bahnhoftoilette zurechtgemacht und sich am Automaten rasiert. Pünktlich um sieben ist er zur Arbeit angetreten, und kein Mensch hat etwas gesagt, was sich auf den gestrigen Abend bezogen hätte; ein völliger Routinemorgen also, wie tausend andere. Würde ihn die Polizei suchen, nehmen wir mal an, wäre Nussbaum sicher prompt und schadenfreudig zur Stelle gewesen, um ihn schnappen zu lassen. Nussbaum findet die Polizei das Höchste im Staat; er könnte kaum schlafen ohne, wüsste er doch nicht mehr, mit wem er sich gutzustellen hat.

Andi fährt zügig weg, vorbei am Haus im Mattenhof, das er eigentlich bewohnt. Niemand ist zu sehen. Zum Stand am Casinoplatz und warten. Der Morgen beginnt strahlend schön. Andi fühlt sich erstaunlich munter. Er befühlt die drei Tausender: Sie sind noch da, die Ameisenprofessoren.

Nichts ist los. Auch die anderen Chauffeure auf dem Platz lümmeln herum, plaudern miteinander, lesen den «BLICK» oder den «SPORT». So holt Andi endlich dieses schwarze Mäppchen aus der Ablage in der Fahrertür und öffnet es neugierig – nicht ohne sich vorher nach allen Seiten umgeblickt zu haben. Eine teure Mappe, wahrscheinlich. Echtes Leder. Andi entdeckt ein Monogramm: A.H. «AHA», liest Andi und kichert in sich hinein, «die Bratwurst hiess AHA.»

In der Mappe liegen ein paar mit dieser Computerschrift bedruckte Blätter, sonst nichts. KREDITBANK DES KANTON BERN. KBKB. Namen, Adressen, Beträge von Fr. 1'000.– bis mehr als Fr. 2'000'000.–. Also, frotzelt Andi leichthin, was sind da schon meine läppischen drei Riesen?

Er überlegt sich, ob er die Papiere wegschmeissen und die Mappe behalten soll, da ruft ihn die Zentrale und will, dass er jemand in der Elfenau hole. Haltla! DEN Vogel kennt er doch? Der Alte von Lene, das Hohe Tier, das ihn bei Nussbaum schlecht gemacht hat! Er schiebt die Blätter und die Mappe achtlos in die Türablage. Darauf holt er dieses hinterhältige, beschissene Arschloch widerwillig ab.

Feller, in dunklem Anzug, wartet bereits unten bei der Einfahrt. «ACHTUNG! BISSIGER HUND!» Kann man wohl sagen, denkt Andi. BISSIGER SAUHUND! Aber Feller lässt ihm diesmal gar keine Zeit, auszusteigen und unterwürfig den Schlag zu öffnen; kaum hat Andi angehalten, sitzt der Sauhund schon hinten drin und befiehlt ungeduldig: «Fahren Sie! Na, fahren Sie schon! Kantonale Kreditbank, Bundesgasse. Aber ein bisschen plötzlich!»

Das Arschloch scheint ihn nicht wiederzuerkennen – oder er hat das Ganze längst vergessen; tief in sich versunken sitzt es hinten drin, als habe es ein riesiges Problem zu bewältigen. Doch, nun mal ehrlich: Was hat so'n Typ schon für Probleme?, fragt sich Andi. Jetzt überlegt sich der Schmierfink sicher, wieviel er in der Bank absahnen kann; die stecken doch alle unter einer Decke, diese Gauner!

In der Bundesgasse steigt Feller hastig aus, und Andi schaut belustigt zu, wie er gleich in der Bank verschwindet, als habe er es unheimlich eilig. Wetten, dass der ein schlechtes Gewissen hat?, denkt Andi.

Darauf lässt er es sich nicht nehmen, schnell in den Mattenhof zu sausen. Er kommt gerade rechtzeitig: Wie er bei einer Ampel wartet, sieht er alle seine Wohngenossen aus einem grauen Polizeibus klettern. Lene, Gagu, Dodo im Morgenrock und Fipo. Der Punk ist nicht mehr dabei. Ein komisches Quartett. Die vier gehen traumwandlerisch über den Fussgängerstreifen, wie seinerzeit die Beatles über die Abbey Road. Sie verschwinden im Haus, ohne sich umzusehen.

Andi platzt fast vor Neugierde, hat jetzt aber keine Zeit, das Taxi abzustellen. Er fährt langsam am Haus vorbei und meldet sich wieder in der Zentrale. Jetzt ist es Zeit für die Routineaufträge, für seine älteren Kundinnen mit den gefärbten Haaren und den parfümierten Pudeln, die ihn bis zum Mittag beschäftigen werden.

Punkt zwei hört er auf und meldet sich für den Abend ab. Er

muss unbedingt wieder mal richtig schlafen. Die Disponentin wünscht ihm eine gute Nacht, obwohl sich ein sonniger und relativ milder Nachmittag ankündigt. Andi verkneift sich die Standard-Antwort der Chauffeure an dieser Stelle: «Aber ohne dich.» Er rennt mehr, als dass er geht, das schwarze Mäppchen unter dem Arm. Er muss seine Leute sehen.

Lene und Gagu sitzen mit dunkel-düster-finsteren Mienen am Küchentisch, grübelnd vor einem Stapel Notizpapier. Sie schauen kaum auf, wie Andi eintritt. «Da bin ich!» meldet er sich an. «Ach», sagt Lene tonlos, ohne ihn anzublicken. Gagu kaut am Kugelschreiber. «Was ist?» fragt Andi scheinheilig. Zwei übernächtigte Augenpaare blicken verstört hoch und nehmen ihn erst jetzt zur Kenntnis. «Na?» Sie seufzen tief, schauen sich verloren an und sehen ziemlich grau aus. «Mach Kaffee», sagt Gagu müde, und Lene fügt hinzu: «Mit Grappa.»

Andi legt die schwarze Mappe auf den Kühlschrank, geht zur Cimbali hin und schaltet sie ein. «Ich checke zwar noch nicht, was mit euch beiden los ist», heuchelt er, «aber ich erfülle eure geheimsten Wünsche gerne.» Er stellt die Tassen bereit, holt den Grappa aus dem Kühlschrank und wartet.

Lene fährt plötzlich hoch. Ihr ist etwas eingefallen: «Andrea, du weisst ja gar nichts!» Gagu der Depp kratzt sich in der Mähne: «Wo bist du eigentlich gewesen, die ganze Nacht?» Andi, aufgekratzt, überglücklich eigentlich, seine Leute wieder da zu sehen, wo sie seiner Meinung nach hingehören, zwinkert vieldeutig mit beiden Augen und macht Kussmündchen, so dass Gagu und Lene wider Willen lachen müssen, ein kurzes, leises, abrupt endendes Kichern, zweistimmig.

Die Cimbali tuckert vor sich hin, und bald serviert Andi den italienischen Kaffee. «Signori!» sagt er galant. Er setzt sich zu den beiden an den Tisch. «Andrea, du weisst ja gar nicht, was uns diese Nacht zugestossen ist!» Lene wartet, als ob es Andi doch noch von selber einfallen könnte; ein unangenehm didaktischmethodischer Zug an ihr. «Wir sind alle verhaftet worden», erklärt Gagu endlich. «Wie bitte?» «Gestern nacht sind sie gekommen, eine ganze Armee, wegen Lenes Bruder. Sie haben irgendwie rausgekriegt, dass er bei uns ist, und da haben sie zu-

geschlagen.» Lene fährt fort: «Sie haben uns richtig überfallen und mit Gewalt abgeschleppt, alle zusammen, um ein Uhr in der Nacht. Dodo ist fast übergeschnappt. Sie haben ihr nicht mal die Zeit gelassen, sich richtig anzuziehen.» «Sie haben gesagt, uns erwarte ein Verfahren wegen...na, Lene, wie hiess das doch gleich?, naja, weil wir ihn nicht angezeigt haben, weil wir ihn versteckt haben, wie sie sagten. Mindestens zehn schwere Gesetzesübertretungen. Haben sie gesagt.» «Wen angezeigt?» «Na, ihren Bruder!» «Ehrlich? Ist das alles?»
Gagu und Lene seufzen tief, stützen ihre Köpfe in die Hände und möchten am liebsten unter den Tisch sinken, dermassen drückt sie die Last der Sorgen. «Na und?» fragt Andi, fröhlich vor Erleichterung. «Du bist gut! Weisst du, was das bedeutet? Das haben die uns eingetrichtert, bevor sie uns heute morgen entlassen haben: Gefängnis! Weisst du, was das heisst? Und alles nur wegen diesem Depp von einem Punk!» «Wo ist er überhaupt?» «Wer?» «Na, der Bruder!»
Gagu und Lene schauen sich an, als sei Andi nicht mehr ganz dicht, und gehen gar nicht erst auf diese Frage ein. Sie beugen sich wieder über ihre vollgekritzelten Blätter. «Was macht ihr da eigentlich?» «Hör mal, Andrea: Wir versuchen jetzt, alle Einzelheiten aufzuschreiben, damit wir nichts vergessen, damit unsere Aussagen übereinstimmen. Verstehst du? Wir befinden uns im Kanton Bern, und da sind die Gerichte bekanntermassen ziemlich einseitig ausgebildet. Capito?» «Lene hat nämlich einen Anwalt», ergänzt Gagu wichtig.
Andi steht auf, geht ins Badezimmer und lässt das Badewasser einlaufen. Er holt saubere Wäsche und stopft seine Klamotten in den ständig übervollen Wäschekorb. Die Jacke mit den drei Tausendern hängt er in seinem Zimmer über einen Stuhl, holt in der Küche die schwarze Mappe und wirft sie im Zimmer auf den Kleiderschrank, wo sie niemand sehen kann. Ohne dass er sich deswegen den Kopf zerbricht, scheint ihm das besser so.
Im warmen Wasser liegend kann er endlich überlegen. Das mit dem Überfall gestern nacht findet er gar nicht mehr so schlimm; man hat den vier Leuten einfach Angst gemacht, das ist üblich, und das müssen sie jetzt verdauen. Das ist weiter nicht tragisch.

Sie haben ja kein Verbrechen begangen. Der Punk ist wieder im Knast – das war ja das Ziel der ganzen Übung. Dieses Thema ist erledigt. Gagu, Fipo und Dodo können sich immer noch damit herausreden, dass sie gar nichts gewusst hätten. Andi jedenfalls weiss von nichts. Und Lene hat immerhin ihren Alten im Hintergrund, da können sie nicht einfach so drauflosanklagen wie bei gewöhnlichen Leuten. Die Reichen haben immer ihre Anwälte, für alle Fälle, wie in amerikanischen Filmen. Also.
Bleibt der zweite Punkt. Andi hat unfreiwillig dreitausend Eier mitlaufen lassen, in einer Situation, die äusserst verwirrend und ungewöhnlich war: Ein Toter in einer etwas eigenartigen Badewanne, zwei verstörte, alte Hühner, denen er geraten hat, die Ambulanz zu rufen.
Was soll er jetzt noch machen? Die Mappe auf den Posten bringen und sagen, er habe die gefunden? Dann fragen sie wo und wie und wann undsoweiter, und warum er dies nicht bereits gestern abend undsoweiter, und überhaupt, da sei noch was von wegen drei Mille, wo sind die hingekommen, und warum er versucht habe, die Leiche aus der Wanne zu heben, eindeutig bewiesen, Fingerabdrücke undsoweiter, und was es auf sich habe mit dem Umstand, dass er denselben Herrn bereits am Tage zuvor transportiert habe, wie die Ermittlungen ergeben haben (Auskunft Nussbaum), in eine menschenleere Gegend im Moos, und überhaupt, langsam fügen sich die Teile zu einem Ganzen zusammen, er solle gleich zugeben, dass er diesen AHA umgelegt hat, in der Meinung, endlich ans grosse Geld zu kommen. Tatbestand: Vollendeter Raubmord.
Andi schluckt leer. In diesem Lichte besehen, hat er...ist er...so betrachtet...steckt er...eigentlich tief in der Tinte, erschreckend tief, geradezu bis zum Hals. Au weja! Es dämmert ihm, dass er einen Fehler gemacht, eine Dummheit begangen hat; er kann fühlen, wie das Blut aus seinem Gesicht weicht.
«Andrea! Was hast du!» Lene stürzt erschrocken ins Badezimmer und greift ihm ans aschfahle Gesicht. «Ist dir schlecht? Hörst du mich? Andrea!»

«LIEBER EDMOND», schreibt Evelyne Grobet auf ihren Stenoblock mit dem Kopf der Kreditbank und reisst das Blatt gleich ab, zerknüllt es und wirft es in den Papierkorb. Er heisst ja gar nicht Edmond: Er heisst Eduard.

Sie entwirft unschlüssig ein Brieflein an den Polizeidirektor, denn sie wartet. Der gesamte Verwaltungsrat der Kreditbank tagt hinter geschlossenen Türen, und die persönliche Sekretärin des unerwartet verstorbenen Direktors ebendieser Bank sitzt im Vorzimmer des Büros ebendieses unerwartet Verstorbenen. Die Ernennung des interimistischen Direktors beansprucht offenbar viel Zeit, denn die vielen älteren Herren in den dunklen Massanzügen tagen nun seit bald zwei Stunden in Klausur. Es ist Mittag, Zeit für die Mittagspause.

Die Sekretärin wagt nicht wegzugehen, denn Aebersold hat angeordnet: «Frau Grobet, Sie warten bitte, bis die Sitzung zu Ende ist, damit wir anschliessend die Form unserer zukünftigen Zusammenarbeit ausdividieren können. Zudem ist ein Treffen im Inselspital angesagt, zusammen mit den engsten Angehörigen des Vonunsgegangenen, und die Bank findet es angemessen, dass Sie, als seine langjährige, persönliche Sekretärin, als seine Vertraute sozusagen, dabei sind. Das Nähere werden wir gleich im Anschluss an diese Sitzung ausdividieren.» Ausdividieren. Aebersold hat sie also, als ihr zukünftiger Vorgesetzter, bereits in Besitz genommen.

«Lieber Eduard, darf ich Dich so anreden?» Sie reisst das Blatt weg, zerknüllt es und wirft es in den Papierkorb. Dieser Anfang wirkt zu aufdringlich.

«Lieber Eduard, die Nacht mit Dir war schön.» Sie reisst das Blatt weg, zerknüllt es und wirft es in den Papierkorb. Dieser Anfang entspricht einfach nicht der Wahrheit, zudem ist es peinlich, gleich von der Nacht zu reden, die nicht schön, sondern in höchstem Masse problematisch war.

«Lieber Eduard, vielen Dank für den schönen Abend.» Sie reisst das Blatt weg, zerknüllt es und wirft es in den Papierkorb. Der Abend war recht schön, das stimmt, aber das war ja nicht alles. Es sieht aus, als wolle sie den ganzen Rest ausblenden, was den Polizeidirektor beleidigen oder zumindest befremden könnte.

«Lieber Eduard, ich fühle mich glücklich.» Sie reisst das Blatt weg, zerknüllt es und wirft es in den Papierkorb. Das klingt naiv, zudem ist sie überhaupt nicht glücklich. Sie ist verwirrt.

«Lieber Eduard, ich bin verwirrt.» Sie reisst das Blatt weg, zerknüllt es und wirft es in den Papierkorb. Sie darf sich keine Blösse geben. Der Polizeidirektor will mit einer verwirrten Frau nichts zu tun haben.

«Lieber Eduard, ich habe mich gefreut, Dich kennenzulernen.» Sie reisst das Blatt weg, zerknüllt es und wirft es in den Papierkorb. Das klingt, als ob sie sich gezielt an ihn herangemacht hätte. Das ist nicht richtig. Noch gestern nachmittag hat sie nicht einmal gewusst, dass Eduard existiert.

«Lieber Eduard, gewisse Tage und Nächte sind von besonderer Bedeutung, findest Du nicht?» Sie reisst das Blatt weg, zerknüllt es und wirft es in den Papierkorb. Dieser Anfang scheint nicht einmal für sie zu stimmen, geschweige denn für den Polizeidirektor. Sie weiss ja nicht einmal, was der Polizeidirektor von ihr hält.

Sie schaut konsterniert zu den geschlossenen Türen des Sitzungszimmers hinüber. Ein undeutliches, stark gedämpftes Männergemurmel ist zu vernehmen. (Dieses Phänomen gehört zu diesem relativ demokratischen Land. Wie Butter, Berge und Bankkonten. Man müsste daraus eine weitere Touristenattraktion machen können.) Dann fällt ihr ein, was ihr Minder seinerzeit beigebracht hat: zu formulieren, was wirklich in ihr vorgeht. (Das ist allerdings nur für einen strikte internen, therapeutischen Gebrauch gedacht; im Umgang mit Leuten ausserhalb eines geschützten Bereiches, am Arbeitsplatz gar, taugt sowas überhaupt nichts, will man sich nicht endlosen Ärger und masslose Schwierigkeiten einhandeln. Mit anderen Worten: Wahrheit ist etwas Privates.) Es reizt sie indessen zu sehen, was für ein Brief dabei herauskäme:

«Eduard, Du Fata Morgana, richtig quicklebendig ist mir geworden, an Deinem Schwänzchen zu nuckeln, ein fruchtiger pas de deux, meine harten Brustwarzen an Deinen knochigen Knien. Ich erinnere mich an Deine rechte Hand am Whiskyglas, während Du erklärst: «Rätz ist unheimlich innovativ.» Als Malerin-

Modelliererin wäre mir dieses Bild das liebste Bild von Dir, diese Deine etwas trägen Finger, die das Zugreifen nie richtig gelernt haben. Mit den flachen Handinnenflächen bloss hast Du mich nämlich angefasst, die Finger weggespreizt, als wollest Du sie nicht schmutzig machen. Stimmt's? Die Frau ist irgendwie schmutzig, hat man (frau?) Dir mal beigebracht, in Deinen frühsten Jahren wahrscheinlich, ohne dass Du es weisst, nehme ich an. Wie auch ich immer wieder darauf hingewiesen worden bin, dass selbst ein gewöhnlicher Händedruck ein unerlaubter Eingriff in die Intimität eines fremden Menschen – eines Mannes im besonderen – darstellt. Haben wir, lieber Eduard, etwas gelernt, letzte Nacht? frage ich mich. Haben wir etwas gemerkt? frage ich Dich.»
Evelyne liest den Brief mehrere Male durch. Er gefällt ihr. Trotzdem reisst sie das Blatt weg, zerknüllt es und wirft es in den Papierkorb. Sowas geht natürlich nicht. Den Polizeidirektor zu Tode erschrecken! Wo käme sie da hin!
Sie steht auf, fischt die zerknüllten Blätter aus dem Papierkorb und stopft sie in ihre Handtasche, eine Vorsichtsmassnahme, die ihr Halter, dem sie jetzt beinahe eine trockene Träne nachweint (angesichts seines Nachfolgers), beigebracht hat. Vorsicht kostet nichts, war einer seiner zahlreichen Feld-Wald-und-Wiesen-Sprüche.
Die Türen zum Sitzungszimmer öffnen sich plötzlich von innen, und die respektablen, angejahrten Herren, allesamt Ex-Regierungsräte, Ex-Bankdirektoren, Ex-Korpskommandanten oder Ex-Universitätsrektoren, treten ungewohnt steif und schweigend heraus und gehen mit ernsten Mienen gleich zum Lift. Kein Geplauder wie üblich, kein zurückhaltendes Scherzen, kein persönliches Verabschieden, stellt Evelyne Grobet fest. Wie sich die Lifttür hinter der letzten Gruppe geschlossen hat, treten der Vize und der Präsident wie ertappt in den Vorraum. «Frau Grobet, Herr Regierungsrat Feller und ich haben noch einiges auszudividieren. Sie können Pause machen. Darf ich Sie bitten, sich um zwei (Seitenblick zu Feller) wieder hier einzufinden, damit wir gemeinsam ins Inselspital fahren können?» Frau Grobet nickt und greift nach ihrer Handtasche. Feller tritt überraschend an sie

heran: «Frau Grobet, ich glaube, Sie verstehen, dass unsere Unterredung von heute morgen streng vertraulich war?» Frau Grobet nickt und geht zur Garderobe, um ihren Mantel zu holen. Feller folgt ihr dicht auf und hilft ihr in den Mantel, um besagte Vertraulichkeit zu bekräftigen. «Danke, Herr Regierungsrat», sagt folgsam Frau Grobet Evelyne, Arbeitnehmerin, dann geht auch sie zum Lift und drückt auf den Knopf.
Vizedirektor Aebersold bittet indessen den Präsidenten des Verwaltungsrates ins Büro des Verblichenen: «Bitte!» «Aber bitte!» «Bitte! Nach Ihnen!»

ANDI STELLT DEN STUHL an den Kleiderschrank und steigt hinauf, tastet nach hinten und holt betreten diese kleine, schwarze Mappe wieder hervor. Lene und Gagu der Depp schauen ihm interessiert zu. «Da!» sagt Andi und wirft Gagu das Mäppchen zu. Dieser fängt es gelassen auf und betrachtet es von allen Seiten. Lene schüttelt den Kopf: «Tztztztz, Andrea!» Andi steht ziemlich hilflos auf dem Stuhl und schaut zu, wie Gagu den Reissverschluss neugierig öffnet. «Sind nur 'n paar Blätter drin», meint er entschuldigend. Er steigt vom Stuhl herunter und zieht die Achseln hoch: «Wenn wenigstens 'n paar Bündel Banknoten drin gewesen wären, naja, dann...» Zu Lene gewandt: «Was soll ich machen? Jetzt kann ich das nicht mehr zurückbringen.» «Wirf es fort», meint Lene leichthin, «und vergiss es. So wie du uns das erzählt hast, ist der Typ ja völlig mause und fix und fertig, und kein Hahn kräht mehr nach dieser Scheissmappe.» «Und das Geld? Die drei Riesen?» «Das Geld, ach Gott. Die Alte, die hat dir das Geld ja gegeben, oder nicht? Wenn mir jemand einen Dreitausender in die Hand drückt, dann nehme ich ihn, ohne lange zu fackeln. Ist doch logisch! Die Alte hat ja das Geld nicht mehr zurückverlangt. Ein Geschenk, nicht? Du hast es ja nicht geklaut.» «Natürlich nicht.» «Siehst du?»
Andi ist unglaublich erleichtert; er könnte Lene umarmen. Sie hat eben den Durchblick, und sowas ist Gold wert. Sie hat klar dargestellt, wie die Dinge liegen: Das alte Huhn drückt ihm ei-

nen Dreitausender in die Hand, und er steckt den natürlich ein. Er ist ja nicht blöd. Jedermann steckt einen Dreitausender ein, wenn er ihm gereicht wird, logo! «Alles klar, Lene.» Andi strahlt. «Wegen diesem Mäppchen», fährt Lene fort und betrachtet dabei abschätzig, wie Gagu der Depp in den Papieren blättert, «machst du dir gar nicht erst Gedanken. Das lässt du einfach verschwinden, und damit hat es sich. Der Typ in der Badewanne braucht das Mäppchen jedenfalls nicht mehr. Du weisst einfach nichts von einem Mäppchen, verstehst du, und nachweisen kann man dir nichts. Schau, so sieht die Lage doch aus: Die Alte hat die Ambulanz gerufen. Die Ambulanz ist gekommen. Hat die Leiche eingeladen. Und fertig. Die Leiche weiss sowieso nichts davon, und du hast damit gar nichts zu tun. Du bist draussen. Die Sache ist erledigt.» «Lene, das ist eine Wucht, wie du das analysiert hast! Ich habe solchen Schiss bekommen, wie ich mir überlegt habe, in was ich da hineingerutscht bin!»

Andi und Lene gehen in die Küche hinüber, setzen sich an den Tisch und schenken sich einen weiteren Grappa ein. «Salute!» sagt Andi. «Es ist gut, dass wir jetzt alle endlich über unsere Sorgen gesprochen haben, Andrea. Unsere eigene Angelegenheit hast du nämlich auch nicht schlecht durchschaut. Du hast uns echt weitergebracht. Ihr sagt einfach, ihr hättet nicht gewusst, dass Thomas aus der Kiste kommt, und ich behaupte, ich sei gar nicht da gewesen, gestern abend. Das kann ich sogar beweisen. Die Sache ist lupenrein geritzt.» «Null Problemo. Wir warten auf Fipo und Dodo, erklären ihnen den Sachverhalt, und dann ist die Lage einwandfrei. Und ich backe euch eine pizza speciale.» «Gute Idee! Und Gagu...»

Sie dreht sich um. «Gagu!» Gagu der Depp steht immer noch irgendwo in Andis Zimmer herum. «Kommst du?» Man hört ein undeutliches Murmeln.

Lene und Andi wenden sich nach einer kurzen Verwunderung wieder dem Küchentisch zu, auf dem immer noch all die hastigen Notizen liegen. Lene kichert. «Was haben wir uns für Sorgen gemacht, Andrea! Ich habe mir schon ausgerechnet, wie alt ich sein werde, wenn ich wieder aus dem Zuchthaus komme!» Beide lachen los, zuerst leise, dann immer lauter werdend, bis sie

sich schliesslich tränenden Auges zurücklehnen und nach Luft schnappen.
Da kommt Fipo von der Arbeit zurück, mit einer Miene wie Donald Duck kurz vor dem Selbstmord. «Was ist?» fragt er düster. Lene und Andi lachen gleich wieder los. «Sehr lustig», meint Fipo trocken und schleicht an ihnen vorbei in sein Zimmer.
Er muss als erstes die Kleider wechseln, denn er arbeitet in Uniform, muss zur Arbeit in sogenannt korrekter Kleidung erscheinen, und er hasst nichts mehr als Uniformen und korrekte Kleidungen. Ein tragischer Fall von falscher Besetzung. Securitas-Wächter ist jedoch das einzige, das er einigermassen hinkriegt, um seinen äusserst bescheidenen, aber leider unumgänglichen Lebensunterhalt zu verdienen. Wenn er aus dem Zimmer kommt, wird er wieder diese luftigen, farbigen Baumwollgewänder tragen, dazu die indischen Sandalen und irgendwelche Kettchen und allerhand exotischen Klimbim. Er macht stundenlang Yoga und Meditation in seinem Zimmer, schläft auf einem Futon, spielt Sitar und isst kein Fleisch; so gesehen ist von Indien etwas an ihm hängengeblieben.
Gagu der Depp kommt wie in Zeitlupe in die Küche, starren Blickes, das verdammte Mäppchen unter den Arm geklemmt, die Papiere weit vor sich hingestreckt, weiss wie ein Leintuch. Er fragt, mit einer Stimme wie aus dem tiefsten Keller: «Andi?» «Hm?» «Schau mal her!» «Hm?» «Das da!» «Hm?» Er fährt langsam fort, jedes Wort betonend: «Jetzt sagst du mir noch einmal ganz genau, woher du diese Mappe hast. Du fängst ganz von vorne an. Du lässt nichts aus. Nicht das geringste Detail.» Andi schaut ihn überrascht an. Gagu spinnt, denkt er als erstes. «Aber ich habe dir doch schon alles erzählt?» «Nein, Andi. Jetzt fangen wir erst an.»

«ICH VERSTEHE IMMER NUR BAHNHOF.» Dodo schüttelt ungehalten den Kopf. Sie ist gedanklich immer noch bei der nächtlichen Überfallaktion; sowas hat sie noch nie gesehen und schon gar nicht selber erlebt. Ihre breite Gestalt füllt die eine

Tischseite völlig aus, wenn sie beide Fäuste aufstützt. Gagu legt ihr seine schmale Hand auf den muskulösen Unterarm: «Jetzt hör mal genau zu:» Doch Dodo unterbricht ihn empört: «Und diese Verhaftung? Ist das jetzt plötzlich kein Thema mehr? Ich bin noch nie verhaftet worden! Mich verhaftet man nicht ungestraft!» Dodo sitzt offensichtlich wieder einmal auf einem anderen Dampfer. «Jetzt hör mir doch mal genau zu», wiederholt Gagu der Depp geduldig. Weiter kommt er nicht, denn Dodo lässt nicht so schnell locker: «Ich weiss gar nicht, was ihr alle auf einmal habt! Da werden wir mitten in der Nacht überfallen, und ihr sagt: Jetzt lass das mal beiseite!»
Lene seufzt und schaut Andi an. Fipo blickt an die Decke. Gagu, mit bereits leichter Verzweiflung in der Stimme: «Ich weiss, Dodo, wir vermischen da zwei verschiedene Dinge.» «Seht ihr? Warum vermischt ihr ständig die Dinge? Was geht mich das an, was Andi gemacht oder nicht gemacht haben soll? Ich komme heute SEIT JAHREN das erste Mal zu spät zum Dienst, bin völlig durcheinander und sage der perplexen Oberschwester, tut mir leid, ich bin ÜBERFALLEN und ins GEFÄNGNIS geschleppt worden, mit HANDSCHELLEN! Wisst ihr, wie die geschaut hat? Der hat die KINNLADE runtergehangen! Und ich dumme Kuh versuche des langen und breiten zu erklären, was geschehen ist. Deshalb möchte ich jetzt GOTTVERDAMMINOCHEINMAL gerne wissen, was letzte Nacht eigentlich los war! Ist denn das ZUVIEL VERLANGT? Der Idiot dort auf dem Polizeiposten hat mir laufend mit GEFÄNGNIS gedroht, wegen etwas, wovon ich gar keine Ahnung habe!» «Ohgottohgottohgottohgott!» stöhnt Gagu der Depp und rauft sich die Haare.
Lene giesst vorsichtig die Gläser nach, in der Hoffnung, es werde gesoffen, damit alles einfacher wird. Ein frommer Wunsch, denn Dodo ist jetzt zur totalen Form aufgelaufen: «ICH möchte jetzt nämlich einmal gründlich wissen, was ihr alle eigentlich habt! Ich weiss ja nicht, was alles ihr unter euch besprochen habt, mir sagt ja nie jemand etwas, und (zu Gagu) du sowieso nicht, ich werde da nämlich immer fein säuberlich ausgelassen, in dieser flotten Wohngemeinschaft! Glaubt ja nicht, ich merke nicht, wie ihr ständig gegen mich intrigiert, das merke ich nämlich

noch, so blöd bin ich nämlich gar nicht, und wenn ihr meint, ich lasse mich von euch verarschen, DANN HABT IHR EUCH GETÄUSCHT!»
Sie steht mit einem Ruck auf, der Stuhl fällt polternd um, und mit vollen Segeln verschwindet sie in ihrem Zimmer, in IHREM Zimmer, wohlgemerkt. Die vier am Tisch wagen fürs erste nicht mehr, sich anzublicken. Mit Gabeln und Messern stochern sie zermürbt in ihren Pizzen herum, verschieben Anchovis und Oliven und bauen Strassen wie im tropischen Regenwald.
Andi weiss auch nicht, was Gagu eigentlich will. Er hat ihm, während diese herrlichen Pizzen im Ofen schmorten, noch einmal ganz genau geschildert, wie er zu dieser beschissenen Mappe gekommen ist. Gagu hat sehr aufmerksam zugehört, hat zuweilen um Präzisierungen gebeten, ohne Andis lebhaften Redefluss zu unterbrechen. Aber mit dem Essen ist nichts. Die Pizzen sind futsch. Andi sagt nichts; ihm ist es jetzt gleich, ob die Leute seine Pizzen essen wollen oder nicht. Gespannt wartet er darauf, dass Gagu endlich mit seiner Heimlichtuerei aufhört.
Gagu ist ganz komisch geworden, hat sogar darauf verzichtet, seinen geplanten Artikel über die Ravelli-Vernissage zu schreiben, und somit auf sichere Fr. 150.–. Das ist ungewöhnlich, denn Gagu ist geizig und hängt an seinem Geld.
Fipo steht verärgert auf. Er will heute wieder einmal an einem seiner Feste herumhängen und hat jetzt keine Zeit für Gagus Ausführungen. «Ist doch bloss alles nur warme Luft!» meint er im Weggehen verächtlich.
Lene räumt seufzend die Teller mit den angeknabberten Pizzen zusammen, nachdem sie Dodos Stuhl wieder hingestellt hat, und Gagu könnte sich sichtlich ohrfeigen. «Wieder einmal tolle Stimmung hier drin», meint Andi lakonisch.
Man hört Dodo in ihrem Zimmer wütend rumoren. Die Zimmertür wird aufgerissen, und der grauenhafte Mantel des Punk kommt herausgeflogen. «Ich will diesen Dreck nicht mehr sehen!» hört man sie kreischen, und die Tür knallt wieder zu.
Gagu hebt den Lumpen mit zwei Fingern auf und hängt ihn in die Garderobe. «Ich möchte ja so gerne mit vernünftigen Menschen zu tun haben», erklärt er seufzend, «da ist nämlich etwas, was ich

unbedingt besprechen muss. Aber ich kann beim besten Willen nicht mit einer Bande von Pavianen diskutieren.» «Setzen wir uns doch wieder hin und trinken wir ein Glas!» schlägt Andi vor, und die drei Übriggebliebenen versuchen es noch einmal miteinander. Andi füllt die Gläser nach; sie stossen wortlos an.

Lene fragt sorgenvoll: «Also, Gagu, was ist?» «Diese Papiere ...wo habe ich sie jetzt hingetan? Dort, unter den Tellern liegen sie! Reich sie mal herüber!» Andi steht auf und holt die Blätter hervor. Gagu wischt ein paar Pizza-Krümel weg, streicht die Papiere glatt und legt sie wie ein Nachrichtensprecher vor sich hin. Dann schaut er von Lene zu Andi, von Andi zu Lene. «Mach's nicht spannend!» murrt Andi. Gagu holt tief Luft: «Wenn ich die Dinge richtig verstehe, dann sind diese Blätter reines Dynamit.» Andi starrt ungläubig auf die Papiere. «Diese Blätter?» «Diese Blätter. Ich kriege zwar noch nicht alles richtig zusammen, aber ich vermute, dass man mit diesen Blättern Berge versetzen kann.» «Du spinnst!» lacht Lene.

Gagu der Depp bleibt ernst. Es ist ihm tatsächlich ernst, das merken die andern. So ernst ist es ihm sonst nie. (Er ist der Typ, der immer als erster lacht, wenn er einen Witz macht.) Jetzt schüttelt er langsam sein wirres, graues Haupt: «Was Andi zufällig in die Finger gekriegt hat, kann eine ganze Regierung stürzen.»

Es wird langsam komisch. Andi lehnt sich zurück und schaut Gagu an wie einen, der seit einem grauenhaften Unfall nicht mehr ganz hundert ist. Auch Lene schaut ihn merkwürdig an, mit einer Mischung aus Besorgnis und Unglauben und einem Anflug von Amüsement.

«Ich weiss», sagt Gagu trocken, «dass das komisch klingt. Auch ich komme noch nicht völlig klar damit. Aber hört euch doch mal meine provisorische Version an: Ein Typ ist gestorben. Egal, wo und wie. Unwichtig. Er hinterlässt diese Mappe. Andi kriegt sie zufällig in die Hand gedrückt. Warum auch immer. Egal. Unwichtig. Nun stellt sich die Frage: Was befindet sich in dieser Mappe? Antwort: Computerausdrucke. Briefkopf und Wasserzeichen: Kreditbank des Kanton Bern. KBKB. Alles klar, bis da?» Andi und Lene nicken skeptisch. «Man kann also annehmen, dass dies hier Ausdrucke eines Computers der Kreditbank sind. Richtig?» Gagu schaut seine beiden Zuhörer an, als sässen sie an einer mündlichen Aufnahmeprüfung. «Worauf willst du hinaus?» «Jetzt die Frage: Was steht auf diesen Blättern?» «Eben. Was steht darauf?» «Auf diesen Blättern haben wir Daten, da zum Beispiel, Kontonummern, dann Namen und Adressen, da und da und da, und Beträge, hier, hier, hier. Mal grössere, mal kleinere, mal sehr grosse, wie das im Leben so ist, seht ihr? Und damit diese Beträge nicht mühsam von Hand zusammengezählt werden müssen, steht da jeweils das Zwischentotal, da, seht ihr?, und da, und damit's einfacher geht, gleich noch das Gesamttotal, jeweils unter jeder Gruppe. Hier. Seht ihr? Und das neun Seiten lang.» «Ja, und?» «Ja, was sind denn das für klingende Namen, Titel und Funktionen? So fragt sich der interessierte Staatsbürger.» «Na?» «Hier zum Beispiel: Der Kassier einer grossen Regierungspartei, deren Name ich gar nicht erst in den Mund nehmen möchte, um mich nicht unnötig zu beschmutzen. Oder hier: Der Kassier einer anderen grossen Regierungspartei, deren namentliche Erwähnung bei uns sofort zu unvermeidbaren, heftigen Abwehrreaktionen führt. Und hier: Der Kassier der dritten grossen Regierungspartei dieses hochwohllöblichen, gottgefälligen Kantons, die auf uns wie Kotzgas wirkt. Nicht wahr? Dann haben wir hier viele weitere interessante Namen hochinteressanter Persönlichkeiten aus diversen Regierungen, Parlamenten und Verwaltungen, national, kantonal und kommunal, Wirtschaft und Hochschulen, Medien und Kommissionen, und nicht zuletzt aus der Evangelischen Landessekte. Dazu richtige Leckerbissen, wie Abstimmungskomitees, Wahlveranstalter, Initiativgruppen, Anti-Initiativgruppen, Wählervereinigungen und so weiter, dann Schlägertrupps, Provokateure, Spitzel, Denunzianten und V-Leute aus unseren teuren Polizeikorps, Offizierkorps und ähnlichen Vaterländischen Korps privater und öffentlicher Natur, seien sie nun geheim, oder nicht einmal geheim, oder sehr geheim, oder ganz ungeheim, dann Chefredaktoren und Stellvertretende Chefredaktoren, gewöhnliche Journalisten und ungewöhnliche Journalisten, Medienkritiker und andere Leserbriefschreiber, Kartelle, Lobbies, Anwälte in rauhen Mengen, furchtbare Juristen, Reklame-Büros und gar

ein richtiger Richter. Schön, nicht? Alle schön beisammen, alles Leute, die kraft ihrer hohen Ämter und wichtigen Funktionen für die Öffentlichkeit von grossem Interesse sind, würde man meinen. Ich persönlich bin völlig platt, wer alles von dieser kleinen Bank geschmiert wird. Wie sieht es erst bei den Grossen aus? Da kann man nur noch beten, schätze ich.»
Gagu atmet tief durch und verschränkt die Hände hinter dem Kopf. Er ist ganz erschöpft. Lene nimmt die Blätter ungläubig zu sich und blickt mit grossen Augen auf die unverrückbaren Kolonnen. «Oh, boy!» haucht sie entrückt. Dann fällt ihr plötzlich etwas ein: «Der Überfall!» «Voilà, ma chère», gibt Gagu gelassen zurück. «Ich habe doch geahnt, dass Thomas nicht die wahre Ursache gewesen sein kann!» «C'est ça, ma chère.» Lene schlägt sich an die Stirn: «Sie suchen diese Papiere!» «Exact, ma chère.» «Da können sie lange suchen, möcht' ich wetten!» «N'est-ce pas, ma chère?» «Ich versteh immer nur Bahnhof!» mault Andi.

ERSCHROCKEN UND ENTZÜCKT ZUGLEICH entdeckt Evelyne unter den wenigen Leuten, die sich in ausreichender Distanz zum bereits eingesargten Toten befinden, Eduard Rindlisbacher, ganz in schwarz. Auch er kann seine völlige Überraschung nicht verbergen, wie er sie erblickt; er nickt ihr sogar kurz – sehr kurz und zerstreut – zu und spricht gleich danach der Witwe sein Beileid aus – geflüstert, gehaucht. Die Witwe trägt einen schwarzen Schleier; ihr Gesichtsausdruck ist nicht zu erkennen. Neben ihr stehen gelassen zwei junge, gebräunte, dürre Frauen mit dunklen Sonnenbrillen, die beiden Töchter Halters, ziemlich gleichgültig, wie es Evelyne scheint. Sie blicken gelangweilt zur Decke, und sie würden Kaugummi kauen, wenn sie welchen dabei hätten.
Der ehemalige Direktor der Kreditbank des Kanton Bern trägt einen schlichten, schwarzen Anzug und ein weisses Hemd mit silberner Krawatte, dazu brandneue, nie benutzte schwarze Lackschuhe mit blütenreinen Sohlen (Karton?), und liegt steif & starr im offenen Sarg. Seine Wurstfinger mit den blonden Härchen ru-

hen auf seinem eingefallenen Bauch, nicht gefaltet, sondern übereinandergelegt und sauber maniküriert für den letzten Auftritt. Das ehemals feste Gesicht ist das befremdlichste am Toten: Es sieht aus, als habe ihm jemand ein völlig verpfuschtes Lifting verpasst, denn es wirkt eigentümlich eingedrückt und verschoben; Evelyne erkennt ihren ehemaligen Chef kaum mehr. Wenn sie nicht ganz bestimmt wüsste, dass der Leichnam dort einmal Halter gewesen ist, würde sie nie darauf kommen.
Der Anblick des Toten lässt sie seltsam gleichgültig. Der Tote war jemand, den es jetzt nicht mehr gibt, das ist alles. Der Tote weiss nicht, dass er tot ist; er weiss nicht nur nicht, dass er tot ist, er weiss überhaupt nichts. Und das Nichts nichtet, bekanntlich, oder eben gerade nicht, oder so ähnlich, hat Evelyne irgendwo gelesen, vor langer Zeit. Oder hat ihr das jemand gesagt? Vielleicht dieser Aushilfspfarrer von der Nydeggkirche? Er war vom Tod generell sehr angetan und hatte ihr damals treuherzig erklärt: «Ich bin Pfarrer geworden, weil ich Beerdigungen so gern habe.» Vielleicht hat er sich inzwischen selber umgebracht.
Beerdigungen sagen Evelyne nichts; sie möchte eigentlich Rindlisbacher wiedersehen, und unauffällig macht sie sich an ihn heran, nachdem dieser den beiden Töchtern wortlos die Hand gedrückt hat. Die Leute schweigen alle, und das ist angenehm. Dieser Regierungsrat Kennedy steht da, als habe er heftige Bauchschmerzen, und das macht sich hier ja ganz gut. Aebersold plustert sich extrabreit auf, wie es sich für einen zuk. staatl. gepr. u. anerk. Bankdirektor geziemt. Er hat bereits eifrig ausdividiert. Ausschliessl. zu seinen Gunsten. Die wenigen anderen Leute kennt Evelyne Grobet nicht.
Eine gewisse Verlegenheit breitet sich aus, denn eine Ansprache ist offenbar nicht vorgesehen; man steht herum, ohne sich anzuschauen, wie Krähen auf einem abgeernteten Maisfeld. Hier ist alles äusserst klinisch und funktionell; keine Farbe, kein Schmuck und ein seltsam diffuses Streulicht in diesem kubischen Aufbahrungs- oder Abdankungsraum ohne Fenster, ohne Geruch, ohne Geräusch.
Endlich steht Evelyne in der hintersten Reihe unauffällig dicht

neben Eduard, der sich sehr langsam zu ihrem Ohr beugt: «Herzinfarkt», wispert er. Einige Leute blicken sich kurz um, doch sie können unmöglich verstanden haben, was er ihr zugeflüstert hat. Sie aber frohlockt innerlich, denn ER hat zu ihr gesprochen, hat «Herzinfarkt» gesagt! Balsam für ihre Ohren! ER hat mit ihr Kontakt aufgenommen an diesem ungewöhnlichen Ort, geflüstert hat ER, in ihr eigenes Ohr! Sogleich überkommt sie das dringende Bedürfnis, ihn anzufassen, zu berühren, körperlichen Kontakt aufzunehmen, und unauffällig sucht sie seine Hand, die ihm seitlich und völlig nutzlos herabhängt. Sie kriegt mit den Fingerspitzen seinen kleinen Finger zu fassen und merkt, dass er denselben langsam bewegt. Sie fühlt seine weiche Daumenkuppe im Zeitlupentempo über ihre Handinnenfläche streichen, und unvermittelt sausen Kaskaden von wohligen Schauern durch ihren ganzen Körper. Sie fühlt, wie sich ihre Brustwarzen aufrichten, wie das Blut wuchtig in die empfindlichsten Körperteile schiesst, und es geschieht ihr mühelos das, was andere gewöhnlich nur auf sehr umständliche, unästhetische und unappetitliche Weise erreichen, wenn überhaupt: ein Orgasmus. Dabei steht sie unbeweglichen, wenn auch stark geröteten Gesichts still und lässt sich nichts anmerken, obwohl sie das Gefühl hat, alle Haare stünden ihr zu Berge: Denn dass sich die Hände des Polizeidirektors der Stadt Bern und der Direktionssekretärin der Kreditbank des Kanton Bern unauffällig berühren, merkt ausser den beiden absolut niemand. Sollte jemandem die Berührung doch aufgefallen sein (völlig unwahrscheinlich), sähe diese Berührung wie zufällig aus.
Jetzt kommt träge Bewegung in die Hinterbliebenen, ausgehend von der Witwe Halter, die schweigend den Raum zu verlassen beliebt. Ihre Töchter folgen ihr gleichgültig, auch all die anderen Leute, ausser den beiden ganz hinten stehenden, sich berührenden Paralysierten. Ein Bestattungsgehilfe mit pomadisiertem Scheitel und veritabler Leichenbittermiene schiebt den Sarg, der auf einem flachen Wägelchen liegt, weg, zu einer diskreten Schiebetür hinaus, die sich lautlos geöffnet hat.
Verzückt schauen sich Evelyne und Rindlisbacher – endlich alleine! – an: «Evelyne!» «Eduard!»

Flüstern sie. Mehr liegt hier nicht drin. Rindlisbacher zeigt mit der Kinnspitze langsam zum Ausgang hin, und Evelyne nickt. Niemand kann ermessen, welch gewaltige Erleichterung sie jetzt erfasst; sie glaubt, den Boden unter ihren Füssen nicht mehr zu spüren, wie Rindlisbacher und sie durch diese endlosen, kahlen, unterirdischen Korridore wie auf Rollschuhen einhergleiten, wortlos-sprachlos-glücklich, von Engelsflügeln bewegt.

Sie haben die andern längst aus den Augen verloren und stehen jetzt überrascht vor dem Spital an der unerwartet frischen, herrlichen, hellen Luft dieses klaren Herbsttages (heute durchschnittliche Verschmutzungswerte) und blicken verträumt auf ein Chaos von Parkplätzen, Ein-, Zu- und Ausfahrten, provisorischen und definitiven Zugängen und Fussgängerüber- und Unterführungen, Passerellen, provisorischen und definitiven Baustellen und spontanparkierten Fahrzeugen jeglicher Art in allen möglichen und unmöglichen Stellungen.

«Schön», haucht Rindlisbacher. «Herrlich!» haucht Evelyne.

Sie steigt mit Rindlisbacher in ein ihr völlig fremdes Auto, in einen geräumigen, neu riechenden, schneeweissen Volvo-Kombi-Automat-Intercooler mit vanillefarbenen Ledersitzen. Und sie fahren weg, als hätten sie dies schon tausendmal getan.

Rindlisbacher steuert wortlos den Stadtrand an, und es erscheint Evelyne, als ob all die übrigen Verkehrsteilnehmer respektvoll die ganze Fahrbahn freigemacht hätten. Auf dem grossen Parkplatz des Bremgartenfriedhofes stellt Rindlisbacher das Auto ab. Die beiden steigen aus und begeben sich auf den Friedhof. «Hier ruht Bakunin», raunt Rindlisbacher. Evelyne weiss nicht, wer Bakunin ist. Sie weiss nur, dass sie Eduard neben sich hat, und das genügt ihr vollauf.

Unter einer gewaltigen Trauerweide setzen sich die beiden wie in Trance auf eine feuchte Sandsteinbank. Sie drehen sich zueinander hin, halten sich an beiden Händen und blicken sich tief in die leuchtenden Augen (ca. 45 Min.).

«Evelyne!» «Eduard!» «Ich habe dich vermisst!» «Ich habe dich auch vermisst!» «Ich wollte dir ein Brieflein schreiben, Evelyne, aber der heutige Tag ist völlig verhext. Auf der Direktion ist der Teufel los, und eigentlich sollte ich schon längst wieder dort

sein.» «Ich habe dir auch ein Brieflein schreiben wollen, Eduard, ich habe es heute morgen versucht. Hier! Schau! Hier hast du die Entwürfe!»
Sie öffnet aufgeregt ihre Handtasche und zeigt ihm die zerknüllten Zettel. «Das alles?» fragt er verblüfft. «Das sind die Entwürfe, und der letzte hat mir sogar gefallen. Aber den kann ich dir unmöglich zumuten.» Sie klappt die Tasche erschrocken zu. «Warum nicht?» fragt er. «Weil ich da Sachen geschrieben habe, die man eigentlich nicht mitteilt.» «Zeig her.»
Sie zögert, mustert sein Gesicht, sucht dann eine Weile nach dem Papier mit dem längsten Text, findet es, faltet es vorsichtig auseinander, streicht es auf ihrer Handtasche glatt und reicht es ihm. Rindlisbacher liest aufmerksam; eine gewisse, sich allmählich steigernde Aufregung ist ihm anzumerken. «Ich bin entzückt, Evelyne!» strahlt er schliesslich, leicht errötend. «Darf ich den Brief behalten? Darf deine Fata Morgana dieses Brieflein haben?» Evelyne beugt sich zu ihm hinüber und drückt ihm einen lautlosen Kuss auf die Achselpolsterung. Rindlisbacher schluckt leer. Seine Lippen zittern und zucken. Er ist tatsächlich dem Weinen nahe. «Ich brauche dich, Evelyne! Gerade jetzt, wo ich mich mit dir am liebsten verkriechen möchte! Aber heute geht es unmöglich (Schluck) und morgen (Schluck) wahrscheinlich auch nicht. Aber übermorgen (Schluck) werde ich versuchen, dich zu erreichen, obwohl mich der Gedanke an die lange Wartezeit (Schluck) schier verreisst.» «Ich verstehe, Eduard.» «Du verstehst, Evelyne.» «Wir müssen warten.» «Wir müssen warten können.» «Wir werden warten können.» «Wir werden warten können müssen.»

DAS GESAMTE ARBEITSPROGRAMM ist sistiert. Feller hat einen für einmal sprachlosen Alder angewiesen, alle Termine auf unbestimmte Zeit zu verschieben. «Ich bin bis auf weiteres unerreichbar.» «Aber die Wahlvorbereitungen! Herr Regierungsrat!» hat Alder gejapst, mit deutlicher Panik im Gesicht. «Später, Alder, später!» «Herr Regierungsrat! Ich bin perplex! Der Termin

mit der «Schweizer Illustrierten»! Der ist äusserst wichtig für Sie! Ich habe drei Monate gebraucht, um das hinzukriegen! Habe mit der ganzen Konzernleitung verhandelt! Diese Gelegenheit kommt vor den Wahlen nicht wieder, Herr Regierungsrat! Sie wissen, was das bedeutet!»
Um ein Uhr in der Nacht hat der fatale Anruf Feller erreicht, und seither rennt er dieser Mappe nach: In Halters Büro, in Halters Akten- und Panzerschrank war sie nicht, in Halters Banksafe nicht, bei Halter zu Hause war sie nicht, im Auto nicht, im Spital war sie nicht, in der Autopsie nicht und selbst im fraglichen Ambulanzfahrzeug hat er nachgeschaut: Nichts.
Somit bleibt nur noch das Bordell. Er sieht sich gezwungen, dieses Bordell aufzusuchen. Aber er will das nicht alleine tun, er kann das einfach nicht alleine tun, das kann man nicht von ihm verlangen. Er muss Rindlisbacher vorschieben, den einzig Brauchbaren, der ihm einfällt. Rindlisbacher hat schliesslich ein eminentes Interesse daran, dass die Mappe wieder zum Vorschein kommt, denn er hängt mittendrin, mit fiktiven Beraterverträgen, an denen nicht einmal das Datum stimmt. Sicherheitsberatung, ausgerechnet, geradezu das Dämlichste, was ihnen damals eingefallen ist. Der gottverdammte Rindlisbacher aber bleibt wie vom Erdboden verschluckt. Dabei hat er vor einigen Minuten noch direkt neben ihm gestanden, in diesem grauenhaften Abstellraum, und Feller hat sich fest vorgenommen, ihn nicht aus den Augen zu lassen.
Jetzt steht der Finanzdirektor verloren im weitläufigen Foyer des Inselspitals, zwischen Gummibäumen, Zimmerlinden und überdimensionierten Aschenbechern. Allerhand Leute gehen, humpeln und schleichen an ihm vorbei, mit abenteuerlichen Verbänden kreuz und quer, und einige grüssen ihn ehrfürchtig. Nur Rindlisbacher ist nirgends zu sehen, in diesem Chaos aus Glas und Beton. Feller drückt mit Daumen und Zeigefinger die Nasenwurzel, presst die Augen zu und versucht, die Gedanken beieinander zu halten.
Er kann erst dann wieder ordentlich funktionieren, wenn diese Papiere zum Vorschein gekommen sind. Die grauenhafte Vorstellung, dass jetzt jemand diese läppischen Blätter in den Hän-

den hält und somit sein, Fellers Schicksal, macht ihn ganz krank. Er ist erpressbar geworden, stellt er fest, ohne sich genau im Klaren darüber zu sein, wie dies konkret aussehen würde.

Er wartet. Auf diesen blöden Fernseh-Heini. Eine halbe Stunde schon. In dieser grauenhaften Eingangshalle. Unter all den furchtbaren Leuten. Ohne sich vom Fleck zu rühren. Weiss gar nicht, warum.

Er hat es in seiner Aufregung völlig verpasst, die Witwe und die beiden Gören zu verabschieden, bedauert es in einem gewissen Sinne, denn er muss auf die korrekten Formen im Umgang mit den Leuten bedacht sein. Das ist ihm sogar ein Anliegen.

Immerhin hat er Halters Gattin im Namen der Regierung des Kantons sein Bedauern ausgesprochen, immerhin das hat er geschafft, nachdem er sich durch ihre gleichgültige Sachlichkeit richtiggehend zurückgestossen fühlte, als er ihr um drei Uhr in der Frühe die Todesnachricht überbrachte. (Ist das normal? Würde Lucette auf sein Hinscheiden auch so kühl reagieren?)

Er musste Buchser aus dem Bett klingeln, weil er es nicht angebracht fand, selber auf den Frienisberg zu fahren. (Im übrigen ist er schon lange nicht mehr selber gefahren; sein eigenes Auto steht seit zwei Jahren unberührt in der Garage und lässt sich wahrscheinlich gar nicht mehr starten.)

Von Halters famosem Landhaus und seiner berühmten Wohnlage sah er nicht viel; er konnte aber abschätzen, wieviel Halter hineingesteckt haben muss. Wie er dort aufkreuzte, waren die Frau und die beiden Töchter erstaunlicherweise noch auf den Beinen; sie sassen in der raffiniert gebauten Wohnküche, als er klingelte, und zeigten sich natürlich sehr überrascht, alle drei, als er ihnen die (schlechte?) Nachricht überbrachte. Aber es war ihnen wenig Bestürzung oder gar Trauer anzusehen. Das verwirrte ihn, denn er hatte sich auf der Hinfahrt jede Menge tröstende Worte zurechtgelegt. Die erübrigten sich.

Bei der Witwe erkundigte er sich sehr diskret, doch gründlich, ob Halter die Mappe nach Hause gebracht hatte; das war ja der eigentliche Grund, warum er sich hinfahren liess. Aber Halter war gestern abend nicht mehr zu Hause aufgetaucht; er musste gleich von der Elfenau weg ins Bordell gegangen sein.

Vom Bordell darf nicht gesprochen werden. Selbst der Witwe gegenüber erwähnte er es mit keinem Wort. Er sprach von einer Abendsitzung, und es ist ihm völlig egal, ob, wie und wann die Witwe je die Wahrheit herausfinden wird.
Natürlich kennt der grosse Kreis der Eingeweihten das Schloss Oberwangen und die alte Vettel d'Arche, was sie dorten heimlich aufgezogen und wie sie zu ihrem immensen Reichtum gekommen ist. Doch dieses Thema ist tabu. Selbst unter Männern.
Jetzt gilt es, in der Sache die grösste Diskretion walten zu lassen. Wer weiss, auf welch perfide Weise sich die gerissene Puffmutter verteidigen wird. Sie kann theoretisch locker die halbe Oberschicht erpressen, wenn es denn sein muss.
Bereits um sechs in der Frühe traf sich Feller mit Rindlisbacher, und Rindlisbacher versprach ihm in höchster Aufregung, sich der Sache persönlich anzunehmen: erstens die Mappe wiederzufinden, zweitens die Todesart und die Todesumstände von offizieller Seite angemessen richtigstellen zu lassen.
Sie einigten sich, wie angedeutet, auf einen Herzinfarkt anlässlich einer Abendsitzung bei einem Bankkunden. So wird es in der Pressemitteilung stehen, die Feller veranlasst hat. Alder bereitet das Communiqué und auch die Grabrede vor, die zu halten Feller sich genötigt sieht, und darin wird von «...überraschend mitten aus seiner verantwortungsvollen Arbeit herausgerissen...» die Rede sein.
Hinzu kommt, dass ihm heute morgen Francis Clerc angerufen und mitgeteilt hat, dass Thomas, der sich offenbar bei seiner Schwester verstecken wollte, wieder verhaftet worden ist, und Feller wundert sich, dass ihm Rindlisbacher nichts davon gesagt hat. Rindlisbacher müsste eigentlich über das Tun und Lassen seiner Polizei besser auf dem Laufenden sein, findet Feller. Er ist indessen froh darüber, dass er Thomas sozusagen in Sicherheit weiss, auch wenn er für seinen Sohn eine andersartige Sicherheit gewünscht hätte.
Bleibt die Suche nach den Papieren. Das hat den absoluten Vorrang. Sollten diese Papiere an die Öffentlichkeit gelangen, muss nicht nur er, Feller, unverzüglich den Hut nehmen, sondern praktisch das gesamte politische Establishment dieses Kantons. Die

Veröffentlichung dieses idiotischen Dokuments käme einem blanken Staatsstreich gleich.
Wer auch immer dahinter steckt: Er kann praktisch endlos absahnen. Das muss mit allen Mitteln verhindert werden; man darf doch wegen diesem Trottel Halter nicht die gesamten Geschicke des Kantons aufs Spiel setzen!

DREIMAL soll es dem Menschen vergönnt sein, sich zu verlieben, und dieser Zustand ist der wohl eigentümlichste aller menschlichen Zustände. Man wird hellsichtig – aber auch leichtsinnig; all die Sachzwänge u.ä. sind plötzlich wie weggeblasen. Die Natur setzt hier ganz erstaunliche Mechanismen in Gang, die eigentlich bloss der Arterhaltung dienen sollen, und de facto erreicht der verliebte Mensch das Stadium der vollendeten Unzurechnungsfähigkeit. Medizinisch und juristisch gesehen müssten Verliebte unverzüglich entmündigt, resp. bevormundet werden.
Evelyne Grobet, zum Beispiel, Noch-Direktionssekretärin der KBKB, auf der Rückkehr vom Bremgartenfriedhof (Bakunin!), sitzt in einem der grünen Busse der Städtischen Verkehrsbetriebe und streichelt lächelnd ihre schwarze Handtasche. Die anderen Fahrgäste, in ihrem sauren, unverliebten, alltäglichen, zurechnungsfähigen Normalzustand, schauen angestrengt weg. Beim Bahnhof steigt sie beschwingt aus, verfolgt von vielen bösen, sogar hasserfüllten Blicken, und schlendert gemächlich durch den sandsteinernen Shoppingcenter, der einmal eine mehr oder weniger gewöhnliche Stadt gewesen war.
(Eigentlich müssten oben bei der Heiliggeistkirche diese Schlangen von Einkaufswägelchen stehen, die Drehkreuze und die Überwachungskameras, und unten, beim Zeitglockenturm, auf dem Kornhausplatz zum Beispiel, die lange Kassenreihe mit den Kassenfräuleins, wo all das Eingekaufte bezahlt werden kann. Dass sich das Ganze innerhalb von zwei- bis dreihundertjährigen Gemäuern abspielt, erhöht den Einkaufsreiz, auch wenn es sich bei besagten Gemäuern nur noch um billige, plastifizierte Attrappen handelt.)

Evelyne Grobet, also, schlendert von einem Warenhaus ins andere, von einer Boutique zur anderen, von einem Shop in den nächsten und ist äusserst angetan von all dem üppigen Warenangebot, von all dieser Geschäftigkeit, von all dem Krämergeist, findet die Auslagen interessant und ansprechend, kauft eine Tüte heisse Marroni, lässt sich auf offener Strasse amüsiert über Dianetik, über das Buch Mormon und über die Initiative zur Erhaltung des artreinen Simmentaler Fleckviehs («Nieder mit der künstlichen Besamung!») informieren, setzt sich an die wärmende Herbstsonne, schaut den öffentlichen Schachspielern auf dem Bärenplatz zu, die sich über die Regeln streiten, beobachtet ein kleines, herziges Mädchen mit einem schrillen Horrorheftchen («Der Killer mit der Kettensäge»), ist wunschlos glücklich und hat völlig vergessen, in die KBKB zurückzukehren, wo Aebersold ungeduldig auf sie wartet.

Eine elegante Frau, würde man sagen, die sich die Zeit vertreibt, indem sie durch das Stadtzentrum flaniert – unauffällig, doch ununterbrochen beobachtet von zwei Detektiven, die ihr Rindlisbacher Eduard sicherheitshalber an die Fersen geheftet hat. Vielleicht wird sie sich später in ein Kino setzen («Pretty Woman»), oder in ein angemessenes Café (Du Théâtre), vielleicht wird sie am Abend eine Vorstellung des Stadttheaters besuchen («My fair Lady»), oder ein Konzert des Symphonieorchesters (Gustav Mahler). Alles falsch. Sie schlendert bis zur Kreuzgasse, steigt in den Bus und fährt nach Hause.

«Was ist los?» fragt die Oberstleutnäntin scharf und misstrauisch. «Warum bist du schon zu Hause? Hörst du, was ich dich gefragt habe? Hörst du mir bitte zu, wenn ich mit dir rede?» Evelyne steigt in das obere Stockwerk und zieht sich langsam aus, wirft Mantel, Kleid und Unterwäsche achtlos zu Boden, gleitet ins Badezimmer und betrachtet sich lange im Spiegel über dem Waschbecken. Sie fühlt sich schön und würde sich höchstens fünfundzwanzig Jahre geben, findet ihre Brüste geradezu jungmädchenhaft und wünscht sich unvermittelt eine andere Frisur. Kurz müssten die Haare jetzt sein, so, wie sie die jungen Frauen heute tragen. Ein frecher, kesser Schnitt, vielleicht mit etwas Kontrastfarbe, warum nicht? Sie hebt mit beiden Händen ihre Haare hoch, um zu sehen, wie sie mit kurzen Haaren wirken würde.

«Evelyne!» Die Mutter steht bebend vor der Badezimmertür. «Ich MUSS mit dir sprechen!» Evelyne stellt sich unter die Dusche und lässt das warme Wasser über ihren Körper fliessen. «Ist es ein MANN?» fragt die Mutter schneidend. Evelyne streicht die nassen Haare weg, neigt den Kopf nach hinten und lässt sich das Gesicht berieseln. «Was ist er für ein Mann?» fragt die Oberstleutnäntin scharf. Evelyne trocknet sich gemächlich ab und lächelt sich im Spiegel zu. «Ist er aus gutem Hause?» will die Mutter kategorisch wissen. Evelyne belässt ihre Haare nass, wie sie sind, kämmt sie straff nach hinten, bindet sich einen Handtuch-Turban um, schlüpft in den flauschig-weissen Bademantel (ein Bild wie aus einem der üblichen Werbespots, nicht wahr?) und verlässt das Badezimmer.

Im Schlafzimmer mit der Lättli-Couch aus ihrer Backfischzeit öffnet sie schwungvoll alle Schränke und Schubladen und reisst wahllos die Kleider heraus. Ihre Mutter steht mit offenem Mund daneben. Endlich findet die Tochter ihrer Mutter die bald zwanzigjährigen Jeans, die sie seit mindestens fünfzehn Jahren nicht mehr getragen hat, und den verwaschenen Sweater mit der Aufschrift «CLUB MED», dazu die Tennisschuhe aus der Zeit, da ihr Minder das Tennisspielen als vielversprechende Therapie empfohlen hat. (Minder ist Präsident des Berner Tennis-Clubs.) «Evelyne, du weisst genau, worauf die Männer aus sind!» Eine sportlich wirkende, schöne Frau, so steht sie da und fühlt sich mindestens fünfzehn Jahre jünger. «Hast du was mit ihm gehabt, Evelyne?»

Ein wunderbarer Zustand. Evelyne ist wieder ganz die junge, unternehmungslustige Frau, die sie einmal war; das Körper- und Lebensgefühl stellt sich wie von selbst ein. Sie nimmt den Turban vom Kopf, schüttelt ihre Haare aus und beginnt, hinten rechts, mit Trockenreiben. «Wenn das der lieutenant-colonel wüsste!» droht die Mutter.

Evelyne holt den Haarfön aus der Schublade der Kommode und kehrt ins Badezimmer zurück. Die Mutter dreht sich unvermittelt um, vollzieht eine Kehre an Ort, militärisch gesprochen, und stapft wütend die Treppe hinunter, schliesst sich demonstrativ in ihre Wohnung ein, unablässig ungehalten über eine undankbare Tochter schimpfend, die Schande über das Haus Grobet bringen wird.

Evelyne stellt überrascht fest, dass ihr ihre Mutter, um die sie sich seit bald zwanzig Jahren zu kümmern verpflichtet fühlt, nicht das geringste mehr bedeutet. Sie konstatiert ein ähnliches Empfinden, wie sie es dem Leichnam Halters gegenüber entdeckt hat: Völlige Gleichgültigkeit. Würde ihre Mutter jetzt, sagen wir mal, tot umfallen (was leider nicht angenommen werden kann; böse Leute sind zäh, sagt man), würde ihr eine grosse Last vom Halse fallen. That's all. Sie würde «Mon repos» unverzüglich und bedenkenlos verkaufen (mind. 1,5 Mio wegen der irren Lage in der Schosshalde) und anderswo hinziehen, nach Nizza, nach Parma vielleicht, oder auch nur nach Biel. Bloss weg von dieser bösartigen Stadt, die diktatorisch unterwirft, auf die Gemüter drückt, unerbittlich Anpassung, Angleichung und Einordnung fordert und keinerlei Lockerung duldet. Allzulange hat sie hier gewartet, blockiert und gehemmt, bescheiden und unglücklich.

Sie kehrt in ihr Wohnzimmer zurück und schaltet das Radio ein, sucht einen Lokalsender, den sie sonst nie einstellt (Radio Förderband ; normalerweise hört sie, selten zwar, Klassik non stop auf DRS 2), dreht den atemberaubenden Funky Jazz so laut wie möglich auf, öffnet die Fenster und lässt die frische Herbstluft hereinwehen, während ihre Mutter unten unverzüglich die Polizei anruft, sich wutentbrannt beschwert und gegen ihre Tochter wg. Lärmbelästigung Anzeige erstattet.

FELLER UND RINDLISBACHER sitzen im weissen Volvo-Kombi mit den Vanillesitzen und fahren Richtung Oberwangen. Voll banger, vager Hoffnungen, die auszudrücken sie sich nicht getrauen. Schloss Oberwangen ist ihr letzter Strohhalm. Bereits ist es acht und dunkel.

«Warst du schon mal dort?» fragt Feller, so leichthin wie mög-

lich. «Bist du verrückt?» antwortet Rindlisbacher, und nach einer Weile fügt er hinzu: «Und du?» «Ich bin doch nicht blöd.» «Eben.»
Der grosse Wagen fährt geräuschlos dahin.
«Das ist der Puff der Industriellen, der militärischen Elite, der Chefbeamten und des gesamten diplomatischen Corps, soviel ich weiss. Muss wahnsinnig teuer sein. Die alte d'Arche hat ein Riesenvermögen herausgewirtschaftet, obwohl...Ich habe im Steuerregister nachgeschaut – mir ist fast schwarz geworden vor Augen. Der Betrieb läuft als Mädcheninstitut. Ausgewiesen sind knappe 100'000.- Umsatz pro Jahr. Effektiv läuft dort mindestens das Zwanzigfache. Institut pour jeunes filles.» Beide lachen kräftig und böse. «Läuft einwandfrei seit bald vierzig Jahren, man glaubt es kaum.» «Unglaublich, dass sie sich so lange im Geschäft behaupten kann.» «Wer?» «Die alte d'Arche. Ihr gehört das Schloss bis zum letzten Ziegel. Eine Stiftung. Hat keinen Rappen Schulden, wo man sie eventuell packen könnte. Muss ein raffiniertes Stück sein.» «Die werden wir weichklopfen, dass sie nicht mehr weiss, wie sie heisst. Diese Mappe muss her, selbst auf die Gefahr hin, dass die d'Arche mit Auspacken droht. Es ist besser, all ihre Kunden geraten in Schwierigkeiten, als dass WIR ins Trudeln kommen. Wenn sie damit anfängt, geht auch sie hops.» «Das weiss sie natürlich. Kalkulieren kann sie. Aber ich glaube, es ist besser, wenn wir diplomatisch vorgehen, damit sie ihr Gesicht und ihr Geschäft wahren kann. Wenn wir sie zu sehr erschrecken, wird sie sich sogleich querstellen.» «Kennst du sie?» «Nie gesehen.» «Herrgott, stecken wir im Schlamassel!» «Kann man sagen.»
Rindlisbacher findet das Schloss auf Anhieb, obwohl keinerlei Wegweiser zu ihm hinführen. Sie fahren im Schrittempo zwischen alten, hohen Kastanienbäumen hoch; die Verwandtschaft der Anlage mit Fellers Sitz in der Elfenau ist offensichtlich. Der Spätbarock hat sich in diesem Kanton wie eine Made im Speck gemästet.
Dicht vor der Eingangstreppe halten sie an und steigen aus. Das grosse, alte Gebäude liegt völlig im Dunkeln; nicht ein einziges Licht brennt. (Halters Missgeschick hat sich unter der Kund-

schaft in Windeseile herumgesprochen; es fehlt nur noch das Schild «HEUTE RUHETAG».)
«Dann wollen wir mal!» sagt Rindlisbacher, wie um sich Mut zu machen. Er drückt auf eine grosse, blankpolierte Messingklingel unter dem Messingschild «Institut pour jeunes filles».
Nichts regt sich.
Rindlisbacher versucht es ein zweites Mal. Stille nach dem Klingeln, das man draussen gedämpft vernommen hat.
«Probieren wir's nochmals!»
Er lässt lange klingeln. Die beiden Magistraten warten gebannt auf eine Reaktion. Ausser dem bösen Summen der Autobahn Bern-Freiburg, die das ehemals kleine, stille, verschlafene Bauerndorf mittendurch schneidet, ist nichts zu hören.
Rindlisbacher drückt ungehalten während einer halben Minute auf die Klingel. «Die soll doch der Teufel holen!» schimpft er.
«Nichts zu machen», meint Feller resigniert und begibt sich bereits wieder zum Auto. Er sieht seine Felle mächtig davonschwimmen; die Bestürzung ist ihm deutlich anzusehen.
Da geht plötzlich unter dem Dachvorsprung ein kleines Licht an. Beide Notabeln treten einige Schritte zurück und schauen erleichtert und hoffnungsvoll nach oben. Ein winziges Fensterflügelchen wird geöffnet, und eine scharfe Altweiberstimme bellt preussisch in die Nacht hinaus: «Wer ist da?» Beide Männer fahren unwillkürlich zusammen. «Polizei!» ruft Rindlisbacher, nicht ganz wahrheitsgemäss. «Polizei? Um diese Zeit? Was fällt Ihnen ein!» «Wollen Sie bitte die Türe aufmachen!» ruft Rindlisbacher und bemüht sich plötzlich, Hochdeutsch zu sprechen.
Das Fensterflügelchen wird wieder geschlossen. Feller und Rindlisbacher warten gespannt.
Sie warten mindestens eine Viertelstunde, treten frierend von einem Bein aufs andere. «Herrgott nochmal!» flucht Feller. «Sauerei!» flucht Rindlisbacher.
Endlich öffnet sich die hohe Tür sehr zögerlich und sachte und nur einen winzigen Spalt breit, und eine alte Frau streckt ein unangenehm überraschtes, sauertöpfisches Gesicht heraus. «Was ist?» «Dürfen wir hereinkommen?» Rindlisbacher hält ihr einen

dubiosen Ausweis unter die Nase. Sie beachtet ihn nicht. «Worum geht es?» «Das möchten wir drinnen besprechen.» «Bitte sehr. Madame schläft bereits.»

Rindlisbacher wirft Feller einen vielsagenden Blick zu, dann zwängt er sich einfach an diesem Weib vorbei, das die Türe kaum richtig offenhält. Feller folgt ihm. Das grosse Foyer, das um diese Zeit üblicherweise hell erleuchtet ist, liegt jetzt völlig im Dunkel; einzig eine Kerze flackert in einer alten Laterne stumpf vor sich hin und beleuchtet knapp das Abstelltischchen bei der Garderobe. «Machen Sie bitte Licht!» fordert Feller in ziemlich scharfem Ton. «Bitte!» sagt die Alte gedehnt-eisig, als koste es sie grösste Anstrengung, auf den Wunsch des ungebetenen Besuchers einzugehen. Sie schlurft in dicken, alten Filzpantoffeln träge zu einem Wandschränkchen, wo sich die moderne Schalteranlage verbirgt. Eine einzige, winzige, wirkungslose Wandlampe schaltet sie ein.

«Madame schläft», erklärt sie zum zweiten Mal in gleichgültigem Ton, als hätten die beiden Herren noch nicht begriffen, dass sie unerwünscht sind und schleunigst zu verschwinden haben.

Sie trägt über einem unmöglichen Nachthemd aus dem letzten Jahrhundert, das ihr bis zu den geschwollenen Knöcheln reicht, eine Art gestrickte Decke aus allerlei Wollresten von undefinierbarer Farbe. Ein klassischer Sozialfall, würde der uneingeweihte Beobachter meinen.

«Holen Sie die Madame aus dem Bett! Und zwar sofort!» faucht Feller sie messerscharf an, bevor ihm der entsetzte Rindlisbacher ins Wort fallen kann. Verhandlungsgeschick ist hier und heute oberste Maxime. Feller macht alles falsch. «Es ist für uns von grösster Wichtigkeit, im Falle des gestrigen Falles einige ergänzende Informationen einzuholen, und wir bitten um Entschuldigung, dass dies zu so später Stunde zu geschehen hat. Leider ist es sehr dringend, und wir können unseren Besuch nicht hinausschieben», säuselt Rindlisbacher und versucht gutzumachen, was Feller beinahe verdorben hat. Die alte Hexe mustert ihn eine Weile misstrauisch und scheint zu überlegen. «Will sehen, was sich machen lässt», murmelt sie unverbindlich und fügt hinzu: «Madame wird nicht begeistert sein.»

Sie greift nach der Funzel und steigt entnervend langsam die breite Steintreppe mit dem burgunderroten Teppich hoch. Die beiden Männer schauen ihr gebannt nach, als sei sie eine der knackigen jeunes filles, die um diese Stunde üblicherweise die Treppe zu bevölkern pflegen. (Die jeunes filles sind jetzt allerdings wie vom Erdboden verschluckt; es ist, als hätte es sie nie gegeben.)
Feller setzt sich ungehalten auf einen wackeligen, durchgesessenen Stuhl, und Rindlisbacher geht unruhig auf und ab. Endlich taucht die schlurfende Alte wieder auf. «Madame lässt bitten!» verkündet sie mürrisch von oben herab.
Feller erhebt sich seufzend, und die beiden steigen die ausladende Sandsteintreppe hoch. Sie folgen der Hexe durch einen langen, finsteren Korridor und treten schliesslich in ein hell erleuchtetes Zimmer ein. Mitten in einem sehr breiten Himmelbett mit rosa Himmel sitzt klein und gar nicht munter wirkend Henriette d'Arche, die letzte ihres Geschlechts, unter einer silbernen Steppdecke mit Spitzenbesatz, und lehnt sich an einen Berg aufgeschichteter Kissen hinter ihrem schmalen Rücken. Eine alte, gebrechliche, bettlägerige Dame, ist der erste, sichere Eindruck. Rindlisbacher muss ein unfreiwilliges Lachen unterdrücken, und Feller starrt die Alte verblüfft an. Er hat sich alles mögliche vorgestellt, nur sowas nicht.
Margarethe schliesst hinter ihnen die Tür; die beiden erfahrenen Politiker sind mit der Herrin des Hauses alleine. «Messieurs», lächelt sie schwach, «je vous en prie, prenez des chaises et asseyez-vous!» «Gestatten:», findet Rindlisbacher als erster die Worte wieder, «Rindlisbacher, Polizeidirektor. Darf ich Ihnen Herrn Regierungsrat Dr. Feller vorstellen, Madame, den Finanzdirektor des Kantons und in dieser Funktion Präsident des Verwaltungsrates der Kreditbank.» «Oh! Messieurs! Quel honneur!» heuchelt Henriette d'Arche ohne zu zögern.
Rindlisbacher packt einen schweren Stuhl und trägt ihn nicht ohne Mühe in die Nähe des gewaltiges Bettes. Feller tut nach einigem Zögern ein gleiches. Dieses Kabarett macht ihm schwer zu schaffen, während Rindlisbacher in die ihm zugewiesene Rolle geschlüpft ist. «Madame d'Arche, wir bitten Sie um Verzei-

hung für diesen späten Besuch. (Er spricht erstaunlicherweise immer noch Hochdeutsch.) Aber der gestrige, äusserst bedauerliche Todesfall hat noch eine Frage offengelassen. Eine Frage von grosser Wichtigkeit. Der unerwartet Verstorbene, Herr Direktor Halter von der Kreditbank, der Sie gestern wegen einer geschäftlichen Angelegenheit aufgesucht hat, nicht wahr, hatte eine kleine, schwarze Mappe dabei, etwa so gross, aus schwarzem Leder, ein Mäppchen, nicht wahr. Schwarz. Aus Leder, wie gesagt.» Er zeigt mit beiden Händen die ungefähren Dimensionen (leichtes Zittern). «Ach ja?» fragt Henriette d'Arche beiläufig. «Nun, diese Mappe ist leider noch nicht wieder zum Vorschein gekommen, und wir haben die an Gewissheit grenzende Vermutung, dass sie hier vergessen worden sein könnte.» Feller und Rindlisbacher hängen an ihren vertrockneten Lippen, oder an dem, was davon übriggeblieben ist. «Eine schwarze Mappe?» fragt sie zögernd. «Ja, eine schwarze Ledermappe, ungefähr so lang und so breit.» Sie scheint angestrengt nachzudenken. «Eine schwarze Mappe, sagen Sie?» «Ja, nicht dick, eher schmal, nicht gross, eher klein.» Sämtliche Gespenster halten den Atem an. «Warten Sie. Ich muss überlegen.» Sie blickt angestrengt an den rosa Betthimmel hoch, als müsste von dort die Erleuchtung kommen. «Eine schwarze Mappe, haben Sie gesagt?» «Ja.» Ich schlage sie tot! Ich erwürge sie! Mit diesen meinen Händen! Auf der Stelle!, denkt Feller, und Rindlisbacher, unter höchster Spannung: Nun mach schon, du halbverreckte Puffmutter!, und Henriette: Ich mach euch beide fertig, ihr Nieten!
«Ich glaube...ja...doch...da war eine schwarze Mappe...ja.» Sie blickt die beiden atemlos Harrenden aus heimtückischen Augenschlitzen an. Feller hat den Mund offen vergessen. Rindlisbacher macht Augen wie Untertassen. «Nun? Wo ist sie?» fragt er heiser. «Warten Sie. Die Aufregung, wissen Sie. Sie hat mich wieder bettlägerig gemacht, wie Sie sich selber überzeugen können. Die Beine. Das Herz. Und meine Lymphdrüsen. Und die Migräne, ach Gott, die Migräne! Der ganze Kreislauf. Ist schlecht, verstehen Sie? Aber ich will und darf nicht klagen.» «Die Mappe?» «Habe ich diese Mappe nicht den beiden Sanitätern mitgegeben?» «Nein!» japsen die beiden Männer wie aus

der Pistole geschossen. «Dann muss ich sie wohl dem Taxichauffeur mitgegeben haben.» «Dem Taxichauffeur?» «Welchem Taxichauffeur?» Die Luft knistert. «Dem Taxichauffeur. Wissen Sie, das war nämlich so: Der gute Alfons, ich meine, Herr Direktor Halter, nicht wahr, hatte sich nicht wohlgefühlt, und ich habe ihm geraten, ein Taxi zu rufen. Als das Taxi kam, stieg er zunächst ein. Dann jedoch änderte er seine Meinung. Er ist wieder ausgestiegen und hat mich gebeten, sich im Badezimmer frischmachen zu dürfen.» «Und das Taxi?» fragt Rindlisbacher bebend. «Und die Mappe?» fragt Feller bebend. «Die Mappe muss im Taxi liegengeblieben sein!» strahlt Henriette d'Arche, als habe sie eben die Frohe Botschaft verkündet.

«HEY, FIPO, AUCH WIEDER MAL IM LAND?» ruft Benno Alder aufgekratzt und drängt sich der vollbesetzten Bar entlang mühsam an Fipo in seinem wallenden, indischen Gewand heran. Benno Alder, ganz in seinem engen, schwarzen, geilen, sexy Leder. Eine Wunschpartie par excellence. Er hat studiert, hat eine erstklassige Stelle beim Kanton, ist cool & smart, fährt einen Toyota Supra mit Lederintérieur und hat Geld im Überfluss. Jeder möchte sein Freund sein.
«Ciao Benno. Bin down.» «Ehrlich?» «Ärger.» «Du?» «Krach in der WG.» «Was ist los, honey?» «Sind alle crazy. Total hektisch.» «Kenn ich. Bei mir ist es ge-nau das-selbe!» «Glaub ich nicht.» «Doch. Völlig irre. Alles, was ich in letzter Zeit unternehme, erst-klassige Arbeit, nota bene, wird einfach über den Haufen geworfen.» «Echt?» «Ich mache Ber-ge von Plänen, Schatz, Ber-ge!, und dann heisst es: Vergiss es!»
Fipo sucht verzweifelt nach einem Anschluss, um Benno an sich zu binden, doch dieser hat bereits jemand anderes entdeckt, macht sich an einen süssen, teuren Buben heran und küsst ihn gleich ab. Fipo dreht sich enttäuscht gegen die andere Seite.
Die Bar steht um diese Zeit wie unter elektrischem Strom, denn niemand will alleine nach Hause gehen, alle möchten sich ins Zentrum der Aufmerksamkeit rücken, möchten die begehrlichen

Blicke der anderen auf sich ziehen. So führen sie sich auf, als seien sie völlig übergeschnappt.

Fipo kennt die Szene, kennt die Leute hier. Doch heute ist er nicht richtig drauf; er weiss nicht, woran es liegt. Er nippt sparsam an seiner Bloody Mary und kommt sich wieder einmal lausig vor, wie in einer riesigen, hässlichen Steinwüste, ohne einen Tropfen Wasser. Er, die lange, schiefe, picklige, ungelenke Bohnenstange, ist nicht smart & sexy genug. Für die umworbenen, teuren, schönen, anspruchsvollen Buben ist er zu arm, hat zuwenig zu bieten, und für die älteren Schwulen ist er zu alt und natürlich zu hässlich. Irgendwo liegt er genau zwischendrin, zwischen Stuhl und Bank, ein Typ, mit dem man zwar prima quatschen kann, der jedoch keinesfalls ein Fall für die Pfanne ist. So wird Fipo am Ende der Nacht wie immer zu denen gehören, die alleine nach Hause gehen; desillusioniert wird er sich wieder einmal schweren Herzens damit abfinden müssen. Aber für heute nimmt er sich trotzig vor, die Bar als Letzter zu verlassen, koste es, was es wolle. Er holt verstohlen sein Portemonnaie hervor und zählt seine bescheidene Barschaft zusammen: Wenn er mit den Getränken sparsam umgeht, wird es knapp reichen.

«MALACANTE, ANDREA MARIA, Jahrgang 48, Bäcker-Konditor, italienischer Staatsangehöriger, zweite Generation, Ausweis C, geboren in Bern, aufgewachsen in Bümpliz, neun Jahre Primarschule, Eltern gestorben, keine Geschwister, keine Auslandaufenthalte, konfessionslos, Vermögen null, Einkommen unregelmässig, wohnhaft im Mattenhof, dort in dieser Abbruchhütte, wo früher die Schlosserei Friedli war, genau dort, wo wir gestern deinen Sohn hochgenommen haben, Charly. Tut mir leid.» «Andrea Maria? Eine Frau?» «Männlich. Einer dieser komischen Spaghetti-Namen.» «Vorstrafen?» «Keine.» «Kontakte?» «Keine bekannt.» «Schulden?» «Keine bekannt.» «Wir haben es also mit einem ganz gewöhnlichen Taxifahrer zu tun?» «Ich habe mit Nussbaum von den Quick-Taxis gesprochen. Malacante ist nicht besonders zuverlässig. Viele Reklamationen,

Klagen und so weiter. Will ihn hinauswerfen, sobald es die Personalsituation erlaubt. Malacante ist nicht fest angestellt, hat nur den Status einer Aushilfskraft, und dies seit zehn Jahren. Nussbaum spart sich so elegant Versicherungen und Sozialleistungen, und die Risiken trägt der Chauffeur. Naja. Malacante verdient zwischen zwei- und dreitausend im Monat, sagt Nussbaum.» «Ein kleiner Fisch, also.» «Ich weiss nicht, ob er mit der Mappe etwas anfangen kann. Wahrscheinlich hat er sie weggeworfen. Dachte vielleicht, es sei Bargeld drin.» «Die Frage ist nur, wohin er die Papiere geschmissen hat.» «Tja, das ist die Frage.» «Ist er politisch oder gewerkschaftlich organisiert?» «Anscheinend nicht. Sonst wäre das hier mit Sicherheit vermerkt. Bisher auch keine Post- oder Telefonkontrolle.» «Das ist verdächtig.»

Feller und Rindlisbacher richten sich auf. Sie sitzen eng nebeneinander vor einem blau leuchtenden Bildschirm in der Polizeidirektion und starren auf Andis Fiche. Feller schaut auf die Uhr. Es ist Mitternacht.

«Malacante hat heute frei gehabt. Er muss also zu Hause sein.» «Schnappen wir ihn gleich?» «Wir müssen. Auch wenn es zufällig das zweite Mal innert zwei Tagen ist. Ich hole den Chef der Einsatzleitung, und dann kann es losgehen. In einer Stunde ist es soweit. Tut mir leid wegen deiner Tochter.» «Jetzt weiss ich wenigstens, wo sie sich aufhält.» «Ich werde schauen, dass sie heil rauskommt.» «Danke. Und was mache ich?» «Geh schlafen, Charly. Morgen um acht werde ich dich telefonisch informieren.» «Einverstanden.»

Feller steht auf, drückt über das Pult hinweg Rindlisbacher müde die Hand, nickt und geht. Er hat kein gutes Gefühl und fühlt sich hilflos. Seit bald achtundvierzig Stunden hat er nicht mehr geschlafen; das letzte Mal einige Stunden im Stadttheater. Unglaublich. Er muss unbedingt nach Hause gehen.

Auf dem Waisenhausplatz steigt er in ein Taxi. Er ist froh, dass er die Angelegenheit für einige Stunden Rindlisbacher überlassen kann.

Das Taxi hält neben dem Schild «ACHTUNG! BISSIGER HUND!» Feller bezahlt und steigt langsam aus. Gedankenverloren geht er die dunkle Zufahrt hoch. Die Nacht ist kalt und klar. Die Sterne blinkern trügerisch. Es ist still.

Feller bleibt unwillkürlich stehen und blickt zum dunklen Haus hoch. Genau wie Oberwangen. Dort ein getarntes Luxusbordell, hier der Luxuswohnsitz des Finanzdirektors. Irgendwo ist da eine Verwandtschaft, doch so sehr er auch überlegt und vergleicht, er kommt nicht darauf.

Er schliesst auf und tritt ins leere Haus ein. Was er jetzt braucht, ist ein Whisky, und dann einen langen, tiefen Schlaf. Er schaltet die Lichter ein, geht in die Küche und holt die Flasche aus dem Schrank. Auf dem Tisch liegt, säuberlich gestapelt, die private Post; stehend und am Glase nippend blättert er sie durch. Er greift nach dem «Bund» und faltet ihn auseinander. Auf der Frontseite ein Foto: Ein weiter, leerer Kiesplatz, und er, Feller, völlig verloren in der Mitte des Platzes mit diesem unmöglichen Ruder. Ein Köter hebt sein linkes Bein und schifft daran. Bildtitel, fett: DER GROSSE STEUERMANN. Darunter, halbfett: Hundert Jahre Pontonierfahrverein. Siehe Seite 21. Feller blättert die Seite 21 auf. Ein halbseitiger Artikel. Feller wiederum im Bild: Mit seinem breitesten Kennedy nimmt er das Ruder in Empfang.

Dieses Lachen hat er mittlerweile gründlich verlernt, merkt er bitter und denkt über sich selber in der dritten Person. Er schaut sich das Foto auf der Titelseite noch einmal an und überlegt, ob sich die Presse bereits über ihn lustig macht. Zufall, folgert er, reiner Zufall. Sie kann noch gar nichts wissen. Oder doch? Er legt die Zeitung seufzend beiseite, stellt das Glas ab und steigt müde ins obere Stockwerk. Eine halbe Woche lang möchte er nur noch schlafen. Auf seiner Treppe liegt kein roter Teppich, stellt er mit leichter Verwunderung fest.

Soll er zurücktreten? Einfach ein sauberer Schnitt? Morgen um zehn Uhr Pressekonferenz? Organisatorisch absolut kein Problem. Politisch allerdings ein Desaster.

Er kann nicht einschlafen. Das Ende seiner politischen Laufbahn hat er sich nicht so vorgestellt. Die Idee indessen, einfach auszusteigen, vom fahrenden Zug abzuspringen, interessiert ihn plötzlich. Was würde er tun? Am liebsten würde er sich im Spiegel-

Quartier oben ein kleines Haus oder ein kleines Appartement kaufen. Aber sowas ist kaum zu haben. Er müsste ohnehin von Bern weg. Aber weggehen mag er nicht. Er muss sich stellen. Er muss kämpfen. Er muss das hinkriegen, er muss weiterfahren, mindestens noch für diese Legislatur. Und dann erst ein ganz sauberer, ganz gewöhnlicher Rücktritt in den Verwaltungsrat der BEW. Zwölf Jahre im Dienste des Kantons, das will er schaffen, und dazu vielleicht eine flüchtige Bundesratskandidatur, als Krönung sozusagen. Das ist realistisch. Er ist noch nicht am Ende. Er ist noch voll da. Er will sich jetzt beweisen, dass er noch voll da ist!

Feller wälzt sich im Bett hin und her, schaut immer wieder auf die Uhr. Jetzt ist es zwei. Was macht Rindlisbacher? Hoffentlich macht er keinen Fehler. Jetzt müsste dieser italienische Taxichauffeur geschnappt worden sein. Bringt das überhaupt etwas? Jetzt sollten die Papiere in Sicherheit sein. Sind sie auf der richtigen Fährte? Und Lene? Ist alles ein Zufall? Oder hängt alles miteinander zusammen? Rindlisbacher will dem Italiener mit der Ausweisung drohen; das sollte reichen.

Er hat gesagt: «Lass mich nur machen, Charly! Den mache ich in zehn Sekunden zur Schnecke! In zehn Sekunden habe ich den herumgekriegt! Das kann ich dir schwören! Ich kenne diese Typen gut! Die bestehen nur aus Schiss und Scheisse! Der wird mir die Schuhe küssen wollen, dass er mir die Mappe zurückgeben darf! Ich werde ihm zunächst Straffreiheit versprechen, wenn er mitmacht. (Darauf fallen sie alle herein! Alle!) Die Straffreiheit kann ich nachher natürlich nicht einhalten. Logisch. Wir sind schliesslich ein Rechtsstaat, und kein italienischer Mafiabezirk. Nicht wahr? Der Mann wird so oder so fliegen! Aber das ist nicht mein Problem, das hat er sich selber eingebrockt.»

Feller beneidet Rindlisbacher ein wenig um die Gabe, mit den Leuten so hemmungslos umgehen zu können, denn er, Feller, ist immer auf Distanz bedacht. Öffentliche Auftritte absolviert er zwar mit der nötigen Professionalität, aber gleichzeitig mit grösstem Widerwillen. Er mag diese geplanten Ansammlungen von gewöhnlichem Volk wirklich nicht, diese bewundernden Blicke, diese unschuldigen Gesichter, die zu ihm hochschauen. Er zieht es vor, im Hintergrund zu bleiben, hat lieber mit wenigen, klar einzuordnenden Leuten zu tun; unbekannte Personen sind ihm ein Greuel.

Wäre Lucette bei ihm geblieben, sähen die Dinge vielleicht anders aus. Männer mit intakten Familien sind möglicherweise irgendwie entspannter. Aber Feller kennt keine Männer mit intakten Familien; in seiner Welt gibt es sowas gar nicht. Er begegnet der intakten Familie nur im Programm seiner Partei und in der TV-Werbung. In seiner Welt gibt es weder Ehefrauen, noch Mütter. Die Frauen, die er in der Politik antrifft, im Parlament zum Beispiel, sind irgendwelche Schrecknudeln oder verdrehte Hühner. Zur Auflockerung des Programms, so jedenfalls wird das Phänomen von Regierungspräsident Brunner klassifiziert, in sehr privatem Rahmen natürlich, wenn keine Frauen dabei sind. Feller hat nie mit jemand anderem als mit Lucette geschlafen. Aber das war zum letzten Mal vor bald fünfundzwanzig Jahren, und es war keine Offenbarung. Es ist ihm auch nie im Entferntesten in den Sinn gekommen, es mit einer anderen Frau zu probieren. In seiner Welt gibt es keinen Sex und keine Kinder. Ehepaare mit Kindern sind für ihn Leute von einem fremden Stern. Die spärlichen, privaten Kontakte, die er halbherzig pflegt, weisen weder Ehefrauen, noch Kinder auf. Fehlte gerade noch. Seine persönlichen Bekanntschaften, wenn man das mal so salopp sagen will, bestehen ausschliesslich aus Führungspersönlichkeiten in leitenden Positionen, die kaum je ein Wort über ihre Familie verlieren, falls sie überhaupt in irgendeiner Form besteht. Dafür tauchen am Rande (z.B. auf dem Golfplatz) ab und zu diese sog. Freundinnen auf, schöne, junge Frauen mit hohen Ansprüchen. Eine junge Frau ist so ziemlich das Letzte, was Feller interessiert, denn diese vieldiskutierten Bettgeschichten sind für sein Empfinden absurd, lächerlich und unbedeutend, viel zu zeitraubend, zu aufwendig, zu risikoreich und zu anstrengend. Dieser Art von Spannung kann er absolut nichts abgewinnen, obwohl er die Männer, die auf sowas eingehen, in einem gewissen Sinne verstehen kann, wenn er an seine eigene Ehe denkt.

DER MATTENHOF ist wieder abgeriegelt. Grelle Scheinwerfer, vergitterte Mannschaftswagen quer auf der Fahrbahn, sich wild drehende, blaue Blinklichter, Scharen von vermummten Polizisten mit Waffen aller Art, dazu viele vergnügte Schaulustige auf den Gehsteigen und in den umliegenden Fenstern, und das Megaphon knarrt: «Alles rauskommen! Hände über dem Kopf!»
Andi und Gagu der Depp sehen sich das Schauspiel erschüttert an. Sie sind in sicherer Distanz wie festgefroren stehengeblieben, haben sich gegenseitig festgehalten, und Gagu hat erschrocken geflüstert: «Mich haut's um! Mich haut's um! Mich haut's um!» Sie schauen entsetzt zu, wie Lene und Dodo schimpfend aus dem Haus treten, wie sie sogleich von Polizisten umringt werden, wie Dodo dem Megaphon-Mann laut zeternd eine schmiert, wie die beiden Frauen gefesselt, abgeführt und in einen dieser vergitterten Gefängniswagen gestossen werden, wie der Gefängniswagen davonbraust, wie die Abschrankungen eingesammelt, die Scheinwerfer gelöscht, die Waffen entladen und die Grenadiere eingesammelt werden, wie der ganze üble Spuk verschwindet in der Nacht, und sie hören eine zumindest Andi bekannte Stimme sagen: «Bravo! Weg mit dem Pack! Gut so!»
Darauf ziehen sich Andi und Gagu, dicht beieinander vorsichtig rückwärts schleichend, in einen fremden Hauseingang zurück. «Hast du DAS gesehen?» flüstert Andi entgeistert. Gagu, sehr blass im fahlen Licht, streicht seine wirren Haare nach hinten. «Das ist Krieg, Andi. Lass dir das gesagt sein. Die haben uns den Krieg erklärt.» «Wegen den Papieren?» «Was denn sonst?» Andi ist dem Weinen nahe. «Sollten wir die Papiere nicht lieber...» «Bist du verrückt? Gerade DAS wollen sie ja!» «Was mache ich jetzt?» Gagu starrt wortlos vor sich hin. «Reiner Zufall, dass sie uns nicht erwischt haben», meint er schliesslich. «Sie haben nur Dodo und Lene erwischt. Das heisst, sie haben nichts erwischt. Dodo weiss nichts, und Lene sagt nichts. Und Fipo ist wahrscheinlich noch gar nicht nach Hause gekommen.»
Die beiden setzen sich auf dicke Zeitungsbündel. Morgen ist Altpapiersammlung im Quartier; Hunderte von kleinen Schülern werden mit kleinen Wägelchen aller Art für ein Chaos sorgen. Noch Tage später werden überall alte Zeitungen herumliegen,

auf den Strassen, auf den Gehsteigen, in den Vorgärten, sogar auf den Bäumen und den elektrischen Leitungen.
«Ich glaube, ich bin am Ende», sagt Andi traurig. «Taxifahren ist Essig, und etwas anderes liegt nicht mehr drin.» «Bist du nicht Bäcker, oder sowas?» Andi winkt ab und vergräbt sein Gesicht in den Händen. Gagu schaut ihn schweigend an. In seinem Kopf arbeitet es gewaltig, das ist deutlich zu sehen. Bis jetzt haben sie nämlich – so seine heimliche Einschätzung – Glück gehabt. Andi blickt hoch und schaut aus tränenverschleierten Augen zu, wie Gagu denkt.
Sie sind beide zum Bahnhof gegangen und haben an einem Münzautomaten die Blätter kopiert. Die schwarze Mappe haben sie unterwegs in einen Container mit Restaurantabfällen geworfen. Darauf sind sie in den Altenberg hinuntergebummelt und haben bei Yolanda angeklopft. Während Andi für alle drei Kaffee gekocht und Yolanda in ein ernstes Gespräch über Freundschaft & Beziehung verwickelt hat, suchte Gagu ein Versteck für die Originalpapiere. Es war seine Idee; er fand das irgendwie sicherer.
Gagu späht hinaus. «Wie steht's?» fragt Andi tonlos. «Sie sind immer noch da. Ich sehe welche auf der Terrasse. Die durchsuchen das ganze Haus.»
Andi schaut nach, ob die drei Tausender noch in seiner rechten Brusttasche stecken. Sie sind, zusammen mit dem Kleingeld im Portemonnaie, das einzige, was er besitzt. Das wird ja lustig werden, denkt er.
«Wo hast du die verdammten Blätter überhaupt hingetan?» fragt er Gagu. Dieser zieht seinen Kopf zurück. «Auf den Spülkasten in der Toilette im Treppenhaus.» «Tolles Versteck. Dort suchen sie immer als erstes.» Gagu zuckt die Achseln und setzt sich wieder hin. «Wir müssen jetzt cool bleiben und dürfen keinen Fehler machen. Wir haben die Papiere, und das ist unser Trumpf.» «Was willst du damit machen?» «Lass das nur meine Sorge sein. Du wirst noch Wunder erleben.» «Da bin ich aber gespannt.» «Wart's ab.» «Wo willst du hingehen?» «Ich überlege gerade.» «Sie werden uns früher oder später doch schnappen.» «Ich sage: Wart's ab! Am besten trennen wir uns jetzt. Wir müssen uns verstecken, das ist klar. Du gehst zu dieser, na, wie heisst sie gleich?,

und ich weiss, wo du bist. Capito? Ich werde mich melden.» «Ich habe Schiss.» «Nur keine Aufregung. Ich kenne einige Leute, die haben jetzt auch Schiss. Und wie! Viel mehr als wir! Da kannst du drauf wetten! Also, bleib cool, Andi!»
Gagu steht entschlossen auf, drückt Andi die Hand (was er sonst nie macht), späht hinaus und verschwindet.
Andi ist entsetzt. Er bleibt völlig mutlos sitzen.
Er kann nicht mehr zurück. Alles wegen dieser gottverdammten Mappe. Wenn er wenigstens Lene dabei hätte! Sie würde ihn beruhigen. Was geschieht jetzt mit ihr? Hoffentlich wird sie nicht geschlagen.
Er steht endlich auf und verlässt geduckt den Hauseingang, drückt sich den Hauswänden entlang Richtung Innenstadt. Seine kleine Welt ist zusammengebrochen. Er ist Mitte vierzig und bei null angekommen, ist schlechter dran als die Fixer, die sich um den Kocherpark herumdrücken, ist schlechter dran als die Stricher auf der Kleinen Schanze, ist schlechter dran als die Stricherinnen in der Bundesgasse. Er ist schlechter dran als die Hänger in den Lauben. Er ist am schlechtesten dran. Dabei hat er gar nichts getan. Hat gearbeitet, sein ganzes, mickriges Leben lang, hat eine gute Wohnung aufgetan, auch für andere, hat selber nie etwas beansprucht, nicht einmal ein eigenes Auto. Kein eigenes Auto, keinen eigenen Fernseher, keinen eigenen Kühlschrank, keine eigene Waschmaschine, keine Familie, keine Haustiere, keine Geranien, kein Einfamilienhäuschen im Grünen, keine Ferien, keine Versicherungen, keine Pensionsberechtigung, keine Garantien, kein nichts. Nichts.
Und jetzt fühlt er sich beschissen.
Arme Leute werden immer beschissen, als erste und überall, hat ihm seine Mutter beigebracht, überall auf der Welt werden die armen Leute beschissen, sogar in Amerika. Und danach folgte, mit erhobenem Zeigefinger: WIR SIND ARME LEUTE! Siamo poveri. Das war einfach zu behalten und ist die Grundlage all seiner bescheidenen Wertvorstellungen geblieben.
Sein Denken kommt langsam wieder in Gang. Gagu ist gar nicht so blöd. Er hat am Fotokopierer gesagt: «Weisst du was, Andi? Du machst den Traum meines Lebens zur Wirklichkeit! Von so-

was wie diesen Papieren können Journalisten nur träumen! Jetzt werde ich es ihnen heimzahlen! Das wird wie Pearl Harbour sein! Ich werde sie alle am Boden zerstören! Du wirst sie nicht wiedererkennen!» «Bist du sicher?» hat Andi gefragt. «Da kannst du Gift drauf nehmen!» hat er geantwortet, und hinzugefügt: «In zwei bis drei Tagen platzt eine Atombombe über Bern, und die Stadt wird dann endlich wieder aussehen wie vor ihrer eigenen Gründung. Eichenwald, röhrende Hirsche und wilde Bären! Sowahr ich hier stehe!» Er stand bebend am Fotokopierer in der Bahnhofhalle und strahlte, mit gesträubten Haaren, mächtigen Ingrimm aus, wie ein amerikanischer General, der den Feind in die Steinzeit zurückbomben will. Naja. Was geschieht jetzt mit der Cimbali? Schade um das gute Stück. Sowas kommt nie wieder.
Er gelangt in den Altenberg. Es ist drei Uhr. Yolanda schläft tief. Er will sie nicht noch einmal wecken und setzt sich leise an den Küchentisch. Sie muss um halb sieben an ihre Arbeit gehen. Er verschränkt die Arme auf dem Tisch, legt den Kopf darauf und schläft gleich ein.

AN DEN HAAREN wird Fipo in die Küche geschleift. Er schreit, brüllt sich die Panik aus dem Leib. Der Schock ist ungeheuer.
Kaum hat er die Haustüre geöffnet, ist er im Dunkeln von mehreren Leuten gepackt und zu Boden geworfen worden. Drei Stück haben auf ihm herumgekniet, während ihn ein vierter durchsucht hat. Er fühlt sich, als hätten sie ihm alle Knochen gebrochen.
In der Küche wird er unsanft aufgestellt, und einer dieser kräftigen Gangster haut ihm eine runter. «Schweig endlich, du schwule Sau!» brüllt der Bulle wie von Sinnen.
Fipo kriegt das Schreien einfach nicht mehr weg; es schreit ihm, ob er will oder nicht. Aber er kriegt jetzt so lange harte Faustschläge ins Gesicht, auf die Brust, in den Bauch, in die Seiten, bis er keine Luft mehr kriegt und wieder hinfällt. An den Ohren

zieht man ihn hoch; er fühlt schmerzhafte Tritte in den Hintern und Kniestiche in die Schenkel. «Genug», sagt einer ruhig. Vor Fipo sitzen zwei düster blickende Gangster in dunklen Gestapo-Ledermänteln am Küchentisch, und hinter ihm stehen mindestens drei weitere. Er ist in seiner eigenen Küche gefangen. Die ist allerdings nicht wiederzuerkennen. Die Küchenschränke sind aufgerissen, der Inhalt am Boden verstreut, die Cimbali auseinandergenommen, der Kühlschrank umgeworfen, und er kann erkennen, dass es in den Zimmern ähnlich ausschaut. Das ist der Untergang, denkt Fipo durch die Flut der Schmerzen hindurch, so sieht er also aus.

«Wo kommst du her?» fragt einer der beiden Verbrecher am Tisch. Fipo kriegt den Mund nicht auf, dafür einen kräftigen Tritt ins Gesäss. «Na?» Fipo beginnt aus Ratlosigkeit zu weinen, und die Leute hinter ihm fangen wieder an, auf ihm herumzudreschen. Systematisch. Hart. Böse. «Wo kommst du her?» Fipo holt tief Luft, legt die Zunge konzentriert zurecht, bewegt die Lippen probehalber, sagt dann so deutlich wie möglich: «Das geht dich einen feuchten Dreck an.»

Prügel. Schreie. Schmerzen. Weinen. «Abführen!»

Fipos Arme werden nach hinten gerissen, Handschellen schnappen zu, jemand packt ihn an den Haaren und schleppt ihn aus dem Haus, in ein Polizeiauto, das plötzlich dasteht. Er wird auf den Rücksitz geworfen, zwischen zwei Polizisten eingeklemmt, und das Auto fährt mit hoher Geschwindigkeit weg. Es ist vier Uhr morgens, wie er auf der Uhr am Armaturenbrett ablesen kann.

Diesmal gehen sie bedeutend brutaler vor als das erste Mal, stellt er fest. Er weiss nicht genau, warum sie das tun. Etwas muss sie wütend gemacht haben; vielleicht haben sie noch nicht gefunden, was sie suchen. Cannabis kann es nicht sein; Fipo kann aus Geldmangel schon lange keinen shit mehr kaufen, zudem versetzt das Kraut die Bullen längst nicht mehr in derartige Aufregung.

In der Polizeikaserne sitzen wieder zwei Gangster an einem Tisch, zwei dieser bösartigen Biedermänner, und der eine von ihnen kommt Fipo äusserst bekannt vor. Ist es möglich, dass er ihn

mal im Fernsehen gesehen hat? Oder hat er ihn nicht erst kürzlich gesehen? Gestern? Vorgestern? Fipo überlegt fieberhaft. Aber in seinem augenblicklichen Zustand kriegt er seine Erinnerung nicht mehr zusammen. Immerhin stehen jetzt nicht mehr diese Gestapo-Leute hinter ihm, um ihn zu verprügeln. Das ist ja schon mal ein gewisser Fortschritt.
Ein Stuhl wird hingestellt. Fipo draufgedrückt. «Was haben wir denn da?» fragt ein Gangster fast zärtlich. «Name?» «Fipo.» «Fipo Wie-noch-mehr?» «Einfach Fipo. Sie kennen mich ja, also lassen Sie das Theater.» «Ein Komiker! Ein richtiger Komiker! Wie die andern! Wieder so ein Komiker! Sind alles Komiker, in dieser schönen, grossen Familie, würd ich meinen», sagt der Typ, mit einer gewissen Bitterkeit in der Stimme. «Name?» «Ich protestiere hiermit gegen diese Verhaftung. Ebenfalls protestiere ich gegen die Art dieser Verhaftung.» «Sehr komisch. Was gefällt dir denn nicht?» «Ich bin geschlagen worden.» «Wer hat dich geschlagen?» «Die Leute, die mich verhaftet haben.» «Ach was, Fipo! Dummes Zeug! Das glaube ich dir nicht! Wir schlagen nicht. Wir sind hier nämlich nicht in einer Diktatur.» «Ich bin geschlagen worden.» «Quatsch! Es kann natürlich sein, dass es im Gedränge einer Verhaftung diesen oder jenen Puff absetzt, besonders, wenn sich der zu Verhaftende widersetzt, wie in deinem Fall, nicht wahr, das ist doch völlig normal. Es gibt Leute, die aus sowas gleich ein Theater machen müssen, aus einer Mücke einen Elefanten, wie man sagt.» «Ich bin mit Absicht geschlagen worden. Fest.» «Ach wo! Das gibt es doch gar nicht! Wozu auch? Das bildest du dir nur ein, weil du so aufgeregt bist. Das ist psychologisch, Fipo, das kennen wir!» «Man hat mich an den Haaren gerissen, ins Gesicht geschlagen, in den Arsch getreten, in den Bauch geboxt, Kniestiche versetzt und so weiter.» «Jetzt fängt er schon wieder an! Du willst uns doch damit nicht langweilen, Fipo! Sag uns lieber, wie du heissest!» «Bruno Hagi.» «Siehst du? Es geht ja! Völlig ohne Schläge! Jetzt gefällst du mir schon besser! Du bist also Bruno Hagi, genannt Fipo, das Schwuchtelchen?» «Darauf antworte ich nicht.» «Das solltest du aber, wenn du hier je wieder rauskommen möchtest! Das kann ich dir flüstern!» «Ich lasse mich nicht beleidigen.» «Wer belei-

digt hier wen? Das ist nämlich die Frage! Bereits zum zweiten Mal innert zwei Tagen wirst du hereingenommen. Was denkst du dir dabei? Ist das ein blosser Scheiss-Zufall? Oder etwa nicht? Das hat doch seine Gründe! Und ICH? Was mache ICH hier, Fipo? Ich will ja nur wissen, mit wem ich es zu tun habe! Was ist denn da so beleidigend dabei? Mich persönlich geht das Ganze ja gar nichts an; ich persönlich habe nichts gegen dich! Verstehst du? Mir ist es völlig egal, was du verbrochen hast. Ehrlich, Fipo. Ich will gottverdammich nur wissen, mit wem ich es zu tun habe!» «Mit wem habe ICH es zu tun?» «Na, mit wem wohl, du Schlaumeier? Mit der POLIZEI hast du es zu tun, hahaha! Weisst du, ganz unter uns, Fipo: Wir haben gar nichts gegen dich, ehrlich. Wir haben auch nichts gegen Schwule. Wir sind auf deiner Seite, glaub mir! Wir wollen nur dein Bestes! Wir wollen nämlich nicht, dass du unter schlechte Einflüsse gerätst.» «Jetzt gerade bin ich unter schlechte Einflüsse geraten.»
Die beiden Gangster sehen sich lange an, seufzen, schütteln die Köpfe, schauen sich wieder bedeutungsvoll an, und der eine, den Fipo zu kennen glaubt (Kino? Fernsehen? Varieté?), meint: «DER ist wirklich komisch.» Der andere, vertraulich: «Weisst du, Fipo, eigentlich wollen wir nur ein bisschen mit dir plaudern, verstehst du? Ein bisschen gespräcKeln, wie unter Kollegen. Da ist doch nichts Schlimmes daran? Wir wissen, dass du ein ganz aufgestellter Typ bist, wir wissen, dass du mit der Sache nichts zu tun haben willst. Wissen wir alles! Wenn du allerdings der Meinung bist, du müssest hier grosskotzet auftreten, dann bist du im Irrtum. Das sag ich dir ganz unter uns. Wir haben nämlich Zeit. Viel Zeit! (zum Typ daneben) Nicht wahr?» «Sehr viel Zeit.»
Fipo: «Diese Verhaftung ist unrechtmässig.» «Über Recht und Unrecht, lieber Fipo, wollen wir später nachdenken, gell, weil das nämlich sehr kompliziert ist. Das ist etwas für die Fachleute, für die Profis, verstehst du? Nicht einmal ich selber hab da immer den totalen Durchblick. Deshalb wollen wir uns erst mal an die Tatsachen halten, denn die sind einfach, die Tatsachen, nicht wahr? Es gibt nichts Einfacheres als Tatsachen! Zum Beispiel: Wo bist du gewesen, heute nacht?» «An einem Fest.» «An einem Fest! An einem Fest! Und wo war dieses Fest?» «In der Stadt ir-

gendwo.» «Sehr schön. Nun ist diese Stadt ja nicht so gross, aber doch gross genug, dass es da eine Menge Strassen gibt, und diese Strassen haben Namen, und so wird alles viel übersichtlicher.» «Weiss nicht mehr genau, wo's war.» «Na! Fipo! Denk mal ein bisschen nach!» «Irgendwo in der Altstadt.» «Das ist ja schon fast zu präzise! Ich denke, es war an der Brunngasse, irgendwo da, nicht? In einem Keller, wenn ich mich nicht täusche, wo perverse Schweine wie du zusammenkommen, um ihre saumässigen Sauereien, ihre schwulen Orgien zu feiern, nicht wahr?» «Sie müssen es ja wissen.» «Dann sind wir ja schon ein echtes Stück weitergekommen. Wir haben dich nämlich gesucht, Fipo, ob du's glaubst oder nicht, wir hängen nämlich an dir, obwohl...» Er öffnet ein Dossier und wirft einen Blick hinein. «...obwohl du ja ein ganz bekanntes, ein stadtbekanntes Früchtchen bist. Was lese ich da? Gleichgeschlechtliche Unzucht mit Minderjährigen? Ai-ai-ai-ai! Das sieht aber nicht gut aus. Ein Unzüchtler! Tz-tz-tz-tz! Und ausgerechnet so einer arbeitet bei der Securitas! Ein Kindsverführer! Mannomann! Das sieht aber merkwürdig aus! Wissen sie denn bei der Securitas, dass sie einen Unzüchtler angestellt haben? So wie ich die Leute dort kenne – und ich kenne sie gut, die Leute dort. Gute Leute, anständige Leute, rechte Leute, weisst du – wären die schön überrascht, wenn ich ihnen diese unangenehme Mitteilung machen müsste.»
Der andere Vagant greift sich das Dossier, wie um sich von dieser unglaublichen Tatsache selber überzeugen zu müssen: «Fipo! Fipo! Wie kann man nur! Sowas! Siehst nicht gut aus für dich! Gar nicht gut!» «Nun», fährt der eine wieder fort, «wir sind ja keine Unmenschen. Mit uns kann man reden. Deshalb schlagen wir vor: Du zeigst dich kooperativ, aufgestellt-positiv, nicht?, und wir vergessen das mit der Securitas mal für eine Weile. Was sagst du dazu? Das ist ein faires Angebot!» «Was wollt ihr eigentlich von mir?» «Guter Junge! Jetzt beginnst du, mir zu gefallen! Ich mag nun mal positiv-aufgestellte Typen! Weisst du, wir haben nämlich eine anstrengende Nacht heute, viel Überzeit, weisst du, Überstunden, und wir sind auch Leute, die gerne zu Bett gehen. Lass es uns also kurz machen, und dann wirst du wahrscheinlich gleich heute morgen wieder entlassen, aus-

nahmsweise, kannst an die Arbeit, und niemand merkt etwas. Wir suchen nämlich einen Mann namens...» Er blättert in den Papieren, als suche er einen Namen. «...namens Malacante. So'n Tschingg, weisst du, 'n verdammter Spaghettifresser. Kennst du ja gut. Wohnst ja irgendwie mit ihm zusammen, nicht? Andrea Maria. Komisch. Klingt wie Ave Maria, hahaha! Ist das auch so 'ne Schwuchtel? Na gut, tut nichts zur Sache, klar. DEN Mann möchten wir gerne haben, Fipo, verstehst du, und du weisst sicher, wo er zu finden ist.» «Nein.» «Was heisst nein?» «Ich weiss nicht, wo er ist.» «Jetzt komm mir aber nicht SO vorbei, Fipo! Wir sind freundlich mit dir und so weiter, hoch korrekt und so weiter, wollen dir echt helfen und so weiter, und du...» «Ich weiss wirklich nicht, wo er ist. Ich bin gestern abend etwa um acht weggegangen, da war er noch da. Wie ich zurückgekommen bin, habt ihr mich verhaftet. Wie soll ich also wissen, wo er ist? Ich dachte, ihr habt alle verhaftet, und ich bin der letzte, auf den ihr noch gewartet habt, weil ich so spät nach Hause gekommen bin.» «Tja, Fipo, wir haben tatsächlich einige verhaftet, das stimmt, und das ist jetzt schon eine Weile her, das ist richtig, und alle haben ihre Aussagen gemacht, lückenlos und einwandfrei, und sie werden heute morgen wieder freigelassen, weil sie sich eben kooperativ gezeigt haben. Aber schau mal: Wir brauchen einfach ALLE Aussagen, nicht wahr? Wir können nicht sagen, von dem und dem brauchen wir eine, und von dem und dem brauchen wir keine. Das geht nicht, verstehst du, das wäre ja direkt ungerecht. Und wir wollen doch gerecht sein. So macht jeder schön brav seine Aussage, und die Sache ist geritzt.» «Ihr habt also nicht alle erwischt.» «Doch, doch! Praktisch alle! Nur der eine fehlt uns noch in der Wurmbüchse, dieser Malacante, oder wie er heisst. Hat er dir gestern abend gesagt, wo er hingehen wird?» «Hat er nicht. Interessiert mich auch nicht.» «Hast du bei ihm eine Mappe gesehen, eine dämliche, schwarze Mappe, mit Blättern drin?» «Nö.» «Oder hat er mit dir über so eine Mappe geredet?» «Nö.» «Hast du nicht irgendwie irgendwo eine gewöhnliche, schwarze Mappe zu Gesicht bekommen, weisst du, wie sie ein Lehrer hat, oder ein Bürolist?» «Nö.» Der Mann seufzt tief. «Was machen wir da, Fipo? Wir sind nicht gerade weit gekommen, bis jetzt. Findest du nicht auch? Wir geben uns alle Mühe mit dir, und du...Ich glaube, wir müssen noch einmal von vorne anfangen.»

RINDLISBACHERS ANRUF hat Feller aus einem schweren Traum gerissen: Leute unbestimmter Herkunft verfolgten ihn hartnäckig, um ihn zu töten, und Feller wollte so schnell wie möglich davonrennen, im festen Glauben, seine verfassungsmässigen Rechte würden ihn schützen. Aber er war sich plötzlich nicht mehr so sicher. Wie heisst das gleich? Res publica? Habeas corpus? Le droit civil? Code Napoléon? Seine Beine wurden schwerer und schwerer; wie zwei Bleiklumpen hingen sie an seinem ausserordentlich plump gewordenen Körper. Er wurde geradezu lächerlich unbeweglich, versuchte verzweifelt, sich zu verstecken; mit allem, was in seiner Reichweite lag, deckte er sich zu: Schutt, Schlamm, Kehricht. Die Verfolger kamen unablässig näher. Er konnte ihr Keuchen hören, ihren heissen Atem in seinem Nacken fühlen.
Er richtete sich in seinem zerwühlten Bett verwirrt und verständnislos auf und griff zum Hörer, brauchte eine Weile, um wieder zu Sinnen zu kommen und um zu merken, wer am anderen Ende der Leitung war. Er musste entgeistert drei sehr schlechte Nachrichten zur Kenntnis nehmen: Der Taxifahrer, resp. die Papiere, sind verschwunden, dazu auch ein Untergrund-Journalist namens Blösch, und unter den Festgenommenen, bzw. umständehalber wieder Freigelassenen, befindet sich seine eigene Tochter Helene. Dieser Umstand allein hatte bedauerlicherweise die frühzeitige Freilassung der Leute notwendig gemacht, denn Helene drohte mit Francis Clerc! Mit seinem eigenen Anwalt! Gegen Clerc wollte es selbst Rindlisbacher nicht aufnehmen. Er drückte kurz & knapp sein Bedauern aus und wies darauf hin, dass die Ermittlungen selbstverständlich fortgeführt würden. Im Klartext: Er ist gescheitert. Und: Die Papiere sind in fremden Händen.

Feller sitzt immer noch im Bett, den Hörer in der Hand, entsetzt, keines klaren Gedankens fähig. Verständnislos schaut er die zerwühlten Leintücher an und weiss nur, dass auch dieser Tag für ihn sehr, sehr schlecht begonnen hat.

Es ist kurz nach acht. Seine Glieder und sein Rücken schmerzen, sein Kopf ist eine einzige Konservendose, in welcher eine Handvoll Kiesel überlaut rasseln; es ist, als habe er gestern abend zuviel getrunken.

Ächzend steht er auf und geht ins Badezimmer hinüber. Unter der Dusche kommt er allmählich wieder zu sich.

Heute ist dieser Termin, auf dem Alder so hartnäckig bestanden hat, und Lucette sollte eigentlich schon da sein.

Um acht in der Elfenau, hat Alder gesagt. Jetzt ist es bereits viertel nach acht.

Gemäss Alder hat sich Feller möglichst sportlich-locker zu kleiden, und so greift er widerwillig nach ungewohnten Jeans und einem bunt gestreiften, leichten Pullover, den er noch nie getragen hat, den er überhaupt noch nie zur Kenntnis genommen hat. Er rasiert sich und fönt die Haare sorgfältig, um seinen Kennedylook wieder einigermassen hinzukriegen. Besonders aufmerksam putzt er sich die Zähne, probiert anschliessend vor dem Spiegel sein Markenzeichen-Lachen aus, das ihm nach einigen quälenden Anläufen tatsächlich wieder ansatzweise gelingt.

Ein Portrait in der «Schweizer Illustrierten» (er ist für die frontpage und die headstory vorgesehen) bringe ihm, so hat ihm Alder vorgerechnet, mindestens zehntausend vorwiegend ländliche Stimmen extra; auch das Erscheinungsdatum sei bestens gewählt und das Timing perfekt. Ein publizistischer Hammer, wenn nichts dazwischenkomme.

Feller geht in die Küche und macht sich erst mal einen starken Kaffee, um die Konzentration wieder hinzukriegen. (In seinem Haushalt gibt es nur noch Whisky und Kaffee.)

Dass Rindlisbacher scheitern wird, hat er geahnt, aber nicht zu vermuten gewagt. Der GAU, der schlimmste Fall, ist eingetreten: Die Papiere sind verschwunden, und mit ihnen zwei Leute, die mit Sicherheit Übles im Schilde führen: ein Malacante (klingt nach Anarchist) und ein Blösch (klingt eher nach Kuh), linker,

deshalb arbeitsloser Journalist. Eine wirklich einwandfreie Mischung. Feller weiss jetzt wenigstens, woran er ist.
Die Bombe tickt.
Das sind die denkbar ungünstigsten Voraussetzungen für diesen idiotischen Termin mit den Journalisten. Vor dem Spiegel versucht Reg.rat Feller verzweifelt, eine locker-lässig-entspannte Körperhaltung zu entwickeln (Alders Empfehlung). Bald wird er den öffentlichen Feller darstellen müssen, und in seinem Kopf ist ihm verständlicherweise überhaupt nicht danach. Zu alledem soll er heute auch noch seine Frau seit langem wieder einmal sehen. Er hat keine Ahnung, wie er dies alles in seinem Gemütshaushalt unterbringen soll. Lucette zu treffen, bedeutet in dieser verworrenen Situation geradezu eine zusätzliche Bestrafung. Er ist überarbeitet und übernächtigt; das ist überhaupt kein image! Das IMAGE muss stimmen, Herr Regierungsrat! Herrgott, nochmal! Er schenkt sich einen Whisky ein und schüttet ihn hinunter. Vielleicht wird er sich danach etwas besser fühlen.
Er schaut auf die Uhr: Lucette sollte längst hier sein. Um neun Uhr sind Ringiers Leute angesagt.
Feller ruft Alder an: «Alder, wo steckt meine Frau?» «Himmel, ist sie noch nicht gekommen?» «Nein.» «Vielleicht hat der Zug Verspätung?» «Erkundigen Sie sich, Alder. Rufen Sie mich wieder an.»
Kaum hat Feller aufgehängt, wählt er voll böser Vorahnungen die Nummer in Lausanne. Er weiss genau, dass auch heute nicht sein Tag ist.
Lucette nimmt beim ersten Klingeln ab. «Charles, ich komme nicht. Ich lasse mich durch deinen Sekretär nicht hin- und herbestellen wie ein Möbelstück. Du hättest mich wenigstens selber fragen können.» «Ich hatte keine Zeit, Lucette!» «Siehst du? Nicht einmal dafür hast du Zeit. So nimm denn zur Kenntnis: Ich stehe nicht zu deiner Verfügung. Nicht mehr. Ich komme nicht mehr nach Bern für deine PR-Termine.» «Ich habe geglaubt, ich könne auf dich zählen.» «Da hast du etwas Falsches geglaubt, Charles. Du musst dir etwas Neues einfallen lassen.»
Sie hängt auf, und Fellers mimisches Lifting fällt in sich zusammen. Mit dem happy-family-Motiv auf der Titelseite der

«Schweizer Illustrierten» ist es Essig. Da werden sich die Journalisten eben umstellen müssen, schätzt er. Es ist ihm mittlerweile zwar egal, was herauskommen wird, und die zehntausend vorwiegend ländlichen Wähler können ihn.
Er merkt zu seinem Erstaunen, dass es ihm allmählich wurst ist, wie die Wahlen ausgehen. (Sein direkter Herausforderer ist ein fanatischer Verfechter der natürlichen Befruchtung des weiblichen Fleckviehs.) Zwei unbekannte Typen namens Malacante und Blösch haben ihm jeglichen Schwung genommen; jeder politische Trottel, der gegen ihn kandidiert, kann ihn jetzt schlagen. Seine eigene Familie hat ihn im Stich gelassen. Verraten! Was kann ihm Schlimmeres passieren? Er schüttet einen zweiten Whisky auf den nüchternen Magen. Nicht in offener, politischer, demokratischer Auseinandersetzung wird er geschlagen; von hinten wird ihm ein Dolch in den Rücken gestossen!
Das Telefon klingelt. Alder. «Herr Regierungsrat, der Zug aus Lausanne ist pünktlich eingetroffen! Ist Ihre Frau mittlerweile angekommen?» «Nein. Sie wird gar nicht ankommen. Sie ist zu Hause geblieben.» Alder schweigt. Erschüttert. Es knistert.
Dann findet er die Sprache wieder: «Das ist furchtbar, Herr Regierungsrat! Das Konzept sieht ein Portrait mit Gattin vor, mit Küchenrezepten aus dem Hause Feller und so. Bilder aus dem Kindergarten. Populär eben. Das ist wichtig für das Publikum, naja, wäre wichtig gewesen, muss man jetzt sagen, fürchte ich.» «Die Gattin weigert sich, da ist nichts zu machen. Vergessen Sie das Ganze, Alder; gehen Sie einen Kaffee trinken! Diesen Journalisten wird schon was einfallen.»
Feller hängt auf und kontrolliert gleichgültig seinen Scheitel im Spiegel. Noch ist er Herr seiner selbst! Es wäre ja gelacht, wenn er dieses dämliche Interview nicht mehr schaffen würde!
Er ruft Francis Clerc an: «Charles, old pow, wie geht's?» «Die Lage ist hoffnungslos, aber nicht schlimm, Francis. Ich will mich endlich scheiden lassen.» «So kurz vor den Wahlen?» «Ich nehme nicht an, dass dies noch vor den Wahlen zu schaffen ist, obwohl mir das lieber wäre.» «Ich muss leider davon ausgehen, dass du dir diesen Schritt reiflich überlegt hast, old buddy. Wie lautet die Anklage?» «Vernachlässigung der ehelichen Pflichten,

vermute ich. Zerrüttung, und so weiter. Du wirst dir schon das Richtige einfallen lassen.» «Du willst ihr alles anhängen?» «Selbstverständlich.» «Überleg dir das noch einmal, rate ich dir, Charles. Die Sache ist kompliziert geworden, heute. Eine falsche Bewegung kann dich auf immer ruinieren. Ich empfehle dir ein gutes, altes agreement.» «Ich brauche kein agreement. Ich kann mit Lucette sowieso nicht mehr reden.» «Das agreement kann ich vielleicht für dich treffen, old friend.» «Mach das, Francis. Ich gebe dir den Auftrag, die Sache innert kürzester Frist zu arrangieren. Ich habe damit leider viel zu lange gewartet.» «Das wird dich sehr viel kosten.» «Hol' für mich das Beste heraus.» «Weiss es Lucette bereits?» «Nein.» «Soll ich mit ihr sprechen?» «Tu das, bitte. Eröffne ihr die Lage.» «Ich muss hoffen, old chap, ganz unter uns gesagt, dass du da nichts übereilst.»
Feller hängt auf und atmet tief durch. Darauf schüttet er einen dritten Whisky hinunter. Er steht in der Küche, stützt sich auf den Marmortisch und starrt in den Blumenstrauss, den Frau Jegerlehner gestern während seiner Abwesenheit aufgestellt hat, lauter künstlich wirkende Blumen, die er nicht kennt. Gibt es die Blumen eigentlich noch, deren Namen er seinerzeit in der Schule auswendig lernen musste? Wiesenschaumkraut, Buschwindröschen, Bachnelkenwurz, Salomonssiegel? Mehr fällt ihm nicht ein. Er erinnert sich an seinen Biologielehrer Ambühl, über den sich die Schüler heimlich lustig machten, weil er breite Hosenträger trug. Heute sind breite Hosenträger wieder in Mode; selbst magere Mädchen laufen mit breiten Hosenträgern herum. Um irgendwelche Popstars zu imitieren, nimmt Feller an.

FIPO, MIT BLAUEN FLECKEN im Gesicht und geschwollenem linken Augenlid, steht mit Lene und Dodo mitten in den Trümmern ihrer gemeinsamen Wohnungseinrichtung und wartet mit hängenden Armen auf ein Stichwort, um etwas Erlösendes sagen zu können. Niemand bringt ein Wort hervor. Alle drei stehen betroffen herum und fragen sich heimlich, ob es noch einen Sinn hat, mit Aufräumen zu beginnen. «Ich ziehe aus», sagt

Dodo nach einer Weile gelassen. «Ich gehe ins Schwesternhaus zurück. Lieber inmitten von verkalkten Krankenschwestern langsam verblöden, als weiterhin diesen Terror erdulden.»
Fipo und Lene schauen sich schweigend an. Darauf gibt es nichts zu antworten. Dodos Argumente sind stichhaltig. Sie kehrt einfach dahin zurück, wo sie zwar unglücklich war, doch immerhin ihre Ruhe hatte. Dass Gagu der Depp noch immer nicht aufgetaucht ist, scheint ihr keine Sorge zu bereiten. Das voraussichtliche Verfahren wg. Gewaltanwendung gg. Beamte während einer Amtshandlung und allg. Renitenz (die Ohrfeige, die sie einem Polizisten verpasste) hat ihr wahrscheinlich jegliche Lust auf die Fortsetzung des Beziehungspuffes mit Gagu genommen. Lene nickt, seufzt, sagt nichts.
Fipo stellt drei Stühle, die unversehrt geblieben sind, auf die Beine. Man setzt sich. «Weiss jemand, wo Andi ist?» Kopfschütteln. «Weiss jemand, wo Gagu ist?» Kopfschütteln. «Diese Frage hat man mir heute nacht mindestens hundertmal gestellt. Ich kann sie nicht mehr hören!» seufzt Dodo. «Ich auch nicht», sagt Lene. «Ich hätte es ihnen gerne gesagt, wenn ich es gewusst hätte, nur um diese widerlichen Typen loszuwerden», gesteht Fipo. Die beiden Frauen nicken beklommen. Betretenes Schweigen.
Dodo steht auf, geht in ihr verwüstetes Zimmer hinüber, und man hört, wie zwei Kofferverschlüsse aufschnappen. «Schnapp! Schnapp!» imitiert Lene müde. «Was machst du jetzt?» fragt Fipo. Lene, nach einer Weile: «Und du?»
Die beiden blicken leer vor sich hin und hören zu, wie Dodo ihre Sachen packt. Sie besitzt nicht viel: einen Koffer und zwei Taschen voll Kleider, ein paar medizinische Nachschlagewerke aus ihrer Ausbildungszeit, eine dürre Zimmerlinde und ein abstraktes, schauriges Ölgemälde, das ihr Obermüller, ein Verflossener, mal geschenkt hat.
Bald steht sie mit ihrem gesamten Gepäck in der Küche, und niemand weiss, wie dieser Abschied zu gestalten ist. Also macht niemand einen Wank. Dodo fasst ihr Gepäck fester und sagt entschlossen: «Alsodann!» und steigt über die verstreuten Esswaren dem Ausgang zu.
Im Treppenhaus scheint sie auf jemanden zu treffen. Man hört

eine unbekannte Männerstimme, dann klopft es. «Nur immer herein!» ruft Lene gleichgültig.

Zwei praktisch identische, ältere Herren, in dunklen Anzügen, mit schwarzen Hornbrillen, sorgfältig gekämmtem, silbernem Haar und schwarzen Diplomatenkoffern treten ein, sehen sich kurz verwundert um, schauen sich darauf bedeutungsvoll an und wenden sich endlich den beiden am Küchentisch zu.

«Guten Morgen!» grüsst der eine freundlich, mit äusserst sanfter Stimme, in der Art, wie kleinen Kindern ein Märchenanfang erzählt wird. «Wir sind von Marti, Marti & Marti Treuhand AG. Wir vertreten die Firma INVESTMENT CONSULTING & GENERAL CONSTRUCTIONS, kurz I.C.G.C., und kommen in einer Angelegenheit, die diese Liegenschaft betrifft. Mit wem haben wir die Ehre?» Fipo starrt die Zwillinge wortlos an, und Lene fragt sachlich: «Wo ist der dritte?» «Wie bitte?» «Wo ist der dritte Marti? Ich sehe nur zwei.» Die beiden lassen sich nicht aus der sanften Ruhe bringen: «Sind Sie die Bewohner dieser Liegenschaft?» «Das sehen Sie doch!» Lene zeigt gelassen über die Trümmerlandschaft.

Der zweite Marti öffnet, ohne das überaus freundliche Gesicht zu verziehen, seinen glänzend-schwarzen Diplomatenkoffer mit den goldenen Beschlägen und entnimmt ihm ein makelloses, dünnes, schneeweisses Dossier, das er jetzt so vorsichtig aufblättert, als enthalte es eine Briefbombe. «Wir haben hier die Kopie eines alten Mietvertrages, der seit vier Jahren abgelaufen ist. In der Mietsache ehemalige Schlosserei Friedli besteht also, so stellen wir fest, ein seit längerem vertragsloser, also illegaler Zustand.» «Ihr wollt uns endlich einen fairen Mietvertrag präsentieren?» kichert Lene. «Wie anständig von euch!» «Im Gegenteil. Das vertragslose Mietverhältnis ist als solches, wie gesagt, vertragslos, und infolgedessen gar keines. Deshalb gilt dieses Nicht-Mietverhältnis ab sofort als beendigt. Die Abbruchbewilligung ist heute morgen eingetroffen, und so steht dem Abbruch der Liegenschaft nichts mehr im Wege. Um genau zu sein: Er wird morgen ab null-sieben-null-null vollzogen. Aus diesem Grunde haben die ehemaligen Mieter das Haus bis heute mittag Punkt zwölf-null-null zu räumen. Diese Anweisung ist zwingend und

kann nicht angefochten werden. Jegliche Fristverlängerung ist ausgeschlossen. Wenn das Haus bis um zwölf-null-null nicht geräumt ist, wird die Polizei eine gebührenpflichtige Zwangsräumung vornehmen. Diese eventuale Zwangsräumung ist auf heute vierzehn-null-null angesetzt, damit der Abbruch vorbereitet werden kann.» «Sauber, sauber!» lobt Lene. «Einwandfreie Arbeit! Alle Achtung, meine Herren!»
Die beiden Vertreter von I.C.G.C. nicken mit unbewegten Gesichtern, drehen sich auf den Absätzen um und verlassen die Küche, vorsichtig darauf bedacht, sich die glänzenden Lackschuhe nicht mit dem Kehricht zu beschmutzen, den die Polizei auf ihrer Suche nach den Papieren verstreut hat. Fipo und Lene sind wieder allein. Lene kichert, und das Kichern weitet sich zu einem Lachen aus, zu einem Gelächter, in das Fipo wider Willen einstimmen muss. «Hast du die zwei gesehen?» prustet Lene. «Zwei Marsmenschen!» «Zwei Zombies!» «Ein Geklonter!» Beide lachen wieder los, bis ihnen die Tränen übers Gesicht laufen. «Komm! Wir gehen einen Kaffee trinken!» schlägt Lene schliesslich vor und wischt sich mit dem Handrücken über die Augen. Fipo steht auf und schaut sich um: «Müssen wir das alles wirklich aus dem Haus schaffen?» «Ach wo!» antwortet Lene. «Das überlassen wir der Polizei. Die kennt ja diese Adresse, und schliesslich hat SIE diese Schweinerei angerichtet.» Fipo zuckt die Achseln: «Wer Unordnung macht, muss selber wieder Ordnung machen. Hat mir die Mutter immer gesagt.» «Artikel sechzehn der Hausordnung.»
Wieder lachen sie los. Sie verlassen das Haus unter grossem Gelächter. «Gehen wir zu mir oder zu dir?» fragt Fipo unten auf der Strasse. Sie müssen sich an der schmutzigen Hauswand festhalten, so werden sie vom Lachen geschüttelt.

IM BAHNHOFBUFFET sitzt ganz hinten an einem einsamen Plastiktischchen Gagu der Depp und schreibt auf Teufel komm raus. Er bemerkt die beiden zunächst gar nicht, so sehr ist er in seine Arbeit vertieft. «Hallo!» sagt Lene blechern. Gagu blickt erschrocken auf. «Zeigen Sie mal Ihren Ausweis!» fährt Fipo im selben Ton fort. «Ach, ihr seid's!» brummt Gagu und beugt sich wieder über seinen Schreibblock. «Wie geht's?» fragt Lene. «Es geht.» «Was machst du hier?» «Ich arbeite.» «Hier?» «Ich arbeite gerne im Bahnhofbuffet», erklärt Gagu etwas schroff. «Unser Haus wird morgen abgerissen!» bricht es aus Fipo heraus. «Das habe ich mir gedacht», meint Gagu, so gleichgültig, dass Fipo wieder mal an seinem Verstand zweifeln muss. «Jetzt sind wir alle obdachlos, wie man so schön sagt», bemerkt Lene und setzt sich an den Tisch. Auch Fipo packt nach einigem Zögern einen der billigen Plastiksessel.

«Was versprichst du dir davon?» fragt Lene und zeigt mit der Kinnspitze auf Gagus Block. «Lass mich nur machen!» brummt Gagu ohne aufzublicken. «Er schreibt sicher einen Bestseller!» kichert Fipo, denn er hat gemerkt, dass er nur noch mit Witzen über die Runde kommt. Eigentlich steht ihm das Heulen zuvorderst. «Er will den Nobelpreis», frotzelt Lene. Fipo lacht. «Lacht nur!» meint Gagu sauer.

Er blättert in einer Zeitung, dann wieder in seinen Notizen. Es ist ihm anzusehen, dass ihn die zufällige Gesellschaft von Fipo und Lene stört. «Wem haben wir das eigentlich zu verdanken?» fragt Lene plötzlich. «Was?» fragt Gagu zögernd zurück und legt widerwillig seinen Kugelschreiber hin. «Den ganzen Schlamassel.» «Den haben wir Andi zu verdanken», meint Fipo, «oder nicht? Wegen ihm hat das ganze Theater angefangen!» «Nein», findet Lene nach einigem Zögern, «ich glaube nicht. Ich bin schuld. Ich habe meinen Bruder angeschleppt, und damit hat alles angefangen.» «Nein», gibt Gagu zurück, «dein Bruder hat nichts damit zu tun. Das ist was anderes, was Zufälliges. Das ist unbedeutend. Das Problem sind die Papiere. Die sind schuld.» «Lächerlich!» Fipo macht eine wegwerfende Handbewegung. «Die Scheiss-Papiere sind zum Arschabwischen gut, sonst nichts!»

Gagu faltet den «Bund» auf. Auf der Titelseite ist das dickliche Käsegesicht eines dünnlich lächelnden Mannes zu sehen. Gagu klopft mit dem Zeigefinger nachdrücklich auf dessen Nasenspitze: «DER ist schuld.» Lene dreht die Zeitung schnell zu sich hin, und Fipo schaut ihr neugierig über die Schulter.

«UNERWARTETER TODESFALL. Der Direktor der Kreditbank des Kanton Bern, Dr. Alfons Halter, ist vorgestern unerwartet verschieden. Nachruf siehe Seite 21.»
Lene schlägt aufgeregt den Lokalteil auf.
«EIN MANN MIT WEITBLICK IST NICHT MEHR. Mitten in seiner verantwortungsvollen Arbeit ist Dr. Alfons Halter, Direktor der Kantonalen Kreditbank KBKB an einem Herzversagen verstorben. Der Kanton Bern verliert mit ihm eine einflussreiche und prägende Persönlichkeit. Mit Bestürzung nimmt die Regierung des Kanton Bern von diesem bedauernswerten Hinschied Kenntnis und spricht den Hinterbliebenen ihr tiefempfundenes Beileid aus. Feller, Regierungsrat.»
«He!» merkt Fipo und stösst Lene in die Seite. «Das ist ja dein Alter, der diesen Quatsch geschrieben hat!» Lene faltet die Zeitung zusammen und überlegt. Vor zwei Tagen hat sie Halter bei ihrem Vater in der Elfenau angetroffen. Die beiden kamen ihr wie ertappt vor. Jetzt kommt Lene allmählich drauf. Das kann doch nicht ein Zufall sein? Dieses tête à tête! Wer spielte dort in welcher Rolle welchen Part?
Gagu meint abschätzig: «Alles Konfitüre, was da steht!» Er nimmt die Zeitung wieder zu sich und fährt fort: «Der Halter war längst fällig. Die sind alle froh, dass der abgekratzt ist. Sie brauchen dort jetzt diese feschen Technokraten des Geldmarktes, und keine alten Tanten auf Gefälligkeitsposten.» «Und wir stecken deswegen bis zum Hals in der Scheisse!» ereifert sich Fipo. «Was machen wir jetzt?» «Ich habe eine Idee», sagt Lene langsam. «Eine Höllenidee.»

ALL DIE NAMEN hat Feller gleich wieder vergessen. Die unruhigen Medienleute aus Zürich sind erst um zehn aufgetaucht, haben eine läppische Entschuldigung gemurmelt (Stau auf der Autobahn), und der wuchtige Chef, in einem Anzug von Al Capone, ist noch vor Betreten des Hauses gleich zur Sache gekommen: «Wir brauchen eine Aufnahme gleich hier, auf der lässigen Eingangstreppe zu dieser irren Hütte, das ist wuchtig, das

macht Eindruck, das kommt an. Hat etwas Amerikanisches, finde ich.» Darauf ist er wie ein Derwisch durchs gesamte Intérieur gesaust und hat sich für den Rokoko-Salon entschieden, in seinem Schlepptau eine ganze Meute von Helfershelfern. Acht Leute hat Feller gezählt, und vier grossräumige zürcherisch-amerikanische Kombis, die jetzt kreuz und quer in der Einfahrt stehen, als habe es eine Massenkarambolage gegeben.
Feller sitzt im Foyer, das kurzfristig in etwas Filmstudioähnliches umfunktioniert worden ist, auf einem Sessel, den jemand, ohne ihn zu fragen, aus einem der Zimmer angeschleppt hat. Ein üppig gestyltes Zürcherfräulein, das sich als Maskenbildnerin vorgestellt hat, bereitet Fellers Kopf für die Aufnahmen vor, während draussen zwei Beleuchter die NFD-Lampen installieren. Feller hat sich belustigt erkundigt, was denn «NFD» heisse. «Night for day», ist ihm geantwortet worden, in diesem schnellen Dialekt, der ihn immer wieder schmerzlich daran erinnert, dass Bern nicht der Mittelpunkt der Schweiz ist. Das vorhandene Tageslicht reiche für die Aufnahmen nicht aus, hat man ihm erklärt.
Die Maskenbildnerin pappt braunen Puder in sein Gesicht und fragt freundlich: «Geht's so, Herr Regierungsrat?» «Das müssen SIE beurteilen, meine Liebe!» Sie kichert. Al Capone blickt herein: «Noch fünf Minuten!»
Feller fühlt sich wie zu einer Prämierung zurechtgemacht; es würde ihn nicht wundern, wenn er draussen plötzlich fünf streng blickende Punkterichter antreffen würde, die Täfelchen mit Zahlen hochhalten, sobald er hinaustritt. Die Maskenbildnerin fummelt noch ein wenig in seinem Haar herum und sprayt schliesslich aus einer riesigen Spraydose Lack darüber. Sie hält ihm einen Handspiegel vors Gesicht: «Geht's so, Herr Regierungsrat?» Feller schaut sich mit einem gewissen Interesse an. Er kommt sich komisch vor, findet sich merkwürdig, zu glatt, zu braun, zu glänzend, gar nicht so, wie er sich kennt, und schon gar nicht so, wie er sich fühlt. «Was sagen SIE dazu?» fragt er das kaugummikauende Fräulein mit all den farbigen Klunkern an Armen, Hals, Ohren und Haaren. «Lässig, Herr Regierungsrat, echt lässig!» «Danke.» «Darf ich jetzt Ihre Gattin bitten?» «Die ist nicht da.» Das Fräulein schaut ihn überrascht an. «Aber...»

Feller steht auf und tritt vor seine Haustür. Zwei grosse, auf hohen Stativen stehende Scheinwerfer strahlen ihn mit starkem, weisslichem, eigenartig gedämpftem Licht an. «Gut so! Gut so!» ruft der Häuptling mit einem Messgerät in der Hand, und zwei mit Kameras vollbehängte Fotografen schiessen innerhalb von zwei Minuten mindestens zweihundert Bilder. Feller steht einfach da, erstaunlich entspannt, mit leicht hängenden Schultern, und lässt das Klacken und Schnarren der Apparate gleichgültig über sich ergehen. «Sehr gut! Sehr spontan! Sehr echt! Danke, Herr Regierungsrat! Sie sind ein Naturtalent! Gratuliere! Und jetzt das Ganze mit Gattin!» «Da ist keine», erklärt Feller im Scheinwerferlicht. «WAS?» «Da ist keine Gattin.» «NEIN?» Der Häuptling lässt die Kinnlade fallen. «Aber es ist doch abgemacht, Herr Regierungsrat, dass wir Aufnahmen MIT GATTIN machen!» «Tut mir leid. Meine Frau ist nicht zu Hause.» «Was sollen wir jetzt machen? Wir haben den Auftrag, Sie solo UND mit Gattin abzulichten!» «Tut mir leid.» «Und die Küchenaufnahmen? Die Gartenaufnahmen? Die ganzen Rezepte? Es ist alles vorbereitet, wir haben sogar extra einen Koch mitge...» «Tut mir leid, wie gesagt.» «HERRSCHAFT! IMMER MUSS ETWAS SCHIEFGEHEN!» Al Capone knallt seinen Borsalino in den Kies. «Fassen Sie sich», tröstet Feller, «ich bin ja noch da!» Misstrauisch blickt sich der Häuptling um. «Na gut», mault er schliesslich, sichtlich verärgert, «MEIN Fehler ist es nicht. (zu den Umstehenden) Ihr seid alle Zeugen!»

Die Scheinwerfer erlöschen, und plötzlich scheint das gewöhnliche Tageslicht tatsächlich unheimlich düster zu sein. «Innenaufnahmen! Hopphopphopp!» treibt Al Capone seine Leute an. Ihm fehlt nur noch die MP mit dem Trommelmagazin.

Eilig demontieren die beiden Beleuchter die schweren Lampen und schleppen die heissen Dinger die Eingangsstufen hoch. «Äxgüsi!» sagen sie zu Feller, der ihnen im Wege steht.

Zwei bleiche, jüngere Männer in abgewetzten Bomberjacken und ausgebeulten Manchesterhosen, die etwas Triebtäterhaftes an sich haben und bis dahin noch nicht aufgetreten sind, machen sich an Feller heran, ohne sich näher vorzustellen. Das sind offenbar die Journalisten. «Herr Regierungsrat, wir werden Ihnen

ganz locker einige Fragen stellen, sobald die Aufnahmen im Kasten sind. Ist es Ihnen recht so?» «Machen Sie, was Sie wollen», erklärt Feller, der eingesehen hat, dass die Leute hier nur das abspulen, was man ihnen aufgetragen hat. Sie verrichten ihre Arbeit, machen ihren Job, wie sie sich wahrscheinlich selber ausdrücken würden, und im übrigen scheint es sie nicht im geringsten zu interessieren, wen sie vor sich haben. Auch recht, denkt Feller, den ja der ganze Aufwand auch nicht interessiert.
Er muss sich, angesichts der beiden Scheinwerfer, aufs graue Biedermeier-Sofa setzen, mit einem Buch in der Hand, Rücken zum Park. Die Wahl des Buches bereitet dem Häuptling einiges Kopfzerbrechen. Zunächst hat er wahllos ins Regal gegriffen und Feller einfach ein Taschenbuch in die Hand gedrückt (Dürrenmatt). Das gefällt ihm aber gar nicht, ohne dass er genau weiss, warum. Deshalb schnappt er sich diesmal ein glänzendes, in leuchtend rotes Leder gebundenes, schwergewichtiges Gesetzeswerk, das Feller selber noch nie in der Hand gehabt hat. Das wirkt repräsentativer. «Die Leute achten auf sowas», erklärt Al Capone entschuldigend.
Der Lederband gibt aber auch nicht das richtige Bild ab: «Sieht gestellt aus.» Schliesslich entscheidet er sich für einen aufwendigen Fotoband über bernische Lebkuchen. Die Kameras klakken und schnarren.
Letzte Einstellung: vor dem Kamin.
Feller mit Ellenbogen auf Kaminsims. Blick in die Kamera, Kennedy-Lachen, klassische Perspektive von unten (sog. Schultheissenperspektive). Die Kameramänner gehen in die Knie. Licht stimmt nicht. Scheinwerfer werden umgebaut. Häuptling misst Licht- und Farbwerte. Dann spiegelt sich ein Scheinwerfer im polierten Marmor des Kaminsimses. Spray muss her, das diese Spiegelung schwuppdiwupp zum Verschwinden bringt. Dann bilden sich auf Fellers Stirn unerwünschte Schweisstropfen. Maskenbildnerin macht sich wieder an ihm zu schaffen. Dann kommt störend ein Bild ins Bild, das links neben dem Kamin hängt. (Immerhin ein Cuno Amiet.) Wird entfernt. Doch darunter ist ein heller Fleck. Amiet wieder an die Wand. Scheinwerfer werden umgestellt, Licht und Farbe gemessen, andere Spiege-

lungen versprayt. Feller muss sich anders hinstellen, den anderen Ellenbogen aufstützen. Jetzt glänzt seine Nase. Zürcherfräulein bringt Puder. Darauf schläft ihm der Arm, den er aufgestützt hält, ein.
Feller muss sich bewegen, muss sich lockern.
«Kein Problem, Herr Regierungsrat! Immer easy! Immer locker bleiben!» muntert ihn der Häuptling auf. «Sie sind ein Naturtalent! Also immer cool bleiben, Herr Regierungsrat! So. Brav. Und jetzt lachen. Lachen, bitte!»
Feller kriegt überhaupt kein Lachen mehr hin, auch nicht das geringste Lächeln. Er kann sein berühmtes Markenzeichen nicht mehr bringen! Er dreht den Leuten den Rücken zu, um sich zu konzentrieren, doch so sehr er sich auch anstrengt, er schafft das verdammte Lachen nicht mehr.
«Immer easy! Immer cool!» meint der Häuptling im Caponelook. «Vielleicht hilft Ihnen ein bisschen frische Luft, Herr Regierungsrat?»
Feller öffnet die Glastür zur Terrasse, macht einige unsichere Schritte in den bedeckten Herbsttag hinaus, atmet tief durch, kommt wieder herein, stellt sich an den Sims, die Schuhspitzen genau da, wo der Häuptling die Kreidekreuze gemacht hat, blickt in die beiden gierigen, dunklen Linsen und konzentriert sich auf sein Lachen: Nichts zu machen. Das Lachen bleibt aus.
«Dann machen wir halt auf ernsthaft», resigniert der Häuptling. «Kommt aber beim Volk viel, viel weniger gut an, Herr Regierungsrat!»
Feller schaut auf die beiden Fotografen hinunter, als sähe er zum ersten Mal zwei rosarote Pudel auf einem Dreirad. Kameralärm. «Verbrannt!» ruft der Häuptling, und augenblicklich verlöschen die Scheinwerfer. Feller atmet hörbar auf. Die Leute beginnen unverzüglich mit dem Wegräumen.
«Können wir uns irgendwo in eine ruhige Ecke verziehen?» fragt der eine der beiden Triebtäter mit gezücktem Notizblock und gespitztem Bleistift. Der andere Triebtäter hat plötzlich ein Aufnahmegerät umgehängt. «Ist Ihnen die Küche gut genug?» fragt Feller müde zurück. Der Jounalist mit dem Notizblock nickt. Feller führt die beiden in die Küche, während die übrigen ihren Krem-

pel in grosse Blechkisten zu versorgen beginnen. «Wir haben einige Standardfragen vorbereitet, die wir dann umsetzen werden. Wäre es Ihnen recht, nur auf diese Fragen einzugehen? Sie erleichtern uns damit die Arbeit.» «Wie darf ich das verstehen?» «Wenn Sie zusätzliche Statements abgeben wollen, können Sie das selbstverständlich tun. Allerdings können wir nicht garantieren, dass unprogrammgemässe Statements berücksichtigt werden können. Immerhin haben Sie natürlich ein Einsichtsrecht. Wir werden Ihnen den Text zur Überprüfung zusenden. Okay?» «Wie Sie wollen», antwortet Feller.
Er ist jetzt geradezu gespannt und bietet den beiden Stühle an. Der Triebtäter mit dem Tonband stellt sein Gerät mitten auf den Marmortisch und schaltet es ein. Der andere holt mehrfach gefaltete Papiere aus der Brusttasche.
Feller stockt plötzlich der Atem.
Das Herz steht still.
Alles Blut weicht aus seinem Gesicht.
Halters Papiere!
Gnade Gott, Alder!
Fellers Abgang geradezu teuflisch gut organisiert!
Ein voller Hammer, in den er blindlings hineingelaufen ist!
«Feature Feller», sagt sein als Journalist verkleideter Henker zum Tonband, und zu Feller: «Äxgüsi, Herr Regierungsrat. Das ist der Arbeitstitel. Ist Ihnen nicht gut?» Feller nickt und schüttelt den Kopf gleichzeitig, mit Puls zweihundert, und legt die Hände übereinander auf die Tischkante, um das Zittern zu verbergen. Schliesslich geht es um sein eigenes Todesurteil. Haltung, Herr Regierungsrat! Herr Noch-Regierungsrat!
Sein Henker holt aus: «Mit wem möchten Sie am liebsten auf eine einsame Insel?» «Wie...wie bitte?» «Sie brauchen nicht zu antworten, wenn Ihnen dazu nichts einfällt.» «Was...was hat diese Frage mit mir zu tun?» «Das ist einfach so 'ne Standardfrage, wissen Sie. Diese Frage stellen wir allen Prominenten. Sowas interessiert halt die Leute.» «Ach so?» «Nehmen wir eine andere: Wann möchten Sie sterben?» «Wie...wie bitte?» «Wann möchten Sie sterben?» «Ich möchte nicht sterben.»
Feller sitzt auf glühenden Kohlen. Ein Trick! Ein fauler Trick!

Einer dieser verdammten Tricks, um mich fertig zu machen! Die machen das absichtlich! Die ziehen das extra in die Länge! Die wollen mich flach am Boden sehen, völlig zerstört, die verdammten Kerle, die wollen mich GANZ LANGSAM umbringen!

«Gut, da haben wir schon mal was. Was ist Ihr Lieblingsgericht?» «Verzeihung! Ich verstehe Ihre Frage nicht.» «Was ist Ihr Lieblingsgericht? Das verstehen Sie nicht?» «Ich meine: Was soll das Ganze?» «Wie meinen Sie?» Der andere Journalist: «Soll ich das Tonband laufen lassen, Fredi, oder soll ich es unterbrechen?» «Lass es mal laufen, Koni. Wir können dann nachher einfach überspringen. Was haben Sie gefragt, Herr Regierungsrat?»

Gibt es noch Hoffnung? Einen Funken Hoffnung nur, irgendwo am weiten Horizont? Oder anders gefragt: Gibt es noch Licht am Ende des Tunnels? Das Prinzip Hoffnung! Ist das nicht von Gotthelf? Oder von Albert Schweitzer?

Feller rafft sich zusammen. Vorsichtig. Zögerlich. Behutsam. Ganz behutsam:

«Sehen Sie, junger Mann, die Sache ist die: Sie haben den Finanzdirektor des Kanton Bern vor sich.» «Verstehe. Alles klar. Also, wissen Sie, das gehört dazu.» «Das gehört wozu?» «Na, einfach zum Ganzen! Wir verarbeiten Ihre Antworten in Zürich, mixen sie zusammen, verstehen Sie? Da wird alles drinstehen, was die Leute interessiert, top made, trendy, speedy. Got it?» «Ach so.» «Also dann: Welche Musik hören Sie sich meistens an?» «Ich höre sehr selten Musik. Eigentlich nie.» «NIE?» «Wenn schon, dann eher zufällig.» «Nein, Herr Regierungsrat, bei allem Respekt: So geht das nicht. Eine gute Million Nasen werden Ihre Antworten lesen. Verstehen Sie? Also sagen Sie, zum Beispiel: Appenzeller Ländler. Macht sich ganz gut. Oder: flotte Marschmusik. Das gefällt den Leuten.» «Ich mag beides nicht. Aber gut, ich habe verstanden. Sagen Sie: Operetten.» «Nicht ICH muss das sagen, Herr Regierungsrat, SIE müssen das sagen. Ich persönlich mag klassischen Country Rock.» «Das habe ich ja.» «Was?» «Das habe ich ja gesagt: Opern.» «Vorhin haben Sie Operetten gesagt. Was gilt jetzt?» «Opern.» «Opern.

Gut. Wie Sie wollen, Herr Regierungsrat. Opern sind nicht so beliebt wie Operetten. Das sage ich Ihnen nur, um Ihnen zu helfen.» «Danke.» «Also, bleiben wir bei Operetten?» «Meinetwegen.»

Fellers Puls beruhigt sich allmählich. Wie war das nur mit diesem Giftkelch? Der Kelch muss vorübergehen, irgendwie, oder so ähnlich. Aber was bedeutet das?

«Woran denken Sie vor dem Einschlafen?» «Ist das eine Frage?» «Ja.» «Finden Sie diese Frage nicht ein wenig indiskret?» «'türlich, Herr Regierungsrat! Aber das ist eben moderner Journalismus, verstehen Sie? 'n bisschen Provokation! 'n bisschen Pfeffer, nicht? Die Leute mögen das, besonders die Jungen, das haben die Umfragen deutlich gezeigt. Und man darf dabei ruhig ein wenig witzig sein, Herr Regierungsrat, wenn Sie gestatten. Bei dieser Frage haben Sie, wenn Sie gut reagieren, die Lacher auf Ihrer Seite. Ist Gold wert! Sie können also spielend Punkte machen, verstehen Sie?» «Ach so.» «Also. Woran denken Sie vor dem Einschlafen?» «Dazu fällt mir nichts ein.» «Warum nicht?» «Einfach so. Es fällt mir nichts ein.» «Vor dem Einschlafen fällt Ihnen nichts ein? Dürfen wir das so bringen?» «Meinetwegen.» «Gut. Ganz gut. Das hat noch niemand gesagt. Gar nicht schlecht. Versteckter Witz. Klasse. Weiter: Als was für ein Tier möchten Sie wiedergeboren werden?» «Als was für ein TIER?» «TIER, ja.» «Hören Sie: Haben Sie nicht etwas Interessanteres auf Lager?»

Gewagter Gegenangriff. Kann immer noch schiefgehen. Nur Mut! Realistisch bleiben. Und das Licht am Ende des Tunnels nicht aus den Augen lassen!

«Darum geht es gar nicht, Herr Regierungsrat! Das feature wird Sie an Ihrem privaten Wohnsitz zeigen, und ein Sachverständiger, zum Beispiel ein Professor, wird Ihre Tätigkeit darstellen, dazu kommen Sie als Person, Ihr outfit, Ihre Erscheinung, nicht?, wird alles beschrieben werden, vielleicht sogar eine kleine, aufgestellte, positive Publikumsumfrage dazwischen, wie Sie wirken und so weiter, macht sich immer gut, wird alles beschrieben werden, damit die Leser Sie kennenlernen können, ganz persönlich, nicht?, und da Ihre Gattin ja fehlt, werden wir uns ausnahmsweise voll und ganz auf Sie und Ihre Position konzentrieren müssen, inklusive Bildmaterial aus dem Archiv. Ich hab zum Beispiel ein Bild aus dem Kindergarten gefunden. Da staunen Sie. Das Ganze wird über mehrere Seiten laufen, farbig gestaltet und grafisch top gelayoutet, und die Auskünfte, die Sie uns jetzt geben, werden wir organisch einarbeiten, um den Text aufzulockern, verstehen Sie? Man nennt das text-management. Wir haben das schon hundertmal gemacht. Das ist schliesslich unser Beruf.» «Erstaunlich. Aber hören Sie mal: Könnten Sie auf meine eigenen Beiträge nicht verzichten? Wäre das nicht einfacher für Sie?» «Das schon. Aber bis jetzt hat das immer dazugehört. Die Leute warten darauf. Wir müssen machmal lediglich Dinge, die nicht dazugehören, auslassen, zum Beispiel anzügliche Witze über Sex, Armee & Kirche. Oder Wutausbrüche. Oder persönliche Beleidigungen. Aber das haben wir Ihnen ja gleich zu Beginn gesagt. Meistens sagen uns die Leute viel zu viel.» «Verstehe.» «Wollen wir weiterfahren?» «Hören Sie, junger Mann. Ich schlage Ihnen vor, die passenden Antworten zu Ihren Fragen selber zu suchen. Ich überlasse das Ihnen, denn ich habe, wie Sie sehen, völliges Vertrauen zu Ihnen.» «Das ehrt uns, Herr Regierungsrat, danke. Aber wir haben das noch nie so gemacht.» «Versuchen Sie's! Sie werden's schaffen!»

FELLER WILL SICH soeben mit unsäglicher Erleichterung einen weiteren Whisky einschenken, fragt sich gar, ob er Alder nicht anrufen und endlich das normale Programm wieder aufnehmen sollte, da klingelt es. Haben die Journalisten – es fällt ihm dafür leider keine andere Bezeichnung ein – etwas vergessen? Das Tonband ist weg, und auch kein Papier liegt mehr herum, nicht einmal ein Bleistift; die Spuren der Invasion sind getilgt. Er steht auf und schaut sich im Foyer um. Hat das Klunkerfräulein irgendwelche Gerätschaften, Puderdosen, Kämme, Sprays liegengelassen? Nichts dergleichen. Selbst der Sessel steht wieder an seinem Platz in der Bibliothek.
Er öffnet die Eingangstür. «Guten Morgen, Vater! Schön, dass du

zu Hause bist!» sagt Helene strahlend. Hinter ihr stehen zwei komische, krumme Gesellen und schauen ihn unsicher an. «Helene! Das ist aber eine Überraschung!»
Fellers Freude ist durchaus echt. Er ist tatsächlich überrascht und ehrlich erfreut, zumal ihm in diesem Moment jede Verstellung Schwierigkeiten bereiten würde. Er hat jetzt keine Kraft mehr dazu; sei dieser Umstand nun dem morgendlichen Whiskykonsum, dem sogenannten Interview oder den demoralisierenden, allgemeinen Umständen zuzuschreiben. «Darf ich dir meine Freunde vorstellen? Das ist Fipo, und das ist Gagu. Dürfen wir hereinkommen?» «Selbstverständlich! Kommt nur herein! Was führt euch zu mir?»
Die drei treten ein, und es ist zumindest Fipo anzusehen, dass er beeindruckt ist. So ein Haus hat er noch nie von innen gesehen. Das ist also die Welt der Reichen & Mächtigen, denkt er. Gagu der Depp lässt das Ganze skeptisch geschehen. Er traut der Sache nicht. Lenes Plan ist keineswegs in allen Teilen transparent, obwohl ihn jetzt ihre Selbstsicherheit überrascht.
Lene hängt ihre schwarze Lederjacke in der Garderobe auf, als täte sie dies täglich, hängt ihren Schmuddel direkt neben den regierungsrätlichen Mantel und bittet die beiden Zögernden, es ihr gleich zu tun. Feller forscht das ihm recht fremd gewordene Gesicht seiner Tochter aus und versucht, einen Grund für ihren überraschenden Besuch herauszulesen. «Kaffee?» fragt er. «Gerne», antwortet Lene. «Gehen wir in die Küche!» schlägt Feller vor.
Lene geht gleich voraus. Fipo staunt; so eine Küche hat er noch nie gesehen. «Ätzend!» sagt er und schaut sich um. «Bitte?» fragt Feller, der bereits Kaffee in die Maschine abfüllt. Gagu antwortet an Fipos Stelle: «Er meint: Echt heavy, die Bude, supergeil.» «Ach so», nickt Feller zerstreut. «Ich habe nicht richtig verstanden.»
Er setzt die Kaffeemaschine in Gang, dreht sich dann nach seiner Tochter um, die sich bereits an den Marmortisch gesetzt hat, und schaut sie mit einer überraschenden Spur von Wohlwollen an: «Weisst du, Helene...» Fipo kichert. «Helene! Hab gar nicht gecheckt, dass du He-le-ne heissest!» «Schon wieder was ge-

lernt!» stellt Gagu der Depp fest. Feller setzt wieder an: «In letzter Zeit beschäftigen mich und deine Mutter unerwartete, grosse Schwierigkeiten, Helene. Dadurch bin ich ein bisschen, wie soll ich sagen?, stark gefordert.» «Uns geht es genauso, Vater», antwortet Lene. «Auch wir sind stark gefordert», meint Gagu. «Auch wir haben grosse Probleme», ergänzt Fipo. «Bis zum Hals!» grinst Gagu und zeigt mit der flachen Hand, bis wo. «Bis zum Hals in der Scheisse!» fügt Fipo unnötigerweise hinzu. Und plötzlich erinnert er sich, wo er Feller schon mal gesehen hat: «Jetzt komm ich drauf!»
Alle schauen ihn verwundert an. Fipo zeigt auf Feller: «Im Stadttheater! Vor zwei Tagen! Um fünf Uhr morgens! Sie hab' ich da herausgeholt! Ich war der mit den Schlüsseln!» «Ach! Sie waren der Securitas-Wächter?» «Sehen Sie! Sie erinnern sich!» strahlt Fipo. «Dem anderen Typen, dem Schmock da, der mich bestellt hat, dem bin ich übrigens auch wieder begegnet! Und wie! Das werden Sie nie und nimmer rauskriegen!» «Sie sind also der Mann mit dem Fahrrad und der Taschenlampe?» «Gewesen! Gewesen!» «Tatsächlich! Nun erinnere ich mich!»
Jetzt fühlt sich Feller genötigt, die Episode zu erzählen, obwohl er gemeint hat, die Sache sei erledigt, und er tut damit etwas, was er aus Angst, sich zu blamieren, sonst nie getan hätte. «Also, das war so: Ich habe mir endlich wieder einmal ein Theaterstück ansehen wollen, von einem, na, wie heisst er gleich?, jetzt habe ich es vergessen, so bin ich also hineingegangen und habe mich hingesetzt, etwa um acht. Kaum hatte ich mich gesetzt, schlief ich ein und bin erst etwa um vier Uhr morgens wieder aufgewacht.» Alle lachen, und Feller stimmt erleichtert ein. «Das wundert mich nicht», meint Gagu, «bei diesem Theaterprogramm!» «Offenbar keine Wahnsinnsinszenierung», lacht Lene. Fipo erklärt überflüssigerweise: «Ich war noch nie im Theater.»
Feller füllt kleine, braune Tassen ab, stellt sie eine nach der andern auf den Tisch, zusammen mit den Untertassen, den Löffelchen, dem Rahm und dem Zucker. (Jegerlehner sei Dank.) Er findet diese Situation eigentlich überraschend entspannend, und er kann sich nur noch über seine eigene Gelassenheit wundern. Er muss sich bereits fragen, ob er nicht schon die Kontrolle über

sich und das Geschehen verloren hat, zählt im Geiste die Whiskies zusammen, die er heute morgen getrunken hat. Die übliche Wachsamkeit, das, was er «das gesunde Misstrauen» nennt, unentbehrliches Werkzeug für die Politik, bleibt irgendwie aus.
«Und Sie?» fragt er den vernachlässigt wirkenden Mann mittleren Alters mit dem unmöglichen Übernamen. «Arbeiten Sie auch bei der Securitas?» «Ich? Nee. Ich bin nichts.» «Er ist nämlich arbeitslos, wissen Sie, wie ich», erklärt Fipo wichtig. «Wir sind nämlich beide arbeitslos.» «Ist das so?» fragt Feller mit hocherhobenen Augenbrauen. «Ja, das ist so», antwortet Lene, «arbeitslos und obdachlos.» «Umständehalber, sozusagen», ergänzt Fipo ungefragt und schaut Feller gespannt an. «Das ist aber SEHR unangenehm!» empört sich Feller, und in seiner Stimme klingt sogar ehrliches Mitgefühl mit, wenn auch nur in homöopathischer Dosis. (Das hat er wohl dem Whisky zu verdanken. Sonst hätte er bloss kühl und angewidert gefragt: «Sie haben wohl zu kurze Arme?») «Ja, SEHR unangenehm!» bestätigt Gagu der Depp. «Das Haus, in dem wir bis heute einvernehmlich gewohnt haben, wird morgen abgerissen.» Lene ist ganz ruhig und bleibt sachlich. «Ach!» hüstelt Feller. «Du hast auch in dem Haus gewohnt?» «Seit Jahren, Vater. Und es tut mir leid, dass das jetzt zu Ende ist. Ich habe mich nämlich dort mit den Leuten wohlgefühlt.» «Wieviele waren denn dort?» hüstelt Feller scheinheilig. Fipo und Gagu schauen sich bedeutungsvoll an. Lene erklärt: «Da waren Fipo, Gagu und ich, und da waren noch Dodo, die Krankenschwester und Andi, der Taxichauffeur.» «Andi? Der Taxichauffeur?» «Wir waren fünf kleine Negerlein.» «Und jetzt?» «Jetzt sind wir nur noch drei. Wir drei. Wir müssen etwas unternehmen, bevor wir auf null sind.» «Da tut ihr sicher gut daran, etwas zu unternehmen!» erklärt Feller mit überraschend fester Stimme. «Man muss sein Leben selbst in die Hand nehmen!» «Sie haben es getroffen!» strahlt Fipo.
Man trinkt gespannt Kaffee. Lene schaut sich mit einer leichten Unruhe um: «Tja, Vater, und so sind wir eben auf dich gekommen.» «Auf mich?» Fellers Tasse fällt mit einem KLIRR! auf die Untertasse. «Wieso auf mich?» Alle drei schauen ihn gebannt an. Feller fühlt sich überrumpelt, weiss aber noch nicht, von welcher

Seite her. Lene räuspert sich: «Na, erstens, weil wir davon ausgehen, dass DU uns das eingebrockt hast, und zweitens...» «Was eingebrockt?» «Diese Hinauswürfe. Die Abbruchbewilligung. Die Verhaftungen. Die Entlassungen. Bref, die ganze Arbeits- und Obdachlosigkeit, nicht? Und zweitens...» «Ich verstehe nicht.» «Na, hör mal, Vater! Du hast ja vorhin selber mit «diesen grossen Schwierigkeiten» angefangen!» «Ich verstehe wirklich nicht, wovon du sprichst!» Er wird tatsächlich rot. «Und zweitens: Du hast ein grosses Haus mit unzähligen Zimmern für dich ganz alleine! Vom Kanton bezahlt! Da wirst du doch wohl deine Tochter mit ihren beiden Freunden aufnehmen können?» «Wissen Sie: Ich hab noch nie in so einem Haus gewohnt. Ich wollte schon immer gerne mal in so einem Haus wohnen, um zu sehen, wie das ist!» ergänzt Fipo treuherzig. «Und ich möchte mal in Ruhe arbeiten können, verstehen Sie? Ich nehme an, dass dafür die Wohnlage hier hervorragend ist», erklärt Gagu der Depp sachlich.

Feller ist sprachlos. Er starrt die drei Leute, die ihn erwartungsvoll mustern, fassungslos an, lehnt sich langsam zurück und sucht nach Worten. Zweimal will er ansetzen, bringt jedoch keinen Ton heraus, schüttelt den Kopf in Zeitlupe und ist erst einmal völlig überrumpelt. Die drei greifen gelassen nach ihren Tassen. «Wir werden Sie nicht stören», meldet Fipo. «Wir sind ganz bescheiden», beruhigt Gagu der Depp. «Wir sind in der Tat sehr ideale Untermieter», erklärt Lene freundlich. «Keine Haustiere, keine Kinder, keine Musikinstrumente, keine Ausländer, keine Kommunisten, keine Behinderten, keine Holzzoccoli, keine nichts. Nicht einmal Balkonpflanzen. Wir sind die ruhigsten Untermieter, die du dir denken kannst.»

Ein ungläubiges Lachen entfährt Feller wider Willen. Die Sache scheint ihm so grotesk, dass ihm immer noch die Spucke wegbleibt. Allmählich jedoch kommt er den dreien auf die Schliche und versteht langsam, dass sie überhaupt nicht spassen. Eisig fährt ihm die mörderische Einsicht den Rücken hoch, dass die drei pickelhart arbeiten. Was normalerweise als ein mässig gelungener Witz abgetan werden könnte, ist in Tat und Wahrheit eine gnadenlose Erpressung. So sieht das also aus! Sie haben ihn in der Hand! Diese verspätete Einsicht (Nie mehr Whisky am Morgen!) lässt ihm das ungläubige Lachen im Gesicht gefrieren; er fühlt, wie sich sein ganzer Körper versteift, wie sich der Magen verkrampft, wie das Blut aus seinen Extremitäten weicht und das Herz stillzustehen droht. Er muss mitansehen, wie die drei gemächlich seinen Kaffee trinken, und seine eigene Tochter von seinem eigenen Fleisch und Blut fragt die beiden heruntergekommenen Kriminellen: «Noch etwas Kaffee?» «Meinetwegen», brummt Gagu der Depp. «Mir auch!» meldet Fipo, und zu Feller gewandt, sich entschuldigend: «Die Tassen sind so klein!» Feller versucht verzweifelt, die verwehten Bruchstücke in seinem Kopf wieder zusammenzukriegen, hält ratlos nach einem Ausweg aus dieser Falle Ausschau, will unbedingt wieder auf die Höhe der Auseinandersetzung gelangen, will wieder mithalten, mitspielen, mitpokern können. Doch wie er es auch dreht und wendet (Lene hat allen bereits wieder Kaffee eingeschenkt), wächst in ihm die furchtbare Ahnung langsam zur gnadenlosen Gewissheit, dass ihn die drei locker an die Wand gespielt haben. Mit nichts.

«Sie sind der Journalist? Blösch?» Gagu nickt. «Das habe ich mir gleich gedacht.» Gagu nickt.

«RAZZIA IM MATTENHOF. Zweimal hintereinander musste die Polizei gestern und vorgestern nacht das illegal bewohnte Abbruchgebäude der ehemaligen Schlosserei Friedli gewaltsam räumen und die unerwünschten Bewohner zwecks Überprüfung der Personalien festnehmen. Wie der Polizeidirektor der Stadt Bern, Eduard Rindlisbacher, anlässlich einer eigens deswegen einberufenen Pressekonferenz mitteilte, ist ein italienischer Staatsangehöriger, dem umfangreiche Unterschlagungen zur Last gelegt werden, flüchtig. Ein kürzlich entwichener Insasse der Strafanstalt Witzwil konnte hingegen verhaftet werden. Grössere Mengen Rauschgift sind sichergestellt worden. Bei der Aktion ist ein Polizist tätlich angegriffen und erheblich verletzt worden. Er befindet sich in Spitalpflege. Mit dem Abbruch der

baufälligen Liegenschaft wird unverzüglich begonnen. Der Weg zur geplanten Grossüberbauung «Mattenhof-City» ist frei, betonte der Polizeidirektor. Mit den Bauarbeiten zu diesem städtebaulich bedeutenden Akzent kann in Kürze begonnen werden.» Gagu legt die «Berner Zeitung» weg und stellt genüsslich die Füsse auf das fremde Pult mit den prächtigen Intarsien. Fellers Pult. Französisch. Er schaut sich die schöne, elektrische Schreibmaschine an. Fellers Schreibmaschine. Japanisch. Dann blickt er auf den grossen Park mit den alten Bäumen hinunter. Fellers Park. Berner Barock. Er wendet den Blick geniesserisch ins Zimmer, in welchem er sitzt. Fellers Zimmer. Rokoko. Ein quadratischer Raum mit einer sorgfältig restaurierten Stuckdecke aus dem 18.Jh. und bemalten Seidentapeten (Originale?). Jagd- und Schäferszenen. Fasane, Gänse, Enten. Vögel in der Luft, auf der Erde und zu Wasser. Nur im Feuer nicht. Seidenvorhänge, helles Altrosa. Kostbares Parkett. Verschiedenfarbige Edelhölzer in einer raffiniert kombinierten Verlegung. Ein Kamin in der Ecke, roter Marmor, oder zumindest meisterhaft marmoriert. Eine Sitzgruppe, Louis XVI., eine ebensolche Chaiselongue, unbezahlbar. Ein Raum, eine Einheit, eine Welt, ein Niveau, eine Kultur. Prärevolutionär. Einzige Fremdkörper: die Radiatoren der Zentralheizung (diskret), der elektrische Lüster (diskret), die elektrischen Anschlüsse hinter den Vorhängen (diskret), die handliche Schreibmaschine namens brother (diskret) und Gagu der Depp (indiskret).
Feller hat ausgespielt. Mit dem Polizeidirektor kann er jetzt nicht mehr kommen, der ist einfach zu blöde. Zwei Möglichkeiten bleiben ihm: Erstens der Gesamtregierung die Lage eröffnen und unmittelbar danach zum Teufel sausen, oder zweitens versuchen, Zeit zu schinden. Wahrscheinlich wird er auf Zeit spielen. Was bleibt ihm anderes übrig?
Diese Typen sind ja nicht mutig. Gagu möchte nicht in seiner Haut stecken. Feller hat relativ schnell begriffen, hat gemerkt, dass er nicht mehr mit dem Holzhammer kommen kann. Das muss man ihm zugute halten. Hat schnell gelernt. Ist bleich geworden, der Regierungsrat. Hat sich weinerlich an seine Tochter gewandt, war komisch anzusehen in seinem bunt gestreiften

Pullover. (War irgendwie geschminkt (?), wie für ein Theaterstück (?), jedenfalls hochmerkwürdige, unnatürliche Gesichtsfarbe (?). Ein Tick? (Pervers?) Hat den ganzen, zu erwartenden Schmus gebracht von der jahrelangen, finanziellen Unterstützung bis hin zur angeblich bevorstehenden Scheidung, war rührend in seiner ganzen Jämmerlichkeit, Waschlappenhaftigkeit und Schlappschwanzigkeit. Lene hingegen war grossartig, nie geschmacklos, aber hart in der Sache. Tough. Und nie wurden die Papiere auch nur ansatzweise erwähnt. Das war tabu. Feller hat nicht einmal wissen wollen, ob bereits Kopien zirkulieren, ob sie notariell hinterlegt seien, ob Gagu Parlamentarier oder Medien vorinformiert habe. Er hat nichts mehr wissen wollen, der Finanzdirektor, wusste nur, dass er in der Sackgasse steckt. Ist klein geworden, der Provinz-Kennedy, der Mann an den Schalthebeln dieses Kantons. Sein Hemd ist ihm erwartungsgemäss näher als die Jacke, und das ist natürlich sein grosser Fehler.

Der Plan vom Bahnhofbuffet hat hingehauen. Fipo sitzt bereits in der Badewanne, und Lene ist mit Fellers Auto einkaufen gegangen. Feller hat ihnen panisch & hysterisch sein Ferienhaus in Adelboden angeboten, zur freien, fristlosen Verfügung. Grosszügig, grosszügig. Aber was sollen sie in Adelboden? Adelboden ist weit weg, und jetzt ist Nähe angesagt. Man kann nie nahe genug an die Nähe herankommen, besonders als Journalist, denn jetzt wird es spannend. Jetzt werden wir sehen, ob diese Demokratie hält, was sie verspricht. Jetzt werden wir ihr auf den Zahn fühlen. In diesem Bereich sind wir nämlich rigorose Fundamentalisten.

Gagu lehnt sich zurück und kichert. Astrein, die Lage. Wer hätte das gedacht! Gagu der Depp hält die Geschicke des Kantons in den Händen. Wenn das nur gut herauskommt!

Er holt die Kopien aus der Brusttasche seiner abgewetzten, grauen Jacke mit den angenähten Ellenbogenschonern aus braunem Leder. Wer hat ihm diese Ellenbogenschoner angenäht? Richtig, Dodo, seinerzeit. Bemuttern wollte sie ihn, wollte ihm gar die Socken flicken! Oh, Gott! Damit hat er aber gar nichts am Hut. Er braucht keine Mutter. Wenn seine Socken zuviele Löcher haben, schmeisst er sie weg. Voilà. Er wäscht, kämmt und rasiert

sich, wie und wann es ihm passt. Da gibt es keine Unterwerfung. Wird es nie geben. Das fehlte gerade noch! Sockenterror! Er schaut sich die zerknitterten Blätter an. Mit diesen neun Blättern steht und fällt alles. Unbegreiflich, dass sie dieser Trottel von Bankdirektor in den Puff mitgenommen hat. Schloss Oberwangen, mein Arsch! Gerne möchte Gagu wissen, was die alte d'Arche jetzt macht. Wahrscheinlich geht der Betrieb weiter, als wäre nichts geschehen. Die alte Hexe sitzt natürlich am längeren Hebel. Hier auf den Blättern ist sie zumindest nicht aufgeführt. Das wäre ja noch schöner. Verwundern täte es Gagu allerdings nicht. Hier haben wir praktisch die gesamte Nomenklatura. Und einige Leckerbissen. Das wird ein Festival geben!
Gagu faltet die Blätter wieder zusammen und steckt sie in seine Tasche, entnimmt einer anderen seine Notizen, viele hastig bekritzelte Seiten. Vorläufiger Titel: «IM SUMPF DER KORRUPTION». Dieser Artikel wird in die Pressegeschichte eingehen, das ist klar. Verfasser: Georges Blösch. Er wird automatisch ein Star werden, logo. Vielleicht ein neuer Zola. Er muss seinen rasanten Aufstieg aus den Niederungen der Kulturberichterstattung zum staatspolitischen Entscheidungsträger sorgfältig managen, damit er am Schluss nicht mit abgesägten Hosen dasteht. Endlich wird er dabei sein, wird dazugehören zur Klasse der Frischknechts und der Meienbergs, wird im Orchester der Publizistik den Ton angeben, wird von den Kulturbeilagen zu den Titelseiten vorstossen, wird gehandelt werden als BLÖSCH, DER RÄCHER DER MACHTLOSEN, als BLÖSCH DER SCHRECKLICHE, als BLÖSCH, VOR DEM DAS GANZE ESTABLISHMENT ZITTERT. BLÖSCH STÜRZT REGIERUNG! So muss es über die Fernschreiber tickern! Das gibt ein Gaudi!
Was hat man ihm denn beim «Tages-Anzeiger» seinerzeit gesagt? «Auf Grund Ihrer unbefriedigenden Leistungen und mangelnden Kooperationsbereitschaft sehen wir uns leider gezwungen, Ihr freies Mitarbeiterverhältnis fristlos zu kündigen.» Genau so hat es geheissen, nachdem sein Artikel die Telefone heisslaufen liess. Genau so. Und dann war er überall abgeschrieben. Auf den schwarzen Listen. Das werden sie bereuen, hat er geschworen. Das haben sie keinem Toten angetan.

Es ist gar nicht so übel, wenn man auch mal – zufälligerweise, zugegeben – am längeren Hebel sitzt. Gibt ein gutes Gefühl, echt! Ein Gefühl von Freiheit. Man wird sicherer, entspannter, unverwundbarer. So müssen sich die Reichen und die Superreichen in diesem Land fühlen. Können sich in aller Ruhe ihren Bobochen und Wehwehchen widmen, die schönen Künste geniessen und sich lange darüber unterhalten, ob sie chez Max oder chez Fredy essen gehen wollen.

Gagu der Depp steckt seine Notizen wieder ein. Er will nichts übereilen. Er will erst mal essen, denn heute hat er noch keinen einzigen Bissen zu sich genommen. In Fellers luxuriöser Küche fand sich zum Erstaunen aller überhaupt nichts Essbares. Nachdem der Regierungsrat in Panik verschwunden war, durchsuchten sie sämtliche Küchenschränke. Berge von herrlichen Kristallgläsern und kostbarem Porzellangeschirr kamen zum Vorschein, glänzendes Silberbesteck en masse, blanke Kupferpfannen und millimetergenau zusammengefaltete, gestärkte Tischtücher und Servietten, aber nicht eine einzige, mickrige Brotrinde. So ist Lene wohl oder übel einkaufen gegangen, während Fipo ein duftendes Vollbad gewünscht und Gagu ein geeignetes Arbeitszimmer gesucht und hiermit gefunden hat (Rokoko), samt Schreibmaschine (brother). Astrein und genau das Richtige.

Er steht auf und geht nachschauen, ob Fipo noch lebt. Dieser liegt mit einem geröteten Gesicht voller blauschimmernder Flekken und blutunterlaufener Stellen unter einem gewaltigen Berg von Badeschaum. Er hebt träge die Hand zum Gruss, zusammen mit einem Kubikmeter dieser duftenden Schaummasse. «Salve, amigo! Diese Wanne ist Spitze! Genau meine Länge! Das habe ich noch nie erlebt!» Fipo zieht sich ächzend hoch, richtet sich auf und schiebt den Schaum von sich. «Gagu, sag mal:» «Hm?» «Wann werden wir verhaftet?» «Wir werden nicht verhaftet.» «Ehrlich? Das kann ich fast nicht glauben.» «Warum?» «Lenes Alter holt doch jetzt die Polizei?» «Wenn der die Polizei hätte holen wollen, wäre sie schon längst da.» «Bist du sicher?» «Vergiss nicht: Wir haben ihn total in der Hand.» «Ätzend.» «An Lene hängt jetzt alles. Wenn sie kippt, gibt's wieder Schwierigkeiten.» «Warum sollte sie kippen?» «Familienbande, Blutsbande, was weiss ich? Darf man nicht unterschätzen. Hast du das mit dem Trottel von Bruder mitbekommen? Wie sie den beschützen wollte? Da hast du es.» «Und wenn wir hier trotzdem rausfliegen?» «Dann suchen wir uns halt was anderes. Eine Suite im Hotel Schweizerhof, auf Kosten der Regierung, zum Beispiel.»

JEAN-PIERRE BRUNNER, REGIERUNGSPRÄSIDENT, wird allgemein als das grösste Ferkel angesehen, und in Lenes Kreisen handelt man ihn als Mini-Pinochet, als Möchtegern-Pattakos, Wahrzeichen einer vergangenen Machowelt, Denkmal einer unmöglich gewordenen Männermacht. Bezeichnenderweise hat Brunner – gemäss Halters Liste – in den letzten drei Jahren (allein bei der Kreditbank) am meisten abgesahnt; mehr als eine Million steht zu Buche, z.Hd. obskurer Initiativ- und Anti-Initiativgruppen, bodenständiger Wähler- und Bürgervereinigungen, Referendums- und Antireferendumskomitees, Gesellschaften der Freunde der Artillerie, der Evangelischen, Amerikas, zur Förderung des Hornussens, der Leichtathletik, des Spitzensports allgemein und der Krebsforschung, gegen Kommunisten, Sozialisten, freischwebende Linke, Jugendbewegungen und Intellektuelle aller Art, gegen kulturelle Alternativ-Vereine, für eine gesunde Kunst in einer gesunden Gesellschaft, für die christliche Kultur, gegen Sex, Drogen, Rock 'n Roll, Meret Oppenheim und sog. moderne Literatur zur Zerstörung unserer vaterländischen Jugend, kurz, Gesellschaften, die irgendwann mal aus flüchtigem und fadenscheinigem Grund ein kurzes, theoretisches Leben geführt und – selbstverständlich – rundum massiv kassiert haben und alle unter Brunners Vorsitz standen.

So erstaunt Lene durchaus nichts mehr, wie sie der zwei feldgrünen 150er-Krupp-Haubitzen aus dem 1. Weltkrieg gewahr wird, die links und rechts neben der Einfahrt zu Brunners Villa zu wahrscheinlich dekorativen Zwecken aufgestellt sind, hoch oben im Spiegel, am Gurtenhang, bedrohlich gegen die Stadt gerichtet, und vage erinnert sie sich einer dieser Leserbriefschlachten im «Bund», wo es um die Frage ging, ob zwei «angeblich dekorative» Kanonen im Garten eines «gewissen Regierungsmitglieds» geschmackvoll oder geschmacklos seien. Die Frage, aufgeworfen von eher anonym-empörten Nachbarn denn von pazifistischen Spaziergängern, ist offensichtlich zugunsten Brunners entschieden worden. Wie immer.

Lene stellt den unscheinbaren, älteren Peugeot 305 ihres Vaters ab und steigt aus. Sie hat eingekauft; auf dem Rücksitz stapeln sich diverse Esswaren in einer Bananenschachtel, die sie sich von einer Verkäuferin erbeten hat. In der lärmigen Cafeteria des Einkaufscenters zerbrach sie sich lange den Kopf: Immer wieder liess sie vor ihrem inneren Auge den letzten Auftritt ihres Vaters in allen Einzelheiten Revue passieren. Da gibt es Dinge, die gehen nicht richtig auf, und Lene ist tatsächlich geschockt, weil Feller einfach feige davongelaufen ist.

Brunner steht breit in der Tür und erwartet sie. Äusserlich ist ihm nicht das geringste anzumerken. Er trägt bequeme, altväterische, abgetragen und nachlässig wirkende Hauskleidung und Pantoffeln, füllt mit seiner bekannten Riesengestalt den ganzen Türrahmen aus und schaut ihr ruhig zu, wie sie zu Fuss die kleine Steigung hochkommt, sagt kein Wort, wie sie ihn erreicht, tritt gelassen zur Seite und lässt sie grusslos eintreten.

In der Guten Stube dieser grauenhaften Allerwelts-Villa aus den Fünfzigern sitzt, wie erwartet, überraschend klein und eingesunken, Feller. In einem viel zu grossen, altmodischen Fauteuil mit Blumenmuster. Er hat, immer noch in seinen farbigen Fototermin-Klamotten steckend, die Unterarme zwischen seine Knie geklemmt, starrt grau vor sich hin (das Make-up des Klunkerfräuleins aus Zürich ist endlich weg), den Kopf zwischen die Schultern gezogen, und schaut sich gar nicht erst um, wie seine einzige Tochter sich ihm gegenüber gespannt hinsetzt. Ihr Anruf hier bei Brunner vor einer halben Stunde hat Feller gar nicht erleichtert, im Gegenteil; selbst seine eigene Familie scheint jetzt auch noch in dieses Blutbad hineingezogen werden zu wollen: Er könne sich gleich aufhängen, hat er vor Brunner gejammert.

Brunner stellt ein Tablett mit Kaffee auf den Tisch, das er im Korridor draussen seiner verhärmt, verschüchtert und verwirrt wirkenden Frau abgenommen hat: «Geh wieder in die Küche,

Vroni! Ich ruf dich dann, wenn wir etwas brauchen!» Er braucht das hässliche Sofa ganz für sich allein, knallt ächzend die blumigen Tassen auf die Unterteller, verteilt mit angewidertem Gesichtsausdruck die Löffel, stellt Zucker und Rahm bereit und schenkt sich selber zuerst ein, ohne auch nur einen einzigen seiner ungebetenen Gäste eines Blickes zu würdigen. «Nehmt euch!» brummt er, sichtlich verärgert.

Endlich schaut er widerwillig von Lene zu Feller, von Feller zu Lene, wartet eine Weile, atmet tief durch, lehnt sich zurück, blickt an die Decke und setzt zu einem dieser hemmungslosen, ellenlangen, selten gewordenen, nie enden wollenden bernischen Flüche an, zuerst relativ leise, dann lauter werdend, zuletzt brüllend.

Lene beobachtet den Kotzbrocken erschrocken. Feller verändert seine Körperhaltung um keinen Millimeter. Es scheint, als habe er mit allem bereits Schluss gemacht, mit seiner Karriere, seinem Leben, seiner Vergangenheit und Zukunft, mit seiner Familie, seinem Herrgott und all dem Kram.

Brunner beruhigt sich allmählich von selbst wieder, und Lene fühlt sich verpflichtet, etwas zu sagen: «Ich bin hier, um dir zu helfen, Vater.»

Feller reagiert überhaupt nicht darauf, aber Brunner neigt sich plötzlich interessiert und sozusagen freundlich zu Lene hin, nachdem er sich mit einem riesigen Taschentuch den Schweiss von der Stirne gewischt hat: «Wie könnte man, Ihrer werten Meinung nach, ganz unverbindlich gesprochen, ganz privat und persönlich, wenn Sie so wollen, diese hurengottverdammte abverreckte Scheissdreck-Situation entspannen? Sagen Sie mir das mal, Fräulein, eh, Feller!»

Lene schaut in sein massiges, rotes, grobes Herrschergesicht mit den listig-bösen, kleinen, beweglichen, farblosen Äuglein unter riesigen, pechschwarzen Augenbrauen. Sind sie gefärbt? muss sie sich unwillkürlich fragen, und: So sieht sie also aus, die Macht, von Nahem besehen, in allen Ländern dieser Welt. Brunners Typ ist überall, peinigt Männer, plagt Frauen, tötet Kinder und mästet sich am Elend der Völker. Sie würde ihm am liebsten in die Fresse spucken, doch es geht hier nicht um dieses eine bernische Monster (190 cm, 120 kg), sondern um ihren beklagenswerten Vater in seiner bedauernswerten Situation.

«Man müsste halt reden miteinander», sagt sie achselzuckend. «Wer müsste reden miteinander?» hakt Brunner sofort lebhaft nach. «Na, die Beteiligten.» «Und worüber müssten die Beteiligten reden?» «Über die Situation.» «Und was würde das bringen, Ihrer werten Meinung nach?» «Ich weiss nicht.»

Endlich löst sich Feller aus seiner Erstarrung, aber nur, um krächzend zu melden: «Hat doch alles keinen Sinn mehr, Jean-Pierre!» Brunner, wie von der Tarantel gestochen (Tarantel? Was ist eine Tarantel?), fährt herum: «WARUM hat das keinen Sinn mehr?» Aber Feller ist bereits wieder in seine Selbstentleibungs-Haltung zurückgesunken und starrt auf einen Punkt, 2,5 Zentimeter vor seinen Schuhspitzen.

«Man sollte mal alle zusammenbringen, finde ich, man sollte diskutieren, meine ich, man hat ja nie diskutiert, man...» versucht Lene ungeschickt den Faden wieder aufzunehmen. «Demokratisch, versteht ihr? Für einmal demokratisch, eine demokratische Diskussion. Das ist es, was fehlt, finde ich, vielleicht...»

Aber auch sie kommt nicht weiter. Feller löst sich ein zweites Mal aus seiner Erstarrung, wendet den Kopf unendlich langsam und bewegt sein graues, zerknittertes Gesicht in Zeitlupe: «Hat alles keinen Sinn, Jean-Pierre, die Linke will mich fertigmachen, und jetzt hat sie mich. Die Linke wollte mich schon immer fertigmachen, immerzu fertigmachen, und kein Licht am Ende des Tunnels, sogar die eigene Frau und die eigenen Kinder, Jean-Pierre, und das wünsche ich dir nicht, diesen Klassenkampf, das wünsche ich niemandem, das ist der Dolchstoss, das ist gnadenlos, aber das ist symptomatisch für den Zerfall unseres Landes, weissgott ein Dolchstoss, Jean-Pierre, ein Giftkelch, der an uns nicht vorübergeht, und das soll wohl ihre Demokratie sein, wenn mich nicht alles täuscht.»

Brunner starrt seinen Finanzdirektor eine Weile gedankenverloren an, winkt dann plötzlich energisch ab und dröhnt: «Dummes Zeug, Charly! Fertiger Hafenkäs'! Wir haben hier bei uns gar keine Linke! Keine richtige, meine ich. Und die haben wir fest im Sack! Zudem will jemand nicht nur dich fertigmachen, Char-

ly, sondern uns alle. Alle! Den ganzen Kanton! Nichts weniger als diesen ganzen, gottverdammten, hurenabverreckten Kanton! Und du bist mit den Nerven fertig, Charly, vergiss das nicht! Du bist jetzt nicht gerade der Mann für den klaren Überblick!»
Feller verfällt wieder in seine Weltuntergangs-Position, und Brunner wuchtet seinen Wanst gewichtig zu Lene hin. «Das interessiert mich, Fräulein, wenn ich mich nicht irre. Das mit der Diskussion. Wissen Sie, ich bin nämlich ein richtiger Diskutierer! Sie finden also, es könnte gewissermassen diskutiert werden? Ich meine natürlich demokratisch, und mit allem Drum und Dran.» Lene macht ihr ratlosestes Gesicht: «Das ist das einzige, was mir einfällt. Ich weiss aber nicht, was es bringt. Man müsste es versuchen, finde ich.»
Brunner springt überraschend behende auf. Er klatscht lebhaft in seine grossen Hände und ruft laut: «Also, los!» Feller blickt verwirrt hoch. Er kapiert nichts mehr, der Arme, ist total out. Tilt. Weiss wahrscheinlich nicht einmal mehr, welcher Regierung er angehört.
Brunner ist bereits bei der Tür und winkt Lene ungeduldig zu sich: «Kommen Sie, Fräulein, kommen Sie! Aber subito! Wir wollen demokratisch diskutieren gehen!» Lene erhebt sich unsicher, schaut zu ihrem Vater hin, der keinerlei Anstalten macht, aufzustehen, folgt darauf zögernd Brunner nach draussen. «Und mein Vater?» fragt sie ihn beim Hinausgehen. «Lassen wir den um Gottes Willen hier! Meine Frau wird sich um ihn kümmern! Sie weiss einigermassen Bescheid. War früher Rotkreuzkrankenschwester. Den Feller können wir jetzt sowieso nicht brauchen. Also: Wo gehen wir hin?»
Brunners Tempo überrumpelt Lene. Er keucht in seiner gewürfelten Strickjacke und in unmöglichen Pantoffeln watschelnd neben ihr her, und wie sie ihm die Beifahrertür des kleinen Peugeot öffnet, muss sie sich fragen, ob ihr jetzt die Ereignisse nicht davonzulaufen drohen. Erst als sie beide endlich im Auto sitzen (Brunners Sitz in der allerhintersten Position; zuerst sah es aus, als ob sie ihn gar nicht in den 305er kriegen würde), findet Lene die Worte wieder: «Wir trommeln die Leute zusammen, versammeln sie in der Elfenau und sehen dann weiter, schlage ich vor.»

«Gut!» nickt Brunner munter und reibt seine Pranken gegeneinander. «En avant!»
Verwundert stellt Lene fest, dass er ganz vergnügt ist. Es ist ihr unverständlich, dass sich Brunner an diesem Debakel auch noch freut. «Sie kennen uns ja bestens, nehme ich an?» stellt sie fest, seitlich zu Brunner hin, während sie den Wagen startet. «Wer uns?» «Na, die WG, die Leute eben, die da...» «Ach so! Na, klar. Ist mir bekannt. Fünf Stück, nicht wahr? Der Rindlisbacher von der Stadt hat mich einigermassen informiert.» «Der?»
Lene steuert den Wagen die engen Quartierstrassen dieses teuren Villenviertels hinunter, wo die ungeheure, masslose, unverschämte und schamlose private Bereicherung, die in den letzten vierzig Jahren auf Kosten Millionen Wehrloser hat stattfinden können, getarnt wird durch diese herausgeputzte, bös-verlogene Biederlichkeit, deren Stil in diesem Land so selbstverständlich ist.
«Werden auch Sie uns die Polizei auf den Hals schicken? Wir sind schon zweimal ergebnislos überfallen worden. Ein drittes Mal lassen wir uns das nicht mehr bieten.» Sie ist selber überrascht, in diesen forschen Ton gefallen zu sein, aber Brunner scheint nur darauf gewartet zu haben: «Wir befinden uns jetzt sozusagen in Waffenstillstandsverhandlungen, Fräulein, nicht wahr? Und da würde sich doch ein, äh, Polizeieinsatz schlecht machen, nicht wahr? Das wäre ja sozusagen schlechter Stil, eh?» Er verfällt in ein kurzes, knirschendes Gelächter, wieder als ob ihm das Ganze unheimlich viel Spass machen würde.
Vor einer Ampel schaut Lene kurz zu ihm hinüber. Er wischt sich das Gesicht mit einem grossen, zerknüllten Taschentuch ab, das er mit etlicher Mühe aus seiner Hosentasche geholt hat. Ein Pinochet? Ein Pattakos? Anderswo, muss sie sich der Gerechtigkeit halber eingestehen, würden jetzt wahrscheinlich bereits die Panzer rollen; zumindest hätte es schon ein paar Tote gegeben, irgendwo in einem Strassengraben ausserhalb der Stadt. Sowas kann dieser Widerling neben ihr in der Tat nicht bringen, selbst wenn er es vielleicht gerne möchte. Hierzulande muss er schlauer sein. Lene ist gespannt, zu erfahren, ob er wohl schlau genug ist.

Sie dringen in den lebhaften Feierabend-Verkehr der Stadt ein. «Wir schauen zuerst im Insel-Spital nach.» Brunner nickt aufmerksam. «Die Krankenschwester?» «Ja.» «Sagen Sie mal, ganz unter uns, ganz persönlich: Was hat eine Krankenschwester mit dieser Schweinerei zu tun?» «Nichts.» «Und Sie selber? Ich meine, Sie persönlich? Sie sind doch, äh, Psychologiestudentin? Doktorandin? Wenn ich mich nicht irre? Assistentin?» «Ja?» «Ich meine, unter uns gesagt, Sie haben doch anderes zu tun, als...ich meine, Sie müssen sich doch jetzt auf Ihre, na, Karriere konzentrieren, nicht wahr? Sie sind doch an einem, äh, entscheidenden Punkt Ihres Lebens angelangt, oder?» «Ja.» «Und Sie wollen alles kaputtmachen?» «Nein.»

Genau am selben Ort, wo kürzlich Rindlisbacher seinen betörenden Schneewittchen-Volvo abgestellt hat, auf dem gleichen, verbotenen Parkfeld (Nur für Lieferanten), hält auch der braune, leicht angeschrammte Peugeot. Lene steigt aus, geht um das Auto herum und hilft dem ächzenden und fluchenden Regierungspräsidenten auf die dicken Beine, resp. auf die biederen Pantoffeln mit dem grellen Karomuster. «Scheissdreck, diese kleinen Autos!» schimpft er und knallt die Türe zu, dass es scheppert. «Hätten meinen Merz nehmen sollen!» Dann schaut er sich entschlossen um: «Was läuft jetzt?»

Lene geht wortlos voran, und das ungleiche Paar erreicht den Informationsschalter. Lene wendet sich an eine ältere, streng blickende Schwester mit Halbrund-Drahtbrille an silberner Halskette: «Wir suchen Schwester Dorothee Hutmacher.» Eine bereitliegende Computerliste wird aufmerksam durchgesehen, dann ein kurzer, leiser Anruf von höchstens drei Sekunden. «Schwester Dorothee ist unabkömmlich.» «Warum?» fragt Brunner, der dicht neben Lene getreten ist, bedrohlich, sein ganzes Gewicht auf die Theke abstützend. «Sie ist unabkömmlich.» «Was heisst hier unabkömmlich? Geben Sie mir mal dieses Telefon!» verlangt er barsch. «Ich habe gesagt, Schwester Dorothee ist unabkömmlich.»

Die Schwester bleibt ganz ruhig und strikt formell. Sie hebt neugierig den Kopf und mustert die beiden Besucher durch das Halbrund ihrer Brillengläser. Eine leicht verwahrlost und verwirrt wirkende,

jüngere, bleiche Frau (Drogen? Tochter? Kriminell? Hysterisch?) und ein alter, riesiger Dickwanst in einer hässlichen Warenhaus-Strickjacke und – tatsächlich! – Pantoffeln (Bauer? Vater? Choleriker? Hypochonder?). Sein rotes, rohes Gesicht (Blutdruck? Cholesterin?) mit den böse funkelnden Augen stösst sie in seiner bedeutungslosen Gewöhnlichkeit geradezu ab.
«Wer ist der diensttuende Chef hier?» fragt er jetzt scharf. «Ich will ihn SO-FORT sprechen, verstehen Sie, Schwester? Und zwar nullkommaplötzlich!» «Wen darf ich melden?» fragt die Schwester kühl und eine Spur zu spöttisch zurück. «Jean-Pierre Brunner, Regierungspräsident dieses Kantons und Vorstandsmitglied des Verwaltungsrates dieses verdammten Scheiss-Spitals!» dröhnt Brunner. Fast sieht es aus, als wolle er den Tresen in Stükke reissen.
Jetzt geht alles sehr, sehr schnell. Keine zwei oder drei winzig kleine Minütelchen, und eine entgeisterte Dodo in hellgrüner Operationsschürze, Haube und heruntergeklapptem Mundschutz steht da, mitsamt einem ganzen Schwarm weissberockter, wie ertappt wirkender, aufgeregter, diensttuender Medizinmänner. Brunner würdigt sie alle keines Blickes, winkt Dodo und Lene barsch zu sich, macht eine resolute Kopfbewegung und befiehlt: «Los!»
Kein leichtes Unterfangen, zwei schwergewichtige Passagiere in einen wackeligen Peugeot zu kriegen. «Diese Benne ist nichts wert», meint Brunner mit abschätziger Miene, rückwärts zu Dodo gewandt, die sich zwischen Tür und Bananenschachtel gequetscht hat. «Sie» – er weist mit dem Kinn zu Lene hin, die um das Auto herumgeht – «sollte schleunigst ein besseres Auto anschaffen, sie als Akademikerin. Einen Mercedes, zum Beispiel. Das ist ein richtiges Auto!» Lene lacht, während sie den Bussenzettel vom Scheibenwischer nimmt und achtlos in ein Gebüsch schmeisst. «Ist gar nicht meines!» klärt sie auf, während sie behende einsteigt. «Gehört meinem Vater.» «Was?» empört sich Brunner. «Das ist das Auto vom Feller? Hab's doch gewusst, dass der Finanzdirektor der grösste gottverdammte Geizkragen in diesem Kanton ist!» Und dann lacht er so dröhnend, dass er das laute, ungesunde Motorengeräusch (Ölpumpe? Wasserpumpe?) spielend übertönt.

Lene steuert energisch die Altstadt an. «Wir müssen Andi suchen», klärt sie Dodo endlich auf, die noch immer nicht weiss, wie ihr geschieht. «Was ist überhaupt los?» fragt sie endlich giftig, aus einer Art Anästhesie erwachend. «Darf man das wissen? Oder wird wieder einmal alles hinter meinem Rücken abgemacht? WIE GEHABT?» Brunner räuspert sich: «Ehm, meine liebe...» «ICH BIN NICHT IHRE LIEBE!» «Ehm, Schwester Dorothee, oder darf ich Dodo sagen?, ich verbürge mich hiermit, als Präsident der Regierung...» «WAS? SPINNT DER?» «...dass nichts hinter welchem Rücken auch immer abgemacht wird. Wir spielen mit offenen Karten. Demokratisch, nicht? Ganz demokratisch!» «SIE! WER SIND SIE ÜBERHAUPT? UND WAS SOLL DAS? ICH BIN IM DIENST!» «Andi», wendet sich Brunner unvermittelt und ungewohnt sanft an Lene, die einen (verbotenen) Weg hinunter in die Altstadt sucht, «ist doch dieser Italiener, nicht? Dieser Taxichauffeur?» «Weisst du, Dodo, wo genau Andi ist?» fragt Lene, ohne auf die Frage Brunners einzugehen. «Er hat hier unten irgendwo seine Gritte», antwortet Dodo grob und unbestimmt, «seine Ex, seine Flamme, oder was-es-auch-immer-ist. Aber ich weiss nicht, wo.»

Lene schaut sich um. Sie ist im Altenberg angekommen und stellt ihr Auto gleich neben den Eingang zum Restaurant Landhaus (HEUTE RUHETAG). «Am besten wartet ihr hier», meint Lene und steigt aus. «Ich komme mit!» bestimmt Brunner und quetscht sich aus dem engen Wagen, so gut es eben geht. Diesmal kriegt er es bereits alleine hin.

Lene und Brunner klappern die ärmlichen Hauseingänge ab. Sie entziffern mühsam all die handgeschriebenen Namensschilder unter den abgegriffenen Klingelknöpfen, steigen über prallvolle Abfallsäcke und allerlei Unrat, klingeln mal hier, mal da, klopfen, warten, schütteln die Köpfe, zucken die Achseln, fragen stumme Türkinnen und ratlose Portugiesen und haben schliesslich unverschämtes Glück:

Unvermittelt steht Andi vor ihnen, eine leere Pfanne in der Hand, in hellblauem Pyjama, blauen Turnschuhen und rosa Küchenschürze mit Spitzenbesatz, ganz steif & starr, der arme Überraschte, Erschrockene, Ertappte, wie vom Blitz Getroffene. Sein

Mund steht weit offen, und seine Augen machen unkontrollierte Kreiselbewegungen.
«Meine Fresse!» bringt er schliesslich heraus. «Komm mit, Andi. Das hier ist der Brunner. Ein Kollege von meinem Alten. Wir müssen reden miteinander. Draussen wartet Dodo. Wir gehen zu Gagu und Fipo. Die sind in der Elfenau.» «Meine Fresse!» Lene nimmt ihm die Pfanne aus der Hand, stellt sie irgendwo ab und packt ihn schlicht am Arm. Er folgt ihr wie ein Hündchen. «Meine Fresse!»
Das Einstiegsprozedere wird immer umständlicher. Dodo muss die Bananenschachtel mit den Esswaren auf den Schoss nehmen, und Andi drückt sich kopfschüttelnd neben sie. «Meine Fresse, Dodo!» begrüsst er sie. Dann schaut er sich um: «Wo ist die Schmier?» «Keine Polizei, Andi, keine Polizei!» erklärt Brunner beschwichtigend. «Diesmal keine Polizei!» «He! Lene!» sagt Andi und verschluckt sich dabei, und Lene kriegt den 305er endlich aus der Lücke. (Wenn erst mal einer falsch parkiert, sind es in Blitzesschnelle viele, die sich ihm anschliessen, in der Hoffnung, dass die Mehrarbeit die Parkbussen-Tanten vom Zettelverteilen abhalten wird.) «Was hat denn der Onkel hier zu bestellen? Ist er vielleicht der König von Bern?» «So ähnlich, Andi, so ähnlich!» grinst Brunner, und Lene muss lachen.
Sie ist aussergewöhnlich, die Lage, das muss man schon sagen. Ein überladenes Kleinauto voller Irrer; es knackt und kracht in der Federung wie noch nie, und der Motor – er liegt in den letzten Zügen – stöhnt gequält. «Meine Fresse!»
Der aussergewöhnliche Schwertransport gelangt in den stehenden Feierabendverkehr. Dodo, zu Andi: «Wenn du mich fragst: Oberschlau. Wieder einmal oberschlau, die Oberschlaumeier.» Lene, zu Brunner: «Hoffentlich sind sie noch dort, Gagu und Fipo, meine ich.» Andi, zu Dodo: «Gleich werden wir verhaftet und zusammengeschlagen. Kannst Gift drauf nehmen. Ich kenne die Brüder. Das ist nämlich eine Falle.» Brunner, zu Andi: «Keine Sorge, ich bin ja da!» Dodo, zu Andi: «Der Typ da geht mir echt auf den Wecker. Führt sich auf wie ich-weiss-nicht-wer!» Lene, zu Dodo: «Der Brunner ist der Oberindianer vom Kanton. Es ist alles seine Idee.» Andi, zu Lene: «Was für eine Idee?»

Dodo, zu Andi: «Sieht nicht gerade danach aus, als ob der Ideen hätte, der Mano!» Andi, zu Dodo: «Ist 'ne Falle, ich sag's dir, 'ne verdammte Scheissfalle! Wir sind erledigt!» Brunner, zu Andi: «Das Fräulein hat völlig recht. Meine Idee. Demokratisch, versteht ihr? Total und völlig demokratisch. Bernisch-demokratisch. Urdemokratisch, sozusagen.» Brunner, zu Lene: «Wissen Sie, ich liebe das Direkte! Von Mann zu Mann, verstehen Sie? Pardon, manchmal auch von Mann zu Frau. Oder von Frau zu Mann!» (Brüllendes, brunnersches Gelächter, plus drei ratlose Gesichter, Achselzucken, Kopfschütteln) Andi, zu Dodo: «Eine Falle! Meine Fresse!»

Lene steuert das Elfenauquartier an («ACHTUNG! BISSIGER HUND!») und geht in ihrem Kopf alle denkbaren Möglichkeiten durch. Sie geht davon aus, dass diese Begegnung zu nichts führen wird, sehr wahrscheinlich, denn es ist kaum anzunehmen, dass Gagu der Depp an Brunner Gefallen finden wird (und umgekehrt). Es scheint ihr in dieser Zusammenkunft indessen die letzte Möglichkeit einer wie auch immer gearteten «friedlichen Beilegung» zu liegen, denn es ist ihr schwach bewusst, dass es keinerlei «unfriendly overtake» geben kann, ohne dass gleich ein totales Chaos ausbricht, doch ist ihr dieser Gedanke noch völlig unklar. Sie handelt einzig in der Hoffnung, dass dies alles zu einer wie auch immer gearteten «Klärung» beitragen vermöge, und sie hat keine Ahnung, was unter «Klärung» zu verstehen ist. Irgendwie ist sie erleichtert, dass Brunner gleich das Heft in die Hand genommen hat, und sie hätte sich gewünscht, dass auch ihr Vater dabei wäre, denn sie glaubt, dass er am allermeisten betroffen ist. Er müsste sich eigentlich aus eigener Kraft aus dem Schlamassel herausarbeiten, findet sie, in den er sich – so stellt sie sich die Ursache vage vor – selber hineingeritten hat.

Sie fährt Fellers allzubescheidenen Kleinwagen direkt in die Garage, und die Leute winden sich umständlich heraus. Brunner, in biederer Strickjacke und Pantoffeln, Dodo in ihrer hellgrünen Arbeitskleidung, Andi in abgewetztem Pyjama, Turnschuhen und rosaroter, spitzenbesetzter Küchenschürze und Lene, in ihrer schwarzen Allerwelts-Lederjacke aus dem Brockenhaus. Dodo trägt die Bananenschachtel, die sie völlig vergessen zu haben scheint, schielt misstrauisch zu Brunner hin und würde ihm die ganze Schachtel gewiss sofort und hemmungslos an die Birne knallen, wenn sie einen Grund dazu fände.

Dieser indessen wendet sich, ohne lange zu fackeln, Fellers noblem Wohnsitz zu: «Vorwärts!» dröhnt er, hebt die Pranke, als habe er einen Degen in der Faust, wie ein Feldherr, der zum Angriff befiehlt. (Fehlt nur noch, dass er «Mir nach!» brüllt. Aber erstens ist Brunner kein Feldherr, sondern, militärisch gesehen, ein ganz gewöhnlicher Schweizer Aufschneider und Angsthase, und zweitens brüllen Feldherren nie «Mir nach!»)

Lene wundert sich in zunehmendem Masse über Brunners Lebhaftigkeit; sie hat sich Leute seines Kalibers immer als morbidgeile Diktatoren vorgestellt. Brunner bestätigt sich – im Gegensatz zu ihrem Vater – voll und ganz als eingefleischter Oberindianerhäuptling, zumal er bereits die Führung übernommen zu haben scheint. So besehen ist Fellers Versagen in Lenes Augen geradezu sympathisch.

FELLERS EHEMALS BLITZBLANKE EDELKÜCHE gleicht einem Schlachtfeld. (Morgen wird Frau Jegerlehner einen Herzanfall vortäuschen und empört Kündigungsdrohungen aussprechen: «Das ist zuviel! Das ist einfach zuviel! Das ist unzumutbar!») Viele leere Bordeaux-Flaschen von besten Jahrgängen aus Fellers Weinkeller stehen herum, schmutzige Teller und Gläser, silbernes Edelbesteck (Fipo: «Silber? Echtes Silber?») und viele zerknautschte Servietten, nicht zu reden vom Chaos am Herd aus schmutzigen Pfannen, Kellen und leeren Packungen aller Art. Ein dichter Qualm liegt auf Kopfhöhe über dem ganzen Raum, volle, als Aschenbecher dienende Untertassen stehen auf wackeligen Unterlagen, die Stühle sind in alle Richtungen verrückt, aus einem Salon sind bequemere Sessel herübergeholt worden, und von irgendwoher klingt Musik (Figaros Hochzeit).

Die Abendgesellschaft lagert in allen möglichen Positionen um den Marmortisch herum (den Lucette damals unbedingt haben wollte und der nur mit Hilfe eines grossen Pneukrans transpor-

tiert und installiert werden konnte), zurückgelehnt, ruhig und entspannt, und bedenkt ernsthaft Andis feste Überzeugung: «Wer ein risotto mit Trockenreis macht, versteht nichts von risotto. Ein risotto muss al dente sein und noch ein bisschen flüssig. Alles andere ist Mist.»
Brunner, im Hemd mit hochgekrempelten Ärmeln, die breiten Hosenträger seitlich heruntergeklappt, bohrt mit dem Zeigefinger nachdenklich im rechten Ohr. Dodo hat ihre hellgrüne Berufskleidung ausgezogen und sitzt breit aufgestützt und mit wirrem Haar im weissen Unterrock da. Fipo kratzt mit einer Holzkelle gedankenverloren die letzten Reste von Andis fabelhaftem risotto aus der kupfernen Edeldekorationspfanne. Gagu zündet sich die zweite Havanna an, und Lene steht in einer Ecke des Raumes und betrachtet skeptisch die Leute.
Ein üppiges Gelage mit enorm viel Wein hat bisher herausgeschaut, konstatiert sie mit einer gewissen Gleichgültigkeit, gewürzt mit vielen Beschimpfungen, Beschuldigungen, Bedrohungen und Beleidigungen. All die Ereignisse der letzten Tage wurden noch einmal aus verschiedensten Blickwinkeln rekapituliert, und Brunner hat mit einer Lebhaftigkeit und Offenheit mitgemacht, geflucht, gefochten, gekämpft, gegiftet, gespottet und gelästert, als ob er zur Edelspitze der Opposition im Lande gehöre. Die Gelächter waren gewaltig, zwischendurch, ebenso die Wutausbrüche, und niemand hat im Augenblick den Eindruck, als ob der gegenwärtige Noch-Regierungspräsident hier fehl am Platze wäre – am allerwenigsten er selber.
«Man kann es so sehen», sagt er nach einer Weile der innigen Überlegung, «aber ich kann mir ein trockenes risotto gut vorstellen. Ein Spinatrisotto, zum Beispiel. Und warum nicht ein Safranrisotto?» Andi schenkt sich gemächlich ein Glas voll. «Also gut. Trocken. Aber dann darfst du sowas nicht risotto nennen, Jean-Pierre!» Die Leute nicken bedächtig. Das ist der Punkt. Risotto ist nun mal nicht trocken. Andi hat's richtig gesehen.
«Soll ich Kaffee machen?» fragt Lene und löst sich aus der Ecke. «Wir könnten hinübergehen und hier in der Küche etwas lüften.» «Warum?» fragt Dodo. «Wir sind doch ganz wohl hier?» «Wenn wir hierbleiben, müssen wir zuerst aufräumen», gibt Andi zu be-

denken. «Also gut, gehen wir hinüber!» schlägt Gagu vor. Brunner steht ächzend auf. «Das war endlich wieder mal ein richtiger Frass!» grunzt er genüsslich und streckt sich. «Fehlt jetzt tatsächlich nur noch der Kaffee. Und ein ordentlicher Schnaps, würd' ich meinen!»
Lene setzt die Kaffeemaschine in Gang, und Andi holt das frische Geschirr aus den Schränken. Gagu schnappt sich ein Tablett und tischt makellose Cognac-Gläser mit sanftem, leisem Glong!-Glong! darauf. Man begibt sich gemächlich in den grossen Salon (wo heute morgen der Finanzdirektor sein berühmtes Lachen einfach nicht mehr gebracht hat) und fletzt sich ins kostbare Antik-Mobiliar.
«Deine Position ist lusch, Jean-Pierre, wenn man's bedenkt», nimmt Gagu eine weit zurückliegende Diskussion wieder auf, «du bist schliesslich Partei. Und zwar deine eigene. Was du sagst, heisst doch nichts anderes als: Ohne mich kann der Kanton nicht regiert werden. Das ist doch lächerlich. Keiner ist unersetzlich.» Brunner lehnt sich zurück und betrachtet die barokke Stuckdecke: «Hast mich falsch verstanden, Gagu. Habe nie gesagt, ich sei unersetzlich. Wäre sogar der letzte, der sowas von sich behaupten würde; sogar in aller Heimlichkeit würde ich sowas nicht meinen wollen. Ganz persönlich gesehen, wenn du so willst, scheiss ich auf den lausigen Posten. Es gäbe zehnmal Besseres im Land herum! Mache den Job, weil ich nun mal in die Politik eingestiegen bin, damals in den Fünfzigern. Da brauchte es wenig. Man brauchte nur tüchtig den Kalten Krieger herauszuhängen, und schon war man gewählt. Je kälter, desto schneller. So war das. Verrückt. Ganz einfach! Da fragte niemand nach einem sozialen Programm und dergleichen mehr, und was Umweltschutz ist, wusste damals kein Mensch. Das Wort hatte man einfach noch gar nie gehört. Da sagten wir uns in der Studentenverbindung, wo man einfach sein musste, wenn man dabei sein wollte: Entweder die Roten – oder wir! Da war man nicht zimperlich; da war es noch nicht so kompliziert wie heute. Eine freie Wirtschaft – oder alles geht zum Teufel. Hiess es damals. Das war einfach zu behalten, und die Leute glaubten es. Glauben es ja heute noch! Ich weiss auch nicht, warum. Wahrscheinlich we-

gen dem Schiss, den sie nun mal haben. Politisieren heisst Angst machen. Wer am besten Angst machen kann, hat gewonnen. So ist das. So laufen die Prozesse der sogenannten Meinungsbildung ab, in den kollektiven Birnen. Gebe ja zu, dass vieles Scheisse war, was wir gemacht haben, amateurhafte Scheisse, und in heutigem Lichte besehen geradezu bedenklich, geb's ja zu! Wird sich manches noch rächen. Aber umgekommen ist keiner dabei. Das ist eben die demokratische Auseinandersetzung, dort verläuft sie, zwischen links und rechts. Alles andere ist Chabis. Sonntagsschule. Also, was wollte ich sagen? Wir haben gewonnen, ja. Wir haben alles in der Hand, und wir wären ja schön blöd, wenn wir das nicht ausnützen würden. Die Leute sind zufrieden! Sie wollen es ja so haben! Sie wollen gar nichts anderes! Die Linke hat nichts mehr zu bestellen. Die ist völlig am Ende, wenn ihr mich fragt. Und wisst ihr was? Das ist mir völlig wurst. Was ist mit den Gewerkschaften? Das wären ja naturgemäss die einzigen mit etwas theoretischem Druck. Aber auf die hört doch keiner mehr! Also, da liegt das Problem nicht. Ich selber könnte doch schon längst einen endgültigen Rückzieher machen und irgendwo im Oberland eine ruhige Kugel schieben! Könnte ich nicht? Natürlich könnte ich! Wie gesagt, an meiner Person liegt es nicht. Da gibt es jede Menge junger, dämlicher Streber-Arschlöcher in meiner Partei, die warten nur darauf, zuschlagen und absahnen zu können, aber ja! Ich kenne diese Leute, ich kenne sie doch! Weiche Eier allesamt! Mich ersetzen? Warum nicht? Gerne sogar!»

Brunner steht auf und betrachtet gelassen den Cuno Amiet neben dem Cheminée. Die Hosenträger baumeln um seinen gewaltigen Hintern. «Ich will nicht dich absägen, Jean-Pierre, nicht den Provinzkennedy, noch das Rindvieh und all die andern Deppen», nimmt Gagu den Faden wieder auf. «Ich will eure ganze Klasse absägen.» Brunner bricht in ein ungestümes Gelächter aus und muss sich – nicht ohne einige Mühe – wieder setzen. Lene bringt soeben den Kaffee und fragt erstaunt: «Was hast du?» Brunner zeigt mit tränenden Augen auf Gagu den Deppen: «Willst du mal einen richtigen Witzbold sehen? Hier ist einer!»

Andi mischt sich ein: «Was habe ICH von all dem Wohlstand?

Es heisst doch immer Freiheit, Demokratie und so? Was nützt mir die verdammte Freiheit? Geld habe ich trotzdem keins, Arbeit habe ich trotzdem keine, Unterkunft habe ich trotzdem keine, und Freude am Leben habe ich im Augenblick auch nicht sonderlich! Nichts! DAS ist doch die Realität, Jean-Pierre, siehst du das nicht?» Brunner dreht sich überrascht um: «Aber du hast doch alle Möglichkeiten, Andi!» «Ich?» «Ja, du! Du musst sie nur sehen! Und nutzen!» «Ich?» «Ja, du!» Andi wendet sich an die andern: «Vorhin hat einer vom grössten Witzbold aller Zeiten gesprochen, nicht wahr? Habt ihr's gehört?» «Hab's gehört», bestätigt Fipo. «Grösster Witzbold aller Zeiten.»
Dodo mischt sich ein, heftig: «Soll ich euch mal von den Arbeitsbedingungen der Krankenschwestern berichten? Von ihren Aufstiegsmöglichkeiten? Von ihren Verdienstmöglichkeiten? Überhaupt von ihren ganzen beschissenen Lebensbedingungen?» schlägt sie vor und rührt heftig in ihrer Kaffeetasse. «Naja», beschwichtigt Gagu der Depp, «da klafft doch tatsächlich was auseinander. Wir haben eine demokratisch legitimierte Regierung, die nicht mal in der Lage ist, auch nur ein kleines Problem zu lösen. Oder wenn schon, dann immer nur auf Kosten der Schwachen. Alles verbandelt und korrupt, so viele Rücksichten sind zu nehmen, so viele private Interessen sind zu berücksichtigen.»
Brunner nickt eifrig. «Stimmt, Gagu. Stimmt genau! Aber durch wen oder durch was möchtest du diese Leute ersetzen? Wir haben gar keine Auswahl!» «Nein?» fragt Lene dazwischen. «Denkt mal nach! Macht ausüben kann nur, wer Macht repräsentiert. Nicht? Jemand, der nichts ist und nichts repräsentiert, hat auch nichts zu bestellen, oder? Oder könntest du dir zum Beispiel Fipo in der Regierung vorstellen?» Fipo kriegt einen Hustenanfall. «Oder Dodo?» Dodo tippt an die Stirn. «Oder Andi? Als Ausländer?» Andi streckt ihm die Zunge heraus. «Oder Lene?» «Warum nicht?» antwortet Lene. «Wenn ich in der Partei meines Alten wäre?» Brunner ist bei Gagu angekommen: «Oder du selber?»
Gagu denkt nach. Er grübelt. Er quält sich. Für Andi ist die Sache viel, viel einfacher: «Wenn ich regieren könnte, dann würde ich als erstes alle Reichen zum Teufel jagen», erklärt er schlicht.

«Ich würde die ganze Bande in die Mongolei verpflanzen. Dann würde ich das Geld, die Häuser, die Wohnungen, die Autos, die Schwimmbäder, die Fernseher, die Schrebergärten und die Fressbeizen verteilen, und jeder könnte machen, was er will!» «Sehr witzig!» meint Lene ironisch. «Deinem Programm wird ein durchschlagender Erfolg beschieden sein.» «Aber ICH habe ja gar nichts zu bestellen», fügt Andi entschuldigend hinzu. Brunner schaut ihn plötzlich überrascht an: «Du hast nichts zu bestellen? Wer hat dir das beigebracht?» «Hab ich mir selber beigebracht.» «Dann hast du dir eine echte Scheisse beigebracht. Was möchtest du denn? Hm? Eine echte, gute, alte, italienische Fressbeiz? Hm?» «So ungefähr. Guter food, Jean-Pierre. Niam-niam! Den Leuten Freude machen. Klassisch, weisst du, gepflegt!» Brunner springt auf und explodiert: «Ja! Warum denn, hurengottverdammisiech, machst du das nicht? Warum eröffnest du keine gottverdammte abverreckte Scheiss-Beiz in irgendeinem hurenverdammten Scheiss-Lokal? Sag mir das mal!»

Alle sind erschrocken hochgefahren. Dodo hat vor Schreck den Kaffee ausgeschüttet. Voll übers Biedermeier. Andi tippt an die Stirn: «Der Mann ist hinüber.» «Glaub ich auch», bestätigt Fipo. «Jean-Pierre ist ein Schwätzer.» Dodos Urteil ist klar und eindeutig. Sie giesst sich resolut frischen Kaffee ein.

«Jean-Pierre hat recht», erklärt Lene unvermittelt. Alle schauen sie überrascht an. Gagu grinst. Andi verwirft die Hände: «Auch sie ist nicht mehr ganz hundert, unsere gute Lene! Seit Jahren wohne ich mit diesem Huhn zusammen, und ich habe immer geglaubt, sie habe echt den Durchblick. Und jetzt das!» Brunner lacht sein dröhnendes Lachen. «Gagu will doch – das wissen wir alle – guten Journalismus machen», fährt Lene ungerührt fort. «Ich frage mich langsam, warum er das nicht macht. Wer hindert ihn eigentlich daran?» «Hä?» Gagu ist sprachlos. Brunner nickt: «Niemand hindert dich daran.» «Hä?» «Stimmt doch! Du willst vielleicht ein ganz tolles Käseblatt herausbringen, wo alles drin steht, mit Pepp und Pfiff, nicht wahr? Möglich wär's jedenfalls, dass du das möchtest. Oder nicht? Warum machst du das eigentlich nicht? Bist du irgendwie geistig oder körperlich behindert, oder was?»

Gagu der Depp bringt kein Wort mehr hervor. So wendet sich Brunner freundlichst an Fipo, der trotzdem leicht zusammenzuckt: «Und du, Fipo, was möchtest du eigentlich im Leben?» «Ich?» «Ja, du.» Brunner insistiert, sehr persönlich interessiert, wie es scheint. «Ich weiss doch nicht», stottert Fipo. «Hab ich mir noch nie überlegt, so direkt!» «Denk nach!» «Na, vielleicht wieder mal eine Reise, das wäre nicht übel. Ja, eine schöne Reise irgendwohin, das wäre echt geil.» «Wohin möchtest du denn?» «Vielleicht wieder mal nach Indien-Nepal, oder Bali, oder so.» «Klingt gut. Warum gehst du nicht?» Fipo greift sich an den Kopf und stottert theatralisch: «Ich? Gehen? Ich? Arbeitslos? Obdachlos? Ich? Trottel? Am Arsch? No help? No money? Du komisch! Du wissen, Jean-Pierre? Hugh!»

Man trinkt eine Weile Kaffee. Lene verteilt die Cognac-Gläser und meint verhalten, wie um die Leute nicht allzusehr in ihren Gedanken zu stören: «Ich habe trotzdem das Gefühl, dass wir noch eine Weile am Gedanken bleiben sollten. Scheint mir der einzige Weg zu sein, um aus dem Schlamassel herauszukommen, glaube ich.»

Langes Schweigen. Fast alle hängen ihrem trägen Pudding im Kopf nach (schwarz-weiss) und seufzen zuweilen. Nach einer Weile räuspert sich Brunner, stellt das Cognac-Glas ab und richtet sich mit zusammengekniffenen Augen auf: «Ich möchte mich ja nicht einmischen, in eure eigenen Angelegenheiten», sagt er sachte, «aber mir scheint, ihr dreht euch ein bisschen im Kreise herum. Ist es nicht so?» «Da hat er recht.» «Stimmt.» «Kraulen auf der Stelle.» «Ja.»

Langes Schweigen. Lene schenkt Brunner Cognac ein. Brunner greift gelassen zum Glas, schwenkt es, schnuppert geniesserisch. «Wisst ihr eigentlich, wozu ich da bin?» fragt er schliesslich listig. «Ich meine: als Regierungsrat. Als Regierungspräsident, nicht wahr? Warum ich das eigentlich bin?» «Nein.» Es ist Andi, der sich für die Frage interessiert. Deshalb wendet sich Brunner an ihn und stellt sein Glas schweren Herzens wieder ab: «Für das Volk. Für die Leute. Ich bin für die Leute da.»

Alle schauen ihn ungläubig an, und Gagu bricht in ein wüstes Gelächter aus. Fipo muss ihm auf den Rücken klopfen, denn er

verschluckt sich dauernd. Zuviel geraucht. Andi aber bleibt interessiert: «Für die Leute, eh?» «Ja.» «Also auch für mich?» «Ja.» «Ich bin doch auch «Leute», oder nicht?» «Klar. Ihr alle seid meine Leute. Mein Volk. Ich bin für euch da!»
Gagu der Depp kann sich gar nicht mehr erholen; er liegt flach auf dem Boden und schlägt mit der Faust wie irre in den weichen Teppichflor: «Too much! Einfach too much!» japst er immer wieder. Lene hat sich abgewandt und kichert vor sich hin. Dodo schaut von einem zum andern und versteht nichts mehr. Fipo versucht, den nach Luft schnappenden Gagu wieder aufzurichten. «Wir sind das Volk! Wir sind das Volk!» hechelt dieser mit letzter Kraft. «Mach dich nur lustig über mich!» ärgert sich Brunner. Er blickt unruhig auf seine dicken Finger, die sich wie von selbst ineinander verhaken.
Gagu beruhigt sich allmählich, atmet mehrere Male tief durch, schüttelt sich, um seine Muskeln zu lockern, richtet sich auf, schaut Brunner lange an und fragt schliesslich: «Was soll das heissen, Jean-Pierre? Machst du uns ein Angebot?»

***

NACHTRAG

An Regierungspräsident Brunner war alles gewaltig, erinnert sich Lene im «Schlossereikeller», seine Hände, sein Gesicht, sein Kopf, seine Nase, sein Leib, seine Stimme, sein Gelächter, sein Fluchen und natürlich auch seine Argumentation. Quicklebendig war er, beweglich, ein guter fighter. Gagu der Depp stand plötzlich da wie der Attentäter mit der Bombe unter dem Mantel. Reumütig und feierlich übergab er Brunner in der Morgendämmerung die Papiere. Jean-Pierre war auch ein geschickter Taktiker, und beim improvisierten Frühstück in Fellers Küche, nach dem gemeinsamen Abwasch, gehörte er bereits zur Wohngemeinschaft.

Lene schaut von ihrer Pizza auf: «Jean-Pierre war ein feiner Typ», sagt sie zu Gagu, der ihr gegenüber an seinen frutti di mare herumoperiert. Dieser nickt: «Schade, dass er gestorben ist. Hatte was richtig Staatsmännisches. War 'ne richtige Vaterfigur für mich. Scheisse, jetzt habe ich mich bekleckert!» Er greift nach einer Serviette und wischt den Ärmel seiner beigen Armani-Jakke ab. Als Chefredaktor vom «WOCHENMAGAZIN für und gegen Wirtschaft, Politik und Kultur», kurz «WOMA», muss er auf sein Äusseres bedacht sein. Er ist eine Person der Öffentlichkeit geworden, Chef eines jungen, dynamischen Redaktionsstabes, hat es geschafft, der deutschen Schweiz endlich ein Nachrichtenmagazin von interkantonalem Niveau zu bescheren, hat also das vollbracht, woran niemand mehr im Ernst geglaubt hat. Beliebte Schweizerschriftsteller aus nah und fern schreiben regelmässig vielbeachtete Kolumnen über allerhand Bedenkenswertes aus Feld, Wald und Wiese, und auch die Altbundesräte Friedensreich und Würgler liefern regelmässig vieldiskutierte Beiträge, die jedoch eher von zeitlos-philosophischer Natur sind, Betrachtungen über Ethik und Moral, Rechtsstaatlichkeit und Gewissen, Glaubwürdigkeit und Glaubhaftigkeit. Der Starjournalist Frank B. Müller stellt jede Woche eine wichtige Persönlichkeit des öffentlichen politischen oder wirtschaftlichen Lebens vor («Clinch»), und Heiner Knautschy schreibt wieder aus New York (auf vielfältigen Wunsch, ein Knüller). Die «graue Eminenz des schweizerischen Journalismus», Karl Bond, kommt

ebenso ausführlich zu Wort wie Historiker-Nestor Piter Sawyer, dem das späte Verdienst zusteht, all die prominenten Nazi-Bewunderer aus Regierung, Generalstab, Industrie, Banken und Diplomatie ein für allemal voll rehabilitiert zu haben.
Andi, elegant in seinem schwarzen, perfekt sitzenden Anzug, kommt vorbei: «Alles klar, Gagu?» «Einwandfrei, Andi. Hast du Zitronenwasser?» Andi winkt Yolanda.
Der «Schlossereikeller» ist der Hit in der neuen Mattenhof-City, im 2.UG, genau an der Stelle, wo früher Friedlis Schlosserei stand (nur zwei Stockwerke tiefer). Er wird stark frequentiert und bereits mit der legendären «Coupole» verglichen. Vier unterirdische Parkgaragen machen es möglich. Die Mattenhof-City wird zwar nach wie vor von «sattsam bekannten Architekturstänkerern» städtebaulich stark angefochten, doch langsam entpuppt sich diese endlose Leserbrief-Diskussion im «Bund» als ein Streit um des Kaisers Bart. Der «Schlossereikeller» hat sich in Rekordzeit zu einem richtigen Treffpunkt entwickelt, auch wenn er für bernische Verhältnisse viel zu teuer ist. («Das hält das Pack fern!» beteuert Andi.) Sein Lokal ist Abend für Abend mit neureichem Schickimicki-Volk gefüllt, von dem es in dieser Stadt neuerdings jede Menge zu geben scheint, und auch Personalitäten und Nobilitäten scheuen sich nicht, sich hier zu treffen, sich sozusagen unters Volk zu mischen, so wie es zum Beispiel heute, nach Brunners Begräbnis, der Fall ist.
Die lautlosen, flinken, aufmerksamen und diskreten Kellner (darunter mehrere Kulturschaffende, u.a. der Kühlschrank-Ravelli und der selbsternannte Hobby-Schriftsteller Gfeller) bedienen zuweilen Bundesrat Feller und seine Frau Lucette («Wir haben nicht nur die Omni-Affäre gemeistert, sondern auch den Rösti-Graben überwunden.») Auch Staatssekretär Benno Alder taucht ab und zu auf, letzthin gar mit dem Prinzen von Liechtenstein. Wenn aber Stadtpräsident Rindlisbacher («In Bern gibt es kein Drogenproblem mehr!») mit seiner hinreissenden Gattin aufkreuzt, der man die späte Schwangerschaft bereits deutlich ansieht, nimmt das Hallo kein Ende. Viele tippen auf Zwillinge; es wurden zahlreiche Wetten abgeschlossen. Die lustige Witwe Halter verpflegt sich mit ihren beiden lustigen Töchtern und ih-

ren unzähligen Jockey-Freunden fast ausschliesslich hier, und auch «die Alte Dame Berns», Henriette d'Arche, hält im «Schlossereikeller» regelmässig Hof, seitdem sie im Synodalrat sitzt und die «Evangelische Stiftung zur Christianisierung junger überseeischer Mädchen» (ESCJM) leitet.
«Eine unwahrscheinliche Goldgrube!» gestehen die Altstadt-Hänger neidisch, wenn sie sich ab und an zu einem Ballon Frascati hierher verirren. Andi und Yolanda Malacante haben es geschafft, sind ein tüchtiges und beliebtes Pächterehepaar, bieten erstklassige italienische Küche, perfekten Service und überraschen ihre Gäste immer wieder mit ausgefallenen Ideen. (Ihr «cosciotto e spalla di castrato in cazzaroula coi testicciola e finocchi» ist im Guide Michelin namentlich aufgeführt.)
«Wie geht's, Frau Blösch?» fragt Yolanda, während sie Gagus Ärmel mit Zitronenwasser abtupft. «Wir haben kürzlich ein süsses, altes Haus im Seefeld gekauft, mit einem kleinen Garten. Den versuche ich jetzt wieder aufzupäppeln, so gut es geht.» «Sie züchtet biologisches Unkraut», frotzelt Gagu. «Du bist eklig!» empört sich Lene. «Ich versuche nur, das Gleichgewicht wieder herzustellen, das du mit deinem Jaguar umkippst!» «Ein Jaguar?» wundert sich Andi, der hinzugetreten ist, nachdem er Nussbaum und den neuen Polizeidirektor Ramseyer begrüsst hat. «Nur 'n kleiner!» beschwichtigt Gagu der Depp, «ganz ganz günstig vom Frey.» «Er muss halt viel fahren!» erklärt Lene. «Heute zum Beispiel schon wieder ins Bundeshausstudio, wegen Brunners Beerdigung.» «Nur eine kurze Würdigung», spielt Gagu herunter, «nur ein ganz ganz kleiner Nachruf für die Hauptausgabe der Tagesschau!» «Das werde ich mir aber ansehen!» lächelt Yolanda, nickt freundlich und geht zur langen Theke aus schwarzem Chromstahl zurück, wo die alte Cimbali ihren Ehrenplatz hat. Dort hängen einige abgehetzt wirkende Ringier-Journalisten herum und warten auf ihre Cüppli.
Und Dodo? Von ihr hat man nichts mehr gehört. Zwar munkelte man lange und hartnäckig von einem engen, heimlichen Techtelmechtel mit dem alten Brunner. Aber sie hat sich heute vollends in ihre Krankenschwesternwelt zurückgezogen und schaut ihrer vorzeitigen Pensionierung entgegen.

Von Fipo spricht man nicht; er hat sich vor einiger Zeit während einer endlosen Untersuchungshaft erhängt. Niemand will wissen, was ihm vorgeworfen wurde, niemand will wissen, warum er sich das Leben genommen hat.

Und Thomas Feller? Er wohnt in Schafhausen i. E. und lanciert von hier aus, zusammen mit Nationalrat Klein, die zehnte Initiative zur Abschaffung der Schweizer Armee.

Die KBKB-Originalausdrucke liegen vergessen und verstaubt auf dem Spülkasten im Altenberg (und harren ihrer Entdeckung). Natürlich wohnen Andi und Yolanda längst nicht mehr dort; sie blicken von ihrer schmucken 5-Zimmer-Attikawohnung zuoberst auf dem imposanten Mattenhof-City-Tower (45 Stockwerke) über die ganze Stadt und von den Alpen bis zum Jura.

Das schwarze Mäppchen mit den Initialen A.H. benutzt Landwirt Spycher im Weidli als Aufbewahrungsort für die Durchschläge seiner Subventionsgesuche. Er hat es im Schweinetrog gefunden, wohin es mit den Küchenabfällen vom «Mövenpick» gelangt war, hat es am Brunnen gewaschen und seiner Frau gezeigt. («Es cheibe gäbigs Mäppli!») Das tröstet ihn darüber hinweg, dass er die Kleider und die Schuhe, die er damals diesem sogenannten Bankdirektor ausgeliehen hatte, nie mehr wiedersah, obschon er deswegen mehrere Male die Kreditbank in Bern anrief. Aber der Direktor dort hiess Aebersold und wollte von gebrauchten Kleidern und Schuhen nichts wissen. So sind sie halt, die Leute in der Stadt.

Reto Obermüller schlingert durch die gläserne Drehtür in den «Schlossereikeller» herein. «Hello folks!» gröhlt er. «Alles klar?» Andi geht gelassen auf ihn zu und droht lächelnd mit dem Finger: «Mai-mai, Reto! Soll ich das Rindvieh holen?» Und Reto Obermüller (11 Mte. unbed. wg. tätl. Angriff auf amtier. Amtsinhaber) macht auf der Stelle kehrt und wankt wortlos hinaus. Alles klar.

***

Abenteuer Leben im Zytglogge Verlag

Alex Gfeller
Doppelgänger & Swingbruder

In zwei Geschichten kommen den Protagonisten immer wieder die Probleme mit der Wirklichkeit in die Quere. Im „Doppelgänger" die Wirklichkeit der ausgehenden 80er Jahre, im „Swingbruder" die Wirklichkeit des Kriegsendes im Mai 1945 in der Schweiz. Alex Gfeller, ein Don Quichotte der Postmoderne? Einer, der sein Verantwortungsbewusstsein cachiert, indem er trivial-witzig parliert, plakatiert? „Doppelgänger" und „Swingbruder" gehen noch weiter. In Slapstick-Manier bereitet Gfeller die Lebenssituation in der Schweiz heute, beziehungsweise bei Kriegsende aus, ohne das politisch-soziokulturelle Klima der angesprochenen Epochen zu verwässern.

Zuschnitt „Swingbruder":
„Drei Dinge braucht der Mensch zum Leben: einen hellbraunen Kamelhaarmantel, ein Paar weisse Gamaschen und den richtigen Hut."
Kriegsende in einer Schweizer Stadt im Mai 1945. Aus der Sicht eines soeben aus dem Dienst entlassenen jungen Mannes, der lieber ein Jazzorchester führen möchte, als eine Lehre im Gemüseladen seiner Tante beginnen zu müssen. Schafft er es?

Entwurf „Doppelgänger":
„Ich bin dabei, den zweiten Eiswürfel aus dem leeren Whiskyglas zu angeln, da trifft mich der Schlag: Ich sehe mich draussen vorbeigehen."
Endachtziger-Jahre aus der Perspektive eines Cardinal-Biertrinkers, der überraschend feststellt, daß er doppelt existiert: einmal als Aussenseiter der Gesellschaft und ganz bürgerlich als Lehrer. Einer wird durchdrehen. Welcher?

Alex Gfeller
Das Komitee
Swissfiction

Als „Swissfiction" versucht der Autor, ein Thema zu bewältigen, das in der Schweiz fast ebenso zum Tabu geworden ist wie die „heilige Kuh" der militärischen Landesverteidigung: das Thema Zivilschutz.
Von Schrecklichem ist die Rede in Alex Gfellers „Swissfiction": Vom Kampf aller gegen alle; von Horden wilder „Kids", einer Art atomkriegsverwahrloster Kinder, die hemmungslos töten; von röchelnden „Mutis", die als Gen-Mutanten nur noch entfernt an ihr einstiges Menschenwesen erinnern; und von „Kombis", in denen sich menschliches, tierisches und pflanzliches Leben vermischt hat. Der Ich-Erzähler berichtet in einer genau kalkulierten „Szenen"-Sprache, im Slang der heutigen Halbwüchsigen und jungen Erwachsenen. Es ist eine zynisch anmutende Sprache, die keine falsche Rücksicht auf Empfindlichkeiten nimmt, aber ihre eigene Zärtlichkeit, wenn wir es so nennen dürfen, nicht verheimlichen kann. *Hardy Ruoss*

Alex Gfeller
Der Grosse Kurt
Roman

Gfeller lässt den Leser kilometerlange Fussmärsche entlang von Abgaslawinen miterleben. Beklemmung wird nicht beschworen oder beklagt, sondern sie wirkt hauteng auf den Leser ein, der sich den Beschreibungen nicht entziehen kann.
Das Bild der Schweiz, das der grosse Kurt festhält, ist kein gewohntes. Es ist erschreckend, beängstigend, erheiternd, manchmal absurd. Gfeller zeigt – das ist seine grosse Stärke – eine menschliche, eine reale Schweiz. Nur Romantiker mit dem Blick für das Schreckliche, bereits Verdrängte der Realität, können noch so wahrnehmen. Das mag vielleicht als Schwäche erscheinen.
Aber der historische Don Quichotte hat auch kein Postkartenspanien erlebt, geschweige denn aufgezeichnet. *Jürg Weibel, LNN*

Abenteuer Leben im Zytglogge Verlag

Toni Stadler
Kandy

Er liest sich gut, er liest sich zügig, Toni Stadlers neuer Roman. Die geradlinige, schnörkellose Prosa treibt geradezu an zu schnellem Lesen. Sie entspricht dabei ganz der Atemlosigkeit der Handlung und kommt auch dem Thema entgegen: das Leben als Rennbahn, auf der sich abmüht, wer noch Energie hat, und verliert, wer sie nicht mehr besitzt. Diese Einheit von Form, Handlung und Thema ist wohltuend – hat aber auch ihre Tücken. Man wünscht sich beim Lesen ab und zu einen Rastplatz, um den Gründen nachspüren zu können, die in der „Sozialstadt Zürich" Ehrgeiz und Abenteuerlust zu übersteigerten, lebensfeindlichen Zwangsvorstellungen pervertieren. Vielleicht käme man beim Erkunden der Umgebung auch einmal in die Nähe von Fritz Zorns „Mars". Aber eben: Wo wären Rastplätze auf einer Rennbahn? *Thomas Kropf, NZZ*

Toni Stadler
Ziege frisst Hyäne
Roman

Entwicklungshilfe, Stolz der Industrienationen, alltägliche Beleidigung der Empfänger, Gesprächsstoff für Eigentümer von Meinungen in Süd und Nord, Beigemüse zu Neujahrsansprachen, Public Relation für die Exportwirtschaft – Helfen hat viele Seiten.
Toni Stadlers erster Roman bringt sie zusammen: Schüler in Zürich, die sich nicht um Entwicklungsprobleme kümmern, es sei denn um ihre eigenen. Tramper in Mali, auf der Flucht vor Wohlstandslangeweile. Der ausgebildete Helfer im nigrischen Dorf, eine Suche nach Sinn. Ein schillernder Slumbewohner, der sich selber hilft. Die Tragik, Schweizer zu sein. Der schwarze Aufsteiger mit europäischer Renommierfrau. Die Jeunesse dorée der jungen afrikanischen Staaten in Paris. Eine DC-10 im technisch erschlossenen Afrika der Luftstrassen, die Ansicht der Piloten über Afrika, die Schweiz und Frauen.

Abenteuer Leben im Zytglogge Verlag

Peter J. Betts
Natter

„Denver Clan im Emmental? Wenn Sie weiterhin glauben wollen, nur amerikanische Serien seien spannend, wenn Sie daran festhalten, dass nur Ledergebundenes wertvoll sein kann, wenn Sie weiter wahrhaben wollen, das Emmental eigne sich bestenfalls für Bauernschwänke, dann ist ‚Natter' nichts für Sie. Die Story vom Erfolg und Schicksal des Exportunternehmers Georg Natter und seiner Gattin in weltnaher Lage würde Sie zu sehr fesseln.
‚Natter' ist eine Trouvaille im Büchermeer. Peter J. Betts beobachtet unerbittlich präzis. Er kann sich erlauben, seiner Phantasie Grenzen zu setzen, damit er seinem Formulierungswillen freien Lauf lassen kann. Mit ‚Natter' gelang ihm eine brillante Geschichte, ein unaufdringlicher Wegweiser, ein Buch, das lebt."
Daniel Eckmann

Hans Rudolf Hess
Schletti
Roman

Wir sitzen im Berner Bahnhofbuffet und hören einem Journalisten zu, der seinem Gegenüber bei einigen Gläsern Bier und einem Abendessen die wunderliche Geschichte um Werner Schletti erzählt. Der Reporter war mit Recherchen über den Fall beauftragt, doch der Artikel kam nicht zustande. Je länger sich der Zeitungsmann mit dem verschwundenen und seinen noch anwesenden Bezugspersonen beschäftigte, desto unwirklicher wurde alles, vermeintlich Faktisches wandelte sich zu Möglichem, und wo er zu handfesten Informationen zu kommen glaubte, entführte man ihn aufs Glatteis von Hypothesen und in die Welt der Phantasie. „Manchmal scheint mir beinahe, diese ganze Geschichte sei nur erfunden." Wie auch immer, der Journalist muss sie sich von der Seele reden.
St. Galler Tagblatt

Franz Stadelmann
Dieselstrasse

Eine Lücke für alle, die von Fernfahrten und den „letzten Helden der Landstrasse" träumen, wird mit diesem Roman geschlossen. Der Autor, der selber Fernfahrer auf der Nahostroute war, beschreibt die Fahrt des Chauffeurs Peter Walter von der Schweiz nach Teheran. Dieser wird von der Studentin Christine Lang begleitet, die eine Lizentiatsarbeit über Fernfahrer schreiben will. Auf der Route lernt sie die Arbeitsbedingungen der Fahrer kennen, die die Verantwortung für Fahrzeug und Ladung tragen. Bald kennt sie auch das „Fernfahrer-Latein", die Sprache, in der über gefährliche Strassen, endlose Wartezeiten an Grenzübergängen und Zollbeamte gesprochen wird. Sie erhält nicht nur Einblick in die Gedankenwelt der Fahrer, sie erlebt auch selber, dass sich das Leben der Fernfahrer mit der Liebe ebenso schlecht verträgt wie mit der Führung eines gutbürgerlichen Lebens.

Felizitas Elsener, Besprochene Bücher

Dieter Schlatter
Unter der Wasserlinie

In Schlatters Erlebnisbericht werden der Glamour des oberen Decks, die goldbetressten Salonlöwen, kaum erwähnt. Der Autor gibt keine Rezepte über die Menüs des Captain's Table preis, er reflektiert nicht über soziale Ungerechtigkeiten beim 3.-Welt-Tourismus, über Nord/Süd-Gefälle und Kulturschocks. Bei ihm spielen die „Mann"-schaft, die Unterhunde, das Fussvolk unter der Wasserlinie die Hauptrolle. Ihre Sehnsüchte, Probleme, Ängste beschäftigen ihn. Er hat Jahre mit ihnen zusammen verbracht, „ganz unten", in den engen Kabinen und muffigen Arbeitsräumen des untersten Decks, wo Eintönigkeit vorherrschen, Suff und Sex, Intrigen und Gewalttätigkeiten. Hier hat Romantik keinen Platz.

Dies ist ein Stück rüdester Arbeiterliteratur, Schlatter nennt die Dinge beim Namen – Details aus dem Schiffsbauch – mit cooler Distanz und akuratem Slang.

Abenteuer Leben im Zytglogge Verlag

Rolf Bächi
Reiser
Roman

Nach den ersten Seiten konnte ich „Reiser" kaum mehr weglegen, lautes Lachen zwischendurch und was für eine Überraschung: eine ironische Nabelschau ganz persönlicher Art und ein guter Stimmungsbericht über das „damalige" Lebensgefühl. Demos, Vau-Vaus, Schmier und Fäscht. Das sollen schon zehn Jahre her sein? Der „Reiser" oder „Reisi" schlägt sich also so durchs Zürich in den Achtzigern, und es beschäftigen ihn so ganz normale Dinge wie Sex, der in jungen Jahren noch etliche Probleme schafft. Seine ersten schönen wie auch traumatischen Liebschaften verarbeitet er also in einem Tagebuch, während er so in den Tag hineinlebt. Sein Soziologiestudium hat er an den Nagel gehängt, und nur ein paar Brocken sind als traurige Überbleibsel in der Sprache hängengeblieben.
Neben dem süssen Liebesleben, dem harten Kampf an der Revolutionsfront und den unmenschlichen Arbeitsbedingungen schildert „Reisi" harmonisches Familienleben in einer durchschnittlichen Vorortsgemeinde und Rückblenden in eine unbeschwerte Jugendzeit. *Elisabeth Jacob, Volksrecht*

Hugo Rindlisbacher
Spurensicherung
Familienroman

Der Autor verflicht in seinem autobiographischen Roman geschickt das Leben seiner Grossmutter mit seinem eigenen. Der Lebenslauf der Grossmutter ist alles andere als alltäglich: Sie zieht vier Kinder gross, welche alle von verschiedenen Vätern stammen, und allen Widerwärtigkeiten zum Trotz gelingt es dieser Frau, auf eigenen Füssen zu stehen. Kein Wunder, dass das Grosskind ihr ein Denkmal setzt. Schöne, ausführliche Beschreibungen lassen vergessene Bräuche und Gepflogenheiten bäuerlichen Alltags auferstehen. Sie bereichern die Erzählung von der (fast) emanzipierten Grossmutter und ihres aufmüpfigen Enkels. *Treffpunkt Bibliothek*